华锦衣
梦

HUAYI
JINMENG

卢欣 / 著

南方出版传媒
花城出版社
中国·广州

图书在版编目（CIP）数据

华衣锦梦 / 卢欣著. -- 广州：花城出版社，2017.4（2020.1重印）
ISBN 978-7-5360-8329-5

Ⅰ．①华… Ⅱ．①卢… Ⅲ．①长篇小说—中国—当代 Ⅳ．①I247.5

中国版本图书馆CIP数据核字(2017)第073370号

出 版 人：肖延兵
责任编辑：黎 萍 蔡 宇
技术编辑：薛伟民 凌春梅
封面设计：么介设计 SIJIE DESIGN

书　　名	华衣锦梦 HUA YI JIN MENG
出版发行	花城出版社 （广州市环市东路水荫路11号）
经　　销	全国新华书店
印　　刷	佛山市浩文彩色印刷有限公司 （广东省佛山市南海区狮山科技工业园A区）
开　　本	787毫米×1092毫米 16开
印　　张	20.25
字　　数	285,000字
版　　次	2017年4月第1版 2020年1月第2次印刷
定　　价	45.00元

如发现印装质量问题，请直接与印刷厂联系调换。
购书热线：020-37604658　37602954
花城出版社网站：http://www.fcph.com.cn

目 录

第一部分　创业之初 / 1

第一章 / 3
第二章 / 14
第三章 / 27
第四章 / 43
第五章 / 59
第六章 / 70
第七章 / 85
第八章 / 98

第二部分　大厂风云 / 111

第九章 / 113
第十章 / 126
第十一章 / 138
第十二章 / 155
第十三章 / 175

第三部分　时代转折 / *185*

第十四章 / *187*

第十五章 / *200*

第十六章 / *211*

第十七章 / *225*

第十八章 / *236*

第十九章 / *245*

第四部分　岁月如歌 / *257*

第二十章 / *259*

第二十一章 / *276*

第二十二章 / *288*

第二十三章 / *300*

第二十四章 / *311*

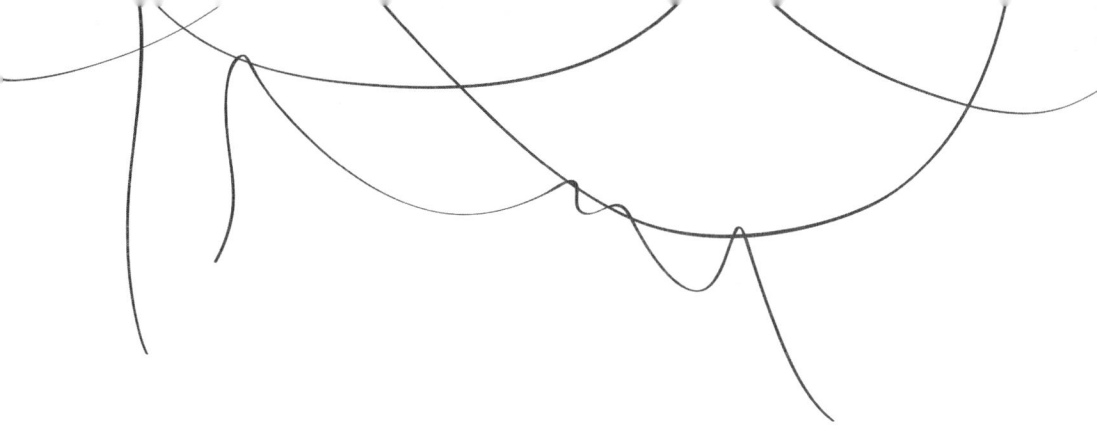

第一部分

创业之初

第一章

广州的绣业，是从清朝初年开始的。

据清乾隆刻本《广州府志》载：康熙年间，状元坊一带已是遍布作坊，坊内刺绣行业多是以绣制戏服件料为主，是著名的戏服一条街。广式绣法技艺精湛，针法多变，色彩浓艳，连京城宫廷戏班也慕名前来定制龙袍玉带。乾隆年间，状元坊内从事刺绣行业的足有三千多人，绣坊、绣庄多达五十余家。

若从高处俯瞰，可以看到一片对称的青瓦灰砖屋脊，挤挤挨挨的，虽然低调，却不沉闷。从屋檐的缝隙望下去，便是铺开的绣布和图纸，绣娘们坐在自家门口，针线翻飞，隐约能看到布面上的游龙走凤、金碧辉煌。

制作戏服的店铺大都采取自己设计、缝制，发外刺绣加工的方式进行经营。到了民国初年，已有较成规模的作坊，如中华、群星、新新、金珠记。大的铺头能雇十几个伙计帮工，算是较大的生意。小的铺头是一家人经营，女的做针剪，男的做经营。

在状元坊后街的天成路上，有一户姓陈的宅子。陈家也是做戏服生意的，开的铺头叫"汉记"。

陈斗升迈着轻快的步子，在铺头里走来走去，一双精锐的眼睛警惕地盯着忙作的学徒。他是典型的广东人长相，黑黄皮色，瘦，眼睛小而聚光。每天穿着一件白背心，外罩粗布褂子，在店铺里奔波忙碌，忙得褂子下角飞起，像一只扑腾的白鸽。

陈斗升原本有三个孩子，最小的儿子前年下珠江游泳时淹死了。那已经是个十三四岁的少年，长得眉清目秀，是三个孩子中读书最好的。暑期里与小伙伴们天天游泳，不料有一日扎下去便没上来。陈斗升悲痛不已，消沉了数月，人也老了许多。他的太太,则是在经历了这场变故后,常年病着,精神恍惚,无法到铺头帮忙,这令陈斗升更为辛苦了。

陈斗升每天必是亲自开铺的。他掌管着前店后坊的全部钥匙,偌大的一串,挂在腰间哐当哐当的,常会磕着他的腰,但他毫不在意。每天清早六点,当天边微微露出一点白,他便从陈家老宅走到状元坊,带着大钥匙打开铺头的锁。云霞在朝阳的映衬下泛着微红的光,空气中渐渐飘荡着草木苏醒的味道,青石板小巷里一片寂静,他用力推开两扇厚重的木门,发出沉重的声响。

他对于这份责任十分自觉,从来没有迟到过,不管春秋冬夏、严寒酷暑,外面的时局如何变化。这串大钥匙是铺头的象征,他带着它在身上,如同带着一份大家大业在身上。

这天早晨,陈斗升如往常一样,一大早便开了铺,只见铺头门口正站着一个人。这人身材高大,抄着手,身穿淡蓝色印花绸缎长褂,外罩裘皮背心,看背影便觉得是个贵客。来人听到门响,忙掉转头,大踏步地向店铺走来。陈斗升愣了一下,发现是张熟悉的面孔,正要说话,来人已经报上名号,说:"我是黎宝笙。"

陈斗升吓了一跳,这黎宝笙的名字真是如雷贯耳。太平戏院刚上映的《三英战吕布》,便是由黎宝笙担纲主演。粤剧里面文武生是最吃香的,当红的大老倌更是人人皆识。陈斗升又望了望黎宝笙,一时额上不禁冒出些细密的汗。

黎宝笙是步行而来的。清晨的人力黄包车不多,行人稀少,他一个人兴冲冲地走来,全然忘了自己的大老倌身份。汉记开张之初,不过是众铺头中一间不起眼的小铺头,在陈斗升的苦心经营下,渐渐有了起色。黎宝笙在行内听闻了汉记的名声,偶尔路过观望,对他们家的设计、做工很是中意。汉记的招牌是古檀色的,端端正正地悬挂在正门的横梁上,点横竖折十分细致,仿佛昭示着这间铺头的作风向来如此。

陈斗升忙请黎宝笙进屋。内堂正中是一套深红的酸枝八仙桌椅,雕花繁复，每天擦拭得一尘不染，是专为招待贵客而设的。陈斗升恭敬地请黎宝笙坐了，赶紧去烧水、冲茶，又叫醒了睡在后厂的几个学徒。

黎宝笙望着红润的普洱茶色，点头称赞，说："你的茶不错！"陈斗升"嗯嗯"称是，解释是专门托商行的人带到码头的。往茶壶里加了几粒菊花，洗杯，倒掉第一泡茶，再缓缓斟上。黎宝笙举杯，抿了一口，说："十分香，在茶楼从来喝不到这样的好茶。"

陈斗升忙不迭地点头，又精心地摆果盘、点心。一拎四屉的四色糖果摆到八仙桌上，花生、藕糖都是最好的。黎宝笙掠了一眼，摆摆手，说："不要麻烦了，直接量身吧。"

陈斗升虽是做惯了这活计，却只是与戏班领班接触得多，那精明内敛的生意人，跟威风凛凛的当红大老倌又是另一回事。他弯腰垂首，请黎宝笙在堂中站定，自己连忙展开软尺。从身量开始，领围、肩围一路量下去，逐一记下。他虽接待过许多贵客，此时却忍不住颤抖，与黎宝笙虎虎生威的大眼相对，总免不了心中一凛。

黎宝笙衣着华丽，颈上挂着一串黄澄澄的珊瑚圆珠，坠子是一只雕得极精致的万寿果；左手腕上戴着一只玉镯子，镯面雕的是龙凤呈祥。再仔细看时，枣红色缎面长衫的袖口上，点缀着一对像梅花一样的"黎"字，五个花瓣绕着三粒欲卷不卷的花心，一眼看得出是朵梅花，又一眼看得出是个"黎"字。陈斗升略过了过眼，知道是个讲究人，心里又警惕了几分。

量完了身，黎宝笙稳稳地坐下，啜了口茶，问："想做件海青，什么价钱？"他年纪四十有余，面相却是唇红齿白的，皮肤肤质细腻，一双虎眼灵活转动，一举一动都带着唱戏的架势，藏内蕴之劲，仿佛一掌便可以将八仙桌劈下。

大老倌和正印花旦自己订做戏服，是近几年才有的事。最初戏班没有自己的服装道具，要上戏了才向戏服铺租借衣箱。后来一些戏班开始有了"衣箱"，由领班统一保管。近几年，慢慢兴起了一股"私伙"的风气，稍微有点名气的伶人，都乐意自己花钱添戏服、置行头。

各省港大班里，有名有姓的大老倌、正印花旦、文生武生，都跑到戏服铺头订戏服了。这对于戏服铺来说，无疑是件天大的好事。这件事，最初发生的时候，各戏服铺都不怎么敏感，陈斗升敏锐地感觉到了，他因此重金修饰了前厅，方便大老倌们前来量身订衣。

"黎老板肯帮衬汉记，是我的荣幸！"陈斗升边说着恭维话，边摆出了算盘，"价钱好商量。我们汉记的价钱向来公道，手艺比其他铺头精良，价钱却从来不多贵一分。"他在算盘珠上啪啪地打几个子，一边算，一边仔细观察黎宝笙的脸色。

黎宝笙掠了一眼，轻轻点头："价钱还算实在。"

"手艺人靠手艺吃饭，长做长有。我不会多收的，只盼您常来。"生意做得久了，这一套话说得甚为熟练。陈斗升谦卑地笑着，又立刻拿出了戏服样本。

"还想做件大靠。"黎宝笙跷起二郎腿，不紧不慢地说，他是著名的文武生，能唱文戏也能唱武戏，"不怕衣衫贵，只怕做得不好，穿着显廉价。"

"这里有，您看样本。"陈斗升又立刻翻出了男大靠的图样。

不料黎宝笙看也不看，摆摆手，说："我不要这些旧款！"

陈斗升不由得皱起了眉，说："只有这些款式，我们也不敢乱改……"

黎宝笙一口喝光了杯子里的茶，说："都是些旧款，怎么有特色，要改！"

"改是可以改，就怕改错了。"陈斗升说着，仍是将图稿放在他面前。

"让你改就改，这么多顾虑？"黎宝笙不似在问，已经是在发脾气。陈斗升缩了缩脖子，被他洪钟般的声音吓着了。

"怎么改才好？"黎宝笙又翻着图谱，似在自问自答。

"怎么改？"陈斗升凑近了看，又顺势将一叠样版放在他面前。

黎宝笙却是站起身来，拍拍他的肩，说："你拿主意，要特别的，好看又特别。"

做生意，讲求的是有求必应，因应客人的需要，没有什么做不到。只是戏服这一行，于规矩上十分讲究，"宁绣破不绣错"，对应着戏台上的人物，麒麟狮子、品豹品虎，是绝对不能错的，要改也只能在规矩里改，这就有了制约。

黎宝笙的要求也不算蛮横无理。近年来戏台上的改动很大，自从西洋影院进了城，粤剧班子时时刻刻担心着观众流失。戏台上千变万化、花样百出，改戏，改布景，演员们别出心裁、自有创意，有时在舞台上放一道烟，有时突然翻十几个跟头，看得观众目瞪口呆。

陈斗升知道大老倌自己出来一趟已是难得，如今大家都抢着做生意。在这个行当里，认的是"熟口熟面①"，第一笔生意谈好了，底下的财路才源源不断。黎宝笙这门大生意无疑是要做的，怎么做，做不做得来，却是另一个问题。做得不好，弄巧成拙，反而砸了自己的招牌。

"就这么说定了！"黎定笙却是个爽快人，没那么多啰唆，将两块银圆放在桌上，算是订金。

送走了黎宝笙，陈斗升多了一桩烦心事。他看了一眼底下埋头苦干的小工，了无头绪，只好在厅堂里走来走去。

几个学徒看他心情不佳，都不敢出大声。唯有他的儿子树仁，笑嘻嘻地跟在身后。

陈树仁是中等身材，黑黄肤色，放在人堆里第一眼的感觉是做力气活的。与陈斗升终日绷紧脸面不同，他的脸上总带着宽和的笑，仿佛每走一步，便能捡到几枚铜钿似的。陈斗升不满地瞪了他一眼，他却毫不担心，搓着手，笑着说："今日早餐还未到，阿妹呢？"

正说着，翠凤便迈进了门。翠凤是细高身量，瘦瘦的，一双桃花眼顾盼有神。双手提着藤篮，一边装着粥，一边装着菜。对于一个姑娘来说，这样的

---

① 字面意思是：脸熟，实际表达一种像是认识，但又叫不出名字，似曾相识的感觉。

分量不轻，她吃着力，步子不由得加快，每走一步似乎都要往前扑倒。树仁连忙替她将篮子卸了，笑着说："这么一大早的，哪里闲晃去了？你是要饿死我么？"没想到这么说倒是冤枉了翠凤，她忍了半天的气顿时爆发了。

每天早上，翠凤都要早早起来烧饭。这天她一早起来，却发现灶底留着的残火熄了。那黑咕隆咚的南方大灶构造独特，曲径通幽，每次生火总像寻宝似的，得找着通火处，用吹火筒悠悠地吹进去，吹得不对，通风口便塞住了，浓烟倒灌，呛得人像被火燎似的。每晚若不留着残火，第二天必要辛苦好久。翠凤在灶头吸了半天的烟，鼻头上落的灰还没洗干净。

自从家里最小的孩子出事，一家人的生活改变了许多。陈师母身体不好，神情恍惚，常常做着事就莫名其妙丢下了，一个人去角落里自语。这样的状况反复发作，吃着中药也不见好，家务事，无论大小都落到了翠凤身上。

翠凤穿一件深蓝的对襟大褂，绯红的裙子，戴着一对母亲传给她的翡翠镯子，衣着虽不华丽，却是干净平整，清丽的五官衬着恬淡的笑容，看上去端庄大气。陈斗升对这个女儿特别喜爱。儿子是家里的壮劳力，女儿是门面，不认识的人总以为她是大家小姐。

今天的早餐是咸骨粥、清炒豆角。陈斗升最喜欢吃咸骨粥，腌制的骨头里透着一股咸香味，是长年劳作的穷人才懂的美味。他忙不迭地掀开盖子，招呼学徒们过来。学徒们都是闷葫芦，在师父面前不敢大声说话，当下自觉地递上碗，盛了粥，围成一圈坐着，接着便是一片塞塞窣窣的喝粥声。

陈斗升吃了早饭，跟儿女们说起接待黎宝笙的事。树仁向来是话少的，只认真听着，听完了依然沉默，静静等待着父亲的指示。翠凤却是心思灵敏，很明白父亲担心什么。她收拾了碗筷，整整齐齐地放回竹笼里，说："笙哥这样的大老倌，都到我们汉记做衣服。我们的招牌真是越来越响了，如今真是有得做，不怕做了。"

陈斗升抽了一口烟斗，长长吁出，说："话是这么说，万一做衰了，岂不是浪费了这几年付出的心血？"

做戏服这一行，手艺极为重要，一针一线，一花一纹，总要落到实处。陈斗升开汉记这些年，极为重视对手艺的要求，用料十分讲究。然而另一层，死守着规矩不行，必须求新求变，这重要的一点便慢慢掌握在翠凤手里。姑娘家心灵手巧，最懂得在规矩里求变化，闲时自己画个花，画个草，都是有板有眼，精巧细致的。

吃过了早饭，学徒们便各就各位，各干各地开工了。开料的开料，裁剪的裁剪，做黏合的烧红了锅炉，煮糨糊，散发出一股难闻的溲水味道。陈斗升手里握了戒尺，缓缓地在各个房间走来走去，脸上的表情喜怒莫名。

翠凤收了绣件回来，先是忙着跟管账的小源哥对数，接着便去帮哥哥看花样。她在铺头的工作，是哪里缺人帮哪里。缝纫的活她做得最多，倘若发现哪个绣件不合格，还得帮补一回。不过这几年，陈斗升更愿意她去描花样。她虽未学过画画，却是从一针一线的刺绣中，了然于心、胸有成竹，虚处添几笔，实处减几笔，便是不同的花色变化。跟常年木讷的学徒相比，她像是死水潭中的一尾鱼，在沉静中灵动。她本身对于美有独特的感知，无师自通，青出于蓝，绣出来的活计比做了几十年的绣娘还好。

从开料、剪裁到绣制、缝合，每一处都得十分用心。针脚的细密，缝合的齐整，无一不影响着整件服饰的水准。纹样既要清晰大方，配的色也要鲜亮华丽。这一处处、一点点的融合，便是手艺人的辛苦与用心，即是叫作"匠心"的一种东西。

陈斗升看着衣服一点点地成样，像是看着一个梦慢慢拼凑起来，十分华丽、美不胜收。

汉记的做工比别处的好，是因为陈斗升一直坚持"精工细作"。他不像一些铺头老板，为了一点盈利去用廉价布料，也不像一些不懂筹划的老板，为了节省时间让伙计没做完就交货。他是每一道工序都心里有数的。状元坊里的戏服铺头不少，竞争激烈，要脱颖而出，靠的只有手艺。手艺好，自有客人寻上门来,手艺差,不管怎么夸成一朵花,客人也不会买。大老倌们日日唱着戏,穿着戏服,哪一件舒适,哪一件不好,一望便知。每一个细节都做好了,整件衣服才会好。陈斗升对于每道工序都十分认真,他自觉不是生意人里会说话的,因此对手艺的要求更加严格。

寒来暑往,春华秋实,大家大业也好,小门小户也罢,总是在这个行业里打滚,吃的是一碗辛苦饭。从大新街的玉器行、状元坊的绣品行,到泰康路的酸枝家具行,一家家、一户户,都是父亲带着儿子、叔叔带着侄儿,老手搭新手发展起来的。手艺人靠的是手艺,年深日久的打磨,最初是一块不起眼的原料,经过粗作变成半成品,又经过细作变成成品、精品。外行人看到的是牙雕的细腻,刺绣的繁复,戏服的华丽,只有内行人才知道,这"从无到有",是日复一日的磨砺,是有苦有乐的人生。

陈斗升终日疾走,像一阵风似的在厅堂里穿梭,吆喝着伙计,骂两声脏话,惦记着压得紧巴巴的活计。他手里拿着个红木戒尺,厚度不小,看着有学徒出了错,随时挥尺打下。再粗糙的皮肤,被那戒尺打着了,也会留下一条触目惊心的血痕,学徒们都很怕。

汉记铺头在状元坊里已是数一数二的,陈斗升却丝毫不敢放松。铺头开得大,便意味着学徒养得多,风险也大。他时刻意识到,这是十几个人的饭碗,破了便大家都没有活路了。

这天,本家有一个姨婆做七十一的"大生日"。陈斗升生意做得越大,越是记得这些礼数。他早早便在行事本里记下了,半个月前便让太太准备好了寿礼,自己预备了当天去磕头。

不过这个四姨婆起得晚,斟茶磕头的时间也晚。寿贴上写的时间是十二点,陈斗升便打算开了铺再过去——铺头里规矩严,可事头[①]走了还是会偷懒的。陈斗升在铺头里巡回了几轮,眼看日头已烈,这才吩咐管账的小源哥仔细

---

① 事头:管事的头领,后多数指老板。

看着点,他自己提着精心包扎好的寿礼,回老宅找翠凤。

这位族中的四姨婆,早年是个绣娘,后来嫁了个中医,是在家里开中药馆的。老公离世后,她一个人担起了中医馆,收留了几个自梳女,这几年悬壶济世,治病救人,在大东门一带颇有名望。陈斗升本打算一家人去的,可陈师母嫌宴席冗长,树仁说铺头上许多琐事要跟,闹了半天,只有翠凤乖乖地跟着去了。

到了四姨婆家,那宽敞的厅堂里早已挤满了人。族中有辈分的长者坐了酸枝雕花椅子,年轻人都站在身后。四姨婆打扮得十分光鲜,梳着整齐的鸡心髻,穿一套深红攒金四宝纹外衫。这套衣衫是汉记的出品,为了赶着在她大寿前做出来,费了不少心思。

四姨婆见陈斗升到,忙向他点头,向旁人介绍说:"斗升一家,几个家姐的孙辈里,就他最有我心。"陈斗升恭敬地送上寿礼,又捧起一旁准备好的茶,弯腰鞠躬,说:"四姨婆,我们阖家祝您生辰快乐,福如东海,寿比南山!"

四姨婆点头颔首,接了陈斗升敬的茶,说:"我也祝你们生意兴隆,长做长有!"说着一口喝光。众人皆赔笑,帮衬着说"汉记"做的衣服就是好,金丝银线,花团锦簇,好显贵气。四姨婆十分高兴,打眼望了望翠凤,问:"翠凤定亲了吗?什么时候嫁?"

陈斗升袖着手,半低着头,恭恭敬敬地答长辈的话:"还没定,年初我跟她妈说了,今年可以找媒人了。"

四姨婆听了更笑,指着旁侧站着的一个老妇人,说:"呢位何姑就系做大媒嘅①,你等阵同佢倾下②。"周围的人都笑得响了,翠凤害羞地低下了头。

从四姨婆家拜寿回来,翠凤一直闷不作声。陈斗升没看出异常,自顾琢磨,该寻一个什么样的女婿。他一直属意于小源哥,在汉记打工多年,要是能

---

① 大媒:指媒婆、牵线搭桥的人。整句意思为:这位何姑就是做媒婆的。

② 等阵:等一下。倾下:聊一下。整句意思为:你等一下跟她聊聊。

入赘，铺头又多了个可靠的人手。听长辈们的意思，这个算盘仔还是低了，得给翠凤找更好的门户。

他稍后便找了媒人何姑，交了翠凤的生辰八字。何姑是远近闻名的正牌媒人，手里存着一打"现货"，各种款式齐备，一张张黑白小照，像扑克牌般整齐排开。陈斗升一时挑不出来，回来问太太的意见，翠凤在一旁听着，脸色更加不好。

"翠凤要有自己喜欢的，照直讲，摆脸色给我看做什么。"陈斗升做生意几十年，向来擅长察言观色，只因这次是自己女儿，才一时没看出来。现下总算是反应过来了，这天趁翠凤还没来，跟树仁抱怨。

树仁向来与妹妹感情要好，知道妹妹的心事，不敢讲，低眉垂眼，生怕不小心说漏了嘴。

"到底出了什么事，你告诉我！"陈斗升看出了他心中有鬼，突然暴喝一声。

树仁吓得浑身一颤，支吾了半天，还是说了实话。原来，翠凤暗自钟情的，是大新街上一个叫黄柳的小学教员。

"手艺人嫁手艺人，嫁什么教书先生！"陈斗升从鼻子里冷哼一声，对这门婚事不甚赞成。树仁想劝说，想了半天，说不出几句不惹父亲生气的话。

陈师母很少看到丈夫发这么大的火，一时不知如何安慰，忙中出错，说："你是不是不舍得翠凤，希望她招个上门女婿？不如我们问问这位黄先生，愿不愿意婚后住到我们家。"

"手艺人嫁手艺人，嫁什么教书先生！"陈斗升仍是这句话，气呼呼地冲太太吼。自从小儿子出了事，他很少对太太发脾气。陈师母吓了一跳，仿佛受了很大的刺激，走到墙角，不作声，眼泪哗哗地往下掉。

翠凤在自己的房里，于这一切听得清清楚楚，一时不敢出去顶撞。陈斗升说开了便停不下来，脱了鞋在罗汉椅上坐着，抿一口茶，气呼呼地说："女孩子家想东想西的，随便遇到个人就说要嫁了。自己要知配不配，嫁错了将来不要回娘家哭!"这么说着,翠凤也生气了,无声无息地从房间出来,垂着头,走到父亲身边时,突然狠狠地瞪了一眼。陈斗升吓了一跳,因为从小到大,没见女儿这般忤逆过,当下也失去理智了,说:"你给我滚回房去,明天雇架板车就把你给嫁了。"

所谓雇架板车,是穷人嫁女儿的做法,连婚酒都摆不起了,一辆破板车便拉到了夫家,权当卖女儿。翠凤没想到父亲如此无情,气得说不出话来。第二天早上,陈师母一早叫她,说要做早餐,她对着母亲抹眼泪,说:"不做了,我自己找板车去,明天就出嫁!"

翠凤罢了工,汉记的十几个人便没有早饭吃了。陈斗升急得跳脚,声言要立刻回家教训她。晚上回来,翠凤不理不睬,抿着嘴,一句话不说,到处躲着父亲,只给他背影看。陈斗升看了半天,火上心头,借着饭后上茶,太太将茶捧上来之际,狠狠地将茶杯盖往地上一掼,说:"你要嫁人,趁早给我滚出去!吃了我十几年的饭,翅膀硬了,要飞了!嫁人唔使问过老窦喇①!"翠凤正准备给父亲捧茶的,碰了一脸灰,捧着茶托,不敢动,眼泪滴滴答答地掉下来。

晚上,陈斗升还生着闷气,不叫翠凤出来喝糖水,自己坐在厅堂的罗汉椅上,摇扑着葵扇,兀自骂个不停。他不是势利眼,也不是怕翠凤嫁了自己少了帮手,只是认为手艺人跟教书先生不般配,即便一时投缘,将来也会后悔。这个女儿太有主意了,她成日在铺头里帮忙,是什么时候认识这个教书先生的呢?

翠凤呆呆地坐在黑暗中,不声不响,最后熬到夜深人静,众人皆睡了,她才好意思起身。走到门外,看到自己做的茶果被摔得满地都是,顿时觉得父亲蛮不讲理,心里的委屈渐渐涌上来,泪水湿了眼眶。

第二天陈斗升去开铺,气得七窍生烟。满地的针剪篮子,五颜六色的绕线

---

① 唔使问过:不用咨询,不用征求意见,这里指直接跳过、忽略。整句意思为:嫁人都不用经过父亲同意了?这里带有斥责问罪的反问口吻。

木满地滚,乱糟糟地缠绕在一起,一把竹星尺不偏不倚地插在太师椅上,像降妖宝剑似的。最惨不忍睹的,是原本威风凛凛的荷叶缸,几朵荷花开得灼灼其华,如今却全折了,喂了里边的金钱龟。那几只金钱龟获得了自由,显得十分高兴,踩着荷叶爬来爬去,不时伸出头来呼吸新鲜空气。

陈斗升完全气昏了头,在学徒堆里磕碰了几个人,好不容易才揪住树仁,对他说:"你回去绑了你妹妹来,看我今天不把她打死!"说着将自己的白褂子脱下,狠狠地掼在地上。树仁看父亲气成这样,吓得心惊肉跳,一路小跑回家,正打算让翠凤赶紧跑,只见母亲担心地迎上来,说:"早上翠凤收拾包袱走了,我怎么也拦不住。"

这一边,陈斗升正为了女儿又羞又气;那一边,交货的日子可是一点也不含糊。陈斗升气了个半死,在罗汉椅上咿咿呀呀躺了几天,说自己恨不得两眼一闭,什么都不管了。树仁却不能,他每天去麻行街催着绣娘们完工,一领了绣好的活件,立刻叫缝纫开工。

"怎么少了几幅,领子哪儿去了?"陈斗升皱着眉头,拿着合成了一半的龙袍抖搂着。几个绣娘低头不敢作声,半天才说:"那是凤姑娘做下的,我们哪里知道。"树仁便解释:"阿妹这次出走,卷走了一些铺头里的碎料、针线,或许是不小心连那些件料也带走了。"

陈斗升听完又是脸色通红,神情激动,冲着树仁一通乱喊:"岂有此理,赶紧找她要回来,要不回来我打断你的腿!"

第二章

粤剧是明末清初,从梆子戏里发展起来的。在地方化的过程中,吸取了岭南区域的地方特色,也吸取了昆、弋、湘、徽、汉之长,逐渐成为地方戏曲中独具一格的大型剧种。广东人称看粤剧为"睇大戏"。一场完整的粤剧能连演四天,人物众多、情节复杂,十分热闹。

受"西洋画"的影响,粤剧票房曾有过不景气,上座率出奇的低,一度几乎维持不下去。在戏班和艺人的共同努力下,从剧本、表演到舞台艺术,都进行了革新,新编排的《客途秋恨》《野花香》《亲王下珠江》等戏叫好又叫座,吸引了一批忠实观众回到剧场。

黎宝笙亲自到汉记量身订衣的消息传开来,汉记的招牌又响亮了许多。每日往来的戏班班主络绎不绝,活计排到年末也做不完。陈斗升心下稍宽,亲自去水族铺挑了一个更大的鱼缸回来。那鱼缸是青瓷做的,八十公分的大盘口径,专门用一个檀木几架,摆在厅堂正中,甚是威风。他小心翼翼地将金钱龟放进去,一个个的,拍着它们的背,说:"好好住着,保佑我们汉记生意兴隆、荣华富贵。"又将新采的莲枝放进去,培了河泥和小石块,又对着爬来爬去的金钱龟揖拜三下。

已是春末初夏的季节,天亮得早,空气里微荡着溽热的气息。陈斗升很振奋,他起得更早了。每天早晨"吱呀"一声推开大门,独自站在青麻石路上,回头看见一个端端正正的太阳,烧着了半边的云彩,朝着状元坊铺天盖地地袭着霞光。

这状元坊是福地、宝地。能出状元的地方,可不是一处宝地么。青灰色的牌坊下,麻石小路曲延向前,两边整齐的铺头排开,各家招牌安静地映衬在霞光下。

这天一大早,又有庆团圆的领班过来,一口气定了三件元领、三件小宫装,另还有侍卫扣、小梅装数十件。领班谭老板对陈斗升甚为信任,说:"你只管做,只要是你汉记的出品,我便用着放心。"说着将几块银圆放到八仙桌上。陈斗升忙不迭地作揖致谢,又盛情地请谭老板坐,喝茶、吃点心。

送走了谭老板,永遇春的领班霍老板来了。霍老板向来小气,是行内公认的难侍候的顾主。霍老板没有带订金,却让陈斗升将所有图样版册都搬出来。

他坐在太师椅上,跷起二郎腿,一页页翻着,边看边摇头。陈斗升在一旁赔笑,说:"怎么,没有合心水的?"霍老板索性将图册重重地合上,说:"没有心水的,无非是裁剪好一些,绣工细一些。"

陈斗升心道:仅这两样就很难得了。为着这裁剪细一些,绣工细一些,针脚细一些,不知费了多少心力,熬坏了多少人的眼睛。表面上不能显露,只管殷勤地倒了茶,谄笑着问:"霍老板,到底要怎么样的?"

霍老板眯着眼睛,干笑三声,仿佛早就等着陈斗升这句话。他二郎腿换了个边儿,从兜里掏出一张纸,说:"我记性不好,让他们给我写到纸上了。"说完将纸抖了抖,立刻大声念出来。

"两件海青,"他咳了两声,手指点在笔迹上,"一件浅色,一件墨色,浅的要水波纹,深的要海螺纹,袖口一律用斜纹,箭牌一个两幅,一个三幅,补子……"边说边仔细辨认,大概那纸是别人写的,他自己都不知道是什么。霍老板的订单比谭老板的要复杂百倍。陈斗升趁他不注意,倒吸一口冷气,又斜眼掠过在一旁劳作的学徒们,怕他们乘机偷懒。

笑意盈盈地将霍老板送出门,陈斗升这才开始发愁。生意自然是要接的,可是接下来怎么办。一是不给订金,二是不签合同,三是做好了不合心意汉记得修改到底——做这样的生意简直随时要破产。他环顾四周,长长地叹了口气,要是女儿在就好了,她总有些机灵的主意。

陈斗升叫小源哥将账本拿来,两个人对着算盘划拉了半天。要按霍老板的要求,那必定得进一批丝绸,这是要现买现卖的。眼看算盘子只上不下,陈斗升急得变了脸色,小源哥忙好声安慰:"事头唔好急①,总会揾到办法嘅②。"

学徒们在赶着做黎宝笙的男大靠。男大靠的工时漫长,一百多块的拼接块料,每一块都有绣纹。通常是由版佬描好图样,裁缝师傅裁剪了,再送出去给

---

① 唔好:不用或不要。整句意思为:老板不要着急。

② 揾:找。整句意思为:总会找到办法的。

外包绣娘。这段时间持续很长，绣娘们须照着图样一针针地绣，五光十色的龙鳞，金丝银线交叉着，小小的一片便要费好大工夫，还得熟手绣娘才做得了。头盔更是复杂，需要剪样、做坯、包边、装配，陈斗升知道翠凤不在，那做头盔的徒弟一人是做不来的，索性外包给了陈记头盔铺。

状元坊一带，除了戏服铺成群连片，前后街巷里的花佬、绣娘也是遍布。绣娘们大都心灵手巧，虽不识字，更不懂绘画，照着铺头给的图样，埋头苦绣，最后总能完成一幅针脚细腻、颜色生动的作品。汉记铺头里除了翠凤，便没有绣娘，大部分绣件活都是外发的。陈斗升虽是贪多接活，于手艺上却毫不含糊，固定外发的几个绣娘，都是精心考察过的，绣艺最是精细。

这天晌午，天热得要命，大家吃了午饭，都四散午休去了。陈斗升留在正厅，就着太师椅打盹。午间燥热，不管如何是要眠一眠的。他在太师椅上摇了半天，渐渐迷糊，突然被人强烈地摇醒。来人是个大力气的，一双手卡着他的肩膀，指甲尖利，几乎要掐到肉里。陈斗升正要入梦，吃着剧烈的痛，立刻醒过来，眼前一片迷糊。

"我的《赵子龙催归》要提前上了，你看海报了没？我的大靠呢？快拿出来看！"说话的是黎宝笙，他仿佛小孩子找糖吃，找不着便要把屋子拆了似的，手心里渗出许多汗，把陈斗升的肩膀抓出一片潺湿。

陈斗升顿时清醒，利落地从太师椅上滑下，说："说好了下月一号交货。"

黎宝笙不高兴了，说："只有十天时间，竟完全看不到样子。"说着重重地在八仙桌上一捶，震得茶壶茶杯全都跳起来。他穿了一件类似猎装的长衫，衣纹是一片斑斓的虎纹，动起手来简直如猛虎下山。

陈斗升不仅从混沌中苏醒，而且清醒得连心跳也加快了。他忙宽慰，说："绣件全发散给绣工了，这两天便去收回，已经说好了的。"

"万一收不回呢！"黎宝笙说着不禁皱起了眉，一口热气直喷到陈斗升脸上。

"收不回我便把这汉记的招牌摘下来，送给你。"

黎宝笙一双虎眼直直地盯着陈斗升，声若雷鸣："你讲的，别开玩笑，误了期交不了货，我还真找人把牌匾摘下来，从此你不用在状元坊开铺了。"

说完他睁大眼睛朝陈斗升一瞪，铜铃般的眼睛里射出精亮的光。

虽是在学徒面前失了尊严，陈斗升也无法顾及了。卑躬屈膝地送走了黎宝笙，他定了定心神，赶紧吩咐："阿仁，你明天一定要把绣件收回来。"说着忍不住耸了耸肩膊，牙缝里"吱呀"了一声。黎宝笙不愧是当红武生，内家功夫十分了得，随便捏捏便能把骨头都捏碎了。

好在绣娘们向来准时，树仁出去半日，在绣娘当中转了一圈，便将订制的绣品都收回来了。然而其中有一块，是由翠凤负责的。树仁望着父亲，喏喏半天，说："要不我去问问阿凤？"陈斗升本就在气头上，更是气得跳脚，举起戒尺在树仁身上顺手一挥，说："问什么问，她已经死了！"

绣件收回来后，便是缝合、熨烫等，亦是要特别小心。陈斗升看着绣娘们精心绣作的龙鳞，心里便有了底，接下来的工序便有信心了。他时刻挥舞着戒尺，督促着学徒们日夜赶工，哪怕是拼掉半条命，也得把这件男大靠赶出来。

铺头里的学徒便是这样年年月月地调教出来的。他每日在铺头里念叨："做事要认真，不要东张西望，不要得过且过。要手艺好，好手艺，过得了别人，过得了自己。"

黎宝笙的《赵子龙催归》提早了一周上演，陈斗升亦提早了一周交货。黎宝笙对他真是感激不已，当下便将款项结了，还送给他一个大利是。舞台上的赵子龙，头戴战盔、背插战旗，衣衫锦绣，步步生风。在汉记订做的那件男大靠，衣服的暗纹与绣色相得益彰，从领到肩，从前幅到后带，无一针不扎实，无一处不精致。

这出戏在海珠大戏院连演了十天，场场爆满，叫好声不断。陈斗升去看了最后一场，黎宝笙穿一身淡青通心花的海青出来谢幕，亦是顾盼神俊，英俊潇洒。这一身也是汉记的出品，色彩重叠的五色下摆，杂金丝的水波纹，在台下也看得一清二楚。

消息一传开，帮衬汉记的戏班便更多了。陈斗升趁着势头好，扩大了门面，用九尺大木做了"汉记"的招牌，铁划银钩，端正典雅，高高地挂在房檐下。

陈斗升喝着小酒，愉快地看着眼前新来的几个小工。

又谈好了一桩外包生意，连着车缝一起，汉记只负责监工，不需要亲自动手了。陈斗升将剧班给的样图，连同衣料、珠管一起带给余记的余师奶——他倒不是做慈善，而是老余头去世后，余记便迅速衰落了，如今只剩下余师奶在日夜赶工。这样的局面，迟早是撑不住的。他心里有个打算，先让余记做外包，慢慢控制他们的账目，不知不觉就并过来了——现在也能买过来，只是显得不道义，不要让同行说他欺负了孤儿寡母。

翠凤不在，陈师母只得亲自下厨。饭菜也简单了许多，是一份外买的盐水鸭，还有一盘水煮西洋菜。陈斗升不满，说："最近赚钱不少，劳作又辛苦，就不能吃些好的？"陈师母却是恍恍惚惚的，说："盐水鸭好吃，翠凤的手艺越来越好了。"

话这么一说，陈斗升再也忍不住，扔了筷子，气呼呼地走到前厅，蹲在石做的屏风底下，一个人抽着烟。狠狠地吸了几口，又忍不住埋怨，说："一天到晚辛苦不停，回家还没有一口安乐茶饭。"陈师母默默地走到他身后，不敢作声，使劲地抹眼泪。

树仁更不敢作声，飞快地扒了几口饭，等到父亲不骂了，才轻声劝慰母亲。他又鼓起勇气，劝父亲息怒，说："阿爸，辛苦一天早饿了，生气虽容易饱，却饱不长久。"——他这么说的时候，陈斗升狠狠地瞪了他一眼。树仁知道父亲一半是生气，一半是伤心，说到底是想念妹妹了。翠凤出了门，便私自与黄柳成了亲，哪里还拉得回来。树仁不敢多说，怕父亲知道了更要生气，饭不吃了，茶不喝了，大概茶盏都要摔坏一套。

状元坊的尽头抵着大新街，那里有各式酸枝家具铺、皮革铺，人来人往，生意不断。大新街这个地方，从前是十三行连接漕运的出口，各种器物、果蔬、手工艺的进出口贸易十分繁忙，慢慢地就形成了一种氛围，中式里带着西式，传统里带着洋气。特别擅长精细的南派手艺，喜欢翻旧出新，不时弄出些新花样。黄柳家在和宁里，门口有一棵很大的桂花树。正是开花时节，到处飘荡着浓郁的桂花香气，偶尔有桂花从肩头掉落。

黄柳父母早死，只给他留下了一间木板平房。他是教书先生，收入稳定，薪水不高。

屋子看着不甚破败，却也不甚宽敞。翠凤穿着家常的蓝拷布粗衣，正在做午饭。一个小铁皮炉子吭吭哧哧地生着火，锅里的粥冒着白气。翠凤操起一双竹筷子搅拌了几下，说："哥，你就在这里吃午饭吧。"树仁注意到她头发上别着的一对珠花不见了。

"没有当呢，戴得太多，做家务不方便。"翠凤一眼便瞧出了哥哥在想什么。

翠凤全然不觉得这样的日子辛苦。在铺头里也是忙前忙后的，一天到晚歇不了工——只是不是自己话事①，凡事有父亲和哥哥商量，有问题总是他们顶着。如今黄柳只管按钟点教书，家里的事一应交给了她。她每日辛苦地忙碌着，脸上的笑容调皮而疲惫。树仁来了半日，静静地站着，不知该说什么，最后鼓起勇气，试探着问："要不，你回汉记帮忙？"

翠凤假装没听见，兴致十足地说："哥，你也来吃一碗。"一边麻利地摆着碗筷。一煲粥，一盘蒜炒小白菜，两块豆腐乳，无声无息地摆上了桌。树仁望了一眼，叹了口气，想阿妹这样嫁出去，终究是受苦了。

"这几日清肠胃，煲点粥。"翠凤依然是一副淡定的微笑。

"阿凤，你听我的，回家向阿爸认个错，怎么都好说。"树仁不忍心妹妹受这般苦，也知道父亲不过是虚张声势，赌气而已。翠凤却是毫不领情，说：

---

① 话事：能够把控事情，做出决策。

"哥,你不用为我担心。我已经想好了,自己接单做手艺,我样样都懂,没道理做不起来。"

树仁知道妹妹有这个心性,劝也是白劝。他知道自己人笨嘴拙,说不过她,只得摇摇头,从兜里掏出几张小票,仔细数了数。他虽然是所谓的"老板仔",每天带着挎包频繁地兜钱,自己口袋里的钱却不多。

翠凤硬是不接,将头拧过一边,倔强地说:"我有手有脚,就不信离了阿爸会饿死。"

树仁知道阿妹外表温柔,实则心性极高。然而一个弱女子在外边闯荡,又能做出什么。他劝说:"无谓再斗气,汉记这阵子生意很好,阿爸打算将余记并过来。铺头里越来越忙了,大家都惦记着你。"

翠凤摇摇头,拿起桌上的一只花绷,说:"我打算自食其力,开我自己的铺头。"

没过几日,黄柳记就在和宁里开起来了。这黄柳记虽是开在自家屋里,或者说不能成一个档铺,生意竟然出奇的好。黄柳作为教书先生,本就与一些唱曲的有来往,翠凤自不必说,跟坊内的绣娘个个都熟。看着绣娘们聚在一起说闲话,她过去凑着聊几句,便把绣活交下了。绣娘们知道她是跟家里闹翻了,自己出来闯的,连订金也不需要她交了,还从汉记的活计里省下些珠管给她用。陈斗升辗转得知这个消息,气得好几夜都睡不着觉。

更令他生气的,是行内有不怀好意的人,在状元坊里四处放风,说:"你看汉记的陈斗升,成天拍着胸脯说自己'有本心①',连自家女儿都反他,可见其实是个奸商。"陈斗升每日苦心经营,辛苦劳作,却因这件事被人抓着了把柄,一进状元坊便低下头,背着手匆匆地走。他人前忍气吞声,回家便对陈师母吼:"你看你教的好女儿!"说着又摔了茶盏。

陈师母被他骂过几回,老毛病犯了,连饭也做不了了,成日恍恍惚惚地在

---

① 本心:指原来的心愿,天生的善性,天良。整个词解释为:有初心,有原则,有良知。

陈宅附近游荡。陈斗升心中懊悔，又不懂如何哄好太太，只得成天拉着树仁说教，说："你长大了，要生性①，家里以后全靠你了。唉，我们这个家……我都懒得理了。"

待到气消了，他实在忍不住，又去看黄柳记的样子。远远地看着黄柳记人来人往，心中不知是什么滋味。有几分恼怒，恨女儿不听话，任意妄为；但又有几分欣慰，想自己女儿虽然是个女孩子家，却颇有几分家传风范，做生意理路清楚，会打算盘会记账，自己能养活自己了。

戏剧这个行业，向来是规矩林立、极其严谨的。无奈自美国"西洋画"传入省城后，许多人都改去看电影了。看戏的人急剧减少，为了拉拢客人，剧团便想出许多花招，增加了花花绿绿的布景、旋转灯，在不同的剧情里加了吊威亚、放烟雾，将杂技杂耍与剧情相结合。有时演到一半，跳到台下与观众互动，有时突然耍个刀棍，只听"啪"的一声巨响，整个舞台的灯光瞬间全暗，吓得前排观众连茶杯都摔了。

这股风气潮流引得粤剧界的老行尊们口诛笔伐，在报纸上不断刊登评论文章。可是骂归骂，要吸引得观众夜夜买票进剧场，还是要变出许多花样。

这一日，是一部《八仙过海》上演，其中有一幕，是众仙官、仙子乘着祥云驾临人间。这幕剧中，向来是以喷烟烘托氛围的，不料这一日，负责舞台的师傅想"搞搞新意思"，拿了一把大风扇增加风力，结果风烟俱旺，一个翻筋斗的小天兵翻错了方向，径直撞到"蓝采和"身上。"蓝采和"打了个踉跄，又被自己身上的飘带绊倒，摔了个四脚朝天。

台上台下一片骚乱，虽然没酿成事故，却也是一桩意外。扮蓝采和的刘明君第二天便到了汉记门口，气冲冲地坐在厅堂中央，叫陈斗升给个交代。

陈斗升的生意做得好，在于能应客人要求而进行改动。他坚持有生意便

---

① 生性：性格定型，人生观成熟，即懂事了。

接的原则，改得了的立刻改，改不了的想办法改。不像有些班子，硬说是老规矩，不能改；也有的是自己手艺有限，改不来。然而穿戏服的跌倒了，不肯丢自己的面子，硬要赖汉记的飘带做得多、做得长，这便麻烦了。

"君姑娘，对不住了，这是个意外，谁也不想的。"陈斗升只有低声下气，亲自斟了茶道歉。

"哼，都是你们，害我在舞台上大大地丢脸！"刘明君是近年来小有名气的青衣，这么一跌，她在台上狼狈不堪，名誉损失十分惨重。

"意外，意外，我也深感抱歉。"陈斗升把头低得几乎垂到胸前了。

刘明君长出一口气，将道歉的茶盏一饮而尽。她毕竟是年轻，望着四周摊挂着的锦绣衣衫，突然赌气般地说："以后我到汉记订衣，统统要八折。不管谁下订，只要我来，都要优先！"

"没问题，没问题。"陈斗升忙不迭地答应，将小姑娘客气地送出了门。

出了这种事，汉记的声誉也很受影响。每日不时有客人经过，便朝着铺门指指点点。陈斗升做生意多年，深知风口浪尖上，说多错多，唯一的办法是装聋作哑，忍过了风声再说。在茶楼上遇到，总有同行问起，只得含糊其词，说些自嘲的话岔开。更不敢说是戏台上的责任，怕不怀好意者乘机搬嘴，传到戏行里，又得罪了一班大老倌。

这样谨慎地避着风头，过了一个多月，事情总算慢慢淡化了。陈斗升跑到大佛寺烧了几炷高香，回来后心情大好，脸色舒展，手上戴着个菩提子手串，不时捏捏转转，说："寺里的大师说了，我的八字不错，有十几年富贵命，生意会越做越大，小小挫折不算什么。"

大佛寺的香火向来旺盛，绵延了几百年，广州城内官府富豪、各色生意人等、苦役杂差都要去祭拜的。可是大和尚说的话似乎不灵。这天一大早，陈斗升打开门，只见对门紧闭了半月的"和事记"也打开了门，叮叮咚咚地在装修了。

"也是戏服铺？"陈斗升担心地望着铺门，包边的木门赫然刻着精细的梅花团纹。

又一日,汉记门口鞭炮声声,有舞狮队来助兴。那舞狮队登了高,踩了青,也就罢了,还一门心思地往汉记门前窜。笑面佛看上去一脸憨笑,内中的人却不知道是怎样神色,一把大葵扇直往前扑,仿佛在说:你这铺头开得太久了,该"收档"了。广东人做生意最讲究意头,陈斗升在铺门站了半天,脸色铁青,那笑面佛不但没有收敛,反而指点着两头醒狮,张着血盆大口猛扑。

内中有个愣头青阿齐,气得拿了扁担出来,说:"这畜生再敢过来,我一扁担敲下去!"醒狮正舞得高兴,肯定是听不见的,大头佛摇头晃脑,扑扇着大葵扇,指引着狮子上蹿下跳。

午饭时分一阵喧哗,原来是请了几个著名的大老倌来了,汉记的人全都挤在门口看热闹。这新开的荣记果然出手不凡,请来了几个大老倌,都是赫赫有名的。一行人进了荣记,只是略坐了坐,喝了茶,由荣记老板赖荣亲自送出门来,却是十分有排场,吸引了无数人围观。赖荣是个瘦削身材,眼睛略眯,嘴唇奇薄,一看便知是个会做生意,极能算计的。树仁第一次见到这样的阵势,心里的忧愁直化成脸上的皱眉。从汉记这边望去,依稀能看到荣记铺头里放了一座两米长的潮绣屏风,是一幅金丝镶边、鲜艳欲绽的富贵牡丹,着实华丽。

"新开坑三日香[①],看他们能得意多久!"学徒们平日埋头劳作,很少聚在一起说闲话,这天却是一起站在铺头门口,望着对门恶狠狠地说。荣记开了几天,一直门庭若市,气势上显然胜了一筹。好在汉记毕竟是老字号,手艺又靠得住,来订货的老主顾依然不减。

过了十多日,陈斗升遇到麻烦了。居住在麻行街的几个绣娘,说赶完了这批活不做了。

这几个绣娘,都是长年跟着汉记的,活计好,做工细,人也讲究原则。汉记与她们合作开了,给每个人开了小数簿,按每月件数长期计算。

[①] 比喻对新鲜事物充满浓厚的兴趣,但是几天过后热情快速退却,难以持久。意思与"三分钟热度"类似。

陈斗升吓了一跳，想自己没有拖账，没有得罪人，无缘无故，到底出了什么事。他立刻去麻行街，低声下气地问了。绣娘们见是他亲自上门，也不隐瞒，老老实实地说：新开的荣记除了计件活，每月固定给她们五块钱。一位姓侯的老绣娘，一边说着抱歉，一边将汉记的数簿交回给他。这侯姆做绣活十多年了，是整个状元坊里手艺数一数二的，平时做汉记的活儿，从来无甚计较。然而每个月给五块毕竟诱惑大，陈斗升虽是长年和气，待她们尊敬有加，工件费及时放发，却给不了这样的大数。

与绣娘们结算后，陈斗升一声不吭，一个人默默地回了家。陈师母从未见过他这时候回家，吓了一跳，忙问出了什么事。陈斗升不回答，一个人进了房间，蒙头大睡，醒来时已近黄昏。金黄色的夕阳光透过窗纸，在床前洒了一地的明亮。陈斗升伸了个懒腰，对在一旁担心守着的陈师母说："自小到大，我阿爷便跟我讲，无论什么不开心的事，好好睡一觉，醒来都忘了！"

做生意总有高有低，这戏服行当的，也注定了有高有低，有竞争有淘汰。陈斗升自己一个人盘算了半天，觉得当下拼不过荣记，只好认命。好在状元坊里绣娘多，走了一批还有一批，只是手艺上有高有低。陈斗升不让自己往悲观里想，他默念了几个名字，想明天一早就去拉拢她们。荣记这样做生意，无非是想迅速拖垮汉记；汉记只要能撑个一年半载，垮的就是荣记。

"广州城里谁都可以做戏服生意，荣记要做，也逼不死我们。"树仁听说了这个消息，一改往日的稳重沉闷，噔噔噔攀着梯子，爬到屋檐下，就着招牌擦了半天。几个学徒见"未来事头"如此郑重，知道遇上了劲敌，都鼓掌欢呼，摩拳擦掌，齐声表示要与汉记共生死。

汉记虽然振作了士气，生意却是日渐冷落。荣记那边不知从何时起，多了几个站在门口揽客的后生。每见有客人在汉记门口落脚，便争先恐后地请人进荣记。许多客人拗不过，只好进了荣记。也有些领班主不怕事，看也不看，直接进汉记的，被这群后生一阵哂笑。

"明天他们再这样，看我不拿扁担打断他们的腿！"阿齐咬牙切齿恨恨地说。其他学徒也都争相呼应,毕竟是关系着饭碗的事,谁也咽不下这口气。第二天,仿佛是嗅到什么风声似的,那几个揽客的不见了,站在荣记门口的是两个黑衣人,体格高大健壮,手上拎着一根水火棍,一看便是本地的"烂仔"。这两个烂仔在荣记周边巡逻良久,手上的水火棍不时敲打在地上,简直是在暗示:谁敢对荣记有意见,我们直接就收拾了!树仁见势不对,让学徒们都回后院作坊去,别站在门口惹是非。陈斗升远远地仔细看了半天,皱了眉头,说:"怕不是拜了契爷吧,嚣张成这样?"

状元坊一带,虽是离警察局近,但因为出埠生意多,向来是养活了不少陀地的。再加上往前走就是旧三栏,龙蛇混杂。做生意要拉帮结派,总是要找些流氓地痞照应。沿路各行各业里多少要交"地头税",逢年过节还得送些蔬果招呼"叔父"。有的生意人索性拜帮会老大为"契爷",那就把关系坐实了。

汉记每个月都按时向陀地缴纳"地头税"。可是陀地毕竟不好惹,陈斗升按行规交费,从来没想过跟他们攀交情。然而眼下的架势即使不影响生意,也影响汉记的气势,难道真要跟对方拼横手?

陈斗升犹豫半天,还是忍住了。眼见天天有烂仔在街头街尾寻衅滋事,忙吩咐树仁看好学徒们,不要惹事。他一个人去找了状元坊的陀地全英。全英对于陈斗升的到来毫不惊讶,说:"几家附近的铺头找我反映过了,你们汉记在正对面,肯定是首当其冲吧。"陈斗升点头称是,想你既然知情,为什么全然不管——这些话不仅不能说出来,连表露也不能。只得再三请求全英,将荣记使横手①、不良竞争的种种事反映了一遍。拜访了全英之后,那些烂仔便立刻消失了。陈斗升心下稍宽,想不管你多么财大气粗,只要是正当竞争,我们汉记便不怕。

不料这天,他外出与客户谈生意,回到铺头时,天色渐晚,光线黯淡,路上行人稀少。他走到铺头门口,突然听到背后有异动,正要回头,肩膀上

---

① 使横手:用不正当的手段达到目的。

已经吃了一记。他惊讶地转身,只见是两个穿黑色布衣、扎红腰带的烂仔,一个挥舞着手中的扁担,另一个举着扁担要砸下来,神情凶狠,落点准确。陈斗升下意识地伸手去抢,却不如对方快,肩膀上又吃了一下,只觉得半边身体都麻了。他勉力支撑,试图看清对手的方向,然而头脑发晕,痛感迅速地向整个身体延伸。他摇摇晃晃地站起来,拼足力气大喝一声:"打人啦!"此时又有扁担落下,狠狠地砸在他的腿上。他痛得大声惨叫,感觉自己的腿骨已经断了。

汉记里的几个学徒听到动静,立刻赶了出来。小源哥最先看到,大喝一声:"谁敢打人!"树仁也听到了父亲的声音,一边冲出来一边大声喊:"什么事!"两个烂仔见对方帮手来了,扔下扁担就跑。陈斗升倒在地上,"啊哟啊哟"地叫着,摸着自己的腿,疼得无法动弹。

第三章

陈斗升有几日不能管铺头上的事,上午在家躺着,下午去扶济堂看跌打。四姨婆看他受到如此打击,心疼不已,劝他"唔好计较喇①,食几多着几多整定嘅②"。陈斗升并不惧怕,只是每日被推拿得十分疼痛,忍不住叫出声来。

好在跌打师傅手势好,喝了一个星期的中药,加上每日跌打,陈斗升恢复得很快。他摸着受伤的肩膀,"呲呲"呻吟之余,气愤不已,想这还有王法了?若人人都以不正当竞争,使横手,戏服这个行业迟早要垮。

陈斗升这次去找了戏服行会。戏服行会是由大小戏服铺头自发组织的行业

---

① 整句意思为:不要计较了。

② 整定:命中注定。整句意思为:吃多少、穿多少都是命中注定的。此句引申义为很多事情都是命中注定的,常用于劝导别人乐观面对不如意的事情。

协会，加入的铺头每年要缴纳一定的会费，会长三年选举一次，由铺头老板们共同推选出来。如今的会长胡明晋是新星的老板，行会的办事处就设在新星的楼上。陈斗升踏着木梯，咚咚爬上二楼，心中暗自懊恼，想自己每年缴纳的会费都是最大份，早应该来找了。

然而，听陈斗升说了半天，胡明晋一味地沉默，最后无奈地笑笑，说："赖荣在状元坊里扰乱秩序，许多业主都来投诉了。可是荣记是新开的铺，他并没有入会，又是外地来的，我也不好对他怎么样。"

陈斗升不满这样的答复，挽起衣袖，展示胳膊上的瘀青："把我打成这样，难道没王法了吗？"

"这个，你可以去警察局报案，上次他们在珠记闹事，也是直接报告了警察局。"

胡明晋的回答无济于事，说着不由得声音低了，见陈斗升表情越来越不屑，又忙拍拍他的肩，提高了声调说："明天早上我与八和会馆的刘行长饮茶。八和会馆快搬新址了，要做一批幕帷台布，我推荐你们汉记。"

陈斗升知道多说无用，只好立刻换了笑脸，对胡明晋说"谢谢会长"。

离开行业协会，陈斗升只得怏怏而回。陈斗升心里不平，想早知如此，每年的会费就不交了，还不如不入会。还有那个陀地，简直是诈骗……正想着，已经到了巷口，一抬头，看见迎面走来两个穿黑衫、系红腰带的小子。他心有余悸，身子本能地一颤，背部的痛感阵阵袭来。又想到长此以往，生意肯定被他们抢走，心情更是一直往下沉，仿佛沉到深不见底的河涌里。他缓缓地迈过门槛，走进自己的铺头，佯装的笑容立刻黯淡了。

附近的几间铺子都被赖荣找人"拜访"过。汉记的生意最好，又是在对门，自然"拜访"得更频繁一些。不少客人到了汉记门口，正要进门，却被迎面而来的黑衣后生吓住了，胆小的立刻走人，胆子大的也要看定了，没危险了，才敢走进汉记。陈斗升急得跳脚，四处寻找办法，又经同行指点，辗转周折，找到了一位肯帮忙的"和事佬①"。

这一日，陈斗升早早地等候着。等到近午时，一辆人力车停在了汉记门口。车子停稳了，敞篷口慢慢地钻出一个人，穿一身月牙白的花蝴蝶纹长褂，戴着一副墨镜，腰上悬挂着时髦的烟斗匣子。陈斗升忙上前迎接，抬头一看，这人是认识的，也是一位当红大老倌。

梁焕仁长得不算高挑，却是唇红齿白，眉目清秀，鼻梁特别直，不管画什么样的戏妆，都极易将他一眼认出。陈斗升知道很多大老倌性格开朗，交友广泛，于商于官、黑白两道都有关系，忙请梁焕仁进屋坐了。荣记的赤膊后生缓缓走了过来。梁焕仁面不改色，稳稳地大跨步向前，对着那两个后生，说："问你们老板好，在下梁焕仁。"

两个年轻无赖只是负责恐吓，上下打量了一番，见对方有势有架，像是来头不小，不敢轻举妄动，装作无事般地退回到荣记门口。

陈斗升殷勤地请梁焕仁坐了，又拿了新制的花样图册出来，请他挑款式。梁焕仁看到新货，忍不住兴趣，立刻认真地看了，当场订下一件男大靠。陈斗升点了酒精炉子，沏了一壶好茶，客气地捧到梁焕仁面前，又问他："海长做不做？"

梁焕仁平时应酬多，极爱做新衣服。听陈斗升说进了新的布料，心里痒痒的，略想了想，说："天气凉了，做件厚实的长褂，也是不错的。"陈斗升忙不迭地回应："梗係②，梗係。"

梁焕仁一直很喜欢汉记的做工。他早年在戏班里跑龙套时，最爱抢汉记的穿。后来成了大老倌，与胜寿年签了自由契，第一次到汉记来，便一口气定了几大件。自从知道黎宝笙也在汉记订衣服后，他便出现得少了。最近一次订的是文武袍，已是半年前的事了。

---

① 指喜欢主动出面调解纷争的人，也指无原则地进行调解的人。这样的人一般有点老好人性格，不愿意看到纷争，希望借助自己的力量来调停。

② 当然。

陈斗升风闻二人有宿怨，不敢在他面前提黎宝笙。不料，梁焕仁慢慢喝着茶，却是主动提到："我很喜欢你们汉记的出品，可是听说你们专门替虎头笙做衫，便不敢来了。"

陈斗升满脸堆笑，说："梁老板您讲笑咩，汉记替省城各大戏班都有做，谁来我们都欢迎。"

梁焕仁呵呵地笑："或许虎头笙那封利是给得大呢，陈老板，商人重利啊。"

陈斗升忙给梁焕仁加茶，装作没听懂话语中的骨头，仍是兴高采烈地赔着笑，说："豆零大的店铺，糊口而已，哪有利可谈。"

这一番应对，算是十分顺梁焕仁的心。他是爱美爱戏之人，始终舍不得汉记的好做工。喝了会儿茶，又翻了一遍戏服图样，最后又多订了两件新制样式的座龙。

"汉记的做工，您放心，不好我们也不会拿出来，坏自己的招牌。"陈斗升一直赔笑，有了这张大订单，他几乎忘了请梁焕仁来的目的。

梁焕仁又闲闲地喝了一会儿茶，仿佛有些醺了，环顾四周，笑意浓浓地说："陈老板，你这里真是好，我虽然不喜欢跟虎头笙在同一家店做衫，却还是舍不得啊。"陈斗升忙点头称是，想想不对劲，又忙摇头，说："不是一回事，不是一回事。"

闲谈了一上午，最终是订了五件大件，交了订金。陈斗升乐呵呵地将梁焕仁送至门外，替他叫车。梁焕仁站在牌匾下，略停了脚步，瞥了对面一眼，说："荣记这样横行霸道，于戏服的发展毫无益处，对我们唱戏的来说也不是什么好事。我跟警察局陈局长熟，拜托他一声就了事。你们以后，多替我做几件好的，别只顾着虎头笙。"

陈斗升忙不迭地点头。

树仁每日忙得连喝水都顾不上。这小伙子，虽已在铺头做了五六年，仍然十分单纯。有父亲"话事"，他什么都不须操心，只须跟着口令干活。在旁人眼里,他是未来的大铺"事头",不愁吃喝,坐拥家业,可以称得上"二世祖①"了。

然而这位"二世祖",却永远是一副谦卑的模样。他向来觉得自己就是个干活的人。剪、裁、缝、绣,他样样精通,工坊里的每一道流程,他都懂得门道,有一份细腻的手艺。他的烦恼之处,是在最近关乎铺头存亡的纠纷中,自己完全帮不上忙。

在陈斗升长吁短叹的时候,他想不到话来安慰。在陈斗升辗转寻找帮助时,他也找不到任何机敏的办法。以至于陈斗升无奈地望着他,皱起了眉头,说:"将来我不在了,你怎么照看汉记?"

他只有低着头,整理着那些繁复琐碎的件料,希望尽快将衣服做好,让父亲少一件烦心事。

他的脾气是温和的、内敛的,脸上永远带着宽和的笑。

陈斗升去茶楼饮早茶,伺机与戏班、演员熟络,树仁便带了账本去收绣件。他从来不偷懒,却总是有意地给学徒们偷懒的机会。在他看来,自己虽然辛苦,却不困苦,学徒们不仅从早干到晚,挣得的一点钱舍不得用,还得寄回家养一家老小。

穿过状元坊,走到大新街,在元锡巷口,他碰到了卖花姑娘素兰。

树仁认识她,这姑娘也是接揽汉记绣活的绣娘。早上趁着日头未出来,将一篮子新鲜的玉兰花卖掉,下午便领了绣活做另一份活计。素兰是瘦小身材,脸色暗黄,一双眼睛特别大,笑起来眼弯弯的,看着十分温和可人。她穿一身蓝拷布衣裳,看得出是家里姐妹穿过的,领口、袖口磨损得厉害,又宽大,穿在身上晃晃荡荡的。她稍微弯腰,以省些力挑起那比她大许多的两个簸箩。树仁看到簸箩里装着一把把玉兰花,玉兰花早上洒了水,带着露珠,正是最美丽的时候,新鲜欲滴、喷香扑鼻。

---

① 指出生于富裕家庭,平常只管吃喝玩乐、不务正业的纨绔子弟,常含有贬义。

两个人一个正走出来，一个正走进去，差点在狭窄的巷子里撞个正着。树仁低头看她，只见她也低了头，几乎是头顶朝天，两个簸箩强烈地晃荡了几下，她小心地将扁担放下。

树仁轻轻"喂"了一声，说："今天这样晚才出来？"

素兰低着头"嗯"了一声，说："三姨病了，给她煲了药才出来。"素兰的家在土华，只有她跟一个姐姐在元锡街三姨家暂住，是为了卖花方便。

她额头上不知何时沁出了汗珠，晶莹的几颗明显地挂在大额头上。树仁看到了，简直忍不住想伸出手，替她擦一擦。

"哦，我现在去收绣件，不知你三姨做好了没。"树仁不好意思地说。

素兰睁大了眼睛，说："啊，也许还没做好吧，没听她说起。"眼神里有了一丝惊恐，仿佛怕树仁跟到家里去。

两个人在街口对看着，沉默许久，都不知道要说什么。最后还是树仁鼓起勇气，说："那我明天再来。也不算急，你让三姨先医好病。"

素兰再一次望着他，又被吓着了，眼神有些慌忙。又想了一下，接受了树仁的恩惠，泛红了脸，露出一丝羞涩的笑容，说："那就谢谢陈老板啦。"

她说完赶紧低着头，挑了簸箩走人。两个簸箩仍是晃荡得厉害，一路走去，便有一股清新的玉兰花香飘散开来。

树仁带着这点玉兰香，悠悠地，满心欢喜地回到铺头，不料陈斗升正在发脾气。

陈斗升早上在惠如楼饮茶，正好遇上黎宝笙。这位笙哥简直存心跟他过不去，当着同行众人的面，大声说："你女儿手艺不错啊，整个状元坊就数她的做工好，我昨天去找她订了一件龙袍。"陈斗升虽知事出有因，未必跟自己女儿扯得上关系，大概是与梁焕仁关系大些，心里却还是郁闷。

他饮了茶回来，对着金鱼缸里的乌龟大声呵斥，骂这几只臭龟不通人性，"吃里爬外"。

树仁见父亲生气，吓得什么好心情都没了，赶紧到作坊里与学徒们一起劳作。陈斗升骂完了乌龟，又骂学徒，依然是说他们不通人性，"吃里爬外"。拿着戒尺走了半天，突然想到绣件的事，转头问树仁："你一个大上午到底忙了什么？"

树仁知道父亲有气，不敢作声，只低头不语，任那一尺多长的戒尺重重地打下来。戒尺打下来时，他从绣件联想到素兰，不由得嘴角露出一丝微笑，被陈斗升看到了，又多奉送了两下。众学徒看到树仁都逃不过，更吓得不敢作声，拼命做活。

陈斗升气消了，树仁才敢好言相劝，说："都是一家人，阿妹的黄柳记做开了，对我们只有好处，没有坏处，将来两家并到一家，再没有谁敢跟我们争了。"陈斗升侧倚在罗汉椅上，摸着椅子上的宝鸭穿莲雕花纹，翻了个身，说："我当然明白，怎么都是一家人。"

自从请过了梁焕仁，荣记果然立刻收敛了。警察局局长带队巡了几次状元坊，那些黑衣大汉便无声无息地消失了。陈斗升又联同被欺负的几个业主，找了胡明晋，逼得胡明晋承诺：要是荣记再乱来，便由他出面找八和会馆，今后谁也不帮衬荣记。陈斗升心下稍安，沉下心略想了想，又吩咐树仁说："你要常到翠凤那里看看，要是有人去她那里收陀地，赶紧告诉我。"

黄柳记开在和宁里窄小的巷子里。说是铺子，也就是一间两进的土坯平房。牌子小而窄，是用一块薄薄的杉木板漆的。门口竖着一座撑衣架，挂着一件传统霞帔，让人看到这铺头的手艺是多么精良。陈斗升表面上骂骂咧咧，暗地里却是重视的，自从知道有这家铺头，常常竖起耳朵，留心看同行的反应。出乎他意料的是，黄柳记的生意不仅做得好，甚至比很多大铺都做得好。有一日，便有熟识的街坊专门跑到汉记来说："你家大小姐的铺头不能搬到正街去么？日日客来客往的，已经比菜市还热闹了。"陈斗升忙笑着赔不是，又许诺会尽快搬走。回头找了树仁打听，这才知道不得了，省城大班里最流行的小梅装、小宫装，全是从黄柳记出来的。

陈斗升有一天假装去量身落订，提着成衣箱从大新路经过，故意绕进和宁里，只见简陋的招牌底下，开着一个挂着绣布的门口，人进人出，挤得热闹。身着黑粗布衣的绣姐们，挎着背包挤在门口领绣活。春晖班的傅老板，大概是来收货的，大摇大摆地走到门口，高声叫嚷："陈老板呢？"不一会儿，便见翠凤从铺头里出来，手里捧着一件精致的女蟒上衣，笑吟吟地说："傅老板，您亲自来呀！"

陈斗升站在一棵满垂分枝的榕树旁，借着粗壮多须的树干掩护着，望了许久。

翠凤对此却是毫不知情。

她最初要开铺时，也是着实犹豫。黄柳有着小学教员的工作，每日须按时上课，铺头生意只能全部自己打理。她便细细地算账，一套戏服做下来，打版、剪裁、刺绣、缝制，这几个环节是绝不能省的，若要请外边铺子做，那几乎是没赚头。然而只靠着自己一双手，又怎么做得来？她算了半天，觉得绣图是最出彩，也最能磨时间花钱的，要想出奇制胜，便得舍弃了那些有资历的老绣娘，另找便宜的代工。

说来也巧，那段时间，正好附近有几个年轻姑娘丢了工作。本来是在沙面的外国人家里做"妹仔①"的，不巧政府当局与外国人有些争执，不少工作人员为安全起见，暂时让家人回国了。于是有五六个失了业的姑娘，不时到翠凤这儿来"倾闲偈②"。

翠凤略微迟疑，想这些人毫无刺绣经验，真要拿得起针，还得需要一段时间。且不知各人领悟力如何，万一上不了手，自己真是赔了夫人又折兵。她犹豫不决，黄柳鼓励说："因材施教，世界上没有不合格的学生，只有不合格的先生。"翠凤听他这么说，立刻就有信心了——这也是她面对众多学徒无动于衷，却偏偏看上黄柳的原因。她喜欢夫妻俩有商有量，互相鼓舞。两个人合计

---

① 指旧社会有钱人家请的年轻女佣，做"妹仔"，即做女佣。
② 指交谈、聊天、闲聊，闲话家常。

了教学方法，就着一盏昏暗的电灯，将教材写在本子上，反复修改。

翠凤约好了那几个想做绣娘的姐妹，规定她们每日一早来学习绣法。几个姑娘都很乐意，每日早早来到，听免费的教程。最初是边绣边学，由浅入深，先学着绣花朵，绣水波纹样。接着是循序渐进，教了换针、换线、双针绣、绕丝绣……翠凤让母亲从汉记偷拿了一些碎布料用以教学。她不怕烦琐，每日精心教授，又郑重告诉姐妹们："手艺活的诀窍之处，在于静得下心，不急不躁，不好做到好。有这样的心思，总有做好的一天。"那些姑娘们做"妹仔"时，每日被主人家指点呵斥，生活辛劳苦闷，如今能静下心来学手艺，都十分珍惜。每天反复地学，从最简单的绣花、鱼学起，不到半个月便上手了。

翠凤则捱更抵夜[①]，白天教别人，晚上自己拼命干活。听哥哥说汉记生意有回落，便将自己做好的一件交给他寄卖。这是一件浅粉的金丝攒花穿凤小宫装，整幅的手绣大红牡丹，袖口上配着细碎的兰花萱草，平套、反套针法运用得当，纹样凹凸有致，很有立体感，绣线不止劈了三五股，颜色渐变，浓淡相间。这件小宫装摆在汉记的店面上，立刻光彩夺目、艳压群芳，不到一周便有人买走了。

陈斗升明知是翠凤的手艺，也不说破，照例按市价开了钱。又让树仁多订几套，在汉记的店面新置了撑衣架，一字摆开。这更给黄柳记的生意打开了局面。翠凤有了信心，又教给绣娘们更难的技艺，盘、勾、织、补，各种精工细作的技巧。这群新绣娘一直便是能吃苦的，勤劳肯干，又都心思灵敏，所学成果很是到位，针脚好，花样也好看。制好的绣品一经缝合，立刻便能摆到铺面上，陈斗升着力为女儿推销，出钱又爽快，于是黄柳记的生意蒸蒸日上，从老板到散工都有了信心。

---

① 捱更抵夜：更，指打更。打更是古时候民间的一种夜间报时制度，由此产生了一种巡夜的职业叫"更夫"。敲锣巡夜报时，一夜分为五更，每更约两个小时。整个表达的意思为：凌晨开始作业，深夜才歇息，形容工作时间长，没日没夜地操劳，非常艰辛。

华衣锦梦

这天是月末,也是出粮①日。翠凤理好了账,算计清楚,立刻给绣娘们发工钱。这对于姐妹来说是极大的欢喜。趁着高兴,翠凤又提出请大家去茶楼饮茶。广州的茶楼遍地,茶楼中又有高、中、低档之分,对这些姑娘们来说,去饮茶可说是体面又实惠的消费了。她们早就听说过,但平时不舍得。这天一早,一群绣娘在翠凤的带领下,搂腰勾手,笑嘻嘻地去了。大家在茶楼坐了一张大桌子,点了芋头酥、凤梨酥、及弟粥、猪肠粉,满满地摆了一桌。姐妹们说说笑笑,吃着糕点,说着对未来的憧憬。

中英之间贸易往来的争论逐渐陷入僵局,在港口爆发过几次冲突。一些住在沙面的英国商人为了安全起见,便将家人都送回了英国——翠凤收的绣娘,便是由这些商人的住家工转来的。这形势持续了一段时间,迟迟不见好转。这天,广播里传来消息,英国当局派人擅自封了沙面的船只出入,只许英国货进来,不许中国货运出去,政府当局派了人在南京跟英领事紧张商谈。这对于整个省的对外贸易是沉重的打击,一时之间,省城内的经济贸易大幅跌落。

消息传开没几天,戏服铺的生意便惨淡如水。省城大班的订单向来有限,戏服生意(特别是绣品)中有近半是要出口的。又过了十几天,一些铺头看势头不对,索性关门大吉,门板上贴着"回乡探亲,暂休一月"的字样。实力雄厚的大铺还勉强支撑着,但也是做一日,亏一日。

陈斗升闷声不吭地坐在罗汉椅上,就着旁边的檀木矮几,点着了小铜炉,泡了一壶茶。小铜炉烧得慢,火苗舔着炉底,仿佛一个人展示着温吞脾气。他陷入了沉思中,等到炉上的水烧开了,已经走神了,往壶里不停地加茶叶,一勺又一勺。待到喝时,苦得像药一样,他忍不住伸了伸舌头。

树仁默默地站在一旁。他向来不懂怎么宽慰父亲。看到父亲的杯子空了,忙重新洗了杯、过水、添茶,看着茶叶在沸水中浮来沉去,终于鼓起勇气说:

---

① 出粮:粮,即口粮,引申为工资。整个词解释为:发工资,发薪水。

"近来行情不好,黄柳记那边不知能不能撑下去。"

陈斗升依然微闭着眼睛,磕着指头,一副漫不经心的样子,说:"那是黄柳记的事,你操心什么,自己家还顾不过来呢。"

"黄柳教书,不懂生意。翠凤一个女仔,怎么经得起大风浪。我们汉记还有些老底,黄柳记是现货现钱的……"

树仁见父亲反应冷淡,急得要死,忍不住跟父亲分辩——他真不明白是怎么回事,明明父亲前阵子还很关心黄柳记。陈斗升伸手找算盘,不让儿子看到他的神色,边算着账边说:"今天冼老板来,什么事,你还没告诉我!"

陈斗升出去谈生意时,冼记的老板来了。冼记是个有近十人的铺头,向来开得不错。冼老板是外省人,他是另一派的作风:不做熟客,不做口碑,有钱赚就扎根,没钱赚就跑。所以铺子小,存货少,随时可以盘出去。近来戏服生意实在难做,他怕一路亏下去,便想先把铺子结了,把赚了的钱带回乡下,等环境好转再回来。

树仁给父亲摆好笔墨,如实汇报:"冼老板问我们,有没有兴趣把冼记盘下来。"

算盘珠子熟练地发出一串清脆的声音。陈斗升蘸了墨,用毛笔在账本上仔细记下一个个数字:"冼记的做工嘛,向来不错,但是铺子嘛……"

状元坊里大铺并小铺是常有的事。做生意,总是有高低起伏、优胜劣汰。陈斗升想兼并其他小铺头不是一天两天了,一直没有合适的机会。戏服生意不好,一些小铺头或许会坚持不下去。只是,盘别人的店总是需要资金的,汉记的生意也同样惨淡——眼下形势虽紧,却是兼并小铺头的好时机,再没有比现在便宜的价了。

再说冼记的店铺地段极佳,在状元坊尾梢,真是个好地盘。将来一头一尾,互相照应,仿佛整个状元坊的生意都是汉记的。

"我们先去看看。"陈斗升放下毛笔,笑眯眯地说。

华衣锦梦

冼记铺头果然生意极差。冼老板和管数的一同坐在柜台上,正翻着数簿对数。听了陈斗升的来意,他喜出望外,热情地说:"你去点货,有多少盘多少。"陈斗升表面上神色平静,一副无甚兴趣的样子,却是立刻四处看了,望着堆叠成山的绸缎,已经制好、层层摊晾在竹架上的绣件,默默地计算着。

冼老板一副苦咧咧的样子,向陈斗升报告:"近来市道不好,我是做不下去了。你们汉记财大气粗,这点风浪还是经得起的,整个状元坊就你们撑得住了。"

陈斗升听了,心里不免有些得意,表面上还是说:"哪里,哪里,我们也难以支撑。只是一家老小,都靠这间铺头吃饭,撑不下去也要死撑。"

冼老板带陈斗升看了货,又摊开了数簿,说:"这里的伙计都不错,手艺好,不多话,安分守己……陈老板,你做个好事,不要炒了他们。"

陈斗升想也不想,立刻点头答应了。下午就带了小源哥去清货,爽快地在合同上签了字,按了指模。冼老板收了银圆,立刻给陈斗升清点干净,晚上便拉着板车回乡下去了。陈斗升感慨万分,望着门楣上那端端挂着的冼记招牌,想着明天一早,便立刻将它摘下,换成汉记的牌匾。

"我们汉记,苦心经营了这十多年,总算是有模有样了。过几天把冼记整理好,全交给阿仁打理,让他正正式式做个事头。"陈斗升端着太太煲的绿豆糖水,边说边喝几口。忙碌了几日,总算把冼记的货全理清了。他得意地给太太说了这件事,边说边"叹"①糖水。那糖水是陈师母煲了一个下午的所得,黏稠甜蜜,绿豆已化得绵软,又加了许多糖,喝一口入心地甜。

说到精彩处,陈斗升隐隐觉得不对。他想了许久,连拍脑袋,又去翻数簿,总算找着了疏漏处,恨得将汤碗重重掷下,大喊一声:"糟了!"

果然没过几天,便见祥记的杨老板上门来讨布料钱。在省城做生意,向来是物圆两讫,没有拖欠的道理,但近来大家的生意不好,一些铺头便开了先例。祥记铺头就在太平南路,平时又是做开了的,这才有了赊货的余地。听

---

① 即"欺",在粤语里,含有享受、享用、欣赏的意思。

说冼老板"走路①"了,杨老板立刻赶来,扬起手中的数簿,说:"你看这数簿,记得清清楚楚!"

那数簿记得满满当当、墨汁酣畅,一看便知不是伪造的。陈斗升在清查数目时,已很注意查看残账、漏账,祥记的这一笔,是被冼老板有意撕了,夹在数簿的最后一页。陈斗升自知理亏,却不愿认倒霉。他很清楚这笔账不能认,认了便是要拿汉记的钱去填,于是连连摇头,说:"谁欠你的找谁去,又不是我签字画押。"

杨老板毫不退让,说:"我只认这铺头在这里,冼记既已盘给你,这笔数你须得认。汉记这么大个戏服铺头,难道想赖布行的账!"说着便提高声调,表情变得十分狰狞。祥记跟汉记向来有生意往来,陈斗升与杨老板有多年的交情了,只是说到钱银纷争,总不能以交情替代。

陈斗升不用算也知道这笔账算不过,怎么也不肯答应。

双方争吵了半天,毫无结果,谁也不肯亏钱。幸而店里学徒多,吵得大声了,大家都不由得围上来。杨老板发现自己势力单薄,不敢再多说,灰溜溜地走了,走到门口又突然回过头来,气呼呼地说:"欠我们祥记的账一定要还!哼,陈斗升,我真是错看你了!"

这天早晨,一辆人力车在汉记前面停了下来。陈斗升知道有贵客到了,连忙亲自赶到大门口迎接。人力车的帘子掀开,先下来的是两个"妹仔",紧接着一位佳人款款落地,竟是刚唱响了新戏,红得发紫的于莺莺。

于莺莺穿一身精丽细致的旗袍,粉蓝的底子上滚着鲜艳的蔷薇花,花开正艳,衬得人也娇艳欲滴。领口、袖口绲了金边,扣子用的是近来最流行、造价最高的美国仿水晶扣。她一下车便用团扇遮了脸,怕被人看见似的,两个"妹仔"陪在她一左一右,几乎将她全挡住了。

---

① 走:在粤语里含有跑的意思。路:在这个词里,其粤语读音如同"佬"字。"走路"读音同"走佬"。整个词解释为:跑路,开溜,逃之夭夭。

陈斗升赶紧请于莺莺进内堂,吩咐伙计们一例进后厂回避,又叫去家里把陈师母请来。

于莺莺迈着细碎步,婀娜有致地进了厅堂,眼看着门掩上了,才将扇子放下。她是唱戏名伶中常见的鹅蛋脸,一双凤眼顾盼有神,头发乌黑油亮,梳的是一个穿簪双心髻,耳边一捋头发垂下,又是用最新式的电波烫法,烫成了双环波浪。

于莺莺翻看了戏服样子,问陈斗升这里做不做时装。陈斗升一时反应不过来,她便让妹仔从随身化妆箱里拿出一本画报。所指"时装"是近几年来广州城时兴的西式礼裙,最初是在美国电影里出现的,后来在大的百货商店有摆卖。但广州人有个习惯,喜欢把中的洋的都凑在一起,做成"中西合璧"。西关小姐们发明了一种裙子,上身像旗袍,下身是大摆裙样式,于莺莺说的,便是这一款。

"虽然没做过,不过……比着样子做,就是了。你想要哪种布料?"陈斗升秉持自己的原则,来者不拒,尽可能满足客户的要求。

于莺莺一时又决定不下来,说:"你给我看看版?"

陈斗升解释说后厂放的布料,是专做戏服的,不适合做礼服。"要不您先到布店挑料子?"

于莺莺挑了挑眉,一双凤眼微眯,眼神闪烁,说:"这么麻烦?"

陈斗升最怕客人不满意,忙摆手,说:"不麻烦,不麻烦,还是我差人去请杨老板,把布样带过来吧。"

说完自己也暗暗叫苦,想杨老板未必请得动。

幸亏杨老板还是急脚赶来了,只是脸色不大好。到了陈斗升面前,冷冷地一瞥,这才殷勤地对于莺莺笑,说:"您看好了哪一款?"

于莺莺一时不能决定,拣了几个花色,又问陈斗升"合不合适"。陈斗升正要答话,杨老板故意大咳一声,将样板拿走了。

陈斗升尴尬地笑了笑,仍是给于莺莺拿出了花样,挑了几个适合的布样。

于莺莺挑选了许久,每一处都细细摸过,又比对着图样看了一番,最后才选定了。杨老板在一旁摆脸色,仿佛时刻准备着给陈斗升拆台。这让陈斗升虽然像平常一样谨慎,还是差错不断。

好在汉记的口碑向来不错。于莺莺看上去态度傲慢,却没有提什么过分的要求,说:"听说汉记的手艺很不错,我是第一次到这里来订衫,希望不会失望。"

陈斗升忙应诺不迭。一番忙活下来,显然这挑剔的于莺莺也是十分满意的。他立刻手脚麻利地写单,这一番算计下来,赚的自然是不多,然而能为于莺莺做衣服,是一份极大的荣幸。

于莺莺付了订金,签字确认了款式,娇媚地笑着,说:"陈老板,你看起来脸色不大好,铺头上有事?"

陈斗升忙打着哈哈,说:"没事,没事!"杨老板冷哼一声,说:"陈老板手段高明,生意好着哪。"

杨老板来追过几次账,纠缠无果,便放出狠话,要"请人收数"!小源哥每日在前厅坐着,耳听六路,眼观八方,说见过杨老板带人来"踩点"。陈斗升安慰众人,说"杨老板虚张声势,他没这么大的胆"。话虽这么说,所谓人为财死,鸟为食亡,这件事一日不解决,便不能当它不存在。陈斗升不想白付一笔钱,但又没有更好的解决办法。

这天,陈斗升正监督着作坊,叫学徒们赶快做活,忽然听得门外一阵喧哗,有人高声叫"事头,事头"!

还没看仔细,只见一群穿粗布短打、手握扁担的男人闯了进来。

树仁率先迎上来,立即便挨了一棍。陈斗升看见儿子挨打,忙冲上前去,兜脸给了那带头的一巴掌。众学徒也迎上前去,双方都站成了人墙,吵吵嚷嚷,互不示弱。来人是带着扁担来的,汉记这边也毫不示弱,当下就有操起凳子,有到作坊里寻称手工具的,顿时乱成一团。树仁吃了一痛,但还是冲在了最前面。

领头的是个光头男人,明显是杨老板雇来的,气势汹汹,说:"陈斗升,你们欠祥记的布钱,到底还不还?"

陈斗升私下思虑良久,觉得从长久考虑,虽是坏账,也得填上,以便与祥记保持良好关系。然而处在这个情境,却不能立刻答应。他知道恶仗一触即发,镇定了心神,走到光头佬面前,淡定地说:"还不还,我要跟杨老板说话,你们来做什么?"

状元坊铺头间总有些争执,一般是请了行业会长,摆了和头酒,大家坐下来解决。这一次杨老板请了烂仔来收数,不仅对于结账毫无益处,而且破坏了戏服铺与布行之间的良好关系,此举纯属昏招。大概是看最近行市实在不好,祥记也急着周转,这笔烂账除了用这种烂法,简直收不回来。

"烂仔头"懒得多说,他是收了钱来打架的,不打算省了这一顿架。他将扁担狠狠地往地下一戳,说:"到底还不还!"

陈斗升也提高了声调,脸色一沉,说:"还不还也轮不到你到我铺头上撒野!"话音刚落,对方的扁担便扫过来了,冲着他兜头劈下,正中肩膀。陈斗升年纪大了,挨了一下,顿时站立不稳,倒在地上。学徒们立刻一拥而上,双方陷入了混战中。

汉记毕竟不是专业打架的,可学徒们也顾不上这么多,手边有椅子、水壶,碰到什么便扔什么。一通乱扔过去,对方也怕了,本来也只几个人,都是势均力敌的。树仁向来老实本分,可眼见别人踩上门来了,不知从哪来了勇气,立刻脸色绯红、热血上涌,提着一张圆凳勇猛地冲到最前面,往那光头佬肩上狠狠地一砸。

光头佬吃了痛,顿时少了几分气焰,呼哧呼哧地说不出话来。几个跟随的见大佬吃亏,凶狠了许多,乘乱给了树仁几拳。

树仁双手抱头,慢慢地蹲下身。几个学徒赶紧护住,挥舞着板凳和竹星尺。陈斗升见势不妙,拨开众人,冲到光头佬前面,大声吼:"回去告诉杨老板,我会去找他谈,但他不能这样踩到汉记头上!"学徒们在背后为他助威,齐声大吼。光头佬架已打完,功成身退,飞快地跑了。

陈斗升只得又去扶济堂看跌打。他再三考量,还是主动找了杨老板谈判。杨老板也深悔找了烂仔帮忙,于是找了布行的会长做"和事佬",一起约在了惠爱楼。到了茶楼上,双方举杯致歉,杨老板表示愿意出汤药费。陈斗升接受道歉,愿意退让,同意将那笔烂账填了。

陈斗升强忍着痛做跌打,找下手最重的跌打师傅,哪怕痛得嗷嗷叫,只希望好得快。身体上虽然疼痛,心里却松动了不少。一笔大数无端地给了杨老板,资金上亏了许多,好歹是把冼记盘下来了。损失既已造成,多想无益,只得用心经营,尽快将亏空补回来。

他虽然早盼着开分铺,可一旦开起来了,却才体会到这其中的艰难。每日从街头走到街尾,便在两个店铺前奔波。每天从早走到晚,比以前更忙碌了。

第四章

就在汉记不断扩大之时,荣记也是越做越大,据说是趁着一些布店结业,低价收了很多布料。又传闻说他家在潮州是大户,家里也做着戏服生意,珠管、绣线都是应有尽有,来货比其他铺头便宜多了。

沙面关口的纠纷持续了大半年,到第二年春天,一些竞争力弱的铺头已经被淘汰了,荣记、余头记等一些做得好的店家,却趁机进行兼并,铺子越开越大。清明之前,紧挨着荣记,卖"朱义盛①"的店铺关门大吉了,荣记豪气地

---

① 即镀金(银)的首饰。广州状元坊曾有间首饰铺名叫"朱义盛",店里出品的镀金首饰,虽然是镀金,但是同真金一样不会变色,几乎可以乱真,且价钱不贵,深受大众欢迎,后来人们常用"朱义盛"指代以假乱真的首饰。

租下了这个铺面，铺面比汉记还大了。

陈斗升眼睁睁看着荣记扩张，有点咽不下那口气。想自己是祖传生意，口碑又好，总不能被一个外来人挤垮了。树仁是个只顾埋头做事的人，翠凤又不在身边，他思来想去，暂时想不出什么办法，只好安慰自己，以不变应万变。以汉记的精工之妙，只要在行业内立得住，大老倌们喜欢，还是有生意做的。

他经历了这几年的起起落落，于生意上反而更有信心，认为盘算经营固然重要，核心之处却在于手艺。所谓天道酬勤，老天爷总会眷顾心地善良、勤劳刻苦的人。

这天一早，陈斗升到店铺，看到做鞋靴的郝师傅低头站在厅堂中，说要辞职。陈斗升一时吓得手忙脚乱。戏服铺成立之初，是不做鞋靴的，需要出整套时便到鞋靴铺订做。可是鞋靴铺配出来的色样款式，毕竟和戏服铺有所差别。为了精益求精，陈斗升在无数次与鞋靴铺争执过后，终于下决心自己请一个鞋靴师傅。

陈斗升对鞋靴的要求很高，知道伶人们于鞋靴上既重舒适，又重美观。请一个好的鞋靴师傅不容易，这郝师傅的手艺是省城里数一数二的。在汉记做了几年，陈斗升对他十分客气。

郝师傅向陈斗升鞠了个躬，解释说最近家乡大灾，咸潮倒灌，乡里人都赶着回去救灾了，自己也要立刻启程回家。

陈斗升听他说得恳切，叹一口气，说："大灾大难，由不得人做主，你回去救急，总还会回来的嘛。"

郝师傅脸一红，说："对面荣记的老板跟我是同乡，他说这次我们一道回去，路费他出。我不定什么时候回来。陈老板您就别等了。"

陈斗升一听，顿时明白了七八分，但还是诚意挽留："你先回去，铺头有鞋靴生意，暂时找外发，我等着你回来。"

郝师傅平时总不作声，难得与事头搭句话。看事头如此挽留，当下也十分感动。主仆俩依依话别，陈斗升又给了十元路费，嘱郝师傅早去早回。

郝师傅这一走，便是三个多月，一点声气都没有。阿中等几个学徒闲时聊起，说家里一同返乡的都回来了，郝师傅恐怕是不会来了。陈斗升虽听到风声，还是坚持："郝师傅说过他会回来的，我等他。"鞋靴生意不能一直外发，陈斗升亦是等得辛苦。这样又挨了一个多月，直到有一天，学徒阿秦在荣记看到了郝师傅，赶紧回来汇报。

树仁忍不住一捶落在了裁床上，说："好好的正当生意，为什么总使横手，真是个无赖！"

然而抱怨无用，陈斗升难以咽下这口闷气，却不能像后生仔一样鲁莽，做出令人懊悔的事。他叹叹气，说："以后靴鞋还是外包吧，等荣记的旺势过了再说。"树仁点点头，却忍不住握住了拳头，心里升腾起一团火，幻想着哪天将赖荣打一顿。

在戏服生意中，靴鞋是极重要的一部分。许多大老倌会去专门的靴鞋铺订货。但不同的出品，总是有质料上的不同。陈斗升为了效益总算，忍痛放弃了靴鞋，心里总是惋惜，经常在戏院看到新装上身时，忍不住摇头，说鞋子配得不好。

树仁对此则更为在意。在长年累月的打磨中，他习惯了对手艺的执着。配靴鞋这件事通常是他去办，他常去吴记靴鞋铺，找吴老板攀交情，希望吴记能提供最好、最配衬汉记的靴鞋。吴老板表面上应着，实际上还是按自己的计划行事——这当然也是常理。树仁去过几次，攀不上交情，说服不了吴老板。又去了几次，吴老板的脸色更不好了，说"宁愿跟荣记做生意"。树仁猜想是荣记挑拨过，但一时不知如何反驳。吴老板对树仁不再有好脸色，树仁碰了灰回来，也十分懊恼。

这天，树仁从街尾收了绣件回来，迎面走来一个烂仔，穿一身松垮的黑衫，手腕上扎着帮会兄弟常扎的红头绳。树仁本来匆匆而过，不予理会，不料对方突然伸手将他拦住，亲热地说："树仁，你不认识我了吗？"

树仁是认得的，这人是小时候一同在水巷里玩耍的伙伴，花名叫"细龟"。

小时候的玩伴，长大了难免疏远。树仁听说细龟游手好闲多年，后来加入了帮会。他们偶尔会在街上撞见，细龟不出声，他绝不会主动招呼。这一次，细龟却是特别热心，对他说："听说你家铺头最近遇上了麻烦，要不要我帮忙啊？"

街面上的事，这些烂仔比谁都消息灵通。树仁本能地摇头，他知道这些烂仔不好惹，收你几个钱，打一场烂仔架，最后惹出了祸事，还是要买家自己去补，这种事在状元坊已经不是一两回了。他没有停住脚步，摇摇头，继续往前走。

细龟露出神秘的笑容，说："你不知道吧，荣记请了我们大佬喝茶，让大家帮忙，说你们汉记的手艺不好，用的浆有毒。"

树仁本就满腹怒火，听了这话更是抑制不住，立刻停住脚步，大声说："我们汉记的出品怎么可能不好，谁敢造谣，谁这么无赖！"

细龟听了嘿嘿地笑，说："无赖之人，不怕做无赖之事。他明显是要使横手，你说什么，他根本不在乎！"

树仁从来没与烂仔们打过交道，不知道他们最爱揭发不和，自己做和事佬——顿时中了计，一把拉住细龟，说："你帮我出这口气，说，要多少钱？"

这正顺了细龟的心意，他轻轻将树仁拉到一旁，说："你别急，我们找个茶楼慢慢谈。"

等到树仁与细龟去惠爱楼喝茶回来，已是傍晚时分。树仁心算着这一趟去得太久，要赶紧回铺头看看。不料一进铺头，却见伙计们都已收工了，陈斗升站在厅堂前，垂手而立，身形似板。树仁已与细龟谈好，过几天找几个人将赖荣打一顿，正高兴着，见父亲这样的脸色，不知发生了什么事。陈斗升站成个"人"字，堵着去后坊的路，怀里抱着戒尺，样子十分吓人。

"爸，什么事？"树仁不知又发生了什么，担心地问。

陈斗升立刻伸出手，将手里的戒尺狠狠挥下，嘴里大声道："你是不是去找烂仔了，你是不是去找烂仔了！"

树仁不敢躲避，背上已生生地吃了三下，火辣辣地痛，情急之下不由得狡辩:"什么人乱传,什么烂仔?我根本不知道你在说什么。"

陈斗升气得脸色发白,又狠狠地打了一下,这才声如洪钟,狠狠地说:"有人看到你跟细龟进了包厢密谈。你说,好好地请一个烂仔喝茶干什么,进包厢干什么?"

树仁没料到自己只是预谋,便已落入他人眼里,吓得变了脸色。陈斗升气得声音发抖:"街坊街里的,有什么能躲人耳目的。早告诉过你,烂仔不能惹,连面都不要碰,你为什么不听!"说着狠狠一鞭,直接打到树仁的背上。

树仁知道事情坏了,懊悔之余,便随着父亲打多少了,任着皮肉作痛,痛到近乎失去知觉。陈斗升也意识到了,把戒尺丢下,缓和了语气,说:"见到了也好,总算事情不会做下去。你是不是请他去打赖荣?不要想这些屎桥①,我们是正当生意,不能跟烂仔混为一谈。"

父子俩相对而坐,沉默半天,慢慢才平和下来。树仁想明白了其中的厉害,嚅嚅地说:"阿爸,我知错了,以后会警醒的,再不这样行差踏错②了。"

陈斗升长叹一声,说:"别人陷害也好,你自己莽撞也好,这件事总是你自己错了。你行得正,站得正,便什么事都没有。我们不是坏人,就不要做坏事。"

父子俩缓和了下来,便不再针锋相对了。有住在后院的学徒听见响动,不知发生了什么事,从门里看了看,看到是父子俩,不敢参与进来。陈斗升拍拍他的肩,温和地说:"回家吃饭吧。"

树仁点点头,顺从地跟在父亲后面。

父子俩沿着长街往回走,虽是不远的一段路,却都步履沉重,走得十分缓慢。树仁抬头看看天,只见一轮夕阳正圆,像个咸蛋黄一样,端端挂在云上。从他的角度看,那太阳仿佛挂在屋檐的边角,眷恋着收铺后的状元坊。他突然感受到一种独特的美,如同一件精绣的老凤帔,端庄而美艳,美得无法形容,

---

① 屎桥:馊主意,糟糕的点子。屎:指代臭味。桥:桥段,点子。
② 行差踏错:原指走路出岔子,脚步踏空。后引申为做错事,误入歧途。

心中的抑郁顿时消散。他抬起头，似在问父亲，又似在问自己，说："状元坊就这么大，大家都要打烂仔架，哪里发得了达？"

陈斗升也正望着天边的云彩，却是淡淡一笑，说："世界那么大，不会在一条街上把生意做死的，我们不跟他抢。"

陈家乡下带来消息，说本族祠堂修整了一年多，总算是竣工了，重开祠堂要大摆三天。"第一日是祭祖，第二、第三日肯定是请戏班。我回去找这些乡班子聊聊，他们不常到省城来，未必想到找我们做生意。"陈斗升一边收拾着包袱，一边向家人交代。树仁点头称是，说这个主意好，就是乡下人的钱难赚。陈斗升何尝不知道，略顿了顿，郑重地嘱咐："乡下这一趟，肯定不能三五日回来。你要盯紧铺头，不要出事，重要的事等我回来再决定。"

树仁忙点头答应，暗下决心，本分做事，再不行差踏错。陈斗升又叫小源哥私下到陈宅来，给他一封大利是，嘱咐他数簿盯紧一点。小源哥收了这么个大利是，惊喜得什么都点头答应。陈斗升又到铺头上训诫了一回，不敢说出远门，只说回乡下祭祖，不日即回。

树仁帮父亲打点着包裹，想到父亲自己独身一人下乡，为着这门生意奔波劳碌，心里便有些不忍。他是沉默少言的性格，多少情绪一时无法表达。

"你还有事？"陈斗升问。树仁摇摇头，说："什么事都没有，您放心回去。"

近来他与素兰常常见面，无奈素兰总是害羞，说不了几句话便走。树仁想自己年纪也不小了，店里学徒一般大的，孩子都几岁了。父亲对这件事却像是忘了一样。眼看父亲每日为铺头生意繁忙，他便不敢作声，几次话到喉咙了，也说不出来，最后还是算了。

陈斗升赶到乡下时，已是乡祭的第二日。头祭做完了，接下来一连三天都是唱酬神戏。台上演的是《六国大封相》，燕、赵、韩、魏各国元帅轮番上阵，威风凛凛，各色帅旗挥舞得热闹，演员们虽不是名角名嗓，却是架势十足，翻筋斗、耍枪、耍棍，玩得很是热闹。台下观众亦十分热情，年轻人和孩子拥扒着戏台檐子，一有热闹便鼓掌、叫好。

陈斗升挤在观众圈里，忍不住立刻去找戏班老板。戏班老板正忙得分身乏术，乡下剧团不比省城，人少，连主演都得垫场，演小生的得兼着小兵，都在后台一通忙乱地换装。

陈斗升只好耐心地等。散了戏已经是晚饭时分，观众们都欢笑着去祠堂吃饭了。陈斗升赶紧冲到台上，找到领班。领班正忙着收拾衣箱。陈斗升见说不上话，又一直跟着，直到演员们都卸了妆，到祠堂里吃饭。

那领班见是行家，倒也热情，诚恳地听陈斗升说完，自嘲地笑，说："我们班子里的戏服，都是让家里女人农闲时做的。省城的戏服价贵，我们买不起。"领班见陈斗升态度恭敬，便诚恳地回答。

陈斗升顾不上吃饭，一心一意向领班推销："便宜有便宜的好，贵有贵的好。你先记着我们汉记的地址，哪天有需要，去状元坊找我们。到时你看看我们的版，就知道自己做的，跟铺头上做的区别了。"

领班仍是摇头，说："我们不是大戏班，就是过年过节时凑凑，比不得省城的专业，真的，想都不用想了。"

话说到此，便没法说下去了，陈斗升这一趟毫无收获，十分沮丧。祠堂饭向来热闹丰盛，大块的鸡鸭鱼肉摆满了桌，他却几乎不动筷子。族里的表伯公看到，体谅他远道回来，奔波劳碌，忙招呼他坐上位。

表伯公见陈斗升笑得勉强，主动劝了几杯，陈斗升礼尚往来，奋力干了几杯。酒下了肚，血气便上升，人也有了斗志。陈斗升又自饮几杯，想今日不成，还有明日，明天再去找其他乡班。

第二天请的果然是另一班乡班，陈斗升亦是等到戏散，缠着领班问了。不料结果还是一样。陈斗升心生失望，再也无法掩饰，脸上什么笑容也没有了。

晚上吃饭时，一片人声鼎沸，陈斗升还是闷声喝酒，快快不乐。表伯公好意安慰，说："你们做不做神功生意？祠堂刚修好，许多神功用品还来不及做。本打算让族里的亚婆①们做的,不过我想,既然公数上有钱,不如请人做好一点的。"陈斗升正愁这一趟白花了旅费,听了便是眼前一亮,说:"怎么不做,但凡绣品,我们汉记都做得开。"

戏服铺向来兼做神功用品,各种绣像、台帷,既是跟着传统神功做的,又有些别具一格的样式。这神功用品特别有讲究,新开的铺是做不得的,是非多的铺头是做不得的。只有汉记这种看着兴盛的铺头,才有能力接下。神功用品特别讲究图样花纹,不可绣错了菩萨,安错了坐骑。也只有陈斗升这样有经验的艺人,对各种佛像图案十分了解,把得了关的,这才敢大胆接下。

于是立刻跟表伯公细谈了所需数目。陈斗升又暗自琢磨,想原洗记的铺头不大也不小,正愁没个正经招牌,许多人不知道汉记分店是什么意思,不如就让原洗记专做神功生意,这样两边分工明确,定位清晰,自己也不需要每天两边跑了。

晚上回去的时候,脚步已是虚浮。他知道酒已上头,不敢耽搁,硬撑着往回走。田野间是窄窄的一条乡道,四周静寂无声。他借着远处房屋一点微弱的光,只看得到眼前风吹的树影。到底是许多年没走过乡路了,隐约有些怕,倒不是怕鬼,就是怕不小心撞着了"不干净的",连累了汉记的生意。风吹着树林哗啦啦响,仿佛许多人在窃窃私语。陈斗升突然觉得,自己终日在作坊里劳作,仿佛在走着一条永远也走不完的路。

他想念着家里的亲人,终日苦干的儿子、女儿。想到劳苦的人生一眼看得见头,又仿佛永远蛰伏着意外,心中便隐隐难过。然而转念一想,一家老小的生计都系在这铺头上,便什么倦怠之心都没有了。他重重地给了自己一巴掌,振奋了精神,在籁籁的夜色中穿行。

第二天一早起来,匆匆吃过早点,陈斗升便赶着找表伯公继续谈。表伯公自然知道陈斗升的来意,却是失忆了似的,只说些闲话。陈斗升心急如焚,不

---

① 亚婆:老年妇女。粤语常用"亚"字接头,比如亚伯,则指老年男性。

见他提起，自己也不好意思提。在表伯公家吃着饭，喝着酒，盘桓了几天，他记挂着广州的生意，终究还是忍不住重新提起。

表伯公略微沉吟，说："省城的东西自然是最好的，布也好，样也好，只是我们这里要做的，向来是交给亲戚们。价钱其实不算便宜，就当补贴一下族里亲戚吧。"

陈斗升心思澄明，立刻明白这是表伯公提的建议在族里遭到了反对，连忙笑着说："这个当然，不用所有的都给我做。或者就把门面上的交给我吧，我们汉记的出品，在省城是一流的，放在祠堂里，也是为家族增面子。"

表伯公原本就为自己遭到反对而不痛快，听陈斗升提出了转圜的意见，想了想，笑了，说："就是，都是一个家族的人。"

陈斗升生怕表伯公再反悔，赶紧写了个简单的合约，让表伯公按印画押。他又到各家拜访，乡下规矩多，香火盛，一些人家里也是装有神台，希望做个绣像、台帏的。陈斗升不嫌少，不怕麻烦，一家家仔细登记了。这么一来，算起来便有不少订单了，足够汉记做半年的了。

这么待了一个多月，总算是摸着了门道。乡长将祠堂里的神功样交给陈斗升，叮嘱说："乡下人重视彩头，神功物一定要精致。"陈斗升忙点头答应。

戏服铺生意总是跟随戏班生意，如同船随水涨，有时兴盛，有时低落。年初上个新戏，一台的戏服都找人认领，顿时生意兴隆。唱完一台大戏，戏班子闲了休息，戏服铺便冷清了许多。

陈斗升去了乡下，家里人都轻松了不少。正是生意冷淡之时，几个学徒趁机回乡下完亲、生子。树仁是个宽厚脾气，不管谁求都是一口答应，还一例赠送路费。他自己也趁此机会透透气。翠凤嫁了，家里就一个人被陈斗升盯着，每日连大气都不敢出。

这天，树仁借口收绣件，主动来到素兰的三姨家。光线昏暗的平房里，芳姨正坐在窗台下做绣活。素兰在厨房里忙碌着，大灶头上烧着大铁锅，咕噜噜地冒着白烟。

芳姨热情地给树仁倒水,又赶紧将完工的绣件交给他检查。树仁在素兰面前总有些紧张,大略地看了一下,说:"很好。"说完紧张地收到斜挎的布袋里,又立刻掏出计件钱。芳姨是上了年纪的人,一看便猜出了几分,笑着说:"素兰,你送送陈老板。"素兰从厨房里赶出来,一边应着,一边说:"三姨,你的药煲好了,趁热喝。"

两个人沿着天成路慢慢地走,两旁人来车往。都是手艺人的铺头,搬运工人吆喝着,飞快地踩着平板车疾驶而过。树仁也不知说什么,鼓足勇气,说:"不如,我们去冰室喝碗糖水?"

他说出这句话,自己满心欢喜,想总算是鼓足勇气,踏出了第一步。然而,素兰却低下头,不好意思地说:"我还要回去做绣活,冰室就不去了,陈老板,您慢走。"

天成路一带四处是硬木家具铺,四周的铺头劳作的声音,本来就十分嘈杂的,如今在树仁听来,却像是炮弹爆炸一般。他被震晕了,不知怎么反应,素兰已经转身,默默地走开了。

这样去过几次,始终未能约到素兰去冰室喝糖水,树仁大概明白了一些。他心里终是放不下,在店里又偷偷找小源哥请教。小源哥回乡下定了亲,娶了老婆,是有经验的人了。他宽慰树仁,给他出主意,说:"女孩子多少有些害羞,你不要急,慢慢来。"

树仁信以为真,想追女仔总得有点"锲而不舍"的精神,于是又继续去素兰家。不料这回只见她的背影,飞快地一闪,然后便不见了。芳姨在屋里头热情地招呼:"陈老板,你又来了。"

树仁其实已经知道了答案,他仍有些不死心,慢慢地进屋坐了。芳姨客气地给他沏了茶,又说了半天闲话。

芳姨叹了口气,说:"素兰出来打工,迟早是要回去的。她爸妈在家里早给她安排好了婚事,是村里不错的一户人家,房子比你家的还大。"

树仁鼓起勇气，说："我们汉记在状元坊是数一数二的大铺头，家里的资产……"芳姨听了干笑几声，说："做生意，手停口停，哪有乡下稳当？再说乡下还有农忙农闲的，哪像你们铺头上，一年到头忙到年三十。"

"芳姨，我们一家人在铺头上劳作，虽然挣得不多，也是平稳安乐。素兰若是愿意，在我们铺头上做活……"这番话本应是由媒人说的，树仁性格腼腆，说着便说不下去了。

芳姨并未被他的话打动，嘴角露出一丝嘲笑，说："说到底，你们也只是手艺人。"

这话让树仁彻底死了心。

树仁一个人慢慢地走，走完了长长的太平南路。这一带有几家开了多年的冰室，各种冰饮十分可口，糖水亦便宜，是穷人都消费得起的。每到黄昏时分，便有许多辛苦劳作了一天的青年，带了姑娘来这里喝糖水。绿豆汤口感软糯，是解暑解乏的佳品；芝麻汤圆香酥甜润，最适合传情达意。糖水一喝，便有了"拍拖"的意思。树仁每每经过，很是羡慕，总梦想着自己哪一天，也会带着个姑娘来。

他不是娶不到老婆，只是这一个是自己梦想里的，是梦里清晰地闻到了玉兰花香的。他虽然外表木讷，内心却有清楚的喜好和坚持。

陈斗升这一次回乡下，虽是辛苦，却是收获不少。汉记给乡下做了不少神功用品，销路从此打开，又做了些乡戏的生意。此时乡下戏班唱戏有个特色，戏服都是带着灯泡的——乡里的戏台子三面敞开，又是晚上演，光线难免昏暗些——不知是谁发明创造出来的，很快便风靡一时。陈斗升将这发亮的戏服在汉记推广，虽然销路不佳，却博得了创新之名。省城远近的戏班都知道了，有什么"疑难杂症"都找汉记，只要是图纸能画出来的，汉记便能做出来。

于莺莺的《昭君出塞》正好上演，也是找汉记做的。是于莺莺自己挑选的款，改良式女汉装披风、仿宝玉装、仿女猎装，披风款以白色凤毛镶边，衬着玉雪可爱、楚楚动人。汉记立刻又打响了招牌，一时风头无两。

这天晚上，陈斗升一个人穿着绸缎长衫，到大三元楼上赴会。这天是选了新任行业会长后第一次聚会。戏服业这几年出了不少事，很多铺头不满胡明晋于行业稳定无益，反而专门做着挑拨离间、不利于铺头间团结的事，这行业会长三年一换，总算是忍到了三年之期。

新上任的行业会长是东记成衣铺的老板刘良进。刘良进是个踏实人，他的铺头规模不大，却是十分有口碑。刘会长亲自站在门口，与每位铺头老板打招呼，亲昵地拉着手，郑重吩咐："大家做同一门生意，千祈唔好①恶性竞争，搞坏个市。"

陈斗升对于刘良进的能力并无信心，既是新官上任，总是要寄予一些希望。不料刘良进见了他，不仅说了那句"大家做同一门生意"，还诚恳地在他耳边说："你跟你女儿到底关系如何？她的铺头做得不错。这次聚会，许多人说要邀她来的，我怕你难堪，暂时不请。"

陈斗升对于这件事解决无力，平时最怕人提起，听刘会长这么说，只得尴尬地打哈哈，说："两父女没有隔夜仇的，请我就不要请她了。"

刘良进稍愣了一下，没有听明白这句话的意思，陈斗升更是趁乱走开。每每听到有人赞叹翠凤的能力，他心里也是欣慰的。只是做父亲的到底要尊严，什么时候能主动和好，是个大问题。

这年秋天，新任职的广州市市长大展手脚，带来许多新气象。在他的治理下，新修了长堤的马路，增加了十多条公共汽车线路，电话安装方便多了，陈家就是在此时用上了电话。戏台上锣鼓一敲，音乐一起，便是生死轮回、几番人世。现实生活中，却是日复一日的劳作，于不知不觉中，发生着细微的变化。

---

① 千万不要。"千祈"和"唔好"，经常连用。

黄柳记已在业界树立了名声,它以绣工见长,专擅来料加工,花纹图样总比别处的要新颖别致,绣法以精细见长。翠凤不是"事头婆"而是"事头",旁人直接称"陈老板"。

陈师母见女儿如此出息,十分欢喜,瞒着陈斗升,不时将图谱偷偷送给她用。翠凤自己一点点地描绘了,又让黄柳设计新花样(他在学校里兼着图画老师),于是花样图纸更加丰富了。

在翠凤雇用的这群绣娘中,侯二姐最懂得她的心思。她在状元坊住了十多年,与陈师母相当熟识。年底结账的时候,她先到陈师母处去说:"你别让树仁送钱到她手上,按照一般散户的规矩,让翠凤自己去结。"陈师母听了,微微一怔,说:"这不是要翠凤难堪么?"侯姐却说:"不要紧的,两父女总有说话的一天吧。"

陈师母吩咐了树仁,让他通知翠凤直接去汉记结账,又找了个陈斗升高兴的时候,告诉他这件事。陈斗升听了不置可否,说:"我们汉记一直收她的货?树仁居然不告诉我!"

到了约定收件这一天,果然是翠凤自己来结账。她一进门便看见陈斗升,不由得全身一颤,脚步立刻慢下来。陈斗升不看她,大声吩咐小源哥把账算上。翠凤低着头,不敢望向父亲。陈斗升沉默地坐在柜台里,拨着大算盘。

"老板,我来交货。"翠凤硬着头皮,一径走到树仁面前。

树仁摇摇头,用惶恐的眼神望了父亲一眼,又叹口气,示意要问父亲。翠凤低着头,不敢与父亲对望。陈斗升板着脸,缓缓走到她面前,说:"汉记欠你多少?"

"十件大料,十件小料……"翠凤未说完,一支竹鞭劈头盖脸地落下。她躲闪不及,立刻吃了一鞭。她忍不住"哦"了一声,环抱胳膊,全身紧缩,慢慢地蹲到地上。众学徒都围上来了,树仁第一个冲到前面,着急地喊:"阿爸!"

"我今日就要打死这个不听话的女儿!"陈斗升一边说着,一边已是接二连三地挥鞭。那竹鞭落下，与衣料接触，啪啪作响，听着都疼。翠凤惨叫一声，赶紧躲闪，却是躲闪不及，连着吃了几鞭，人完全瘫软无力了。

陈斗升瞪大了眼睛，气往上走，说："长这么大，我从来没打过你。但是你这次……"然后扔下竹鞭，接着说："跟你妈说个日子，带你的教书匠一起回家吃饭。"

树仁忙将妹妹扶起。他怕翠凤任性，将事情又搞僵，忙用乞求的眼光望着她，希望她忍下这口气。不料，翠凤完全明白父亲的心意，没有顶嘴，只捂着伤处"哟哟"叫疼。

到了中秋节这天，翠凤果然带了黄柳回陈宅。陈师母见了喜出望外，眼泪几乎要哗哗地掉。树仁早有准备，去烧腊铺斩了烧鹅，还买了卤水猪耳、猪舌。翠凤帮着将熟食摆上了桌，又主动到厨房里帮忙。

黄柳第一次与岳父佬见面，望着这个精瘦的老头，始终带着怯。

陈斗升跟黄柳喝了两杯酒，将一块猪头肉夹到他碗里，说："我成日同他们讲，手艺人有句话，'鬼叫你穷吖，顶硬上喇①'，不是说笑的。我们手艺人，手停口停，最紧要是勤力。"

黄柳听了喏喏点头，说："是啊，俗语有话，有黄金万贯，不如一技傍身。"

陈斗升微微笑了，说："你明白就好。"

陈斗升虽是跷着二郎腿，半歪在太师椅上跟黄柳说话，实则也是忐忑。岳婿俩说了会儿话，倒不觉得难沟通。只是他怕自己读书少，不会说话，怕万一说错了让女婿笑话。翠凤给陈斗升倒了茶，他边说着话，边不经意地喝

---

① 鬼叫自己穷吖，顶硬上喇：谁叫你穷啊，硬着头皮也要上啊。此句含有一种自我激励，力争摆脱困境的意味。鬼：常指代一个虚无的对象，意为"谁"。顶硬上：硬着头皮上，迎难而上。"鬼叫你"这一表达常为反身指代，一般用于自嘲、自我激励。"鬼叫自己穷吖，顶硬上喇"，偶见用于激励别人。

了,这就算完成"斟茶认错①"了。他心里已经不生气了,但还是装出一副严父样子,晚饭后待众人散了,才嘱咐陈师母:"找机会说服翠凤回来,两家并作一家。"

转眼便是新年了,这一年陈家可谓添了新气象。翠凤回来自不必说,大家都高兴,新姑爷也跟着回来过年了,家里顿时显得热闹丰盛。

年二十开始,家里人便准备过年了。陈斗升实在高兴,早早地放了学徒们的假。学徒们第一次从年二十三便开始放假,惊喜得无法形容,当下领了过年钱,给陈斗升鞠了三个躬,算是年前谢师,高高兴兴地打着包袱回家去了。

陈斗升领着树仁、翠凤去华光庙拜华光师父。做戏服的跟唱戏的都拜华光师傅。为着明年的生意好,心诚得不得了,买了一大堆金元宝去烧。还有从家里一直带出来的四色果品,在华光师父面前跪下了,诚心祝祷。

年二十四上午去看住在巷尾的简伯。简伯有六十多了,老婆生病走得早,唯一的儿子前几年也意外去世了,剩下他一人艰难过活,以替人挑水、担米,赚点零碎钱。广州有个不成文的规矩,逢年过节要偕老扶幼。陈斗升吩咐了太太,封好一个大利是,准备了米和肉给简伯。还有亲戚中有两家略微贫寒的,也要去看看。

陈师母虽按吩咐准备着,却惶恐地说:"我们又不是什么大户,就是手艺人,自己揾食②都艰难,哪里有资格去扶老?"

陈斗升却相当自信地说:"我们现在是大铺头了。人家小铺都去,我们不去,岂不让人笑话?人都说我陈斗升做生意发了,我虽然挣得不多,也是有两间铺头明摆着的。做生意,最重要是赢得人心,遇事有人帮。"

陈师母无法改变他的主意,暗地里向儿女们抱怨:"你阿爸越老越有心气了,也就这几年挣得多些,就想扮有钱人了。"

---

① 倒茶敬茶,态度诚恳地承认错误,寻求原谅。斟:用壶倾倒(酒水或茶水)。

② 揾食:谋生。民以食为天,食为天大的要事,而且有工作、有收入才能买吃的,后来"揾食"引申为找工作谋生。

家里忙着扫屋、洗地、祭祖。陈斗升还想回乡下祭祖，想想路途远，花费又大，便只好作罢。在家里新制了祖先神牌，安放了竹刻对联，在祖先神牌前添了一对铜制麒麟。祭祖前瞥了一眼陈师母准备的祭品，说："太单薄了，这一点哪够。"叫树仁立刻去买。让他买最大的一套金元宝，最长最粗的紫檀香。陈师母看了直摇头，偷偷跟儿女们说："你们阿爸，真当自己是有钱人了。"

这一年的年三十，算是一家团聚了。有了翠凤的帮忙，陈师母便要做一锅年三十才做的团圆丸子。糯米粉、黏米粉掺和到一起，搓揽匀了，以水和团，加入瑶柱、冬菇粒、花生、生菜，煮成喷香软糯的一锅。陈师母亲手耐心地做这锅丸子，又指挥着树仁将花生碾碎，把蒜末、姜、葱准备好。翠凤掌大勺，在大锅灶前忙碌着鸡、鸭、鱼、肉四大肉菜，还准备了两个青菜小炒、慈姑煲、虾仁粉丝。

陈家有一道必见的除夕菜，叫"八宝鸭"。先将鸭洗净除腥，用油盐抹遍全身，再将香菇、肉丸、红豆、莲子、板栗塞到鸭肚子里，用针线缝好，把整只放在锅里慢炖，佐以丁香八角、酱油、子姜，直炖到鸭皮烂了，鸭肚里的香菇、莲子冒出阵阵香气。

陈斗升则忙着拜神，将祖先的神牌都擦拭干净，摆放端正，设四色果品，沏茶倒酒。待到一家人忙完了，先给祖宗们烧香，敬茶敬酒，感谢祖先们一年来的保佑。在祖先神台旁边，又另设了一张神台，供的是华光师父的绣像，同样摆着四色果品，有茶有酒。陈斗升领着一家人诚心祭拜，希望来年陈家祖先、华光师父、各路神仙，都保佑着陈家合家平安、兴旺发达。

一家人依程序祭了祖，陈斗升将紫檀大香安放在神炉里，再三祭拜。然后，他郑重地将一串大钥匙放到翠凤手里，说："这是我们汉记分铺的钥匙，以后那边就由你打理吧。"

话一出口，所有人都惊呆了。翠凤更是不知所措。她一直以为在家里，自己便是个普通劳作，是帮衬着家里做手艺，绝没想到自己能成为"事头"。陈师母比翠凤更惶恐，皱了眉头，说："翠凤一个女人仔……"陈斗升痛快地打断她，说："我们陈家没有女人仔，都是手艺人。"

过了年后，翠凤将黄柳记归了汉记，将黄柳记的招牌放在汉记的下面，往来客人便都知道两家并作一家了。汉记不仅得到了一群精工绣娘，更重要的是翠凤回来了，活计也更鲜亮、细致了。

粤剧戏服本来是向京剧戏服学来的，慢慢地有了自己的特色。许多衣服比京装华丽，在构件上却精简了，以适应南方的炎热天气。男大靠、女大靠的服饰，越做越精细，用色大胆，色调华丽繁复——许多年后，人们给了它一个名字，叫作"威五彩"。戏台上一亮相，真是金碧辉煌，流光溢彩，说不出的好看。

第五章

翠凤的亲事闹得轰轰烈烈，树仁的亲事却是很长一段时间无人提起。

陈斗升心里早有打算，要为儿子寻一门好亲事。他从学徒处听说了树仁被卖花女拒绝的事，心中略有不快。然而事情既已过去，便只好装作丝毫不知。他已找了何姑帮忙，想找个做事勤快、家声好的女孩儿。何姑放出许多姑娘的小照，给陈斗升看过了，无奈挑拣得太过，便难成事。陈斗升去过好几回，不是嫌八字不合，就是嫌面相不好，始终没有看得上眼的。

陈斗升起初毫不为意，眼见树仁年纪渐大，多少有些着急。正巧那一日，陈斗升在惠爱楼喝茶，遇上了黎宝笙——黎宝笙自从订做汉记的戏服，便很爱跟陈斗升热络。见陈斗升无心饮茶，一味地只是左右顾盼，便笑着说："不要成日记挂着生意，偶尔叹叹茶，享乐一下，也算是知道赚知道花。"陈斗升听了赔笑道:"倒不是'识揾唔识使①',实在是心头记挂的事太多。"他跟黎宝笙同坐一处,点了虾饺、果仁酥和豆饼,喝着铁观音,说起儿子要成亲的事。

没想到黎宝笙听了,很有兴趣,说:"阿仁还没定亲?我替他找一个,十分合适!"

黎宝笙所说的这个姑娘姓徐,单名宁,是读过高中,从广雅中学毕业的。徐宁的父亲徐榕怀是黄埔军校毕业的学员,如今在船务局任职,为人行事颇有军人作风。徐榕怀喜欢去太平戏院听戏,与黎宝笙也有喝两杯酒的交情。近来风闻时局不稳,他担心女儿的生活,也四处托人,希望找一个踏踏实实的青年。

陈斗升听了,对这门亲事甚感兴趣。觉得对方户头大,实力雄厚,又是在政府里任要职,将来必定权钱两旺,带旺自己这个亲家。

他不知徐榕怀这一头,也作如是想。这些年政治局势混乱,他们顶着军人的出身,着实危险。女儿自小娇娇滴滴的,与其动荡流离,不如嫁个踏实的手艺人,吃碗安稳饭。双方既有意,便托黎宝笙做了个中间人,拿了两人的八字去对,不料一拍即合,从八字上看,是天造地设的一对。又请各自的亲戚到对方家里,看过真人,回来都说十分满意。于是两家大人在黎宝笙的张罗下,在太平馆见了一次面,双方相见融洽,对谈如流,这门亲事就算定下了。

树仁坐在人群当中,略略地看到了徐宁。只见是个端庄秀丽的样子,穿着修裁得当的女学生衣服,白色的细褙对襟绣花裪子,玫瑰红的缎面长裙。他长年在裁布制衣上下工夫,对衣着讲究的人甚有好感,当下也就认同了。

徐榕怀是广东连州人,结亲嫁女也是一套严格的规矩,婚礼的礼数,起媒、交换八字、说亲、下聘,样样程序不能缺。一来一回便张罗了三个多月。成亲的日子是根据二人的生辰八字配的,陈斗升又暗中请人算了算,这一日也

---

① 只懂得赚钱,不懂花钱,形容某人懂得积累财富但不懂如何灵活地使用自己的财富。揾:这里指揾钱,即赚钱。使:这里指使钱,即花钱。

很旺汉记。

婚礼之前,陈家上下都在为之做准备。门、窗赶在婚事之前刷新过了,铺头上下全都贴了"喜"字。陈斗升亲自将大鱼缸洗刷了一遍,将断枝残叶收拾了,把金钱龟也擦得干干净净。之后是安床、过大礼。新房里新添了一张红木大床,一套小的八仙桌椅,又去濠畔街打了一套酸枝木的高低柜。趁着家有喜事,百无禁忌,又更换了神台上的绣像和台帷,新请了华光师父的铜像。

一九三四年农历正月,陈树仁在陈家老宅迎娶了他的太太徐宁。正日子这天,陈家全家人都穿戴一新,梳洗整齐,精心摆好了喜堂,准备了各色糖果,等着迎接客人进屋落座。按照算命的说法,新娘要赶在巳时前入门,于是天未亮,徐府的嫁车便出发了。

这轿到处挂红,十分喜庆。新娘子盖着红帕头,穿着一身金灿灿的裙褂。裙褂上金丝攒珠绣着一只穿云的凤凰,展翼飞舞环绕全身。连片的金珠、金线闪着金光,新娘的脖子上还挂着一串足金的金猪。她缓缓下了轿,周围不由得发出一片啧啧之声,这浑身上下都是金灿灿的,两只手上挂着近十只足金镯子,从手腕一直戴到胳膊上。陪嫁姨扶着她,慢慢地上了台阶,仿佛一个金人儿慢慢走入陈家。厅堂里的叔婶们忙恭喜陈斗升夫妇,说:"这么好的意头,你们汉记将更加兴旺啊。"陈斗升挽着太太走上前,准备迎接新人拜堂,笑得合不拢嘴。

大门口底下摆着一盆炭火,烧得旺旺的。新娘在陪嫁姨的搀扶下,提起裙角,慢慢地跨过火盆。敲锣打鼓的立时热闹起来,学徒们迎在两边,都趁着热闹起哄。陈氏夫妇在正堂端坐,由打下手的妇人们备好茶水,准备接受新人跪拜。

树仁红着脸,拿起早已备好的尺头,稍微挑了一下新娘的帕头,以示"足秤"。众人又哄笑起来,大妗姐①指点着新人敬茶,口中大唱祝词:"饮过新

---

① 广东婚嫁礼仪过程中,主持婚礼仪式、协助嫁娘的妇人,也是一种职业称呼。

抱①茶,富贵又荣华。"陈斗升和师母笑嘻嘻地接着喝过了。新郎和新娘跪在蒲团上,又捧了茶,大姈姐口中再唱祝词:"新郎新娘再添茶,添子添孙福满家。"陈斗升笑嘻嘻地将大利是放到茶盘上。广东人将儿媳妇称为"新抱",敬第一杯"新抱茶"是很重要的仪式。

陈斗升这回办喜事,是花了重本的。家里就这么个长子,娶的又是这样好家世的新抱。在家里行完了礼,便一起到惠爱楼宴请亲戚朋友。若在几年前,他还舍不得亦负担不起这样大排场,如今却是不同了。他知道在这日复一日的劳作中,自己终归是要老的,须一步步将铺头生意交到儿女们手中,连同经验、手艺,还有勇气和担当。手艺是一代代传承下去的,品格亦是。在日复一日的劳作中,在日升日落的岁月里,总有些有形的无形的,能让子孙后代继承。

树仁这个小伙子,一直是扎在戏服堆里的,此刻才真正走入人群中。他穿着簇新的长褂,戴着大红花,小心翼翼地履行着新人的仪式,学着招呼宾客。他这时候才算真正成长起来,成为一个大人。在广东人的风俗里,一旦成了亲,不管什么年纪,便成了大人,成了有自主权的人,对于树仁来说,他不想做个鲁莽的人,他是跟在父亲后头,学会了为人处世的许多道理之后,这才有了自己的态度。

这一套婚礼仪式完成,陈家真是喜气尽显,富丽非凡。晚上,树仁喝足了酒,颤抖着,掀开了新娘的盖头。只见是个非常美丽的姑娘,长相端庄秀美,举止有礼,一双乌黑的眼睛顾盼有神。

三天后回门,徐宁已然恢复了天真活泼的个性,一大早便拉着树仁要走。陈师母赶紧将他们叫回来,原来回门也要十分讲究。陈家早已备下了,要请人力车夫一起载过去,整只烧猪、长寿面、生果,还有回门甘蔗、大腌鸡、西

---

① 儿媳妇。

饼、酒。让学徒们把礼品搬到板车上，一起拉过去了，才算礼数周全。

没过几日，树仁却有了不同的感受。之前听说是大家闺秀，受了多年女子教育，只觉得为人应该是温和讲理的，没想到相处下来，他发现徐宁娇气又任性，动不动便噘着嘴，说话很自以为是，不容人置疑。夫妻俩相处了三日，已经有了几次不同意见。树仁不太开心，他自己一个人总是快步走，不愿意看她瞬息万变的脸色。

徐宁回了家，更是娇纵起来。先是乖巧地扑到母亲怀里，又挽着徐父的手，不停地撒娇，抱怨说完婚太累，又说想家了，不喜欢住在陈家。"宅子不小，却没什么好玩的东西，"她郁闷地嘟着嘴，"只有一堆烂布头。"

徐榕怀赶紧呵斥女儿"不要乱说话"，望了望树仁，脸上笑意十足，嘱咐说："她在外面自由惯了，乱说乱笑的，你一定要时时提点。"树仁默然，点点头，心里嘀咕徐宁怎么会听话，大家小姐娶进门，以后有得侍候了。

两人结婚后，最初是以礼相待，慢慢地就有了争吵。徐宁三天两头回娘家，回来便抱怨婆家如何寒酸。她有个姐姐嫁的是酒楼老板，十分气派，不仅经济实力雄厚，而且交际广泛，经常带着她姐姐去吃饭、听戏。

而树仁，毕竟是个手艺人。每日在铺头上苦忙，晚上回到家，已是筋疲力尽，还要在灯下描绘新的图样，或者练习新绣法。徐宁对着他几个月，越来越失去了兴趣，脾气也越来越坏。两个人经常说不上几句，便吵起来。树仁劝徐宁去铺头帮忙，徐宁不但不听，反而大怒，说："什么时候我成了要劳作的穷人了。"树仁怕她到铺头生事端，不敢十分劝，只好随她去了。

夜里小夫妻常有小口角。树仁回家听了母亲的抱怨，忍不住劝妻子，说："你成天在家，好歹帮帮妈打个下手，做做饭，收拾一下家头细务①。"徐宁听了，立刻黑了脸，先是不说话，接着又忍不住吵。树仁知道说不动她，自觉放弃，徐宁还是皱着眉，黑着脸，不时瞪他一眼。树仁不愿意半夜里吵架，只

---

① 家头细务：家里的大大小小家务活。细务：细致的家务活。

好装聋作哑,自己一个人闷头睡了。徐宁更生气了,把被子全抢了过去,不让他盖被子。树仁忙碌了一天,实在是疲劳至极,却睡不安生。第二天在铺头,忍不住打了几个呵欠,被陈斗升一顿呵斥。

徐宁喜欢听无线电,专门从娘家搬回一台无线电,每日都开得很大声。陈师母对此颇多怨言,说自己精神不好,喜欢安静,那无线电一天开到晚,又如此大声。"难道不能小声些么?"徐宁毫不理会,依然每日开着无线电。陈师母无法,只得外出避她。这一去铺头,让父子俩感到了不自在,像是多了一尊菩萨,抬头低头都会撞到。

这天,徐宁又是一个人听着无线电,听到热闹处,还跳起舞来。陈师母忍了半天,捂着胸口,一口气跑到汉记铺头,说:"哎呀,屋企几时多咗个噉嘅人①?"

她这么说,陈斗升便不乐意了,毕竟这儿媳妇是他选定的。再说婆媳不和也是远近常事。他正忙着,便不耐烦地说:"家和万事兴,你身为家婆,一点事就到处乱跑,到处说,成何体统!"

陈师母没想到丈夫竟帮着儿媳妇说话,气得差点要背过去,在罗汉椅上躺了半天,长吁短叹,饭也不做了,一天到晚"眼水湿湿"。陈斗升又是气愤,便转到树仁身上,说:"既是娶了回来,就好好说说道理。夫妻俩有商有量,不通说到通。你这么大的人了,还不会做丈夫?"

树仁正欲辩解,陈斗升却一声大喝:"赶紧送你妈回家!"

晚上,树仁没有回家,喝了几杯酒,有些上头,昏沉沉的,仿佛听到耳边传来轰隆的声响,以为是打仗了,心道不好,想老丈人不知是不是要上前线去。

他东倒西歪的,勉强回到了铺头,前厅一片漆黑,只有小源哥点着盏煤油灯在对数。他管着汉记的数簿三年多了,从来没出过差错,晚上大家都歇工

---

① 整句意思为:家里什么时候多了个这样的人?屋企:指家、家庭。噉:这样的。

了，他还独自加班对数。

小源哥看他喝醉了，吓得不知如何是好，将他扶到罗汉椅躺下，给他沏了茶，看他不像能一时清醒的样子，又赶紧将数簿收好，一边收拾，一边笑着说："仁哥，你家少奶奶已经进了门，以后这本数簿，就由她来看吧。"

树仁摇头，说："她什么都不懂！"

小源哥仍是笑嘻嘻地，说："哪有人生来就懂的，你教一下就好。"

树仁紧闭着双眼，强忍着一股喝醉酒的醺气，仍是摆摆手，想了一会儿，忍不住气愤地说："教也没用，她什么都不肯做，就是尊活菩萨，等着人侍候！"

恍惚之间，仿佛闻到一丝悠悠的玉兰花香，他忍不住闭上双眼，皱紧了眉头。

这天周末，徐榕怀遣人来请树仁夫妇回徐家吃饭。徐宁自然是兴高采烈，树仁却是有些不乐意，总觉得岳父佬家规矩大、拘谨，去过几次，感觉岳父岳母根本看不起陈家。树仁整日在戏服铺里，所说话题无非是戏服，徐榕怀对此无甚兴趣，除了第一次回门时礼貌地问过，从此不再过问。岳婿俩常同坐一处，却相对无话。

不料这天，徐榕怀对待树仁特别热情，仍然是坐在太师椅左右，主动给树仁倒茶，咳嗽了几下，郑重地对他说："你这几日有看报纸吧，日本人快要打到南方来了。"

徐榕怀此时的处境很尴尬，他是读过军校的人，人都说他会打仗，如今前线军人死伤无数，政府里正着力动员，希望大家踊跃到前线去。"我说我年纪大了，身体不好，索性连工作都辞了。"徐榕怀坐在太师椅上喝着茶，脸色凝重。他见徐宁不甚理解，解释道："我有个同学，在云南做军校指导，带兵去上海支援，已经战死沙场了。"

树仁对岳父向来十分敬畏，只听他说，自己一句也不敢出声，脑子里乱哄哄的，想不出能帮什么忙。徐榕怀长叹一声，说："可能过段时间，我们便要往乡下走了。徐宁是你们家的新抱,不能跟着我们走,你要好好照顾她。"

他话刚说完,徐宁立刻惊呼,说:"你们要走,我也要跟你们一起走。"

徐榕怀向来说一不二,立刻沉下脸,说:"你是陈家的新抱了,没有跟我们走的道理。"说完便不再说话。徐宁看父亲面容严肃,声音沉缓,知道没有转圜的余地了,立刻呜呜地哭起来。

树仁望着岳父佬,郑重地点头,说:"我当然会照顾好她的。"

"嗯,你们汉记在广州多年,多少也是吃碗手艺饭,徐宁跟着你,总不会饿死的。"徐榕怀为了舒缓气氛,故意说了一句玩笑话。在两个年轻人听来,一点也不好笑。徐宁依然哭哭啼啼,徐太太不停地用手绢抹泪。树仁呆呆地望着眼前的一切——徐家的厅堂是全套的红木家具,高柜矮几上错落地摆放着青瓷、珐琅、木雕摆件。昏暗的灯色下,一屋子的金碧辉煌显得十分黯淡,阴影绰绰,仿佛从某个小角落里便能跳出一件不好的事情。

眼看时局有大变动,陈斗升也暗暗留着心。他将存在银行里的存款取出了大半,又不动声色地退了一部分布料订单,作坊里也收拾整齐,以防随时沦陷。对门的荣记却是不停地接生意。战争形势严峻,战败的消息不断传来,许多铺子完全关了门,回了老家。铺子一少,生意便显得多了,荣记一时门庭若市。陈斗升每日坐在正厅里,看着对面的盛景,对树仁说:"临战前接的单,估计是希望流掉。我们汉记虽然也要赚钱,却不能发这种烂仔财。"

陈斗升将这两年的数簿都取出来了,一一清点了,又叫树仁亲自计算,汉记还能支撑多久。时局的变化从物资的短缺和米油价格的变动便可看出,学徒们亦人心惶惶,每天无心做事,只留心着邮差有没有带信来。哪天有同乡带来话,说"家里叫你回去",便立刻向陈斗升请辞。

徐宁的无线电几乎是从早放到晚。报纸上含糊不明,只说连连在打仗。只是这仗打得久了,必然是没有打赢。无线电里是另一种消息,本地的新闻台里,主持人天南地北地闲聊,所说的消息,比报纸上的要可信得多。

学徒一个个辞了工，汉记便见冷清了。这天连小源哥也来辞了，说战时环境恶劣，一家老小都在乡下，还是要有男人在。陈斗升沉默不语，心想就算男人在家，出了事照样挡不了。——这话是不能明说出来的，只得让小源哥领了薪水，愿他平安到家。

一时之间，作坊里空前的安静。每日劳作的声音变得细碎，热闹的声响一点点寂静。飘散在作坊中的布的味道、糨糊的味道，都没有了。只剩下一个拓图的老邓，因家在附近，还是每日来上工，拓了许多件料堆在裁床上，却是没人来绣了。

陈斗升闲着无事，在作坊里转悠。他有许多年没有亲力做过活了，如今想拿起来，又怕跟学徒们的手艺不相像。眼见裁床空着，他试着裁了一会儿，只觉得周围安安静静的，便是劳作中，也有一种宁静得可怕的恐慌感。

树仁拾起一块布料，说："这是我外母①订做的一件旗装，不知她会不会来拿。"

陈斗升听了，从扣箱里找出几只最好的盘扣，说："既是你外母的，更要做好，怎么能丢下一半呢。"说着又看到台上的一件快完工的小梅装，叹气说："这一件是刘明君师傅的，特意为她找了好的布料，缎条也是新品，颜色鲜亮，听说她已经跟着剧团逃难去了，只得回来再说。"

汉记的招牌还是挂着，那衣撑架子也天天摆在门口，挂着一件张牙舞爪的龙袍，然而看上去相当沉默。状元坊里一天天地静寂了，连路过的人都少。半夜里，陈斗升父子俩将图谱和货版分批入箱。过了几日，眼看着左邻右里的铺头都关门了，街上往来逃难的平板车越来越多，又找了几个杂衣箱，把剩余布料和珠管也统统打包入箱。

树仁一边收拾，一边替这些衣衫惋惜，说："我们走了，布料谁看管？"陈斗升佯装笑容，说："只能放在仓库里了，总不能带着逃难。"一起收拾了

---

① 外母：岳母。

家里的伙房、柴房，将物料色色堆好、码好，外层以禾草做掩饰。他细心地将货物堆放整齐，数了又数，说："布和缎子用处不大，有人趁乱来偷，给自己做两件袿子，那也没法避免了，也要会做才行。战乱年代，捡到金也要有命享。"

他虽是笑着说的，眼睛却望向别处，看都不看，树仁知道父亲的心是阵阵疼着的。

把衣物藏好了，突然黎宝笙来找。粤剧界正筹备着抗日义演，黎宝笙已打算回乡下避难，只能义演完了再走。他郁闷地解释，自己的家当已经运走了。"暂且借一件灰色大汉装，演完了立刻还你。"陈斗升愣了一下，他开铺头十多年，向来是不外借的，连租赁都少做。时局如此，也只能破例了。黎宝笙见他不作声，放缓了声调，小声哀求说："真是演完了就还，国家都没了，谁还在乎一件衣服。"陈斗升听他说得有理，为难地点点头。

例子一开，这便坏了，第二天梁焕仁也来了，要借一件座马。陈斗升不敢说"不"，虽然不情愿，也不敢推辞。梁焕仁取了衣服，十分高兴，亦是说"演过了就还你"。陈斗升只好答应。他对于有借有还这件事没有抱太大的希望。果然，唱完了抗日义演的戏，八合会馆便组织演员们往广西梧州避难去了。

时局突然变得恶劣了，听说日军随时来空袭。陈斗升每日在作坊与客户间奔波，时刻"眼观六路，耳听八方"，一听到警报便撒开腿跑。从天字码头到珠光街，到处乱哄哄的。只有几间零星铺头勉力支撑，大都拉闸关门了。城里到处筑防御，每天都能看见带着锹镐的军人和学生，踊跃地挖防空洞。陈斗升每天按时开铺收铺，经常在关公像前感叹，说："大概这一天真的不远了，求关老爷保佑我们一家大小。"晚上吃饭时，气氛尤为凝重。陈斗升的愁思自不必说，树仁夫妻俩也是愁眉苦脸。陈师母见大家都没胃口，只好主动劝说："近来天燥，煲无花果瘦肉汤，最是润肺的。"

不料话一出口，陈斗升便皱紧了眉，说："也不看看现在什么时势，生意好时才加点菜，如今都要逃难了，钱要存起来傍身！"

陈师母听得满心委屈，眼角里慢慢涌出泪，说："我也是看你们干活辛苦。"

她自从小儿子意外夭折后，情感总是很脆弱，听了重话便忍不住哭，一哭便是停不下来。陈斗升见她又要犯病了，更是烦躁。这乱纷纷的时势，生了病连医生都找不到了。他不敢再责备，立刻岔开话题，说："我叫你去找翠凤，说逃难的事，说得怎么样了。"陈师母抽咽着回答："翠凤知道了，她在收拾，随时准备着走。"陈斗升点头称是，神色稍和缓，说："都是一家人，不能随便扔下。世事难料，未必见得能一家团圆的。"说得大家都心情凝重。

一些胆小的老板转移到老家避难去了，有些大铺是往香港跑，那边有行会的人接应。陈斗升不断听到同行离开的消息，也有人邀请他一起走。徐宁极力怂恿陈家往西北跑，最好跟她父亲家会合。陈斗升却没有这个心思，粤北方向通往徐榕怀的老家连州，而自己的祖籍是东莞，很应该往东南走。

徐宁暗地里不停地抱怨，对树仁发脾气，说："说到底，你们家哪有把我们当亲家！"

树仁最反感的就是她说这样的话，想也不用想便能反驳："难道你们家又把我们当亲家？"

夫妻俩不能说太多，一说多便吵架。树仁任她发脾气，闷不作声，半天才说出一句："说到底，你总是我的太太了。铺头的事你不管，家里的事你也不管，你就想这么晃晃荡荡，无事生非一辈子。"

话没说完，便被徐宁一个枕头无情地砸中，她像疯了一样歇斯底里："我就晃荡荡怎么了！我就不干活怎么了！我本来就是不干活的千金大小姐，我嫁给你个做苦力的，真是倒了八辈子霉了！"

树仁呆呆地看着她，想说几句，骂她一顿，迟疑了一会儿，终究是没有说。

这日，树仁收工回来，看到徐宁愁眉苦脸地倚在门口，不知在干什么。正厅里母亲呆呆地坐着，似乎也在垂泪。树仁以为她们婆媳俩又吵架了，不知如何是好。母亲呆呆地，皱着眉说："家嫂①怀孕了，唉，这时势，怎么给她找吃的。"

不料这话徐宁也听到了，站在侧屋里大声地说："你们放心，我回娘家，我娘家不缺我这口吃的。"说完便回房收拾行李作势要走。树仁忙将她拦住，怕她受伤，不敢十分用力。徐宁哭闹了半天，终是没有回去。树仁虽然心疼她有孕，却说不出疼爱的话。

陈斗升听了这个消息，十分高兴，立刻到神台前上香，说："家嫂有孕，是我们陈家的大喜事！"

徐宁自己一点也不高兴，每日总嚷着家里不顺心，闹得凶了便说要去连州找家人。这天她与陈师母又闹了口角，一个人疯了似的跑回徐宅，在空荡荡的大院里，仰头呜呜地哭。

第六章

一九三八年，陈树仁的第一个孩子出世，取名锦汉。这是陈家第三代的长孙，陈斗升因此颇为欣慰，在神主牌前双手合十、鞠躬，向祖先报喜。与此同时，广州沦陷。日军的飞机不时从古老的广州城上空呼啸而过，砖瓦横飞、血肉模糊，给原本美丽、安定的城市带来惨烈的灾难。有条件的人家往乡下避难去了，没法走的穷苦人，只得守在家里等死。无线电里仍是一派抗战之声，然而南京失守，抗战军队节节败退，广州城守不住，整个中国便几无可退之地了。陈斗升决定带领全家往山区逃，先是去了四会，后又迁到广宁。

乡下的天地似乎比省城开阔许多，乡路阡陌交错，屋舍之间疏离有致，在

---

① 儿媳妇，公公婆婆当面称呼儿媳时的叫法。

初升太阳的照耀下，已收割的稻田显出一片绿意盎然。山风清冽，阳光温暖，冬天最引人注目的是甘蔗，仿佛一日比一日高，每个枝节都在生长。菜地里亦是一片新鲜颜色，一畦畦的生菜长势喜人，层层菜叶包裹着豆沙绿的嫩芽，是丝线里需要特殊浸染才会呈现的颜色。

陈斗升略弓背，抄着手，与树仁在田埂上缓缓散步，脸上露出些许笑容，说："这个地方不错吧。"树仁顺从地点点头。空气中依稀飘散着菜香、果香，清新沁人——这一点比状元坊好，状元坊里总飘荡着一股呛人的衣浆味。

村里的老人每天聚在村口的榕树下聊天，有人说已经看到日本兵了，有人说炮车都运进来了，说得人心惶惶。然而，人们依旧保持着日出而作、日落而息的习惯，仿佛这宁静的生活，不会因任何事而受影响。

陈家租的是远房表叔的房子，只有主屋是完整的，陈斗升带着树仁用泥坯砖砌了两边的侧房。院子里平了土，陈师母说要养鸡。徐宁对此强烈地反对，房前房后常有邻居家的鸡来串门，留下的鸡屎已难以铲除。陈师母很怕这个新抱的脾气，不敢十分坚持，翠凤也不是很热心，只得作罢。陈斗升指挥着树仁，在院外搭起竹篱笆架，学习了乡下的传统搭法，用细藤缠绕了，交错打结，用来种些蔬果。屋前屋后亦松了土，种了青菜，用以帮补一家人的伙食。

家里的重担渐渐转移到了树仁身上。徐宁生完孩子，身体娇弱，每天斜躺在床上不愿意挪动。陈师母全力照看着小孩，力有不逮，常在一家人面前扭腰捶背，埋怨说："顶唔顺[①]。"陈斗升到了乡下，仿佛水土不服，渐渐地失去了精锐气。他整日整日地蹲在院门槛上，不停地抽着水烟，或者站在田垄上，望着宽阔无际的田野出神。树仁制了个家庭数簿，每日计算吃穿用度，上边的数字有减无增，每每想添些家庭日用，总要犹豫半天。

这一天，是乡里的墟日。树仁早早便提醒了翠凤，与黄柳一起，三人一早去赶墟。乡下地方小，只到墟日东西才齐全，也便宜些。不料一大早，徐宁

[①] 受不了，支撑不住。

突然发起了脾气,说树仁丢下她和孩子不管,自己趁热闹玩耍去了。树仁亦是急,说:"赶墟是为了省钱,家里现在有进无出,省一厘是一厘,你以为还是以前做有钱小姐的时候。"这话一说,却是勾起徐宁的伤心,她摔了枕头,又将被子扯开,将所有歇斯底里都发泄出来了。

树仁怕吓着了孩子,一时不敢走。陈师母唉声叹气,说日子怎么过到这个地步了。陈斗升似乎什么也没听到,只顾蹲在门口抽烟。翠凤一早便起来给菜地浇水,准备妥当,在大门口等着,等了许久,仍听到树仁夫妻俩吵闹不休,终于忍无可忍,走入正屋,对着徐宁大声说:"大嫂,我们正在逃难,家境困难,你为大哥着想些好不好!"

徐宁自嫁入陈家,从来没见过翠凤发脾气,第一次见她如此发怒,竟是反应不过来。树仁趁机离开,临走前不忘嘱咐母亲,让她算着钟点给孩子喂米糊。

山路崎岖,三人一路跋涉,走了很长的山路,到了镇上。墟日人多,短短的一段土路,两边摆满了地摊,堆满了土货,中间人流如水,挤得无法向后转。在墟街上绕了半天,陆续买入了米、油、盐,看到五花八门的日用杂货,又忍不住买了许多,其中有乡里人自制的酸梅,可以做下饭菜。

同样的钱能买到比平时多一倍的货物,大家都很高兴。回去是上山的路了,三人都背着沉甸甸的背包,比来时更累。翠凤咬牙切齿,不时停下抬头看天,说:"日头真毒!"她佝偻着身体,走得吃力,一步三歇的。黄柳已累得满头冒汗,忍不住说:"我总得找个教书工作,上次去问乡中学,不见答应。听村口那几个老伯说,旁边村子也有个学校,我明天去看看。"

翻过一座土坡,翠凤已累得浑身发抖,腿脚怎么也迈不开,只好在路边就着几块石头坐下。她脸色惨白,呼呼地喘着气,说:"朝不保夕的时日,学校全关门了,哪里还能找到教书工作?"树仁背靠着一棵树休息,微蹙了眉,说:"我们再商量看,一家人做点小生意,或许能过活。"

三人正说着,冷不防从旁边杂草丛里冲出一个人,大喊一声:"留下买路钱！"来人穿一身精简布衫，蒙着面，只露出眼睛，手里举着一根手臂粗的木棍。翠凤吓了一跳，第一反应是护着米袋。不料强盗一眼看见了，立刻向她冲去，手中的木棍狠狠敲下。翠凤眼见棍子下来，立刻缩手，还是被砸到了，痛得惨叫一声。树仁虽然害怕，但见对方一人，身量不高，便想以力气搏一搏。他立刻跳到翠凤面前，张开双臂阻拦。不料草丛里又跳出一个人，同样是蒙着面，身量不高，看身形约莫还是少年。两个强盗挥舞着棒子，一个去抢了翠凤的米袋，另一个捡起地上的杂粮袋，跑得飞快，转眼便消失在树林里。

这一变故来得突然，三人都不知如何反应。黄柳缓和过来，先是查看妻子的伤势。树仁见强盗的背影单薄，想拔腿去追，翠凤立刻喝住他，说："不要追，危险！"

树仁本能地停下来，仔细一想，人生地不熟的，确实不能乱跑。这强盗虽然是孩子，附近也许有人接应。"我们是外地人，被盯上了也不出奇。"他无奈地叹了口气。

翠凤挨着石头慢慢坐下，抹去眼泪，淡淡地说："都是苦人家，要不是穷到无路可走，也不会昧了良心做伤天害理的事。"自己卷起衣袖查看伤势，又乐观地说："好在人没事。"

黄柳给翠凤按揉伤处，感叹说："乡野之地，又是混乱时势，全凭武力说话，没有什么道理可讲，不要轻举妄动。"

本想着墟日购买物资便宜，不料遇上强抢的，不但没省下钱，反而损失了好大一笔，全家上下都很难过。陈斗升翻着数簿，唉声叹气，说："俗语有话，衰开有条路[①]，果然是没错的。"黄柳闷声不吭，翠凤是个外柔内刚的性格，虽然挨了一棍，却没有留下太多阴影，缓过了不快的情绪，立刻重新去购入米、油。

---

① 衰：倒霉，走霉运。开：双关语，既表示开头、开端，又是表示动作或状态的持续性。有条路：形容朝着一个方向进发，含有陆续有来的意思。整句意思为：人走起霉运来，倒霉的事情陆续有来，祸不单行。

华衣锦梦

这一年的气候十分温和，乡下视野开阔，一眼望去是平坦的田地，极目都是绿色，仿佛一幅精心设计的、以绿为主色调的绣品。院子旁边辟出来的菜地，刚入冬时种了些生菜、小白菜，到了冬日便能收些。表伯公亦送了腊肉来，吊在屋檐下。陈家居住在广州多年，虽算不上大富大贵，好歹是有份家业，衣食充足。如今却是举家困顿，有一技之长却无法谋生。然而时局艰难，人命在乱世中无能为力，只能求上天保佑，合家平安，勉力生存。

熬过了冷且贫苦的冬天，到第二年春分，兄妹俩便商量着，在乡下开个成衣小铺。陈斗升对此并不看好，说自己早打探过，乡下人一年到头统共唱不足十场，哪里需要订戏服。树仁却觉得并不是毫无希望，说："这里既不用铺不用租，日复一日，慢慢地卖，总会有所收获。"陈斗升仍是摇头，说："做了一辈子戏服，只明白一点，这个行当发不了财。"

一个院子里三间房，左侧的土坯砖房是翠凤夫妇住着的。用纸糊住的四方窗，总映着她细眉细目的侧影。翠凤闲时便做些绣活，金丝、银线舍不得用，只能用简单的彩线绣个金鱼、绣只蝴蝶。锦汉眼看着一天天长起来了，浑身上下都是绣花衣服，裤脚上一只五彩斑斓的虎头，看着格外精神。连徐宁都对着他拍手，说："你看你姑姑，把你打扮得像有钱少爷了。"

翠凤把心思全放在锦汉的衣服上，变着法儿绣花样，除了喜庆的兔头、虎头，还有整幅的云鹤图，看着十分贵气。陈斗升心疼物料，说："太费事了。"看着孙子打扮贵气，心里也是欢喜的。

树仁与翠凤日夜忙碌着，筹划着将摊档开起来。一部分是从汉记带出来的存货，还有便是翠凤近来的出品。又想办法请人收了两台旧的缝纫机。翠凤极力劝服黄柳，先是教他做剪裁——不料，黄柳虽有绘画基础，于此却极难上手，仿佛在布上画便不是画似的，翠凤只好教他踩缝纫机。没想到这个活上手倒快，没几天他便将缝纫机踩得隆隆响。于是家里三个人分工合作，做了一些简单的布袋、婴儿褴褛。

这摊档就摆在小院的门口，几块砖头摞起来，上面搭一块旧床板，便能摆卖了。虽然简陋，却也方便展示，田头常有人经过，多少有些布料货物的需求。这样经历了几回，倒也赚了些钱，总算是有了些收入，不至于只靠种瓜果度日了。

陈斗升蹲在门口，一口口地抽水烟。他自嘲不是做手艺活的料："老了，眼花了，丢了的手艺捡不回了。"偶尔望天长叹："好不容易将汉记经营成大铺头，如今又回到我阿爸那时的样子，再过几年，怕是要上人家的门当学徒了。"陈师母好言安慰，说："你平时不是常说，有黄金万贯，不如一技傍身，只要一家人齐整，做手艺活有什么不好？"树仁能体会到父亲的郁闷之情，却不知如何安慰，他向来是沉默寡言的人，一日日的不是做缝纫，便是守摊档。

这用硬纸板糊着"汉记"的小档口，坚持着开了下去。每天由树仁守几个钟头，换翠凤守着；中午翠凤去做午饭，又是他顶上。终日守着，生意却不见得好，乡下人习惯了简朴，家中衣物大多是自己缝制的。档铺摆了数月，生意额少得可怜，连以前汉记一个月的零头都没有。翠凤便有些灰心，说："如此苦耗着，还不如养鸡呢。"树仁于毅力上向来胜于妹妹，坚定地说："既然决定开了，便要坚持开下去。"

这一日，正是树仁守在摊档前，百无聊赖，时而望着远处青翠的竹林，时而回神盯着档口，忽然看见一个熟悉的人慢慢走近。树仁惊讶不已，看了好半天，才确定地叫："笙哥！"

黎宝笙穿一身粗筒长袍，全身上下都是极灰的颜色，只有仔细看，才能看到袖子里藏着一串晶莹剔透的红珊瑚手钏。黎宝笙拉着树仁，一副故友久别重逢的样子，激动地说："没想到真是你们！"

原来，几个有名的粤剧团在怀集、梧州一带盘桓许久，终于还是没有方向，各自散了。剧团里的演员，有的去了香港，有的回了老家。黎宝笙不愿意再奔波，便辗转落到了广宁。

黎宝笙立刻请了树仁去认门，说自己租了一处很好的住所。那房子是个石砖围成的大院，房屋上有彩色的花鸟灰塑，大概过去是官家住的，显得气派非凡。再好的房子，在战争年代也是残旧缺修，树仁随黎宝笙进了门，只见三间灰砖小屋摆成品字，地方宽敞，但摆设不多，显得有点凋落。

  黎宝笙热情地向树仁介绍："找了许久才租了这间，是村子里最好的……"又略顿了顿，显得意犹未尽，说："一直在老广州城居住，偶尔换换环境，倒很有新鲜感。"他越这么说着，越显得不淡定。树仁不知为何，突然颇能体会他的心情，友好地笑笑，说："没想到我们离得这样近，今后要常去我们家啊。"

  从此，黎宝笙几乎每日都到档口坐坐，或与陈斗升一道抽着水烟闲聊，或陪着树仁守档，甚至饶有兴致地看翠凤做绣活。看着一幅幅鲜艳的绣样，他像久饿的老虎见了肉，满眼里是发馋的光。陈斗升看出了他的心思，忙摆手说："做戏服太费丝线了，这些都是用作小孩衣物的。"

  黎宝笙的出现提醒了树仁。他们本来是做戏服出身，以精工见长，如今却是做着简单的缝作。汉记累积了十几年的制衣经验，便要从此湮灭了吗？想想那苦心经营的老招牌，当然十分不舍。战乱时期，物料珍贵，便是用来教授黄柳的用料，亦是能省就省，更不用想花大量物料去做一件衣服了。树仁只好按捺住心中的愿望，用心兜售档口的小商品。

  这困顿之际，孩子便是唯一的希望。锦汉像是农田里长势良好的作物，一日日见风而长。他刚生下来便不怎么哭，后来更学会了笑，每日在陈师母怀里转动着眼睛，看到新鲜画面便咯咯地笑。一岁以后，虽还不太会说话，却走得很勇猛，常常一个人顺着墙角，跟跟跄跄地蹭到大门口，看父亲摆档。树仁一边守着档口，一边翻看戏服样本，给锦汉指着，一样样地认识。锦汉当戏服样本像公仔画一样，睁大了眼睛，看得入神。树仁又教他认识各种花纹水纹。说来也奇怪，锦汉于识字上不甚精通，于戏服却是不点自通。往往一看纹样，未等树仁说明，已咿呀作声。树仁十分高兴，忍不住对太太说："我们家锦汉，将来说不定比他姑姑还要会呢。"不料徐宁立刻泼冷水，说："就一份吃不饱、穿不暖的手艺活，有什么好高兴的？那戏服远远看着金啊银啊，说到底都是假的！"树仁听她说得有理，不知如何反驳，只得长叹一声。

生活虽然穷苦，却是一天天勉力维持着，靠着辛勤刻苦，总算维持着一家齐整。转眼又是新年，眼看着一家人平安齐整，陈师母甚感安慰，一面敲着发痛的腰，一面说："一家人齐整就好，日子过得这么平安，真应该多谢菩萨保佑。"树仁忙点头说是，嘱咐妹妹年末之前多省点，好歹留着过年的花费。翠凤说明白，每日在窗下做绣活的时间更长了。只有徐宁一蹶不振，徐家回连州后便没有任何消息，她想尽办法打听，却始终打听不到。

这一年的春节，虽是在抗战时期，还是保持着相对的安乐。陈斗升带着全家大年初一去陈家祠堂烧香，给表叔公等本家亲戚拜年，将存储已久的银钱换了米和麻油，送给族里的长辈。

年初七是人日，族里众多叔伯父几次商量，决定凑足演员唱一天酬神戏。镇上已驻扎不少日本兵，但很少到村里来。陈姓人在人日这天请大戏已是多年传统了。汉记档口决定从年初一休到初七，陈斗升便让年轻人去看戏，说看看乡里的戏服做工如何，有机会与领班、正旦打个招呼，说不定能揽到生意。

乡班给乡亲们唱的这台戏是《帝女花》。这也是省城大班向来爱挑的大戏，其中人物众多，情节紧凑，演到高潮处，总有痴男怨女为之感动，哭得稀里哗啦。过去村里常常将这折子戏唱个大半，从早上唱到晚上。如今为条件所限，只唱一场，便只唱最催人落泪的一场《香夭》。

乡下条件简陋，高胡、二弦、扬琴、箫、笛一一摆开，乐器上算是凑齐了。锣鼓一响，那久已荒废的戏台便聚集了许多人。长平公主穿一件湖青色的穿云锦绣小宫装，下配棕色长摆镶金宽边襦裙。她身材敦实，动作却很灵活，上了戏装之后，凤眼微泡、眼风频送，还算活泼美丽。乡下开戏向来是图个热闹，只见这公主像只蝴蝶一样飞来飞去，一头错落有致的珠翠随风摇摆，风姿绰约，台下不时响起雷鸣般的掌声。省城里的长平公主，随着剧情转换，能换好几套衣服，飞袖、细袖、水袖各有讲究，凤帔也随之更换相配衬。到了乡下便是一衣到底了，这姑娘自始至终都拉着一对长长的水袖，一到要紧处便抓着乱甩。

树仁拼命挤到台前，试图找到领班，却看到黎宝笙站在台下第一排，夹在拥挤的人群中，抬头看着眼都不眨。他看到此景，莫名有一种心酸感，忙挤过去，笑着说："这乡戏就是凑个热闹，笙哥您要是在这里开唱，一亮相便是镇住了场。"

黎宝笙略微得意地笑，却摇摇头，说："我隐名埋姓躲在这里，本来就是走难的，要想出名，早就跟着他们到大后方去了。"

树仁虽不爱看戏，但为了戏服生意，一直在台前待到戏散，直到太阳下山，风吹着戏台一阵阵地冷。正如陈斗升所说的，乡下人俭省，不会花大价钱做好戏服的。那乡戏领班想也不想就拒绝了树仁，只好作罢。

不料第二天，黎宝笙一大早，便来敲陈家的门。见开门的是树仁，立刻拉着他的手，说："走，到我家去，有人急着找你。"

树仁随黎宝笙去了他的乡下大屋，一进门就吓住了。屋子里有个抱孩子的妇人，一眼便能认出是于莺莺。

于莺莺此时身材臃肿，动作缓慢，头上包着个头布，怀里抱着个婴孩。那孩子白白嫩嫩的，是个小肉包形状，十分可爱。

黎宝笙长叹一声，说："上次你来，不敢让你看到，才生完没两个月。"

树仁原先想不到是怎么样一个情景，一时倒不知怎么反应了。于莺莺见到他两眼放光，冲上来，摇着他说："这不是陈家老板仔吗？笙哥请你来给我做衫？"说着便笑起来，又冲向房间，边跑边说："现在的尺寸不准，你照先前的尺寸做。"

黎宝笙望着她的背影直摇头，说："带了孩子一阵时日，整个人都有些痴痴呆呆的。昨日她听说野台子有人唱戏，迷得差点要冲出去，我们为此吵了一架，好在看仔婆把她留住了。"

于莺莺从房间冲出来，手中拿着一张旧的尺寸表，树仁只好接了。她立刻又欢天喜地，说："我要粉色的，就做个小宫装吧，不，一件梅香装就好！"孩子突然啊呜啊呜哭起来，看仔婆忙去抱，于莺莺也急着去看。

"她唱戏唱惯了，许久没登台，闷得难受。"黎宝笙请树仁帮忙，给她做一身新的戏服。于莺莺带着孩子不甚耐烦，没事就做个云手，走个碎步，过过瘾。请了个乡下妇人照顾，孩子在一旁嗷嗷啼哭，于莺莺自己哼着小调，在客厅中自顾演着上香拜月，步步生莲。

档口开了半年，慢慢地有了名声。树仁请了一个会木工的村人，帮忙搭起了个杉木棚子，四方周正，算是能挡风挡雨，比之一块床板搭起的档口又好看了许多。棚子上方有了一个木板，上边用毛笔写着"汉记"两个大字，挂在用杉木板做成的门楣底下。档口主要卖翠凤手做的一些孩子的鞋袜，还有一些布艺制品。这成了乡下的一件大事，引人围观，特别是乡下的孩子，盯着绣品好奇地张望，或围着棚子转圈玩。摊子的角落里摆着戏服货版，锦绣华丽，安静地散发着光芒。

除了做小孩的鞋袜、襁褓，翠凤又开发了些精细绣品，如带绣艺的挎包、布袋，慢慢地引来了一些年轻姑娘驻足，生意渐渐好了起来。

生意虽有，盈利却是困难。乡下人向来平实简朴，于衣服上的需求量不大，且大都是自己缝制。汉记的做工虽然精致，可精致当不了饭吃，乡下妇人总是能杀价便杀价，到最后以很微薄的盈利卖出。那些用心制作、标价稍贵的精绣品，却是卖不出去，只有极少的爱美的姑娘，舍得把钱花在华丽的绣面上。

许多省城大户在广州周边的县市避难，偶尔还能回广州老宅看看，陈家亦是如此。开店需要物料添补，树仁便有些跃跃欲试。不料正要走，又听说广州城再次遭轰炸，状元坊附近也不能幸免，许多铺头都被炸得七零八落。陈斗升收到消息，一直坚持经营的荣记，被炸个正着，荣记的老板兼伙计，十几个人一齐在房子里被炸死了。

陈斗升听说这消息后，先是吓得变了脸色，接着闷声不吭地坐在门口，连着抽了几袋烟。他虽恨过赖荣，还咒过赖荣早死，可听到这样的消息，还是难过的。荣记的出品有他自己的特色，于绒绣、盘绣上十分擅长。想到此，他更是难过，让树仁买了一瓶乡下自酿米酒回来，自己一个人喝了，喝到酩酊大醉。

又过了一段时间，树仁见物料已经见底，便果断提出要回去取。陈斗升坚决不允许，说："要回也是我回。"

此时的陈斗升，看上去俨然是六七十的糟老头了。精瘦的脸更不见肉了，黑黄的皮色皱得像橘皮一样。身子依然硬朗，却是喜欢弓着背，微缩着头，仿佛时刻要跟人讨价还价似的。他很久没过问汉记的营生了，关键时刻，却振奋了精神，严肃地说："我已经是半辈子的人了，就算万一大吉利是了，无非是不能陪你阿妈到最后。你是后生人，孩子才丁点儿大，你若出了事，老婆孩子怎么办！"

树仁心想自己身强力壮，要是遇上空袭，总跑得比父亲快些。这话是不能说出来的，他只好生硬地说："要去我去，你去我们都不放心！"

两人争执不下，其他人更无法做主。这一趟远行充满了风险，谁去都是心疼。然而，生意既要开下去，箱子里的绣线、珠管便会越用越少，再不回去，物料缺乏，断了货，档口再开起来又是个难。双方争执不下，谁也走不了。这天一早，陈斗升趁着天色微明，树仁还未起床，自己去村口拦了去省城的烧炭车，一个人走了。

陈师母早上醒来，看到他留的字条，急得立刻哭出来。树仁追到村头，早已不见了车子的踪影。

那几日，陈家几乎听不到一点声响，每个人都在煎熬中度日。陈师母每天必走到村头榕树下，站一整天张望。树仁、翠凤亦是十分担心，每天一早便在神台前烧香，祈求祖宗保佑父亲平安归来。

眼看着日头升又落，榕树头的村民聚了又散，省道上还是不见陈斗升的身影。陈师母默默地站了一日，眼里含着泪，说："叫他不要去，偏要去，是钱要紧，还是命要紧！"树仁怕母亲又出问题，把档口关了，陪着母亲一起站在村头等。

这一天，已经是到了傍晚，几片浮云遮着夕阳，在榕树间洒下点点金光。只见在那略显阴暗的省道上，突然出现了一辆烧炭车，缓缓地在乡路上颠簸。到了榕树底下，车头喷出一股白气，像个喘息未定的恶兽似的。树仁闻到一股浓重的烧焦味，忍不住后退，好在车门突然打开，一个熟悉的身影从车上下来了。

陈斗升摆着两件大行李，吃力地从车上跳下。看到树仁，他挥了挥手，笑容淡定，仿佛只是心情好时外出旅游一趟。未等他走近，陈师母便忍不住号啕大哭，树仁激动地冲上去，紧紧拉着父亲的手。

陈斗升这一趟回来，不仅带回了三箱丝线珠管，还带回来了一个年轻的姑娘。

那姑娘长得眉清目秀的，仔细看十分美丽，只是一身的衣服破破烂烂，俨然是个乞丐的样子。陈斗升闷不作声地抽了几口烟，说："这是赖荣的妹妹小红。"他这次回去，本是趁着夜晚偷偷摸摸地潜入后院，想打开库房取物料了事的。不料一进后院便撞到了人，差点没被吓死。仔细审问，才发现原来是赖荣的妹妹小红。赖小红告诉他，当时一颗炮弹空投下来，正落在荣记的屋顶，顿时"轰隆"一声，连房子带人全没了。她是外出送货，恰好躲过了一劫，荣记里正在干活的十几个工人，没一个活着了。她一个人孤零零地流落，又不敢回老家，只好有一日是一日的，当流民在城里乱窜。白天靠捡拾垃圾为生，晚上躲在陈家宅子里睡觉。

一家人将陈斗升接回了家，均是眼角含泪。吃饭前先给祖先位上了香，感谢祖宗保佑。只有陈师母很不高兴，眼光总是不自主地落在赖小红身上。晚上安顿好小红睡了，才扯住陈斗升，态度厌恶地说："眼下我们差点连饭都吃不饱了，你还领个姑娘回来，到底想打什么主意？"

陈斗升听了太太的话，简直哭笑不得。他自觉已是风烛残年，哪里还会对年轻姑娘打主意，无非是恰好遇着了，不想眼睁睁看着一条人命湮没于乱世。他望了望自己的一对儿女，淡淡地解释："她一个大姑娘，躲在我们家后院，每天靠着在废墟里扒东西变卖为生，实在可怜。"

陈师母完全不接受这个解释，懊恼地说："当年荣记怎么对我们，你都忘了吗？"

陈斗升略顿了顿，摇摇头，说："事情过去了，很难再计较，赖荣也不在了。眼前这姑娘，孤零零一个人，我们不收留她，不知道明天会变怎样。"

树仁兄妹俩亦不希望收留赖小红，然而人已经来了，一时不忍心赶走。翠凤拿出自己的衣服，给她替换，说："她一个小姑娘，总还是好养活。"

晚上，徐宁对树仁一通嘲笑，说："你阿爸以前是很精明的，现在真是老了。虽然是特殊时期，有钱人都趁机讨小老婆，可你们家是什么身份！"

汉记的生意慢慢做开，在此地有了名声，远近邻居想要买精致布艺的，总是喜欢先到汉记转转。树仁待人耐心和气，翠凤心灵手巧。这一家人虽是暂时避难，却仿佛已经在此地生活了几辈子。

黎宝笙不时在村子里走动，最爱到祠堂边的戏台上走台步。乡里的戏台，当然不像大戏院般光鲜亮丽，粗糙的砖沿里夹着荒草，台上灰扑扑一片，许久没人打扫。黎宝笙倒不在乎，每日在上边练习着，有些乡下孩子好奇地围观，甚至打趣，以为他是个疯子。树仁偶尔经过，总会停下驻足。他虽不爱听戏，却爱看黎宝笙走台练功。黎宝笙每天在上边唱着，唱词都是一些"人生如朝露""梦碎泣江山"。这戏文反而让树仁重生希望，他觉得战争总会过去，人总需要太平日子，不管世道如何艰难，只要黎宝笙还在唱着，翠凤还在绣着，那便不算彻底的绝望。

这一日，黎宝笙大概心情好，唱了许久都不停。树仁听他唱的是《隋唐演义》，瓦岗英雄征战归来，倒是很爱，一直听着痴了。从下午一直听到傍晚，直到太阳落山。

正是黄昏时分，戏台上一片黯淡的灰色，几点草影随着风四处摇荡。黎宝笙长叹一声，说："我的大箱子托人带到乡下，现在也不知流落到哪里了。"

树仁便逗笑着说："戏服是你的，总有一天会找回你。"黎宝笙长叹一声，默然不语。树仁亦是摸摸脑袋，想自己不会说话，不要多说了，惹他伤心。

到了晚上，又见黎宝笙急急地跑来。树仁吓了一跳，想自己有哪里得罪他了。黎宝笙从怀里掏出一只翡翠扳指，说："我拿这个做抵押，你们能替我制一件新的宫装么？"

原来于莺莺对戏的情结又与黎宝笙不同，她是不化装不会上台的，平时躲在家里练习，一上台，不管下面是什么人，总要正正经经地开唱。有一日她突发奇想，说："不是土地节快到了吗？村里要唱酬神戏的，我便在此地唱一场，算是答谢乡亲们对我的照顾。"

俗话说"二月二，龙抬头"。农历二月二是初春时节，春雨初下，万物生长，乡下很重视这个节日，也常有祭祀聚会活动。乡下祠堂已经开始忙碌，有妇人清洗地板，擦拭牌匾，落满了灰的戏台子也有人打扫了。

黎宝笙一听自然是不同意，夫妻俩为此争吵了几回。于莺莺犯了脾气，执意要唱。黎宝笙却觉得乱世之下，哪里还有花红柳绿的舞台。然而吵也吵了，骂也骂了，夫妻俩始终不得和解。

除此之外，于莺莺说要去秽气，不能穿过去的旧戏服。黎宝笙只好来求陈家。抗战时期纸币没有数，黎宝笙只好忍痛，用玉扳指来换一件新的。

陈家人一时不能答应，只能关了门慢慢商量。树仁能体会黎宝笙的苦心，想凭着自己的缝制技术，一件总是能做出来的。翠凤却极不愿意，说一件戏服要费多少彩线，这要做成小孩衣物，总够十件八件的了。又细想了想，仍是摇头，说："即使笙哥付得起钱，可我们是打开门来做生意的，总不能三天两头地告诉别人，货没有了。"

华衣锦梦

陈家打定了主意,便这样告诉了黎宝笙。然而于莺莺是个任性的脾气,说了做便一定要做的。黎宝笙只好去找乡长,将此事说了。乡长对于黎宝笙一家的事是帮忙隐瞒的,怎么也想不通为什么要抛头露面。黎宝笙只好感慨:"我也不知道自己娶了个不唱戏便要死的老婆。"

乡长再三犹豫,终于还是答应了。二月十九是观音诞,也是大节,到时一定给于莺莺唱一场。

这样决定下来,翠凤也无可推托了,从带来的衣箱里凑齐了布料,就此裁剪、绣制。短短时间内,自然无法做得很繁复,只得画了个简单的样式,绣了金凤、萱草,件料上减了些,却是用平常难得用的轻纱补足。又在身上多做了几根飘带,显得飘飘欲仙,别具一格。

观音诞这天,许多乡邻都到庙里祭神,也到祠堂烧香,祭完了便挤到旁边的戏台听戏。于莺莺唱的是《鱼篮观音》,用的是乡里的乐队。开场时箫声悠扬、琴声清越,她"咿呀"一声,从戏台左侧款款走出,衣袂飘飘,仿佛瑶台仙子从天而降。那戏服虽然简单,却是脱尘飘逸,正合了观音的化身之态,凝神处,一步三叹,像是从天上飘下来的。黎宝笙也看得赏心悦目,忍不住对树仁说:"你们为她赶制的这套,比她以前穿过的所有剧装都好。她这辈子,做梦都没想到自己会在乡班上唱,然而,十分好,唱得好,舞得也好。"说完,哈哈大笑起来。树仁眼见戏台上的戏服如此惊艳,觉得很欣慰,只是想到翠凤这几日都熬到半夜才睡,又隐隐有些心酸。

于莺莺果然是许久没上台了,不但唱得用心,表演亦一丝不苟。乡下人罕见听到这样好的声音,喝彩声不断,闹腾得越来越响。到高潮处,琴声急促、鼓钹齐鸣,于莺莺的身子震动了一下,口中唱词亦顿了顿,仿佛被这壮烈的情绪感染了,无法自持,眼角一滴眼泪缓缓掉下。黎宝笙站在台下,也发现了这细微的变化。他原本欢笑的脸色变得凝重,一时若有所思,又望了望旁边的树仁,不动声色地抹了抹眼睛,低头说了一句:"我很感激你们!"

第七章

　　时局最乱的时候，陈斗升一家曾转入广西封开、梧州，以经营布制品小店为生。一九四五年，抗战胜利的消息传来，陈斗升立即带领全家原路返回，回到广州老宅。

　　战后的广州满目疮痍，到处是断壁残垣，瓦砾堆积。在炮火的轰炸下，大片大片的建筑被夷为平地。状元坊一带也损毁严重，几乎没有完好的建筑，砖瓦横飞，胡乱堆积，如同废墟。

　　陈家老宅被炸毁了一半，院墙豁了半边。铺头的损毁程度稍小，但也是从里到外，需要重新修葺。陈斗升带领儿女们，与邻居一道，找泥水土砖，雇了平板车从乡下进城，运来了所需物资。人们一边忙着战后重建，一边纪念着死去的亲人。夜里，到处是元宝蜡烛烧着，火光亮着，远远近近一片悲切的哭声。

　　树仁回到陈家老宅后，烧掉了第二个孩子的褓褓。在锦汉两岁时，徐宁生下了他们的第二个孩子。只是那弱小的女孩只活了一年多，便因病夭折了。

　　他将这份失子之痛深深地藏在心里。无论多少大灾大难、悲欢离合，只要人还在，便要努力将日子过下去。回到广州后，他听说素兰家被炸毁了，素兰和芳姨都死在了屋里。听到这消息，他忍不住全身震了震，脑海里隐隐浮现一个倩影，慢慢地感觉到痛，从心脏向五脏六腑蔓延。但他很快就擦干了眼泪，家里急需安顿，正是他这个壮劳力发挥作用的时候。而一家人既已回到了广州，便要尽快将铺头开起来。

　　徐宁突然间懂事了，仿佛也是为了忘记失子之痛，她每日不停地忙碌着，每天早上买了一家人的菜，分两趟扛回来。她仍然不擅长针线，却学着煮饭做菜，这便替翠凤减轻了负担。而赖小红，也成为这个家庭的一分子，她擅长盘绣、绒绣、钉金绣，盘扣也做得十分好。

锦汉第一次跟着父亲到铺头，睁大了眼睛，望着父亲从库房里取出的衣服，奶声奶气地说："哇，好漂亮！"作为陈家的第三代，他看上去继承了父亲的体格，结实精壮，整天跑跑跳跳，反应十分机灵。

抗战的胜利，意味着逃难生活的结束。回到了状元坊，不是原有生活的延续，而是在废墟上重建一个家。好在岁月里历经的悲痛，总能在岁月的流逝中慢慢淡忘。在日复一日的劳作中，在一日三餐的奔波中，手艺人靠着勤苦的双手，一点一点地修复，重新建立生活。

陈家一家人合力修缮整理，很快便恢复一新。铺头也开起来了，将埋在院子里的招牌挖出来，端端正正地挂上。收集整理图谱，将残缺的地方粘补起来。用钉子加固残破的衣架后，在门口规整地摆开。

陈斗升已然老了。他看上去更干瘦了，折损得像一棵残败的芦苇，腿脚也不好了，走路一步三歇。树仁习惯了在下决定前向他请示，可他已经不怎么管事了。在汉记大门重新打开的那一刻，他将钥匙郑重地交到树仁手里，说："我老了，以后这铺子便全靠你们了。"

不久，海珠大戏院经过整饰，又重新开起来了。

戏院重新修饰了一番，很快便上了新戏。门口挂出了大海报，颜色鲜亮。许多流散在外的戏班也回来了。此时战后略显和平，许多人怀着战后创伤，对看戏的兴趣很高，戏院里竟是一票难求。

当日头又一次降临大地，洒落在状元坊的铺头，以及麻石小路上时，树仁大踏着步，紧紧地握着那串大钥匙，小心翼翼地推开了那两扇沉重的红木大门。那声音非常沉重，在仍然冷清的状元坊里，听起来空洞、沉寂，但他心里却是激动的。他紧握着那串大钥匙，有冰冷而坚实的感觉抵在手心。他对自己说：不要紧的，会做起来的！

广州城新开的铺头，大多生意冷淡。树仁打量了前街后店的生意，与翠凤商量:"单做戏服,可能订单很少,不如兼做成衣,销路宽些?"

翠凤对此却是不同意,说:"我们汉记是最老的戏服铺头,我们也只会做戏服,杂七杂八地卖零碎,只会做坏了汉记这块招牌。"

树仁向来觉得妹妹在生意上十分灵敏,便听从了她的主意。不料,过去事事都是翠凤判断得对,这回却是错了。当下是战后重建时期,生活困顿,人人捂着钱袋子生活。戏院里唱的是传统戏本,戏服也是穿旧的,一切动向须待时局稳定。汉记重开了半年,统共只接了三个订单。

这一日,树仁正埋头做裁剪,裁剪好的布料交给黄柳车缝,缝制好了他再接手熨烫。所谓万事从头起,汉记里便只有一家人四口劳动力。树仁熟练地操着剪子,"嘶啦"一刀,飞快地将一片布料裁好,正满意自己的手势,突然看到一个熟悉的人影慢慢走了进来。

来人是小源哥,身后还跟着两个年轻的小伙子,他介绍说都是他的堂弟。

小源哥进了铺头便像回到了家,他激动得拍着树仁的肩,说:"多年不见,你越来越有事头的样了!"又望向四周,看到熟悉的针线盒、花绷,吸着空气中的浆味,脸上露出了怀念的笑容。树仁每日忙碌,并不觉得时日流过,看到小源哥,这才惊觉人生匆匆,不知不觉已经历了许多年,大家都见老了。

小源哥这次来省城,依然是想找工作。乡下生计难活,他又是做惯了管数的,更希望在省城谋一份长期工。这次同来的两个堂弟,也是打定了主意,想在省城谋生。

树仁听他这么说,一时不知怎么回答,只是沉默了。他当然是希望能恢复汉记的规模,甚至超越,可是眼下行情看淡,物价又飞涨,实在是抹不平这笔账。

小源哥却是不相信,说:"过去汉记有十几个学徒,如今也只我们三人而已,我还是管数的,难道这也请不起么?"

树仁虽然一直盼望着能招几个学徒,如同当年父亲一样,在后边的作坊里逡巡指导，却完全无法实现。汉记没有预想中红火，这半年来的进账，只勉强能维持陈家一家人的生计而已。他拿不定主意，到后堂去请教父亲。陈斗升却决定让孩子们学会"话事"。他坐在罗汉椅上，沉稳地盯着树仁，摇摇头，说："树仁，你来做决定。"

小源哥只好满怀希望地望着树仁。树仁握了握拳头，提醒自己再深思熟虑一会儿。然后，他望了望四周，眼神十分坚定，从嘴里吐出一个字："请！"

小源哥忍不住抱着树仁哭了起来。

汉记的戏服架子旁边，新添了几排货架，拉拉杂杂地摆着各种布制品，特别是小孩的物件，有向乡下师傅订做的，也有找状元坊里的散工做的。汉记一下子多了三份人手，这多出来的人手须付费用，眼看着时势不对，自然要想办法求生求变了。

翠凤又发挥了自己的专长，找到了能做散工的家庭妇女。接到订单分包给个人，计件付佣，最后收归汉记统筹。她专心研制绣在孩子裤头上的花样，有小兔抱草的，有小虎扑球的，各种各样。每每想出内容便先让黄柳画了图样。黄柳怕她辛苦，图样上总是尽量简单，线条简洁。翠凤不满足，说："你画生动些，我也绣生动些。"于是添了动物的表情，哭笑都有，动态可掬，翠凤不怕麻烦，十几只针一起下，直绣得那虎头生动活泼，根根虎须威风地翘起。

苦心经营之下，生意又慢慢有了起色。只是时局仍是艰难，听说还要打仗，物价又飞涨，连米都买不起了，于衣着上的费用自然是节省。翠凤虽然尽心尽力，着意追求"精工"，看着是比别人家的精致些，价钱却卖不上去。树仁看她每日劳作辛苦，十分心痛，劝说现在时局艰难，能置件新衣服就不错了，何必在乎装饰。翠凤紧握着花绷，珍爱地端详着上边那朵微蜷的芙蓉花，说："汉记过去以精工见长，如今当然也要以精工见长，将来还要以精工见长，这才是汉记的招牌。"树仁本来想劝她，结果却被她的话打动，汉记的灯火便从早亮到晚，后店的作坊里总是有劳作的人。

好在功夫不负有心人，因为工艺精致，总有人惦念着汉记的出品。同样价钱的衣服，总是有花有色的卖得好些。于是汉记的招牌又渐渐地响亮了，慢慢地，便有些贵妇来做礼裙、旗装了。

这天一早，翠凤如同平常一样，早早地到了铺头，整理了绣线，上好花绷，却突然觉得有些异样。她情不自禁揉了揉眼睛，突然想起闲谈时，那些小姐妹的话语，这才惊吓地叫了一声："我的眼睛！"

陈家人对此都十分担心。绣娘们长年用眼，眼睛很可能早早坏掉。翠凤本来一个人勉力维持着，经过多年劳作，肯定是日见劳损。连陈斗升听了，都丢下了烟袋，在房间里翻箱倒柜，说："我以前收了一张旧方，是专治眼疾的。"

翠凤不希望大家为她的事分心，勉强笑说："没事没事，近来绣得多，眼睛累了。"说着便去搓眼睛，沿着眼眶四周按摩。休息了几日，她感觉眼前仍然像挂了一幅帘子似的，看什么都迷蒙。她这才慌了神，知道做刺绣活，于眼睛的损耗严重，许多绣娘早早便瞎了眼睛。

为了安抚家里人，她仍是强装镇定，笑着说："听说绣娘们有些偏方有奇效，我去找几个姐妹打听一下。你看侯姐做了十几年，依然没事，想必有的药方是十分有效的。"绣娘们都有经验，做得长久的，总给自己收集着护眼的药方。树仁也四处打听，寻找荔枝湾最有名的中医师傅。他本来从早到晚都在铺头里，全心全意盯着活件，如今却是一心寻找药方去了。这天他找到了一个有名的老中医，买了药，一路小跑回来，跑到翠凤面前，气喘吁吁地说："总算找到一个好药方了，快拿回家煲！"

翠凤见哥哥为了她，把铺头都丢下，十分不好意思，说："真的是小病。"她晃了晃手里的花绷："你看，我还能绣。"

树仁向来性格温和，此刻却冲动地将花绷夺下，大吼一声："放下！"翠凤被他吓了一跳，半天才反应过来，说："这是我的活计，总要做完。哪怕是瞎了眼，也是没有办法。"

树仁简直是使尽了全身力气，像求救似的大声吼："不许再做了。再穷，也不能害你坏了眼睛！"

　　兄妹俩争吵完了，彼此都不敢作声。树仁默默地将样版放到衣撑架上，抬头看了看蓝莹莹的天空。不知不觉又是一年了。状元坊的秋色安详静谧，空气中飘荡着桂花香味。他见翠凤呆呆地站着，望着那个花绷，想拿又不敢拿，心里一酸，忙走到她面前，将药塞到她怀里，说："回家煲药！"

　　树仁像父亲一样，三不五时到惠如楼饮茶，在老大倌面前混个脸熟。

　　惠如楼跟过去一样热闹，人来人往，只是仔细看，会觉得那言谈中少了一些平静，说的也尽是些战时话题。黎宝笙亦坐在其中，却是闷闷不乐，一壶茶喝了好几道。他是跟于莺莺吵了架，一个人跑出来的。

　　黎宝笙看到他，略微高兴了些，坐到他身边，问："最近常见你在街面上跑，在忙什么？"

　　树仁亦老老实实回答："近来我妹妹眼睛发蒙，怕是绣工太多，把眼睛做坏了，家里人到处去寻医方。"

　　黎宝笙听了十分吃惊，忙接着问："有多严重，能不能治好？"他是爱衫之人，特别怕失去了最好的手艺人，从此再也没有好看的戏服了。

　　树仁没想到他这样着急，忙回答："已经吃药治着了，医生说是用眼过度。暂时不能用眼，吃些护目明目的药。"

　　黎宝笙还是担心，说："你妹妹停了工，铺头生意怎么办？"

　　"还有我和小红呢。"树仁淡定地说。生意虽重要，家人更重要。他将刺绣生意统统外发了，虽然利润上减损了，却心安了许多。

　　树仁坐了会儿，略有些局促，他是内向的性格，多说几句便词穷了。黎宝笙突然一拍脑门，说："你们做不做裙褂生意？我倒是能介绍几宗。"

　　裙褂的制作难度不亚于戏服。许多戏服铺都兼裙褂生意，却始终打不响招牌。树仁忙给黎宝笙倒茶，热切地说："裙褂我们向来做得好，只是战后萧条，很少有人舍得订做。"

"也很少有铺子做得好。"黎宝笙笑道,"不过我相信汉记,你们做什么都是最好的。"

树仁看茶博士一直在桌边徘徊,忙让他加水、添花生米,又加点了一笼蒸饺、一笼五香烧卖。

内战时期,物价飞涨,民生困难。政府苛捐杂税已经是出了名的多,报纸上又出现了一道细则,是要收取伶人税的。消息一出,八和会馆立刻组织了抗议,几个大戏班说要罢演。各种苛捐杂税已多如牛毛,可是收到伶人头上,还是闻所未闻。黎宝笙在茶楼里拍着桌子,大声说:"唱戏还要倒贴钱,我黎宝笙从此就不唱了!"

然而当下政府腐朽,统治混乱,有权有势的都忙着发国难财,无权无势的,能保住身家性命,就算是幸运了。树仁每日对着数簿,望着上面的数字发愁。陈家一家人的生计都系在这铺头上了,他想到家里坐等开饭的老人和孩子,急得眼泪都要掉下来。

东山一带向来是富人聚居之处,渐渐地新建了一些别墅,出现了进口汽车。树仁照着黎宝笙给的地址,到一处刘宅找顾主。那刘宅是标准的欧式建筑,墙体布满浮雕,看着像新装修过,二楼的窗子却是典型的满洲窗,反射着五颜六色的阳光。树仁抬头望了望,看见一个梳孖辫的女学生站在窗边。

树仁不敢再看,忙敲了门。门房大叔开了一条缝,露出凶巴巴的半张脸,没好气地问:"什么事?"树仁说明了自己的身份,又给对方看随身带的量衣箱。门房大叔去报告了,回来还是恶狠狠的,说:"我们太太说了,不用你上门,改天她自己去汉记。"说完砰地把门关上了。

过了几天,刘太太果然来了,是个打扮洋气的中年妇人,由扎着松油辫的妹仔挽着,缓缓地迈进了汉记。树仁忙招呼在厅堂坐了,泡茶,备零食,又赶紧叫翠凤从后厂出来。

刘太太在客厅里坐了,客气地接了茶,说:"早就想到你们汉记订衫了,听说你们的出品是最好的。"树仁谦虚了几句,赞刘太太看上去年轻。刘太太抿了口茶，又淡然一笑，说："你太太我也认识，以前一起读书的。我本姓魏，你跟她说，她必定知道。"树仁"哦"了一声，让小源哥去请徐宁到铺头来。

刘太太一边翻看图样，一边笑着说："我妹妹下个月要出嫁了，我来给她置一套裙褂。"树仁忙应允，又问小姐在哪儿。刘太太挥手说："不急，我今天是来落订，改天再带她来量身。"

树仁给刘太太看了样子，刘太太果然也十分满意，说："就是这个样子，你们汉记的手艺我信得过。"立刻就下了订金，是一大沓钞票。树仁高兴得压抑不住心跳，立刻赶回家报喜。

回到家才看到，徐宁正在给锦汉做一个纸糊老虎头，完全没有要去见老同学的意思。她面无表情，淡淡地说："她丈夫命好，没抽调到前线，负责守城。可哪里守着城了，你看现在这破破烂烂的广州！"说完瞪了树仁一眼。树仁知道她心里不舒服了，不敢再说话。

过了几日，刘太太又来了，这回是带来了一个中等身量、身材细削的小姐。树仁打眼一看，正是那日在阳台张望的女学生。魏小姐长着一张倔强的脸，脾气也倔，虽然来了，却不肯量身，硬邦邦地说："我不习惯别人近身！"

翠凤耐心地跟她解释，讲了做裙褂的规范："做裙褂，讲究的是人与衣衬，花色、款式全都是量身订制，出嫁那天，众人瞩目之下，新娘子的光彩是独一无二的。"魏小姐一点也听不进去，任性地说："有什么讲究的，总之是浑身金灿灿的，像个金元宝。"又说翠凤配的金银珠管比例不对："花里胡哨，难看死了！"她自己挑了几种珠管，都是横七竖八配不上的。翠凤赔着笑，万般耐心，配合着小女孩的坏脾气。送走了魏小姐，独自忙活了半天，翠凤脸色越来越黯淡。她努力在那胡乱的指令里找出个折中方法，然而，魏小姐的话本就前后矛盾，她试了无数配色，始终都不理想。

收了刘家的订金，这天晚上，家里特意加菜庆祝。家里拮据许久，是需要旺一旺了。翠凤特意做了八宝鸭。那鸭子炖得烂熟,外层是用油、盐、糖抹了,又用蚝油抹过的,色、香、味俱全,俨然是酒楼的品相,一家人吃得有滋有味,仿佛生活从来没这么好过。

翠凤还跟小红商量着,过几天到街市买五花肉,抹盐穿绳,趁着天气晴,抓紧晾晒,过年时家里就有腊肉吃了。

一家人欢喜得举杯相庆。陈师母激动得几乎要掉下泪来,说:"打打杀杀不会长久,人总是要吃饭的。"

只有徐宁郁郁寡欢,她父亲带着全家往西北方向走,回连州安了家。前几日来了信,说是年纪大了,腿脚不好,暂时不会回来了。徐宁惦记着娘家,心里不痛快,一点小事便能跟树仁吵。

战后物资严重缺乏,七拼八凑,还是找到一些金银珠管,小红的手艺便发挥作用了。潮绣本就以繁复见长,荣记为了跟汉记等大铺竞争,又特别研究了珠管的钉法。小红经常在铺头帮忙,钉管的技术竟是别有特色。翠凤起初担心做不来,毕竟自己擅长的是丝线绣,小红教授了各种珠管绣的技法,还有金片、银片,这在裙褂上是至关重要的。

戏服与裙褂又有许多不同,戏服宽大,裙褂妥帖。翠凤心思细密,虽是定下了尺寸,暗自又琢磨了一番,发现裙褂的领子略高。照平常做法,高立领配着大盘扣,显得端庄大气,可是南方人身量纤细,领子高便显得头大,脖子还得梗着。她不顾树仁反对,大刀阔斧,将高立领口改成大翻领,包金边,窄袖改成了宽袖。到下一次魏小姐来试,便觉得这裙褂上了身,顺着身体顺服地延展,舒适妥帖、秀丽典雅。

"我妹妹为了你这件衣服,熬到半夜都睡不了,她的眼睛已经不好,再做下去,怕是要瞎了。"树仁半跪着为她整理,卑微地笑着。

不料魏小姐完全不为所动,面部僵硬,无情地说:"不好就是要改,你们既是接了生意,那便改到好为止,说什么瞎不瞎的。"树仁存了满肚子的郁闷,却不敢发泄,拣了张破纸记下魏小姐的尺寸,又狠狠地把纸丢开。

这一举动立刻又落在魏小姐眼里,她冷笑道:"不想改可以不做,我们也不要订金了,现在就走!"树仁是个好脾气的,多少难侍候的大老倌都招待过,从没见过像魏小姐这么蛮不讲理的,气得不知如何反应。脸直红到上头,汗也冒出来了。他握紧了拳头,直盯着魏小姐。

刘太太觉得过分了,脸一黑,冲魏小姐大声喝道:"不要胡闹!"

树仁实在忍不住了,沉下脸,翻了翻眼皮,说:"不做就不做,我们汉记能力有限,接不起这活,您请回吧。"

魏小姐冷哼一声,谁也不看,高昂着头迈出了汉记大门。

刘太太尴尬地解释:"实在是不好意思。她这个人心气大,不愿意听我们的安排出嫁,说要婚姻自主……都已经定好了,下个月初,麻烦陈师傅赶紧做出来。"

树仁见她态度恳切,原先存着的气立刻消失了,默默地点了点头。

送走了刘太太,气氛也没有缓和下来。树仁虽然心里明白,还是忍不住发脾气:"不做这单生意了,何必低三下四,看人家脸色吃饭。"翠凤却是不恼,仔细地将那半成品折好了,说:"我们做戏服,不是也要看大老倌的脸色吃饭?"她这话说得实在,简直没法反驳。树仁简直是脾气忍到了极点,当下青筋暴起,咬牙切齿,说:"不做就不做,饿死算了!"

魏小姐明显是挑刺,如此精心绣制的裙褂,却是一次两次地挑,再改下去都不成样子了。翠凤忍不住,到后坊里叹气,说:"这样不是办法,魏小姐自己不肯嫁,便把错都推给了汉记。"其实这个情况,真是"盲嘅都睇得出①",所有人都明白究竟。无奈,刘太太死要面子,不提放弃,说"不好改到好为止",这便让汉记有得事做了。

树仁苦恼地请教徐宁,说:"你跟她是同学,你去私下聊聊,让她们姐妹俩别在我们这儿耍花枪了。"徐宁却死都不肯见,说:"当年我们一起在广雅

---

① 盲嘅:看不见的,这里指代看不见的人。整句意思为:瞎子都看得出来。

中学读书,她的成绩还不如我呢,你看我现在成什么样了。"

这么翻来覆去地退货,汉记的生意大受影响。

本来想着借刘参谋之名,做一件上等的裙褂,打响汉记的裙褂生意。没想到几次三番,差点砸了自家的招牌。树仁气馁了,说:"退回去算了,宁愿亏一点钱,不能再被魏小姐耍了。"

翠凤却希望坚持下去,说:"汉记做衫,从来没有做到一半放弃的。"于是又应酬了魏小姐几次,不断地改,然而总能挑出毛病,一直收不了货。

这一天,刘家的小汽车又停在了状元坊。刘太太愁眉苦脸的,走到汉记门口,一个恍惚,差点被门口的石砌台阶绊倒。

树仁虽然窝着一肚子委屈,仍是笑着迎上前,招呼说:"已经改好了,您先坐一下,我去拿来。"

那裙褂经过几次修改,仍保持着难得的精致和完整。刘太太仔细端详了一阵,"嗯"了一声,说:"做得很好。"她摩挲着裙褂上的盘扣,仿佛是从来没见过这么别致的扣子,不断地点头,略沉思着,转而为难地说:"我妹妹已经离家出走了,这裙褂我想不要了。"

树仁本来听她说做得好,已经十分安慰,没想到接着是这样一句,一时不知如何打算,也呆住了。

翠凤正从后厂出来,不知发生了什么事,满脸堆笑,问:"还要改吗?改太多不好,总有些拆线的痕迹。"

刘太太摇摇头,支支吾吾地说:"多谢你们,费了一番心机。"

正说着,陈斗升迈过门槛进来了。他不是每天都到铺头来,偶尔来巡视一番,也不多发言。这个刘太太,已经是见过几次了,他以为是树仁不擅应付,有些心急,忙抢着说道:"我们做衫的,总是为客人服务,你们不满意,可以改到满意为止。"说完习惯性地瞪了树仁一眼,说:"刘太太说要怎么改,就怎么改吧。"

树仁被这句话大大地激怒了。他本来便存着一肚子怨气，压抑了好久，眼看那股火便要发作了——更恼的是父亲对于儿子的不信任，不管三七二十一，总是觉得儿子不对。老实人的怒火压不住，立时便腾腾地发作了，他闷闷地走到八仙桌前，狠狠地踢了一脚，硬邦邦地说："不是改不改的问题！"

"啊，你个忤逆仔，你这样的态度，在跟谁说话！"陈斗升第一次见儿子发大脾气，顿时气涌上心，这些年来，他对儿子是吼惯了的。

树仁狠狠地瞪了父亲一眼，满腔的怒火都凝聚在那眼神里了。他迟疑半响，将拳头重重地捶在桌子上，转身走了。

陈斗升气得用拐杖直敲地板，说："这忤逆仔，是我没教好，脾气真大！"

树仁从汉记铺头走出，心里的怒火仍未消，脚步也飞快。盛气之下，却不知道往哪里走。他每日不是在家便是在铺头，总是在这条路上奔波，如今即使心里各种念头翻滚，脚步却依然老实得很。

不料家里边也正吵着架。

这天早上，陈师母起来，煲了粥，做了南瓜饼，打算让翠凤带到店里去。不料翠凤已经赶着走了。她觉得放到中午可惜，便叫了徐宁，让她带到铺头去。但徐宁是不轻易到铺头里去的——去过几次，与学徒们合不来，想摆老板娘架子，又被树仁劝住——于是声称再也不到铺头去了。陈师母不能理解，锦汉已经是会走会跳的年龄，徐宁不会做饭，一天到晚在家闲逛。她对这个娇生惯养的儿媳向来看不惯，这日，实在忍不住，用了较重的声音说："他们忙了一大早，还没有东西落肚呢！"

徐宁一边看着孩子，一边嗑着瓜子，也颇为不满地说："早让您不要做南瓜饼了，一大早那么费事！"

陈师母听了儿媳的话，一口气简直咽不下去，当下狠狠地摔了门。徐宁进厨房看了一回，没有将早餐盛好装笼，而是捏了一块南瓜饼，招呼锦汉吃。陈师母在屋里头听着，更是生气，又狠狠地将窗户一关，发出"砰"的声响。

这声音吓着孩子了。树仁回来的时候，锦汉正哇哇地哭，徐宁皱着眉，翻着白眼，尖声叫道："这么重手干什么，你看锦汉！"

陈师母听到儿子的说话声，立刻从里屋出来，眼睛红红的，望了望树仁，欲言又止，眼泪扑扑地掉下来。树仁知道婆媳俩又吵架了，顾不上自己受的委屈，说："妈，你怎么了？"

徐宁恨恨地瞪了他一眼，别过脸去抱孩子。

树仁终于真正地爆发了。他只觉得今天见了鬼，父亲也瞪，老婆也瞪。他压抑了许多年，谁都说是个好脾气。然而越是忍让，越是被人欺负！他狠狠地将手边的扫帚往地下一掼，大声吼叫："就不能省点事，我天天在外边做事，很辛苦的！"他向来是个不发脾气的，一旦发作，自己也不能控制，怒火上了头，眼睛红红的，血丝全都迸出来了。他将扫帚狠狠地掷向地面，只听"哗啦"一声响，扫帚的枯枝四散零落，一地狼藉。

"阿仁，你做什么，发疯啦！"陈师母吓得浑身都抖了，不敢再大声，忙替他收拾残局。

徐宁也不敢作声了，虽然满脸泪水，而且全身发软，只有倚着门框坐下。停顿了一会儿，脸色发白，终于忍不住低头，"哇"地吐了起来。树仁看她又哭又吐、肝肠寸断的样子，又于心不忍，忙替她拍背，说："我不是骂你，真的不是。今天铺头里事太多了，实在是气愤。"

徐宁吐得上气不接下气，哽咽着，说："我知道，我不怪你。"她哭得吃力，胸脯剧烈地起伏着，仿佛就要立刻断气了。

"你这么大年纪了，还像个孩子一样，动不动就哭。"树仁看她这样，立刻心软了，刚才的那股怒火，顿时不知消失到了哪里。他浑身上下都松软了，气也平顺了，伸出手，想要扶徐宁起来。

徐宁却摆摆手，推开他，说："没事，我不过是又怀上了。"

第八章

在这生活的波折中,陈斗升彻底地老了。他曾经如此意气风发,苦心经营着戏服铺,可是毕竟岁月不饶人。他知道自己老了,所幸在老之前,能够将铺头交到孩子们手里。他相信自己的孩子,他们将踏实而诚恳地继承他的理念,将"汉记"这块招牌,完完整整地保留下去。

他患了肺病,并且恶化得厉害。

刚开始是去看中医,确诊是肺病,于是已知天命定了。家里常煲着中药,陈师母每天悉心看护他。可即使是这样,他还是一天比一天咳得厉害。后来咳得止不住了,整个陈家大屋都回荡着他的咳嗽声。

翠凤听着他的咳嗽声,放下绣针,拼命地抹去眼泪。

这年的海珠大戏院,换了全新的招牌,过去唱的是《柳毅传书》《刁蛮公主》这些传统剧目,如今却换了时装戏,是从报纸新闻改编的新鲜故事。传统宫廷大戏似乎不再受欢迎了,报纸上只宣传文明戏。更重要的是,电影院比过去更热闹了,外国片每月都有更新,有声音有画面,故事完整、有趣,年轻人都爱看。

陈斗升觉得自己时日不多了,精神好时,仍坚持去茶楼,逢人就说:"我们汉记,不是想发大财,无非是想保住这块老招牌。阿仁还年轻,胆子不大,做事放不开手脚,你们费点心,多提点他。"他拄着拐杖,慢慢从隔空的木楼梯走下,又晃悠悠地走到铺头。汉记虽重新开业两年,还是只有小源哥和他的堂弟。陈斗升已经不再说重振汉记的话了,只是督促着将前几年的账目都整理一遍。又把所有的图谱样本交给了翠凤,说:"一人管一样,以后汉记铺头由你哥话事,你替他管好手艺。"翠凤忙点头答应。

到冬天的时候,他整日整日地躲在被窝里取暖,渐渐地就下不了床了。

陈斗升过世那天是冬至。广东人讲究"冬至大过年",家里准备了一桌好菜,鸡、鸭、鱼、肉齐备,十分忙碌。他那天早上精神出奇的好,利索地起了床,穿一身崭新的薄棉大褂,去惠如楼饮茶。茶楼里有几个老朋友是天天到的,老会长江泰、余球记的老余、新新戏服的崔老板。他凑了桌,点了包子、杏仁饼,又尝了茶楼新发明的酥皮,感叹自己许久未出来,世界都变了。老友们看他精神好,都很高兴,说冬天是难熬一些,熬过了,又能多活一年。陈斗升却是看得开,说:"孩子们都大了,汉记在他们手里很好。我哪怕今天就闭眼去了,也是无牵无挂。"众人忙阻止他说下去,说"唔老嚟①"。

从茶楼回来,陈斗升慢慢踱到汉记,仔细摸了摸新做的一件裙褂,打量着针脚,然后微闭了眼,仿佛在想事,略过一会儿,才笑起来,说:"做得不错……"树仁怕他累着,忙搬椅子给他坐,将汤婆子放到他手上,说:"怎么突然跑来了,我送你回去。"陈斗升又是略想了想,说:"还不累,你拿数簿来吧。"

汉记的数簿是蓝色里,每一本封面上都写了"汉记"两个字。账本里是陈斗升自己设计的记数方式,顾主姓名、下定时间、交货时间等等,详细分类,一页页记满了数字。陈斗升略翻了翻,示意树仁坐下,面对面坐下了,望着他,缓慢地说:"我们开铺头,首先固然是为了温饱,温饱之余,也是为了一门手艺。这一点,你和翠凤都很明白,我很放心……"他望着树仁,看着他还是一脸认真倾听的样,又笑了,说:"阿爸今天再跟你说一句,凡事放胆去做,你是事头,一切由你决定!"

他说得十分缓慢,却十分有力,说完又忍不住咳起来。树仁忙帮他捶背,劝慰地说:"我记得了。"

从铺头回来后,陈斗升便嚷冷,哆哆嗦嗦地爬上了床,卷着被子闭上了

---

① 不吉利。

眼。陈师母在厨房里忙着准备冬菜，不敢进房吵着他。待到下午五点多，眼看天都黑了，见他还在睡着，便去叫醒他。蹑手蹑脚地进了房，只见他微蜷着一团，睡得很香甜，脸色很平静，可是不管怎么喊怎么推，也不见他睁眼了。

冬至前后天气是最冷的，这南方的冷是阴湿的，下着毛毛细雨，天色总像五六点钟，快要进入黑夜的样子。状元坊的前店后坊也十分冷清，主顾们低着头，缩着肩，匆匆而行。挂在墙上的剧装总蒙着一团水气，在冬天寒冷的空气中略显黯淡。坊间的学徒们大半停了工，或坐在一起打牌，或靠着裁床慢慢地休息着。

汉记关门七日，门口写着"铺主大吉，暂不开业"的字样，汉记牌匾上挂了孝布，引得往来的顾主、同行纷纷张望。前店后坊全都扎上了孝花，好像无数的白蝴蝶在铺头里留恋、徘徊。它们落在五彩斑斓的戏服上，落在绣满牡丹和萱草的绣件上，落在轻盈的飘带上。

在陈斗升的灵前，树仁和翠凤穿着孝服跪在草席上，对来吊丧的人一一磕头致谢。请了专做白事的喃呒佬队伍打斋送行，喃喃的读经声连绵不绝，在悲痛的氛围中增添了一丝解脱情绪。树仁静静地跪在草席上，红着眼眶，默默地烧着草钱。

那阴阴的天里，总是翻滚着厚重的云层，像紧张的时势风云涌动，又像是戏台上开场前的紧张忙碌。云层随风而起，飞快地向四面八方扩散，沉重地布满天空，却不下雨。仿佛主角出场之前，一阵阵紧促的锣鼓声。锣鼓声催到要紧处，才见大幕打开，然而戏台上空荡荡的，一个人也没有——这阴郁的天气，既不能下雨，更不能下雪，只一味阴郁着，酝酿着一阵阵的冷。

只摆了三天灵，来吊丧的人却是不断。各铺头的同行自不必说，受过陈斗升恩惠的亲戚邻居，也都纷纷前来。令人意想不到的是，许多帮衬过汉记，特别是当红的名伶，竟然也来了，剧团的领班、黎宝笙、于莺莺、刘明君……陈斗升的黑白遗像摆在灵前，是一个精神清癯的样子，脸上含着一抹笑容，仿佛不管顾主提出什么要求，他都能满足似的。黎宝笙站在陈斗升的灵前，大声说道:"升哥,好走,多谢你这么多年来,替我制衣!"说完深深地一鞠躬。

汉记的大门,一如既往地在每一个日出之前打开。在外边的人看来,跟过去没有什么不一样。每天早晨,树仁拎着大钥匙,将铺头的大门打开。他谨记父亲的教导,作为掌握这串大钥匙的人,他每天早晨天不亮就起床,踏着朝阳的新晖,穿过状元坊的长巷,走到汉记铺头。他轻轻地推开大门,抬起头,望着汉记的牌匾,沉静许久,眼看着它在初升太阳的照耀下,慢慢发亮。

树仁习惯了每日给父亲上香。他将父亲的遗像放在神台的正中间,每日早晨,总要从神台旁抽出三支香,给父亲的遗像敬上。他站在神台前,默默地与父亲说话,直到香火燃烧了大半。

他有许多话要跟父亲说,汉记数簿、来往的货物、家里的琐事……父亲走了,他还没完全准备好担负起一大家子的责任。但凡面对决定不下的事情,他便先到神台前,给父亲烧了香,默默地问。他严格地履行这一套程序,神情恭敬,仿佛父亲依然在世,依然能听到他的征询和求助。

广州的冬天十分短暂,二月一过,春风便扑面而来。这其中有几日"回南天",是冬与春之间明确的分隔点。天亮的时间越来越早,天空渐渐地明亮,冬天的亮是冬青色的,到了春天,六点不到,天边就隐隐现出了一抹虾子红,日头也一日比一日暖和,挟着转了向的风,在宽敞的厅堂里湿润地流转。路边的太阳花在清明之前便盛开了,在湿润的土里,稀稀疏疏地展开几片叶子,然后灿烂地开出一片花朵,熠熠生辉。簕杜鹃颜色红艳,像火一般在墙角、台阶边蔓延。

然而生意却是难了许多。这一年物价升涨得厉害,时局不稳,坊间到处传说政府要倒台了。本来一年之计,商铺都赶着在春天铺排好一年的生计,可是直到端午,生意仍是淡淡的。状元坊的许多铺头在无声无息中又关张了。

树仁一开年便订下了一批丝绸,他对于物料的讲究更甚于父亲。物料都准备好了,订单却是没有。眼看着账本上的红字越来越多,密集得简直触目惊心，还是无能为力。树仁在给父亲的遗像上香时，总是有许多话要说。他默默地对着父亲说了，望着父亲镇定的面容，仿佛是得到了许多庇佑，心情笃定了些。

黎宝笙经常到汉记闲聊，每次来到，也是先给陈斗升上香。口里念念有词，仿佛主顾俩继续倾谈生意。黎宝笙知道树仁有压力，每每坐下喝着茶，便爽朗地挥手，说："你老窦话你掂①，你一定掂嘅②！"树仁笑着给黎宝笙冲茶，说："承您贵言，一定要多支持汉记。"黎宝笙爽快地点头，说："你做衫的手艺我信得过。"剧班很久没排新戏了，黎宝笙虽常翻着汉记新制的版谱，却默然不作声。

直到快到年底了，有一天，黎宝笙来，才笑嘻嘻地翻着图谱，伸出戴着玉扳指的手，指着其中一件披风说："就做这个，看着威风！"他还有些犹豫，略想了想，打算讲价，又始终不能厚着脸皮开口。树仁立刻感觉到他的心意，说："这是我新改良的款式，平时也可以穿。"

仔细思考了半晌，总算是下定了决心，黎宝笙磕着手上碧绿的扳指，说："千金难免心头好，就做一件吧。"说完眉目舒展，直爽地笑道："莺莺又怀上了，现在在家里养着胎。"树仁听了，自然也为他高兴，立刻盼咐小源哥去订最好的金线，还有新出的马海毛花边，给黎宝笙的孩子制褪裸。

树仁现在不是整日呵呵笑了。自从陈斗升去世，他便要面对铺头的所有问题。他虽不爱拿着大戒尺走来走去，却也不敢对学徒们过于温和。铺头里除了要管手艺，还有银钱、伙食、清洁、安全等各种问题。没有了陈斗升这个主心骨，翠凤和徐宁又同时怀着孕，使他觉得孤立无依。翠凤一直坚持劳作，每天到铺头帮忙，树仁不敢让她过于劳累，烦心事都不告诉她。他一个人应对着铺头问题，承担着近十口人的衣食，在这压力之中，渐渐地增添了皱纹，白了头发。

---

① 老窦：父亲的其中一种叫法。掂：行，做得到。整句意思为：你爸说你行。

② 整句意思为：你一定行的。

每周星期五这天,他又延续着陈斗升的传统,一大早便去惠如楼"打躉①"。茶楼的生意,也冷清了许多。经济不好,消费的人便少了。茶博士看到树仁,简直如见亲人,立刻殷勤地斟水,笑眯眯地说:"除了马蹄糕,还要什么?"

一碟马蹄糕,一壶茶水,就能坐一个上午。树仁常坐在惠如楼上,远远地听着讲古佬的声音,不时喝两口茶,其实是在暗暗关注四周的大老倌们。与父亲不同,他不大懂得主动凑桌,总是一个人木讷地坐在一张大圆桌子旁,等着相熟的主顾——其实在心里,他是连这点也不愿意的,只是想到一家十几口都靠铺头生意,不得不学习这一门应酬功夫。

他的态度是沉稳的、诚恳的,然而一个人独自坐着,总是有点傻。陈斗升去茶楼,总能寒暄客套,与一众大老倌们闲话几句,挣个脸熟。树仁却是有心无力,他只会被动地等待,望着其他闲聊说话的主顾,对着空气笑着,脸色慢慢黯淡了。

从茶楼回来,树仁先巡视作坊的进度。黄柳和赖小红是自家人,做事是不用说的了。阿齐、阿泰虽是学徒,在树仁的教导下,上手很快,已能完成大部分工作。树仁看小源哥进货未回,自己便先翻了账簿看,又用算盘噼里啪啦打了一回,看算不算得过来这一笔账。时势不好,赚钱的行业不多,总是没法。他望着账簿上红红的数字,发了一会儿呆,脑子里是空白的,不知怎么填补这空缺。

好在黄柳做完了缝纫,便与他一同坐下,喝杯茶,说几句轻松的话。黄柳仿佛是做教员成了习惯,总爱言传身教,看树仁有空,便招呼道:"来来来,我来扮顾主,你练习一下。"

这是黄柳针对树仁的一个提议,树仁感觉略显傻气,忍不住笑。黄柳大大咧咧地坐下,跷起二郎腿,自己斟茶饮了,斜眼望着树仁说:"陈老板,

---

① 指在一个地方很久,消耗时间。

最近生意好啊?"树仁看他那惟妙惟肖的样子,更是哈哈大笑。黄柳便板了脸,说:"不许笑,再笑我们就没饭吃了。"树仁笑过了,突然觉得很有道理,立刻像平常一样谦和地作揖,脸上露着笑意,说:"黄老板好,最近有乜帮衬[①]?"

翠凤怀着黄婉的时候,仍是十分勤劳,医生说不能久坐,她便站着做一些熨烫的活。这样一直劳作到快临盆,以为会生得容易,谁知那一日刘明君过来,催着要量身。翠凤一急,被脚下的几根碎布条绊倒,偌大的肚子差点撞到桌角,当时便感觉吓着孩子了。

晚上,翠凤在医院生下了一个女孩。由于胎位不正,脐带又绕颈一圈,简直是险之又险。幸而及时送了医院,翠凤自己又咬牙坚持着,总算是有惊无险,孩子平安出世。那是个略显娇小的女孩,眉眼细致,皮肤白嫩。她不知道自己生得险,生下来便不哭不闹,乖乖地睡得香甜,一副淡定模样。

全家人都为这小姑娘的到来而高兴。陈师母立刻上香,对着陈斗升的牌位呢喃半天。

孩子满月时,树仁带着猪脚姜到铺头,分给学徒们吃。铺头里的人自然也是很高兴,都争抢着吃,不住地向东家道喜。正热闹着,黎宝笙来了,闻着猪脚姜的香味,便知是添丁之喜,忙给树仁道了喜,又从口袋里摸出一个大红利是,让他转交给翠凤。

树仁喜气洋洋地接了,迭声向黎宝笙道谢,又拉着他坐下来喝茶,请他看已经制好的绣件。不料黎宝笙的神色却是略显尴尬,说:"我的披风,能不能不做了?"

树仁简直没想到会这样,愣了有一阵子,仍是不能转过弯来,僵硬地笑着,问:"怎么了?"

[①] 有乜:有什么。帮衬:关照,一般指生意上的。整句意思为:最近有什么可以关照关照(我的生意)?

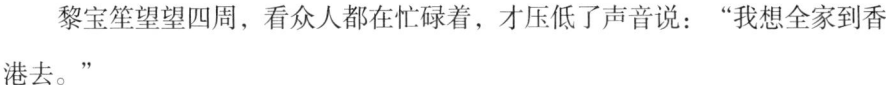

黎宝笙望望四周,看众人都在忙碌着,才压低了声音说:"我想全家到香港去。"

抗战刚刚胜利,内战便打起来,时局纷乱,经济形势十分不好。眼看国民政府逐渐式微,很多政要商贾都筹划着去香港、澳门,听说连政府当局都急了,已组织部分人到台湾去了。树仁皱了眉,惆怅地说:"去哪里,都是人生地不熟的,眼下又不是打仗,广州还算太平。"

"也许又要打仗了……"黎宝笙神色黯然,欲言又止。树仁向来是不信谣言的,见黎宝笙都如是想,心里不免也触动了。避小日本的那几年还历历在目,贫苦的生活,时刻害怕战争来临,平时极力压抑不想,却是不可能忘记的。树仁替黎宝笙倒了茶,说:"笙哥,你可想好了,好不容易才唱上戏。"

黎宝笙长叹一声,是唱戏时的腔调,仿佛发生了什么悲恸之事:"听说,香港也有不少人听粤剧……"

树仁缓慢地泡茶、斟茶,说:"总是不一样的。"

没过多久,又听说东山的一些大户搬走了,特别是在政府中任要职的。新河浦一带出入的进口轿车明显少了,许多别墅整幢地灭了灯。这些别墅里住着的太太们是订做旗装的主力。树仁清点了铺头的物料和订单,不免又加了一层忧虑。

有一日,他经过银行时,看到许多人在排长队。一打听,原来是风闻银行要关门了,许多人想兑金条。"再不兑就晚了,银行要关门了!"余球记老板急嚷嚷地说。树仁看到排队的人越来越多,不由得也慌起来。没过几日,报上也登了金融困难的问题。

树仁将银行里的钱取出了大半,为免没有真银防身,又兑了些金条。翠凤听说他去兑金条,忍不住地急,生了孩子后,她还在坐着月子,却立刻赶到铺头,提醒树仁:"金条不好结数,还有大半年的生意,难道我们不做了么?"树仁叹了口气,努努嘴,示意她看街上已经关门的铺头:"戏服铺已经关了四五间,连余老板都把家当运到香港去了。我们汉记,能支撑多久?要是再打起来，我们还得搬回乡下去。"

翠凤听了，只好长叹一声。家中就靠这间铺头吃饭，自己刚生了孩子，徐宁也快要临盆了，一家人七八张嘴的负担，总是要想办法。兄妹俩默然无语，前后对着陈斗升的遗像烧了三炷香，均是默默念着什么。

又过了几日，树仁打开铺头，只见黎宝笙已早早地等着。树仁忙将他迎进厅堂，说："笙哥，我们日夜赶工，已经快做好了。"

黎宝笙却又是尴尬地笑，说："我听说你们为了我的披风，日夜赶工，心里过意不去。"他提一袋雪梨，略带歉意地说："给各位师傅们送点水果，是我的小小心意。"

树仁将他请入客厅，仍是招待他坐了，冲茶。那八仙桌面经过许多年摆放，愈显亮堂了，一套陈斗升当年置下的酸枝木茶具，也是越用越亮。树仁于物品上甚为爱惜，人也勤快，每每用过，总是用抹布擦得一尘不染。

黎宝笙习惯性地用手指轻敲桌面，叹息说："这还是你老窦那个年代的东西，对着这么多年，连我都觉得有感情了。"

树仁照例小心翼翼地冲了茶，那茶冲得刚刚好，茶色澄碧，不浓不淡。黎宝笙轻轻抿一口，笑着说："我最近思路很乱，想走，又不想走。"又望了望后堂，似乎看到师傅们正为那件披风劳作，更是不舍地说："离开广州，不知道还有没有机会，穿你们汉记的衫。"

树仁本想安慰他，却找不出合适的话。想了半天，将茶盖轻轻盖上，说："离了广州，那真是没有了。"

黎宝笙一声长叹，说："才过了几天太平日子……如今时势乱，不走不行，可是能去哪儿呢？去香港？离开家乡？到一个完全陌生的地方去？"他一个人自言自语，树仁默默地，不知道怎么回应。

黎宝笙沉思了半天，又自笑道："都一把年纪了，尘归尘，土归土，我是不想白骨埋他乡。"树仁看他仍是下不了决定，忍不住劝慰道："其实能走，还是好的，像我们穷人，想走也走不了。但是话又说回来，哪里不是生活？哪里不能吃饭？我老窦在生时，常告诫我们，做人需要有一门手艺，有手艺，就有饭吃。"

黎宝笙又喝一口茶，仿佛自问，又仿佛求证，说："只要一碗饭吃？"

"有一碗饭吃，就很好了。不是求人家施舍，不是去偷，去抢，是自己亲手挣来的。吃下这碗白饭，就有了力气，有了精神。有了力气，就能谋生，有了精神，就可以挺起脊骨，堂堂正正地做人。"

黎宝笙想了一会儿，点点头，说："陈师傅教导得不错！"

这一年的年末，虽是十分清苦，还是在年二十七办了一桌酒席，既是年前饭，也是给阿齐、阿泰办的满师宴。手艺行业的学徒期向来不短，少则三年，多则五到七年。树仁觉得阿齐、阿泰算是父亲的学徒，理应给他们办了谢师宴，让他们早点做师父。

这天掌勺的是翠凤，小红帮着打下手。虽然是经济不景气，翠凤还是做满了谢师的九个菜。这"九大簋"也是广东饮食中的特定风俗，意味着长长久久，同时也是隆重的意思。九个菜里边最引人注目的是八宝鸭。翠凤经过多年浸润，做这道菜已经是炉火纯青。摆在宴席正中的八宝鸭，皮色醺黄，香气四溢，一阵浓浓的莲香从鸭肚子里溢出，树仁先伸筷子，扒开那八宝鸭的肚子，圆圆滚滚的栗子、冬菇立刻滚了出来。

阿齐、阿泰既已满师，在这宴席上便是主角了。两个人都是长年劳作，不爱说话，只望着树仁憨憨地笑。按照规矩，谢师要向师父敬酒。阿齐便先举了酒杯，说："仁哥，感谢你多年来的照顾。我们虽是在里头做活，也知道这几年光景不好……"树仁举起酒杯，却神色凝重，认真地说："你们是我爸当年收下的，是他的学徒，去敬他吧。"

大家一齐走到神台前，将祭神的三个青花杯斟满，给陈斗升鞠了个躬，郑重地敬酒。阿齐、阿泰接下来还是要敬树仁，他也不好推辞了。大家慢慢喝起来。酒是最普通平价的九江双蒸，酒味偏甜，喝下去不晕也不上头。几个男人喝酒吃菜，翠凤和小红张罗左右。

酒喝到末，树仁主动向大家敬酒。他已喝得有点多，但不喝这么多，他便无法将预备好的话说出来。他将酒杯高高举起，对着阿齐、阿泰，郑重说道："按照规矩，你们满了师，做了师父，是跟学徒不一样的工钱的。但是今年经济实在不好，我这里……"

阿齐、阿泰本是期待着升工钱的，听了这话，顿时愣住了。阿泰反应稍快，回答道："仁哥，凡事好商量，我们也没有说即刻要加……"

树仁微微苦笑："今天既是谢师宴，也是岁末宴。今年的生意实在差，我是有心无力，汉记不知还能不能维持一年。年前这顿饭，算是欢送你们吧。"

他为人向来正直，虽是做着事头，对内对外从来以本心做事。阿齐等知道他说的是实话，一时都不作声。阿泰略想了想，说："仁哥，我在这里做得很好，不想动了，薪水不用加了，就按之前的吧。"

阿齐没料到阿泰说出这样的话，想想钱银上的损失，一时接受不了，不敢搭话。

树仁仍是长叹一声。他是算过了数的，以汉记现在的盈利，确实是请不起学徒了。他略犹豫了会儿，忍不住望向翠凤，说："再撑一年看看？或许有转机。"

翠凤点点头，不敢接话，给众人倒上酒，说："先把饭吃了，总算是有缘一场。"

阿泰咬了咬牙，索性说道："我入了汉记，便把自己当成汉记的一分子。哪怕是不发薪水呢，这时势下，总要一起共患难。"阿齐想了想，附和地点点头，又望着树仁，说："仁哥，我们相信你。以你的为人，一定不会亏待我们的。"

树仁完全没有想到，艰难之时，自己身边有那么多支持的力量。这份支持给了他勇气，他坚定地点点头，说："放心，我保证汉记不会亏待每一个人！"

第二年春天，师傅们在家过完了年，正月十六准时来上工。树仁仔细订了这一年的计划,又决心不管时局如何艰难,戏服也好,旗装也好,总要多拉些订单。周边地区的布料比省城的便宜,可以尝试降低成本,提升利润。实在不能持平,只好做些布艺绣品,平价出卖。

在这辛苦与忙碌之中,女儿锦慧像一抹亮色,时常在作坊间闪现。这个孩子长得特别好看,皮肤白皙、眉眼细致,成天咯咯地笑。自从树仁抱她去过一次铺头,她便常闹着去玩。望着那些锦绣衣裳,她笑得更开心了,跌跌撞撞的,在衣架里跑来跑去,跟自己捉迷藏。翠凤把她抱到裁床上坐着,说:"你看她的手,纤细又灵活,是一双手艺人的手。"树仁听了,却没有很高兴,说:"手艺活太苦了,总是温饱有时,困顿有时。我希望她将来能读书,或行医,做些轻松又能赚钱的事。"

他特别喜欢这个女儿,一有空便将她抱在怀里。铺头的活计繁重,一天下来,已经是手脚酸痛。但只要抱着女儿,亲着她稚嫩的小脸,便将一切辛苦都忘了。两年以后,徐宁又生了一个男孩,取名"锦光"。

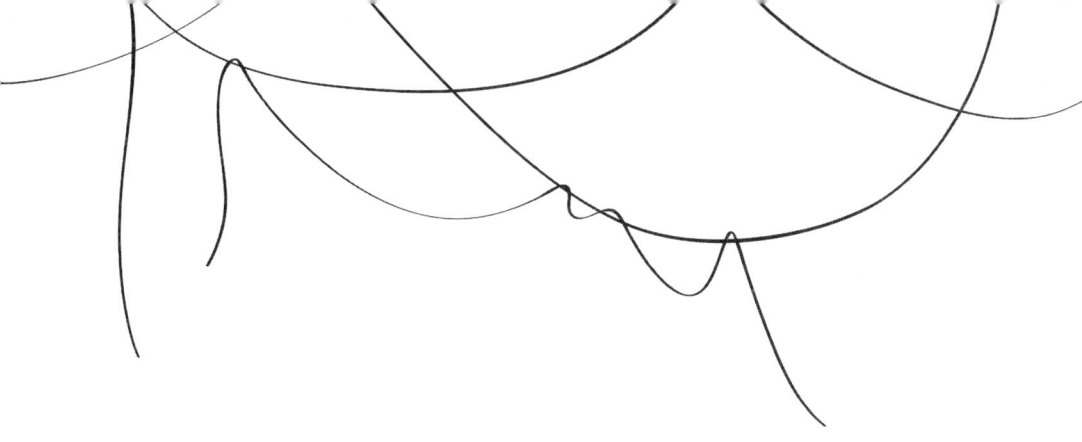

第二部分

大厂风云

第九章

粤剧戏服,是配合粤剧扮相,适应粤剧舞台需要的戏服款式。它最初与京剧戏服十分相似,是从明代服饰发展而来的。在历史的漫长岁月中,它慢慢地融入粤地文化,与其他剧种的戏服有了显著区别。比如,为了适应南方的湿热天气,在布料上渐渐偏向于薄轻、透气;配色上吸收了西洋画的特色,色彩浓烈,常掺金线、银线;图案上更偏重立体感。随着工艺的成熟,行业的形成,粤剧戏服不仅供粤剧之用,也因应一些相似剧种,如潮戏、桂戏,同时在粤、桂两省盛行。在历史的演进中,粤剧戏服这一名称已较少被人提起,统称之为"广式戏服"。

一九五六年,在陈树仁的记忆里,是一个有着特殊意义的年份。

整个广州掀起了轰轰烈烈的公私合营。延续了一百多年的家庭生产模式,由国家统购统销模式替代。木器、瓷器、牙雕、广彩、广绣……小业主和手工业者们,根据政府的统一安排,纷纷加入本行业的合作组织。

汉记与当时的群星、新新、陈章记等戏服铺头,统统并入了"粤华戏服厂"。树仁把所有汉记的账本打包装箱,用绿色尼龙绳子捆了,连着汉记的牌匾,分装在几个四方红木箱子里,用弹簧锁锁上。

他将部分剩余作料一起带入了粤华厂,郑重地在入职登记表上填写自己的姓名、籍贯、出生年月。他用不惯水笔,写得很慢,在登记表上留下了几滴墨渍,缓慢泅开。

新成立的粤华厂车间宽敞,窗几明亮,两排裁床整齐地摆放着。工友们忙着寒暄、整理、打探消息,乱成一团,喧哗声一浪高过一浪。树仁站在车间正中,不知所措。这里的人他几乎都认识,然而没有一个人有深交。所谓"同行如敌国"，如今大家居然都挤在一个屋檐下了。

翠凤没好气地将他拉到一旁，说："今天还开不开工？不开工我回家了。"她跟树仁一起进了粤华厂，却被分派到缝纫部。她不喜欢这个安排，找管事的吴书记说了半天，最终改配到刺绣部。她向来刺绣功夫好，却不满足于仅做刺绣——她唯一心仪的是设计部，可是设计部已安排了几间大铺的师傅，实在容纳不了了。

"先等等，大家都还没走！"树仁茫然地环顾四周。

翠凤望着眼前乱糟糟的场面，脚一跺，飞快地走了。

黄婉出生后，黄柳张罗着新建了三层楼的小砖房，一家人搬回了大新街。没过多久，整片状元坊由政府进行勘察规划，陈宅的院子重新划了地界，战乱中遭毁的院墙拆除了，房产主体只剩下原来的三间住房。而汉记铺头收归国有，铺头的产权也由政府接管了。

树仁对这一切有点反应不过来。母亲去世后，他是家里唯一的话事人。然而，新的国家、新的社会，一切变化都翻天覆地、前所未有。

"陈师傅，你帮我个忙！"吴书记也是刚上任，手里拿着全厂员工的入职表，东奔西跑，忙得气喘吁吁，在忙乱中他注意到了树仁，"指挥他们一下，把物料摆好！"

吴书记有近五十岁的年纪了，他是矮胖身材，眼睛大，嘴唇厚，看面相是那种话多且说不到点子上的。戏服师傅们刚见到他，都不相信他镇得住场。吴书记奔忙了半天，脸上已显疲态，看到平和宽厚的树仁，十分有好感，冲他笑了笑，说："听说你是汉记的老板，了不起，那么大的铺头！"

设计室是一个独立的小车间，分派在设计室的，除了树仁，还有原珠记的老板刘佑行、余记头盔店的师傅阿英、几个业内公认一流的打版师傅。厂里虽然忙中带乱，乱中带闹的，终归还是理顺了、规范了，慢慢地有了秩序。树仁戴着新买的手表，按时上班，按时下班。

这天早餐，他刚到办公室，翻开文件传阅夹，正打算阅读刚下发的单位规章制度，突然听到外边一声尖叫，紧接着是忙杂的脚步声。这一撕心裂肺的女声，很像是翠凤。他立刻下意识地冲了出去，奋力拨开人群。

只见翠凤已由几个女工搀着，扶着腰哼哼叫疼。小红和掌姐互抱在一起，在地上打滚。小红被身材胖大的掌姐压着，痛苦得说不出话来。旁边虽有许多人围观，却不敢把掌姐拉开。翠凤是打算去劝架，结果也挨了几下拳头。

树仁忙上前，用力将两人拉开，吴书记也赶来了，围观的工友立刻上前帮忙。小红受伤不轻，脸上留下了几道血红的抓痕，头发乱成一团，样子十分狼狈。她就着工友的搀扶，吃力地直起身，浑身颤抖着，大概被掌姐踢伤的地方不少——掌姐个子不高，是个横幅身材，皮肉结实，明显比小红有力。

小红挣扎着站起身，浑身发抖，眼睛泛红，眼泪忍不住迸了出来。树仁看她的样子，立刻起了火气——这么多熟人，全部冷漠地围观，没有一个人奋勇而出。吴书记瞪起眼睛，一副生气的样子，说："这里是工厂，你们当是街市哪，谁许你们打架的！"

树仁听了心中并没有好受，反而升起了另一团火，想明明是掌姐欺负小红。

小红本来已经受了一身痛，还要被吴书记骂，心里委屈，眼泪终于扑扑地往下掉。掌姐是个心大的，自己爬起来，拍拍身上的灰，没有将吴书记的话放在心上，反而轻蔑地一笑。

"明天统统到我办公室来，这是要通报批评的！"吴书记恶狠狠地说。

小红抹着眼泪，跟翠凤互相搀扶着回了家。树仁望了望吴书记，望了望围观的众人，心中隐隐升起一股悲观感。

晚上，小红告诉树仁，当年掌姐跟她丈夫从乡下来到省城，曾在荣记打过工，但是赖荣总是拖欠工钱，掌姐家里都揭不开锅了。后来离了赖荣，在自家门口被两个烂仔打了一顿，并且得知是赖荣指使的。掌姐的丈夫身体向来不错，在这之后就病倒了，一年之后去世。掌姐伤心欲绝，从此对赖荣痛恨不已，认为是他害死了自己的丈夫。

华衣锦梦

想到以后还要日日面对掌姐，小红又忍不住淌下了泪。树仁忙安慰她道："你别怕，众目睽睽之下，她不敢怎么样。"

"厂子那么大，乱糟糟的，难道除了吴书记，谁也管不了她！"翠凤愤恨不平地说。

吴书记是由市手工业局直接任命的，作为粤华厂的最高领导，自接任以来，便每天焦头烂额。粤华厂这样一个大厂，需要有不同的人管生产、人事、销售。根据市手工业局的指示，厂子成立后，要尽快召开竞聘大会，从原来的铺头师傅中公开选拔领导。

此时原行业协会会长的呼声最高，其次便是几家较大铺头的事头。这么一来，树仁也有了机会。然而他犹豫着，想自己最多只管过十来个人，怎么可能管理上百人。翠凤却极力怂恿，说："你一定要竞选当厂长。"她走到神台前给父亲上香，说："阿爸在生的时候，从来不喜欢寄人篱下。"

"我们现在也不是寄人篱下，只是公私合营。"

翠凤没好气地瞪了他一眼，说："什么合营，谁跟你合了？人家摆明了要欺负你。"她将神位前的四色果品摆正，对着父亲的遗像说："阿爸，你白教了哥一场，你看他现在，又是缩手缩脚的，注定了一辈子做缩头乌龟。"

树仁见不得她这样子向父亲告状，又想自己跟翠凤、小红都在厂里，假若自己不出头，这两个女人着实吃亏。于是也走到神台前，烧着了两支中蜡烛，说："阿爸，我去试试。"

汉记曾经是状元坊内最大的铺头，汉记的手艺在行内也是出了名的好。再加上树仁经营多年，一直与人为善，在业内没有树立太大的敌手。结果，在全厂的公开竞岗中，他获得了最高票数，成为粤华厂的厂长。

树仁有了自己独立的办公室，以前人家称他为"陈老板"，如今称作"陈厂"。他望着那四四方方、通透明亮的玻璃窗，觉得十分单调，于是找了几个衣撑，挂了几件原汉记的戏服，天天望着，心里多了不少动力——不管是福是祸，从此以后，肩上就担着近百人的生计前途了。

担任厂长后,他规定自己每天至少巡厂两次,早上九点前必巡一次车间。各铺头经营了许多年,总有些朋友,也有些敌人。树仁极力想扭转厂里的风气——既然已经是在一个屋檐下工作,那便是一家人,就不能再像过去那样针锋相对了。然而,不是所有人都有这样的觉悟,车间里明争暗斗,各种口角、打架斗殴不断。一天,他正在裁床边看布料,突然听到旁边轰隆一声倒了衣架子,然后是两个男人打起来了。

"不许打架,不许打架!"树仁身先士卒,冲上去将两人隔开。两个正在打架的男人,力道威猛,其中一人就手一戳,反而让树仁吃了一拳。

"再打立刻开除!"树仁顾不上吃痛,继续阻拦。

他最担心的是小红。当年赖荣树敌不少,现在这些人都把账算到了小红身上。他每次走到小红的钉珠台前,总忍不住多望两眼,甚至跟她说几句话。这一招不算有用,毕竟人多嘴杂,有些人不敢当面顶撞,却故意用树仁听得见的声音嘀咕:"人家是一家人来的,说不定是做小的那个。"另一个声音笑了,粗声粗气地说:"现在婚姻法明确规定,一夫一妻制了,不可能娶两个。"

树仁听着这些话,感到十分愤怒。他深吸一口气,慢慢地踱到说话的掌姐旁边。可是掌姐并不害怕,毫无顾忌地笑,说:"点吖①,陈厂,要管我倾闲偈啊?虽然掌记以前只是小店小铺,但我点都係事头②,几时轮到人哋嚟管我③!"小红不敢作声,默默地走到裁床前,红了眼眶,拼命忍着眼泪。

树仁只觉得怒火熊熊燃烧,拳头都忍不住握起来了。然而,心里有个声音叫他冷静,仿佛是父亲的声音,用不急不躁的语调提醒他,越是私人事务,越不能向工友发脾气。

冷不防一声巨响,把所有人都吓了一跳。翠凤提着一把最大的尖嘴剪,干脆利落地砸在掌姐面前。

---

① 怎么样?怎样啊?
② 点:怎么,在这里指怎么说。整句意思为:怎么说都是老板。
③ 人哋:别人,其他人。整句意思为:什么时候轮到别人来管我。

"头先边个借铰剪①?"翠凤拍拍手,满不在乎地说,勇敢地迎着掌姐的目光,"我们汉记以前是十几二十人的大铺头,我跟你不同,我就喜欢管人!"说完再拍拍手,扭头就走。掌姐看她这个蛮横样,反而有点怕了,望了望地上的剪刀,不敢作声。

树仁望着翠凤的背影,默默地叹了口气。他知道一时的斗气不能解决问题,最重要是如何履行好这份"厂长"责任,以及对整个陈家的责任。

新成立的粤剧院,要排演《搜书院》。粤剧院与粤华厂联系,来订制一整组剧装,数量十分庞大。

第一批列出的订单,已经有官衣、海青、小宫装、梅香装、待卫装,粤剧院与粤华厂敲定了,找时间来参观和量身下订。吴书记为此事召开了动员大会,宣布谁要是关键时刻不遵守规矩,犯了错误,不仅要扣工资,还将记过处分。

粤剧院一行人来参观那天,全厂人员严阵以待。办公室下发了接待方案,督促各部门将清洁卫生工作做好,树仁一大早便将车间里外巡了一遍。到了约定时间,吴书记率领厂领导班子、各部门主任,列队在粤华厂门口等待。树仁站在吴书记后面,表情严肃。过去在汉记,他接待过不少名声显赫的大老倌,然而如此规模宏大、郑重其事的接待,平生还是第一次。

粤剧院领队的是副院长郝尚,是一个从国外学了戏剧表演回来的海归派。郝尚是国字脸,胖大身材,最引人注目的是他的板寸头,根根头发竖起,似乎性格暴烈。粤华厂与粤剧院的同志们互相介绍,吴书记带头鼓掌表示欢迎。

站在郝尚身后的是副团长江兰馨,也是这部剧的担纲主演。她皮肤白皙,瓜子脸,柳眉杏眼,是典型南方美人相,身穿海军蓝棉布上衣,灰色西装裤,略一看不像粤剧名伶,像是军队干部。跟随在她身后的是一群年轻演员,叽叽

---

① 头先:刚才,适才。边个:谁,哪位。整句意思为:刚才谁借剪刀。

喳喳地四处张望。落在队伍最后的,是汉记的老主顾刘明君。刘明君依然是一身旗袍,淡色粗纹的,不是过去织锦镶边的款式。树仁朝她默契地笑了笑。

郝尚带着整支队伍详细地参观了粤华厂。粤华厂从成立之初,便不断接待八方来客。为了树立国营大厂的风范,厂里将迎检工作视为重要事务。在来宾到来之前,要重点检查卫生死角,收拾岗位,将每天使用的乱七八糟的工具收拾好。等到来宾参观时,厂房里整洁、有序,俨然是现代化的生产环境。郝尚步伐凛凛地走入车间,就像走在舞台上。粤华厂的主要领导全程陪同,小心翼翼地跟在郝尚后边。

刘明君缓慢跟在队伍最后,神情有些尴尬。她从前是活跃在舞台上的名伶,常被人簇拥着,"君姐"前"君姐"后的。近几年年纪大了,新戏渐少,也还是在行内备受尊重。然而粤剧团成立后,大力号召"不要论资排辈",要求演员"用成绩说话",这就没有人把她当回事了。小青年们勾肩搭背,嘻嘻哈哈,无形中将她冷落了。

郝尚一边走,一边提出些技术上的问题,树仁代表粤华厂,一一回答了。年轻的演员们在队伍里嘀嘀咕咕,不断发问。粤华厂的陪同人员们小心翼翼,不管行内行外的问题,一律有礼貌地回答。吴书记亲热地拉着郝尚的手,故作熟络地说:"粤华厂的工艺是有目共睹的,包你们满意。"

树仁见刘明君走得慢,有意放慢了脚步,走到她身边。刘明君看到他,精神一振,立刻露出笑容,说:"好耐冇见[①],以后有机会穿汉记的衫了。"

树仁正要答话,被吴书记叫住了,让他"立刻叫设计部的同志来量身"。

"先让君姐量吧,我们敬老。"江兰馨突然望向刘明君,神色倨傲,大概是平时累积了一些矛盾。场面僵住了,粤剧行当里本来极讲究论资排辈,理应是刘明君先量——然而看眼前的形势,又不像是过去的规矩了。树仁忙答应着,先招呼了同事给江兰馨量身,自己则走到刘明君面前,亲切地说:"君

---

① 耐:时间久。整句意思为:好久不见。

姐，我替你量，好不好？"

刘明君一时激动得不能自己，连声说："好啊，好啊。"

树仁张开软尺，从头围开始，慢慢地量下去。然后翻开一本档案记录卡，把每个数字填写好。他脑子里突然跳出"三十年河东，三十年河西"这句广东话俗语，世事变幻无常，犹如戏台上演的，快得叫人目眩、迷茫。他仔细地替刘明君量了，又招呼同事，认真地说："给馨姐量好了吗？档案卡一定要记好。"

"陈厂业务能力不错啊，手势十分熟练。"郝尚在一旁背着手，笑着说。

"我们陈厂以前是大铺头的老板，说到手艺，那是当仁不让的，整个行业都知道。"吴书记解释说。

郝尚团长哈哈大笑，说："难为你们了。"

粤剧团爽快地把合约签了，连水衣、水裤、包巾、彩旗也一起下了单。

粤华厂紧张地忙碌着，树仁每天按时巡厂，不断提醒各部门组长，不仅要快，还要保证质量，精工细作，"唔靓唔收货①"。

树仁刚巡完厂回来，正打算喝口茶，学习一下文件，刘明君来了。她是忍不住来看制衣进展的。"你知喇，我嗰人性格急。"她不好意思地笑着，搓着手，像是平生第一次求人。

"现在各部门按流程处理，所有衣衫都在流水线上。"树仁笑着解释，不敢告诉她，除了花旦和小生，其他人的衣服，统一由剧团分配。

"我明白的，或者你带我进车间看看。"刘明君一脸恳切地请求。

树仁实在不忍心拒绝。然而大厂有大厂的规矩，剧团有剧团的规矩，都是要严格遵守的。正犹豫着，看见江兰馨也出现在了办公室门口。

"江团长怎么亲自来了？"树仁热情地招呼。江兰馨微微抬一抬眼皮，淡

---

① 靓：除了表示漂亮，还表示好的、优质的。收货：不一定是真的接收货物，而是代表"接受"的态度。整句意思为：货不好则不收货，或者不好不要、不好不接受。

淡地叫了声"君姐"。

刘明君讪讪地笑了，解释说："啱好经过呢头①，揾陈厂倾下偈。"

江兰馨略微点点头，立刻对树仁说："来看看进度。"她笑着解释："郝团派我来望两眼，他不放心，怕赶上不彩排。"树仁只得赔笑点头，说："应该的，应该的。"忙带江兰馨到车间去。

刘明君不敢搭话，又不舍得离开，默默地尾随着。树仁领着她们到车缝部，展示正在缝合的小宫装。对襟大领、萱草绣边、牡丹小花图案，即将完工的衣衫平整地展放在裁床上，散发出一种文静淡雅的气息。"你看我们的小牡丹图，多漂亮，像画一样……"树仁充满喜悦地说。江兰馨却突然摇摇头，说："颜色有出入。"

这件小宫装本来订的是梅红色，但江兰馨说这个红太深，不衬她的皮肤。粤华厂当即表示可以换成橘粉、淡粉，提亮颜色。设计室讨论了多次，考虑到整部戏的色彩定位，最终决定了用现有的深粉。这件衣服的样式敲定后，是送到了粤剧院，让剧团领导确认了的，可是江兰馨坚决地摇头，说自己"从来没见过这种红"。

树仁低着头，再三赔笑，解释说："已经把效果图送到了粤剧院，请你们过目的。"见江兰馨没有反应，只好一个劲地赔笑，说："这个深粉很好看，在舞台上映着灯光特别美。"江兰馨不为所动，说："这不是我要的。"

刘明君站在一旁，忍不住说："这个色好，衬你的皮肤。"

江兰馨略微挑了挑眉头，没有接话。

为着这件事，树仁跑了很多次粤剧院。郝尚的态度十分爽朗，只是为难地说："我是同意的，但是这件衣服最终是给江兰馨上身，总得她接受才行。"树仁又多次恳求江兰馨，可是她的态度很坚决，说："我不喜欢这个色。"树仁再三恳求，仍是得不到接受，最终只好打了报告，重新做了一件。

----

① 啱：刚刚，恰巧，合适。啱好：刚刚好，恰逢。呢头：这一头，这一边。整句意思为：刚好经过这边。

吴书记对此事十分气恼，他说话声音大，容易激动，但激动过后，还是能耐心地处理问题。他在车间里抱怨过几次，吵吵嚷嚷，最后坐在树仁对面，用钢笔盖子嗒嗒地敲着桌面，说："树仁啊，你要知道，时代不同了，以前你们小店小铺的那一套，到大厂来是不管用的。"

树仁略想了想，苦笑道："都是一样的生意，有多少不同，人还是一样的人。"

"哎，这你就错了，"吴书记大声反驳，无意识地将钢笔盖子抽出来又合上，"人也不是一样的人了。你花点心思琢磨，是求人，还是求物，用什么方法，才能多快好省地解决问题！"

树仁的办公室窗口对着街上，从偌大的四方窗口看出去，正对着一棵茁壮的木棉。三月春风袭来，木棉花落了叶子，便灼灼地开花了。挺拔的枝干上一簇簇的红。工作累了，他喜欢站在窗前，望着那像火一样热烈的花，心中像有什么被触动了似的，忘了工作中的郁积之闷，满心满眼里都是英雄之情。

"有问题是正常的，这么大的厂子，形形色色的人……"吴书记拍拍他的肩膀，说，"遇到什么，就解决什么。这件事对于我们来说，是个极好的教训。"

树仁默默地点了点头。

厂房里每日都被机器声、人声淹没，仿佛一艘巨大的航船，行驶在风暴随时袭来的海上。树仁缓慢地走在车间里，抬头挺胸，偶尔深吸一口气，时刻准备着迎接惊涛骇浪。

车间里人多嘴杂，需要处理的冲突不断。毕竟大家都曾经是老板，有些还是大铺头的老板。他有时下达命令，说话过于和蔼，一些工友就会交叉双手、漫不经心地看着他，似乎在说："凭你也想管我？"

他明白，这样规模庞大的一个大厂，总是要去适应、学习，不比以前只管着几个人，管得上饭就行了。

树仁慢慢地学着做个"大厂"领导的样子。他只有初小水平,虽然认得基本的字,算得了简单的数目。如今要补的功课就多了,各种系统内部下发的文件,从书店订购的纹样图册,还有戏剧服装的系统研究。他总是一手握笔记本,一手握水笔,一边看,一边仔细地做着笔记。

他本来读书少,只认识些基本的字,不懂得如何组织语言,所幸吴书记常逼着开会,让他拿稿子发言,又常督促他学习上级文件,领会精神。日子有功,一步一步地上了正轨。从一开始连文件都看不懂,到不仅能读,而且能写一些简单的指示,半年以后,他已经能草拟一些简单文件了。他知道自己文化程度低,暗自努力学习,天天看书看报。系统内部下发的刊物,他不仅读过一遍,还偷偷地用水笔抄一遍,在家里经常练习。

在这轰轰烈烈的环境中,这一百多人的大厂,每天像上演《六国大封相》。过去经营的私人铺头,规模最大时,也不过十来人,如今却是聚集了各式各样的人,年纪、性格、技艺类别大不相同。他感受到了压力,不仅有管理上的,还有人事上的。甚至连工友请假上医院、车间里订不订报纸也得做明确决定。他深沉地思考这一切,问题多且杂,繁且乱。

这一天,刚上班,正准备开工,突然一阵喧闹。树仁从办公室出来,小跑到车间,只见又是两个女工撕扯在一起。其中一个是掌姐,另一个却不是小红,是性格同样泼辣的甘姐。

甘姐与掌姐向来好得蜜里调油,亲如姐妹,近来却有了争吵。同一条生产线上按件计工,工件大小相似,复杂度却有很大差别。甘姐仗着与掌姐要好,每次都是取简单的。掌姐起初不计较,渐渐地心生不满。这天一早,两人还没开工,先为争一个工件吵了起来,越吵越激烈,火气上来了,忍不住动起了手。

树仁阴沉着脸,扒开人群,大吼一声:"不要打了,"冲着她俩挥手:"要打出去打,都不要干了!"甘姐立刻停了手,示威般看着他,说:"小红被打你就管,我被打你就不管了!"掌姐立刻反驳,一把将她推开,说:"被打的是我！"树仁夹在两个女人中间，无可奈何，只得挥挥手，说："都散了！"请她俩到会议室喝茶。

厂里刚颁布规章制度时，大家都老实本分地遵守，日子长了，慢慢就有了松散。一个叫小侯姐的，今天说胸口痛，明天说头痛，以各种借口请假。树仁明知她在撒谎，不忍心拆穿，知道她跟翠凤要好，便让翠凤劝她。然而翠凤一扭头，说："我又不是领导，凭什么管！"树仁没办法，只好依然以口头批评为主。吴书记让办公室制定出详细的奖惩制度，可是讨论了几回，又未来得及实施。厂里不能随便开除人，这样的事，每个月层出不穷，处理起来极费心思，比设计十件戏服都难。

缝纫车间的冰姨，说老公生病了，需要人照顾，请了半个月的假。树仁吩咐了工会，正打算上门慰问，她又回到厂里上班了。吴书记对此颇为恼火，说："你让她回去，回去，以后就别来了。"树仁左右为难，为这赌气的话不知如何反应。冰姨毫不在意，扭头便走，第二天到了厂里，主动掏出一张检讨书。吴书记戴着眼镜看了半天，脸色并没有好转，要求冰姨公开检讨，在厂大会上宣读。

当众检讨毕竟狼狈。冰姨做完了检讨，气还未消，遇到树仁，气愤地瞪了他一眼，转过身又呸了一口口水。树仁不好计较，假装没看见。不料新上任的副厂长夏谦，却笑呵呵地拍着冰姨的肩，说："陈厂做事太认真了，下次你先告诉我，我替你上诉。"树仁没想到夏谦竟然这样挑拨，一时气闷，躲在办公室半天，久久不能释怀。

夏谦原来是供销科的，平时总爱在车间里打转，总说"我又谈成了一笔大单"，说着便掏出一张十元大钞。夏天天气热，下午四点的时候，厂里有十五分钟的短歇，这时常有人起哄，叫组长请吃雪糕。夏谦让卖雪糕的把冰车抬到车间门口，工人们想吃，便自己拿，他埋单[①]。经过几次，便有了好人缘，被

---

① 埋单：埋，归拢、归总、合计。指把各样东西的价钱合在一起，即结账。

推选为工会干部。进入领导层后,他又能喝酒,每次应酬都挡在前面,这样没过半年,阿英师傅退休,工友们便推选他当了副厂长。没想到他做了领导后,再也不买雪糕了,天天督促工人准点开工,一到时间便拿点名簿记着。这公开检讨也是他提出来的,说要"杀一儆百"。

而掌姐每见到小红,还是一副红了眼的样子,小红只有尽量躲着。树仁找掌姐谈了几次,掌姐完全不接受,在办公室里大声嚷嚷:"你是不是藕线①的,当初赖荣把铺子开在你们家对面,害得你们家没饭开,害得你爸要躲到乡下去,你还替他养妹妹!"树仁一时竟不知如何反驳。

回来给小红擦药,树仁默然不语,怕说错了话,惹她伤心。小红眼睛红红的,忍着痛,不敢嚷,也是怕他难过。涂完了药,淡淡地一笑,反而安慰他说:"我根本不怕,掌姐虽然大只,不如我年轻,她打不过我。"树仁望着她脚上的瘀青,"唉"了一声,说:"打成这样,她心真狠。"两个人说着话,突然听到"哗"的一声,是徐宁将一只洗碗盆重重地掼在地上。

树仁本想安排徐宁进厂,做些闲杂活,不累又有一份固定工资,徐宁是连这也不愿意。树仁便不再逼她了,让她在家里带着孩子。可是厂里女工多,每日处在一起,总有些是非。他知道她是听到了一些闲话的,但没想到她会这样发火。拖了一段时间,徐宁的脸色变得更难看,经常话中带骨。他思前想后,也觉得自己有错,这些年虽是把小红当妹妹,却不敢左右她的终身大事。结果她太安守本分了,连认识人的机会都没有。

徐宁说起自己有个远房表哥,在韶关县政府里当科员,有学识,脾气也好,就是性格木讷了些,配小红正合适。那边的远房亲戚,是解放后重新联系上的,表哥曾到过广州来开会。树仁见过,觉得是牢靠的,只是说:"小红也算是我们家的女儿,嫁那么远!"

徐宁满不在乎地说:"她都老姑娘了,你们粤华厂这么多人,有合适

---

① 藕线:指神经病,是骂人的话。

的吗？"

树仁又觉得搞政策的和做戏服的，完全扯不到一块儿去。徐宁却是十分中意，说："怎么扯不到一块儿去，不是挺好的吗？"树仁只好淡笑，说："阿爸生前常说，手艺人配手艺人，外行人不懂得我们的辛苦。"

徐宁重重地一哼，说："胡说八道，哪一行不辛苦？人生在世，总之就是个苦，做人就是苦，哪有谁不辛苦！"

当下安排了介绍，互相寄了照片，又请那位钟先生到广州来。小红对钟先生倒是不讨厌，就是不舍得嫁那么远。她苦着脸说："我不是你们的血缘亲人，嫁过去了，你们还会记得我么？"翠凤亦舍不得，说："为什么要嫁这么远，广州这么大，就容不下她么？"姐妹俩抱在一起哇哇痛哭。

树仁只好解释说："要嫁，便要好好地嫁，最好远离戏服这行，从此不再受人欺负。"于是双方敲定了具体事宜，树仁请了个长假，带小红过去结婚。婚礼是新式的，男方布置了新房，跟小红登了记，在单位食堂请了一场饭，发了喜糖，便算完婚了。树仁回广州那天，小红眼泪汪汪的，一直将他送到县里唯一的车站。树仁怕小红伤心，不敢多说，只交给她一个手帕缝成的布袋，里边有他存下的五十多块钱，说："要是他对你不好，写信告诉我。自己多留个心眼，这些钱给你防身。"小红一直掉眼泪，哭得眼睛肿成了桃子。两个人在车站里依依惜别。树仁默默地上了车，仿佛抛下了一段陈年往事，汽车里弥漫着各种难闻的气味，他吸吸鼻子，觉得眼泪也要掉下来了。

第十章

车间里弥漫着浓烈的化学味道，布料、糨糊、树脂胶的味道浓烈地融合在一起，形成一种淡淡的，像煮焦了稀饭、烫坏了锅般的刺激味。车间里人多嘈杂、物料堆积,不过,在规范了生产线后,每个人都有自己的岗位,辛苦忙作,每天忙而不乱、整齐有序。各个车间有车间组长、副组长,每个师父带两三个学徒。每个部门有自己的工作日志,详细记录着每天的工作任务、流程、进度。

树仁上下午各巡一次厂,他对于这份职责相当恪守。在多年的铺头经营中,他知道"事头"的监察是至关重要的。他慢慢踱着步子,从裁床之间走过,警惕地盯着一双双灵巧的手,在布料上翻飞。

"粤剧戏服的制作与其他地方剧种大致相似,主要由各种不同件料做成。比如小梅香,就由衫仔、人字裙、长裙、前牌、腰带、肩组成。各个部分又可稍作变化,如衫带大袖或长水袖,肩有搭领肩、圆肩。前牌有多种造型,有三条前带或两条前带……"粤华厂吸收了一批新工人入厂,树仁作为技术带头人,对他们进行手把手的培训。

面对着这些朝气蓬勃的面孔,他感到很安慰,向他们耐心地介绍着,在每一个工种前驻足。对于戏服的知识,他侃侃而谈,从不担心"唔识[①]"。他真正担心的是,工作的单调、重复、琐碎,会不会吓跑了这些活泼好动的年轻人。戏台总是明亮、高大宽广的,永远呈现的是金碧辉煌。离开了戏台,戏服是不是仍然吸引人呢?树仁带着学徒们到展藏室,逐一讲解各式戏服款式:"这是包公穿的,有正统的官服补子,也有日月光华图案;这是驸马的穿着,帽子上必须有桂花,叫蟾宫折桂……"他微笑着,抬头仰望,仿佛这些美好的衣衫让人永远也欣赏不够。

完成了繁杂的行政工作,他长长地舒一口气,回到自己的办公室,脱下工装,摊开图稿,一个人静静地研究着设计。

为了建立现代化流水线,应用几何图案制作的趋势,厂里请了一位美术老师,开夜间培训,给大家讲解西方美术和绘图原理。树仁因此有机会,像小

[①] 识:既表示知道,也表示懂得。唔识即不知道或者不懂。

学生一样，坐在课堂上，系统地学习美术知识。美术老师对于作坊边做边学的模式嗤之以鼻，认为时代在变，苦干是行不通的。树仁不喜欢这种论调，但他仍虚心学习，以小学生的态度听讲、做笔记。他生平第一次听到了什么叫"构图""配色"，有完整的概念理论。晚上，孩子们熟睡了，他坐在小台灯下，就着一点暗黄的灯光，认认真真地摊开绘图纸。

江兰馨出现在办公室门口，微笑说："陈厂，我是不是打扰你了？"树仁正在跟徒弟们开课，忙结束了课程，请她进来，叫学徒帮忙沏茶。

学徒们赶紧恭敬地上茶，请江兰馨喝茶。他们都领教过她的厉害。每次随粤剧团来开会，她总是走在最前面，昂首挺胸，很有干部派头。说到戏服的用料、款式，全都有自己的主意，从不让步。

江兰馨笑吟吟地坐下，翻开自己带来的杂志。杂志中页是一个正引吭高歌的民歌手。近几年文艺晚会渐多，大老倌们常受到邀请，在晚会上唱一曲粤语小调。她用纤纤玉指指向歌手的衣服："我觉得这个好，就做这个，裙子要改一下，做个仿襦裙，图案是小荷才露尖尖角，像水彩画一样。"

树仁耐心地听她说完，在稿纸上唰唰几笔，画了个草图，问："这样好不好？"

他以前只会照样稿做衣，动不动便是搬出五六本厚重的图谱。如今能不依赖图谱了，不仅会画图，而且又快又好。

"就是这个样子！"江兰馨点头，惊讶地说，"没想到陈厂设计、剪裁样样来得。"

树仁谦和地笑笑，说："以前什么都做过。"

"那就请陈厂多费心了。"江兰馨笑着解释，"这是我私人订的，为了配合团里安排的外事活动。"她的笑容亲切甜美，仿佛过去一切的不愉快，都没发生过。

树仁点头表示理解，客气地将她送到大门外。

量身订制的活是最难接的，树仁每次接了活，总要承受工友们的抱怨，花很多工夫在车间里协调。不按流水线走，原有的进度就必须更改。自行设计的花色图案，须得经验最丰富的绣娘才能完成。坚持量身订制的客人，总是十分讲究的，衣服做好了，还得三番两次地修改。然而江兰馨是粤剧团副团长，这样的客户不能轻易拒绝。

刘明君是截然不同的态度，亲切、熟络，每次来找树仁，脸上都是恳切的笑容。粤剧团成立后，陆续排演了几部戏，都是大型折子戏。刘明君没有机会挑大梁了，可是太后、奸妃一类的角色，她又不乐意。

她给自己找了一条出路，就是唱粤曲小调。整台的折子戏演出机会少，粤曲小调却是非常流行，在文艺晚会中频繁出现。唱粤曲小调不宜穿太正式的戏服，刘明君就来订做改良版剧装。

树仁很想躲避，然而毕竟是十几年交情的老主顾，他仍是客气地笑，态度谦卑，问："刘师傅，一大早又来了，有什么新想法了？"

刘明君从怀里掏出一张皱巴巴的纸，平摊在茶几上，给树仁看，说："陈厂，你看，这样做好不好？"

她知道树仁脾气好，总是厚着脸皮来找他，给他看设计草图。图是她自己画的，几根线条组成长裙袖子，树仁只能凭经验猜个大概。

"不是才做了一件山茶花款吗，穿烂了？"树仁半开玩笑地问。一套戏装的造价不菲，刘明君自费做衣，这笔费用是十分可怕的。

"那件已经穿过两次了，还录了像，以后不能穿了。"刘明君摇摇手，完全不疼惜钱。她解释自己的"设计理念"，请树仁发挥想象，说："纹样要仿汉装的，肩膀上用蟹爪菊花样，你说好不好？"

树仁点点头，但还是尝试阻止："你这样做衣服，太花钱了，多少也得存点。"

刘明君毫不在意，说："现在是正旦的天下，我们唱青衣的，不拿点钱装身，是没有立足之地的。"

树仁虽然是一口答应下来，还是仔细思考着为她省钱。凤岇用最贵的料子，襦裙便平价一些。一件嫩黄的改良式云肩，可以跟好几种裙子配衬。刘明君对树仁越来越信任——过去只觉得手艺精湛，如今越来越喜爱他的设计。

"就按这个图纸订吧，您去财务处交订金，剩下的事我来协调。"树仁微笑着说，略皱了皱眉，他能想象往后遇到的困难。改旧裙并不比新制一件简单，他完全是为了老伶人的荷包着想，主张以改为主。一件旧的小宫装，他改成了反宫装，凤帔取下来，又成为能唱小调的民族装。一件半残的大汉装，他花了半个月的工夫，改成半旗装的款式，前幅、后幅全都裁剪了，几处绣样也重新修补了。刘明君捧着自己的"旧装"，极喜爱地摩挲着上边的绣纹，激动得要落下泪来。她高兴得不能自已，立刻掏出存折，说要"加钱，多做几件"。树仁拼命劝阻，体恤她年纪大了，须留着钱防身。刘明君却不管不顾，说："留有棺材本就够了。"

树仁哭笑不得，只好招呼着学徒们帮她上身。几个年轻人替她前后打点，一层层地将衣服穿上了，客气地恭维："太美了，靓绝广州城！"刘明君一听，乐疯了，一个转身，两下云手，立刻摆起了唱戏的架势。

树仁无奈地"欣赏"着，过后赶紧提醒学徒们不要逗她，不要助长她的"疯劲"。舞台上的人物，华衣飞舞，神采飞扬。而舞台底下，则是各人有各人的活法，悲欢离合、苦乐辛酸。台上台下虽密不可分，却不能混为一谈。

树仁在厂里整日地忙碌着，回到家仍无法轻松。

徐宁于家务事上始终不在行，每日虽洗衣做饭，却是勉强"完成任务"，做完家务便打麻将去了。他匆忙扒了几口饭，也不讲究味道，吃完了便到厅堂角落的裁床边，继续自己的手艺活。

粤华厂慢慢稳定了下来，大家开始适应这样的生活。每天早上八点半上班，十二点半下班，下午一点上班、五点下班。工资是稳定的数目字，虽说将来要按件计酬，可说了许久也没有实行。厂里开始发工作服，一年两套，虽然是灰色的，却十分结实耐穿，很多从早到晚泡在车间里的工人，从此不再买新衣服。树仁每天都有忙不完的行政事,要接待的领导,要开的会,忙得没日没夜。他还是舍不得放弃技艺,每天处理完行政事务,对着一珠一管,他才感觉到内心的平静与充实。

热闹的大车间,不同的人,长年累月伏在花绷上的绣娘们。在所有的画面里,有一根线把千丝万缕的一切联系在一起,那便是戏服。粤华厂时而忙乱,时而有序,不过,一件件戏服在各个车间里辗转,在熟手的老师傅手里打磨,从无到有,从有到精,却是比过去的都精致、讲究,挂在展示架上熠熠生辉。

这天,黎宝笙提着一兜红鸡蛋,来到树仁的办公室。

黎宝笙与于莺莺离婚后,跟一个年轻的女学生结了婚,生下了他的第三个孩子。这次又是个男孩。黎宝笙很高兴,这日到粤华厂看订单,顺便给熟悉的师傅们送红鸡蛋。

大家分吃着红鸡蛋,开心地说着闲话,算作工作间歇。也有管不住嘴的妇女嬉笑,说黎宝笙这么大年纪了还能生出孩子,真是"犀利"。黎宝笙坐在会议室里,一墙之隔,却是耳聪目明,什么都听得见。但他已收敛了从前的火暴脾气,呵呵笑几声,假装没听到。

他与于莺莺公开了婚姻后,只共同生活了三年。于莺莺为了自己喜爱的粤剧事业,终究是离了婚,完全丢下了家庭的牵绊。他从来不说她的坏话,只感叹她是性情中人,对唱戏有一种飞蛾扑火的热爱。

黎宝笙与树仁"倾闲偈"时,多是感慨时日不同,说起最初在茶楼唱戏,后来登上了戏院的大舞台,从困窘到辉煌,如今又趋于平淡。世事沧桑变幻,不过是短短几十年时间,已经轮换了许多光景。"世界总是要变的,只是变得太快了。有时一觉醒来,觉得像做了场梦一样。"他缓缓地感慨。

树仁一边听着,一边找茶叶,用一套搪瓷口盅,就着保温瓶的水,给他冲茶,给他看新款样式。粤华厂上了轨道后,制作周期缩短了,布料丰富了,珠管的样式也多了,工艺上也有不少改进,研发了许多新款。

"自从有了粤华厂,手工倒是越做越细了。"黎宝笙现在不敢戴玉扳指了,但还是习惯用手指在桌上敲,说,"做工不错啊!我还以为一个和尚有水喝,两个和尚没水喝呢。"

树仁想到自己于这门手艺上付出的心血,一时激动不已。但他始终是个不爱多话的人,历经再多艰难也不会表达,只淡淡地笑,说:"时代在发展,戏服自然是越做越好,没有越做越差的道理。"黎宝笙也笑笑,说:"唯一的遗憾是修补难找了。"他捧着一件大靠,请树仁修补。"这还是当年唱《赵子龙催归》时做下的呢,这张剧照还上了报纸。"

过去的戏服铺头是做旧装翻新的,许多老师傅都能"化腐朽为神奇"。到了大厂时代,没有人愿意做了。对于手艺人来说,"翻新"耗费的工夫多,盈利却微薄。但对于唱戏人来说,当然是旧装改新较为划算,戏服放久了总会有磨损,台上一时不慎会刮破,这都要求有修补的途径。

树仁为此在行政例会上提过多次,提议在厂里设一个修补部门,然而总有人反对。师傅们都是生产线上的一分子,谁也不愿为集体事务埋单。吴书记更不会支持,他明确地提出了反对意见:"修补的效益不高,我们作为国营单位,就是看订单、要效益。坏了就让他们再买,我们哪有空做公益?"树仁努力过几次,仍不能说服大家,只得作罢。

他望着黎宝笙留下的那件大靠,看着毛边上溢出的杂线,隐隐生出些心痛。想当年从粤剧大班到戏服私有,走了好长的一段路,是不可能再走回去了。然而演员于戏服的感情,正如戏服艺人对一针一线的感情。吴书记不是干手艺活出身,不能明白这个道理,树仁却是深深体会到,他时常想起黎宝笙在父亲灵前那郑重的一鞠躬。

翠凤对此却总有活路。她一直在刺绣部工作,做的花样却得不到组长肯定,一直当不了技术带头人。她不服气,晚上自己做些绣活,给家里的孩子们做漂亮衣衫。白天工作已是辛苦,晚上又接着劳作,眼睛负担重,熬得红红的。她在厂里工作多年了,还是常想着单干、独干。她赞同接下修补的活,天真地说:"厂里没有改衣的部门,我们在家里改改衣,总不算犯规吧。"树仁听了直摇头。

自从厂里工作稳定,许多人下班后在家里做活,有些人存钱买了缝纫机,除了给家人做衣服,也对外接做简单衣服、枕套被套,还有日用品的绣活。翠凤技痒难忍,冲动地说:"你不同意我也要做,天天绣着小花小草,一点意思都没有。"

不料她一接手,麻烦就来了。她的手艺好是人尽皆知的。她在家里做修补的消息一传开,立刻有艺人找上门来,一来二去,很快又传回了粤华厂。

"说得好听,还不是变相在家里接单。""只许州官放火,不许百姓点灯,陈厂那一副公正严明的派头,装得真像!"树仁收到这些闲言杂语,十分吃惊,立刻找翠凤谈。然而这活既然接了,一时又停不了,翠凤满心烦躁,完全不想跟他理论,说:"厂子大了,八婆就多,有些人自己不做事,也不许别人做?"

兄妹俩过去困苦时守望相助,同心同德,如今生活平稳了,却不时有些口角。树仁身为厂长,必须以身作则、严守厂规,而翠凤向来是喜欢突破常规的:"你们当领导的,就是光讲表面功夫,不做实事。合营没几年,许多人便私下在家里接单了。生产线只能生产统一产品,毫无创意,手艺人自己的想法完全发挥不出来。"

"翠凤,我坐在这个位置,很多人紧紧盯着的,巴不得我犯错误……"树仁知道这样要求她是不公平的,然而也只能如此了。

"我不收钱,白替别人修补,总可以吧。"翠凤赌气地说,从树仁的办公室摔门而出。树仁明白妹妹的心意,她不是热衷发财的人,她不顾辛苦地接单,无非是希望自己的想法得以实现。但树仁明白,别的工人可以逾矩,自己家是不可以的。

兄妹俩僵持了几天,翠凤仍是心里有气。两人虽然时常在车间里碰面,却无话可说。下了班,翠凤立刻急急脚走了,树仁想叫住她,犹豫半天开不了口。他毕竟是一厂之长了,不能像过去那样温和好言地相劝。兄妹俩斗着气,有一两个月没说上话。

到了端午的时候，树仁再也忍不住了。这一天，眼看着翠凤下了班，正要离开车间，他立刻将她叫住，将一个塑料网兜递给她，说："这是你阿嫂给你的，端午节的粽子。"翠凤望了望他严肃的脸，忍不住笑，还笑出了声，立刻捂着嘴，说："多谢阿嫂。"

树仁也忍不住笑，说："天天见面，都不跟我打招呼！"

翠凤的女儿黄婉白天上学，晚上回来帮着做绣活。翠凤的想法颇为乐观："以后，我们家阿婉能接班，你们家锦汉也能接班。有一家人的力量，随时都能恢复汉记。"树仁却不敢这么想。小作坊的年代已经过去很久了，现在国家的政策是"集体合作"，合作了多年，大家都习惯了流水线的生产模式。厂里有一份稳定的工作，每个月固定"出粮"，有什么理由自己"单干"？

私活毕竟比公活赚钱多，来钱快。不久，他就从各种途径得知，不少工友总是私下里接单。他自己也能看得出来——晚上工作得晚，白天忍不住打呵欠，甚至有人把私活偷偷地带到厂里做，混在一起以为不会被发现。吴书记也收到了小报告，逮过几次，恐吓着再私下接单，就要开除。不料下一次再抓住了，这些工人却是理直气壮，言之凿凿，说"陈厂长一家也接私单"。

"陈树仁你是想造反吗！你知道什么是纪律吗！你想整个单位一百多人跟着你倒霉吗？"吴书记接了通知，气急败坏地将树仁拉到跟前，瞪着眼睛批评，唾沫直喷到他脸上。

树仁没有否认，也没有辩解。他深知处在厂长这个位置，便等于站在风口浪尖上。"也好，就当给翠凤一个教训。"他心里说着，谦卑地低着头，接受吴书记的批评。

不料翠凤得知了消息，却是十分恼怒。"不关你的事，都是我的错！"她斩钉截铁地说，眼睛里闪着泪花。树仁镇静地望着她，不作声，更不说责备的话。翠凤终于冷静下来了，长叹一声，说："你之前说得对。"

这件事的处理结果，是树仁在职工大会上公开道歉，承认了自己的错误。

由翠凤写的保证书，贴在车间的显眼处，张贴了三个月。那段时间，有些工友们见了他，会露出不怀好意的笑容，甚至窃窃私语，哂笑声声，甚至不按他的意见执行工作。树仁沉住气，不动怒，提醒自己，关键时刻一定要稳住。

直到一年以后，这件事情才慢慢被淡忘。经历了这场风波，工人当中私自接单的也少了。翠凤对这件事很内疚，每每相见，总是不由自主地低下头，一副惭愧表情。树仁倒是很快就释怀了。他自当上厂长以后，一直战战兢兢、恪守本分，不想有些许行差踏错，然而即使是错了，承认错误，接受现实，日子还是要过下去的。他暗自下了决心，以后一定严格按厂的规章制度办事，哪怕有天大的理由，也不能破戒。

"我们虽是手艺人，也要行得正企得正①，不能凭着一时冲动，更不能有侥幸心理。"他总结了这件事的教训，坚决地对翠凤说。

在日复一日的生活中，孩子们如植物般一天天地成长起来。大儿子锦汉读初中了，这个少年长得十分端正，眉眼清秀，鼻子高挺，学习成绩好，而且特别会做手艺。他喜欢跑步，一大早穿着一双回力球鞋，在沿江路上来来回回地跑，感受江风清爽地拂在脸上。过江的渡轮鸣着长长的汽笛，与呼啸的江风一唱一和。树仁对于儿子的态度是和蔼的——当年自己的父亲过于严厉了，才造成自己内向的性格，他希望锦汉保持着活泼的个性。

家里虽不富裕，却也不算拮据。逢年过节，还有点余钱添些烧腊味。树仁仔细算过，很富裕是不可能的，依然如同当年父亲所抱怨的，"从朝捱到黑，发唔到达②"。家里有三个孩子，要用钱的地方太多了。好在他的工资属于领导级别，中午在单位食堂开饭，一年有两套工作服，零零碎碎能省下不少。他不希望孩子们有心理负担，从来不提家里的经济状况。小时候孩子们都学画

---

① 行得正企得正：走得正，站得直。原本描述人走路姿态和站姿端正，后引申为形容做人光明磊落，正派正直。

② 朝：早上。黑：晚上。整句意思为：从早干到晚，却发不了财。

画，要买画纸和笔，他从来不阻拦。夏天最热的时候，他带着孩子们去吃雪糕，虽不过是花几角钱，却能令孩子们快乐，他认为是值得的。

他对锦汉寄托了十分重的希望。他希望这个长子明白，人生在世，一定要有一门自己的手艺，有一份在社会上安身立命的本事，首先能养活自己，其次能奉献家人，最后是奉献社会。"你阿爷在世的时候……"树仁说着，便去翻那些旧物，成沓的账本，积年的图稿，红木衣杂箱的表面有许多磨损，里边的物什码得整整齐齐，一样样的、有条理地归类排列。

锦汉在无拘无束的环境下成长起来，他不像父亲般沉稳、内敛，他性格外向，脑子转得快，嘴巴也动得快。他的脸上总挂着温和的笑，仿佛这个世界是那么美好，从来没有什么忧愁，也不会遇到什么不幸。

锦汉喜欢骑自行车，每到空日便骑着自行车满城绕。有一段时间，广州城就像个大工地，到处在修桥修路、建高楼大厦。然而广州这座城市，从来不辜负"花城"的美誉，即使是在尘土飞扬的环境里，也能看到繁花似锦、姹紫嫣红。特别是春末立夏时节，树木抽长着新芽，野花在水泥路面的缝隙里欢乐地盛开。锦汉喜欢感受这样的美，感受大自然亲手创造出来的艺术。新建成的东山湖公园，有一片碧绿的湖，碧波万顷、水汽萦绕。湖边林木掩映、花海香涛，每当驻足，便陶醉得不想离开。

锦汉初中毕业后，没有考虑太多，进入了粤华厂。他认同自己的使命——在戏服中出生，在戏服中长大，戏服是生命中自然而然的一部分。他熟悉每一款戏服的样子，闭着眼睛就能说出一整套戏服的件料构成，前幅、后幅、肩带、腰带……树仁对于儿子的选择十分欣慰，想到多年钻研的手艺有了继承，心里更是乐开了花。

锦汉喜欢这样的安排。从童年到青年，他常跟着父亲到厂里，对于戏服的熟悉就像穿衣吃饭。他甚至脑海里早有构图，有一件件多姿多彩的图样，只等着进厂后实现。

这年轻人内心充满了激情，脸上常荡漾着笑意，待人和气，对做手艺活充满了期待。正式进厂后,他更感到欢喜,从此每天可以触摸各式各样的戏服,做工精致、形象华丽、美不胜收。

他唯一不满的,是那只一天响四次的电铃。上班时听到固然可恶,下班时听到也觉得刺耳,像有一只讨厌的手在耳朵里挠。锦慧问他在厂里工作的感受,他对锦慧说:"那只铃就像招魂铃一样,听第一遍你会坐下,听第二遍你会站起来,听到第三遍你又会坐下。"锦慧不相信,说:"一只铃哪有那么大的威力,你是神婆的故事听多了吧。"锦汉说:"信不信由你,厂里一百多人,都是被那只电铃控制着。"锦慧听了很怕,说:"那我不去上班了。"

树仁忙大声呵斥,说:"不要吓唬锦慧!"他希望锦慧将来也能入厂。他对锦慧的期望是一个更稳定、单纯的工作环境。她向来擅长手工活,而且性格文静,能长时间专注地做事,是吃这碗手艺饭的。

到了国庆的时候,厂里接到二轻局下发的通知,要营造"浓郁的国庆气氛"。树仁与吴书记仔细商量了,决定开一个联欢会,好好庆祝一番。有一件很重要的事,是安排满师仪式。过去,作坊学徒得许多年才能满师,满不满师还是由师父决定。而今厂里规定,做满三年就可以学成满师。虽然一样是工人,但学徒们的积极性高了。大家都起哄,说:"要论师父,那必须首先是陈厂。"

树仁所带的第一批徒弟,都可以满师了。九月三十日这天下午,厂里举行隆重的联欢会。学徒们排着队走到他面前,逐一给他敬酒。树仁忙摆手,温和地笑,说:"不用敬了,现在是新社会,不用这样的老规矩了。"学徒们还是轮流走到他面前,先鞠九十度的躬,然后敬酒。树仁只好碰了杯,一口吞下。几杯下肚,不由得头昏脑涨,心里却是高兴的。

吴书记在一旁呵呵地笑,说:"就这么过去?太没有娱乐性了。"于是众人起哄,说要学徒们表演节目。全厂的文艺演出安排在晚上举行,由各部门提前排练了节目,但是喝着酒,工友们还是趁机起哄,要求陈厂也表演一个。

"我哪里会表演节目。"树仁吓得直摆手,脸色都变了。他向来酒量一般,喝了几杯立刻面红耳赤,有些晕了。工友们趁着这个机会,拼命跟他开玩笑——平常怎么说也是厂长,不能轻易开玩笑的。

这学徒当中有个叫郭有民的,长相十分精神,说话声如洪钟。当下也不忸怩,站出来大声说:"唱就唱,我五音不全,你们可别笑话。"众人便都哄笑,说:"来一个,来一个!"郭有民也不怕露怯,立刻清清嗓子,唱了一首《我们年轻人》。歌声完全不在调上,又是广东普通话,仿佛一只大鸭子嘎嘎地叫,听了半天也不知道唱什么,大家笑得前仰后合。

树仁拍拍郭有民的肩,说:"好好干,以后粤华厂就靠你们了。"

郭有民挺直了腰板,露出憨憨的笑,说:"师父放心,我们不会给您丢脸的!"

树仁喝着酒,感慨万分。这是他第一次喝那么多,已经半醉了。晚上回到家,酒气未散,对着徐宁,嘀嘀咕咕说起了胡话。徐宁正巧这天运气特别好,打麻将赢了好大一笔,回来给孩子们买了水果糖,还给锦汉买了一个军装挎包,给他上班用。夫妻俩躺下来,各说各的,都特别高兴。

第十一章

故事追求的是悲欢离合,演戏讲究的是唱念做打,而做戏服,讲究的是造型、图案纹样与角色的吻合。戏服制作是一项技艺繁多、要求严格、讲究心思的手艺。一件普通的戏服,大概要一百多件块料,花样繁复的男大蟒、女大蟒,所需要的块料达两百件以上。一套戏服至少需要七八米布,同时需要大量的金线、珠片。与戏服主件相配的还有头盔、凤冠、巾幅,这些配饰同样需要花费大量工夫。

不同戏服的款式、做料、配线、图案千变万化,一套戏服最终做出来,是

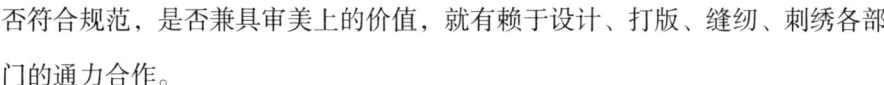

否符合规范,是否兼具审美上的价值,就有赖于设计、打版、缝纫、刺绣各部门的通力合作。

粤华厂曾一度与市绣品厂合并,成为生产绣品的超级大厂,没过半年,又根据上级部门的指令分开了。政策上的反复影响了工人们的积极性,无论是合并或分开,都是一次大变动,人事、行政上的琐事极多,对管理上的要求更多。树仁不恼不怒,他的耐心源于多年的实践,无数的历练使他变得不怕困难,对任何指令都认真执行。他望着窗外的木棉花开了又落,新叶从抽芽到凋零,意识到花开一季,轮回一季,人也一年年地成熟了。

与锦汉同批进厂的有近十个青年,安排在开料、针稿、缝纫、刺绣各个部门,设计部收的是锦汉和陈诚。经过多年探索,粤华厂建立起了一套规范的培训程序。学徒们统一三年满师,满了师都可称师父。一个师父常年带三四个徒弟,徒弟犯了错误,师父也要承担责任。这种方式既延续了师带徒的传统,又给了年轻人极大的机会。树仁亲自带锦汉和陈诚,手把手地教他们制图、打版。

树仁对于锦汉的教导十分严格。明知锦汉在家早已学会裁缝,还是按照程序,从最简单的水衫水裤教起。而锦汉对于从头学这件事,没有任何不耐烦,在这一点上,他很像旧社会的学徒,哪怕是做过千百次的活,也可以闷声不吭地做下去。

锦汉唯一觉得不痛快的,是工友们的指指点点。都知道他是厂长的儿子,背后的是非议论非常多,说他"靠父荫,大树底下好乘凉"——大部分入厂的手艺人,都是有家族传承关系的,但锦汉的身份更特殊,承受的委屈也多些。

在家里,锦汉忍不住向母亲抱怨,说:"厂里的人明里暗里地排挤我,说我没本事,是靠陈厂。"徐宁对此十分不屑,白了一眼,说:"那些八婆,爱说什么说什么!"她转向树仁,态度更为不屑:"你是一厂之长,居然一点威信也没有?任凭手下在眼皮底下说你儿子。"树仁向来不喜欢与太太争吵,仍是谦和地笑,说:"大家都是工人,不分高低,没有手下这一说。"他认为手

华衣锦梦

艺人靠手艺说话，只要手艺好，大家都会尊敬你。他替锦汉解决问题的方法，是给他大量的图稿、开小灶，讲解制衣技巧。

有一件应江兰馨的要求设计的演出服，树仁让锦汉学习负责，锦汉兴高采烈地接受了。他照着自己的理解，开布料，画尺寸——对于这个年轻人来说，实在没有"犯错误"的概念，看到设计稿的样式新颖独特，便很有兴趣尝试。他精心绘制了图样，定好流程，给树仁审阅。树仁仔细地看了一遍，点点头，教他怎样报办公室批流程。

办公室按照树仁的指示，很快就批了流程。但锦汉到开料组时，却被做剪裁的珍姐拉住。珍姐举着他的图稿，笑着问："这个是什么？看起来很复杂。"

锦汉做了个鬼脸，调皮地说："我不告诉你，反正按尺寸做好就是了。"珍姐看了半天，摇摇头，说："浪费了材料，你自己要掏腰包赔的。"锦汉爽快地点头，说："只要能做出来，多少钱我都掏。"珍姐哈哈大笑，说："你有多少钱啊。这一扣就是你半年的薪水，你吃什么？"

锦汉虽然向来乐观，听到这么大的损失，一时还是吓得变了脸色。

珍姐笑得更大声了，亲昵地拍着他的肩，说："吓吓你而已！"

到了针稿部，小侯姐也摇头，说："你这个新叶连片，针脚太密，绣出来太厚实，不轻盈。"

锦汉本来对自己精心设计的荔枝图十分满意，听她这么说，吓得冒出了一头冷汗。回来再仔细请教了父亲，连夜赶工，把不合理的部分统统删去。

最后衣服到了刺绣部，又遇到了问题。锦汉为荔枝叶配了淡雅的色调，从浅豆绿到湖绿，逐渐过渡，与鲜嫩欲滴的荔枝相呼应。没想到，刺绣部的钟秀玲思考许久，摇摇头，说："你配的这几个色去哪里找？"

锦汉简直是气馁了。多年在家里帮衬的经验，使他觉得自己完成一件剧装易如反掌，结果问题竟然一而再、再而三地出现。好在这个年轻人，对于一切问题，都认为是可以解决的——在这一点上，他像他的祖父陈斗升，面对困难不会悲伤沮丧，换一条道走便可以了。

然而新的问题层出不穷。在周一的领导例会上，刘佑行提出了反对意见，他态度激烈，说："不是演员说做什么，我们就做什么。"然后批评了新学徒一番，说他们浪费材料，不经批准，私自让工友做单。

树仁对此据理力争，表示学徒们要有练习的机会，在技艺上允许"试错"。两个人各有立场，毫不相让。其他人自然地分成了两派，有赞成的，也有反对的。吴书记对于生产方面从来不多干涉，只强调"不能扰乱车间的正常工序"。

锦汉眼看将要完工的衣服，突然就停滞了，心里不由得冒火。他去找冰姐、珍姐，完全没有人理他。碰了几次壁，慢慢地有些沮丧。最后知道是刘佑行下的命令，气得想甩手不干。有一天，在车间里与刘佑行撞个正着，忍不住当面抗议，说："这难道不是厂里的单？又不是我私自接的活。"刘佑行从鼻子里"哼"出一声，黑着脸说："想做什么就做什么，你当这个厂是你们家开的！"锦汉被当面斥责，气得脸都红了。

这件事最终的解决方式，是江兰馨打电话到二轻局投诉。

从此刘佑行更是处处跟锦汉过不去。一见他到大车间，便不怀好意地盯着，或者皮笑肉不笑地问："陈大少，又想干什么？"他私下里嘱咐各个车间，没有领导的批准，不许私自插活。粤华厂本来有不少散单，顿时都停滞不前。树仁追问了许多次，工友们迫于刘佑行的压力，不敢再动工，只有私下里央求，说："你们领导之间起争议，先说清楚再下命令。"

所幸锦汉入厂后，技术不断地进步。他完全承袭了父亲的天赋，于手艺上一点就通。树仁是在汉记劳作多年，才学会了裁剪、缝纫，锦汉是东摸摸、西摸摸，凭直觉便把一件衣衫琢磨出来了，领悟得又快又好。

他还主动要求去刺绣部"偷师"。刺绣部三四十个绣娘，只有他一个男的，每次一进绣房，便感受到了尴尬的氛围。有些姑娘害羞，深深地低下了头，有些阿婶则是低声嘲笑。锦汉也不怕，不理会别人说什么，只管自己埋头绣。在刺绣部做了三个月，懂得了各种绣法，粘、连、盘样样都学习了、学会了，又打报告调到别的部门。到裁剪、车缝各处都学习了，最后还申请去了靴鞋部，在热腾腾的锅炉边待了半个月，亲手制成了一对高帮靴，这才高高兴兴地回设计部。

这年年末，粤华厂出了一件大事。

厂里有个年轻女工跟供销科的一个男同事谈恋爱，下了班没回去，躲在车间里幽会，被值班的刘叔发现了。据刘叔说，当时是晚上七点左右，他吃了饭，拿了手电筒，从三楼开始巡，走到二楼楼梯口的时候，突然听到楼梯间有很明显的响动。他吓得不轻，壮着胆子慢慢踱下楼，手里拿着大手电不停晃动，结果照到了一对缠绕的人影。两个年轻人怕被抓到，立刻拉了手跑，将衣架子撞得东倒西歪，挂着的成衣倒了一地。这又酿成了大祸，其中一件女帔跟衣架子缠在一起，被撕成了两半，另一件官衣破在正当中，不仅是缝纫的问题，还得重新绣补子。

出了这样的事，首先是要追究当事者的责任。两个年轻人被勒令公开检讨，厂里扣了薪水，并在思想大会上严厉批评。另一方面，弄坏的戏服立刻进行修补，缝纫部和刺绣部都要加班赶工。这额外增加的工夫，更使得工友们对这对恋人指责纷纷。

女方受不了这样的非议，主动辞职。这姑娘在粤华厂工作了快三年，正要满师，却遭遇这样的变故，几乎将她的前程和人生都毁了。听说她辞职后，立刻回了云浮老家，很快就嫁人了。

这件事之后，工会加强了对厂里男女青年的"关怀"。工会主席小玉姐挨个找未婚青年谈话，然而收效甚微。姑娘们总是羞涩地一笑，说"都唔知你讲乜[①]"。男青年们则是哈哈大笑，爽快地跟小玉姐说："放心，我才不会喜欢车间的姑娘呢，一天到晚只顾干活，都没看清她们长什么样。"

[①] 整句意思为：都不知道你在说什么。

私底下调查,厂里的年轻恋人还真不少。粤华厂毕竟是个近百人的大厂,这几年新招了不少工人,个个都到了适婚年龄。刘叔也很懊恼,说:"不吓他们就好了,越跑越出事。"他下了班在车间里巡逻时,常遇到偷偷摸摸的恋人,只是不是抱在一块儿,他便不再作声,也不会拿手电筒去晃了。

树仁也密切关注着锦汉的"个人问题"。他心里是担忧的,表面上却不动声色,和蔼地对锦汉说:"你要是喜欢上了谁,告诉我,我去帮你提,千万不要偷偷摸摸的。"

锦汉羞涩地笑,想了想,摇摇头,说:"我没有跟谁谈恋爱。"

他说的是实话。每天一进厂,他所有的注意力都在手艺上,到这个车间看做工,到那个车间请教问题,忙得不亦乐乎,从来没有边干活边偷瞄过哪个姑娘。

即使是这样,关于他的流言蜚语还是源源不断。树仁是一厂之长,锦汉年纪轻轻,便能在设计部独立负责设计,前途不可限量。锦汉还没那个心思,老工友们却是十分热心,经常拉着他问,"你到底在跟谁谈恋爱啊","有心事一定要跟老师傅说啊"。

树仁不得不再三叮嘱:"你不要自作聪明,行差踏错,被人抓住把柄。"他深知有些人见不得别人好,总盼着陈家父子出点事。

说起来,锦汉已经到了该谈恋爱的时候。这个快乐青年,见谁都是笑眯眯的,但是对谁也没有那个意思。树仁觉得自己吃了包办婚姻的亏,很想让儿子找个中意的,可是锦汉对谁都是一团和气。

不过随着年纪渐长,这个年轻人也渐渐开了情愫。

他喜欢包揽一些别人不愿意接的设计活,通常是工艺复杂的图样,或者是创新的改动。设计的新款虽然漂亮,却十分费工夫,老工友们自然是不乐意接的。每次锦汉拿了图样去刺绣部,总是被老工友起哄,说他:"冇事揾事做①!"锦汉不敢跟前辈顶撞,只好低着头走向车间刘主任,殷勤地递烟,

---

① 整句意思为:没事找事做,指责别人多此一举,增添了不必要的麻烦。

问:"哪个绣工最好?最肯干?"

"你让刘瑞芬做。"刘主任努努嘴,"左排第二个。"锦汉顺眼望去,只见是一个干净齐整的姑娘,穿一身深蓝的工作服,梳一个简单的马尾,两边鬓角的碎发把脸遮得快瞧不见了。

刘主任介绍说:"阿芬是年轻绣工里最认真的,经常埋头干活一两个小时,连水都顾不上喝。"锦汉偷偷观察着,果然见其他女工绣一会儿便去倒水喝水,上个厕所,闲聊几句,只有刘瑞芬总是全神贯注地对着活件。

"那个……小刘,你出来一下。"锦汉突然不好意思起来。

刘瑞芬在绣间里缓缓回头,看到锦汉,慢慢地走到门口,礼貌地问:"你找我?"手里还拿着花绷,绣的是一朵含苞待放的荷花。荷花花瓣层层叠叠,颜色淡淡地晕开,淡得几乎跟湖水化为一体。

后来锦汉才知道,刘瑞芬是刘主任的外甥女。锦汉既然问起,当然是推荐自家亲戚。不过刘瑞芬的活计实在好。别人做绣活,能省则省,组长说用三组线,自己绝不会用到五组,比照图样绣完便算。她却是十分用心,手工细腻,加些颜色,加些层次,一样的花色,她绣的总是比别人的生动些。锦汉托她做的绣活,她一点也不推辞,做不完便加班加点。锦汉每次经过绣房的玻璃门,都特意多望几眼。只看到她柔和的侧脸,乌黑的大眼睛盯紧了绣活,眼神专注而清澈。

粤华厂的刺绣部是所有部门最重要,也是最忙的。戏服上各种复杂的绣样已经是任务繁重,除此,台帷、神功物最重要的也是绣样。这几年又流行用广式绣品作为纪念品,赠送给外宾,刺绣部经常日夜赶工,还是忙不过来。眼看着每个月订的计划几乎完不成,外事部又不断打电话来催,树仁便计划成立一个刺绣二部,再招一批绣娘。他甚至想好了,将刺绣部分成专做戏服样件的和专做绣品的,做绣品又以外发货为主。

这计划一提出,自然又有了不少人反对——大厂开会总是这样,总有一部分人支持,又有一部分人强烈地反对。刘佑行的反对意见最多,在会议上,他狠狠地将流程表甩在桌子上,大声抨击树仁,说他"胡乱发展,不顾工人死活"。树仁本是不喜欢争论的人,但为了推行自己的想法,慢慢地变得必须要跟刘佑行吵。厂子大了什么人都有,有些工友贪图安逸,不愿意工作量有任何变化,反而特别支持刘佑行。

两个人争吵过几次,毫不相让,会议毫无结果、不欢而散。这么拖延下来,一个议题总要争执半年才见结论。散了会,树仁铁青着脸,走进设计室,看到徒弟们都在认真钻研,这才觉得心情舒畅了些。刘佑行看见了,冷哼一声,也对自己的徒弟说:"一起到我的办公室开会!"

刘佑行的儿子叫刘志军,是跟锦汉同批入厂的,一入厂便进了供销科,从来没真正接触过手艺。刘佑行除了自己跟树仁比,还喜欢拿自己儿子跟锦汉比。刘志军继承了他的好传统,性格外向、交际广泛,很快便团结了供销科的一班弟兄。

"每次一见你进绣房,我就想笑。"刘志军半开玩笑地跟锦汉说。

锦汉望着他的脸色,直觉觉得不是什么好话,一时又不知怎么回应。

"我怕你在里边坐久了,变成女人!"刘志军说完,哈哈大笑。站在他身后的一班"兄弟"也跟着笑起来。

"做女人也没什么不好啊。"锦汉仰着脸,半开玩笑地说,丝毫没有表露出一丝生气。

他作为厂长的儿子,从入厂的第一天便承受了各种压力,甚至是恶意,然而他不怕。他知道自己必须承受压力,正如父亲身为厂长,承受着更大的压力。他相信,只要自己挺直了腰板,堂堂正正地做人,便没有什么可惧怕的。因此,他的脸上总是笑容比愁容多。在粤华厂工作几年,也交了不少正直、诚恳的朋友。

是否成立外发部的问题,厂里争论了半年多,最后还是按树仁的想法执行了。正式收到上级部门的批文后,粤华厂成立了刺绣外发部,引进了一批新的绣娘。树仁打铁趁热,将车缝、针稿都分成了一组二组。同性质的部门多了,就能引入竞争机制,根据产品质量打分,月底按分数发奖金——这正是刘佑行等人最担心的。但在树仁的努力下,这些有利于推动生产的政策还是一步步地实施了。

粤华厂除了制作戏服,也承担了制作对外工艺品的任务。锦汉接了个任务,要设计一幅能代表广州的作品,送给访穗的外国友人。锦汉便琢磨着,能不能做更好的绣品。在派了几次刺绣活后,刘主任也忍不住当面甩脸色了,说他"额外加任务,制造负担"。锦汉总是笑嘻嘻的,谦卑地道个歉,然后冲绣房勾勾手,让刘瑞芬出来。

刺绣部的一组组长钟秀玲也常跟锦汉合作。钟秀玲年纪只二十出头,手艺却是整个刺绣部最好的。这种好不是精细的好,而是她懂得开动脑筋,勇于思考,配的色总比一般女工的巧妙。她一进厂,就发挥了这种近乎天赋的才能。慢慢的,刺绣部几乎所有的配色都要问她的意见。分了组后,钟秀玲当选为一组的组长。

锦汉很喜欢跟钟秀玲合作。两个人在一起合作研究,常常能研发出一些别人闻所未闻、见所未见的绣法。

很快的,风言风语在车间里蔓延,都传说锦汉跟钟秀玲谈恋爱。厂里已经发出号召,鼓励男女职工"内部问题自己解决"。得到了领导层的认可,厂里果然多了不少恋人——年轻人朝夕相处,总是容易产生感情的。这风声很快传到树仁耳朵里,他忙急着问锦汉。锦汉一听,反而吓了一跳,摸摸脑袋,说:"我们只有工作,全都是工作。"树仁听了,放下心来,又有点怅然若失,说:"这个姑娘我接触过,我觉得你们不合适。不过你真要谈,我也不反对。"

锦汉对于这件事,实在是不清楚。他只知道不知从什么时候起,姑娘们对于他有一种暧昧态度。有的是羞涩地冲他笑,有的是以工作为理由,不时找他说闲话。他谨慎地回避着,不想跟她们有什么纠葛。对于他来说,过多的交情会让他在安排工作时张不开口。他当然也要恋爱结婚,可是他所有的热情都给了设计,没考虑过自己喜欢什么样的姑娘。

自从流言传开,钟秀玲总是一见他就脸红。她向来大方开朗,说起工作一是一、二是二的,如今却开始垂眉低眼,说话也不利索了,这令锦汉忍不住着急。在工艺品的制作上,向来是需要花费大量耐心、需要专注的,他希望钟秀玲能全心全意地帮忙。

钟秀玲总是假装忙碌,说分不开身。他没有办法,只得去找刘瑞芬。刘瑞芬一反常态,硬邦邦地说:"唔得闲①!"她明知锦汉要找她,却一头埋进花绷里,专心地绣着,一整天也不出绣房。

锦汉这时才感到着急。他有时望着那个专心的背影,很希望她抬起头来。但是抬起头来做什么,他也不清楚。他有时借着其他任务,到她身边转悠。看到她抬头,便向她玩闹般地一笑,还眨眨眼睛。瑞芬起初不理他,几次之后,还是被他逗笑了。

锦汉这才明白一朵荷花已经种在心里了。他喜欢的这个姑娘,有着白皙的皮肤,眼睛大而明亮,每天紧握着花绷,神情专注。想明白了这点,下次再见刘瑞芬时,他的眼神便不一样了。这种与众不同的亲切,刘瑞芬也感觉到了,她望着他一会儿,忍不住笑,说:"你老对着我笑干什么。"说这话的时候,她正端着饭盅去食堂打饭。锦汉借着饭盅的掩护,将一只绣好的小荷包塞到她手上,说:"我昨天晚上绣的,你看好不好。"

刘瑞芬打开荷包,只见是普通的绸缎碎料,一片晕成湖蓝色的水面上,挤挤挨挨的荷叶间,生出一枝并蒂莲,两生的花蕾,一朵是白的,一朵是粉的,花色淡雅,衬着周围的莲叶和白雾,超然若仙。

刘瑞芬明白并蒂莲的意义,忍不住甜蜜地一笑,将小荷包重新包好,郑重地放进工装口袋。

---

① 得闲:空余时间,闲暇。唔得闲:没有空。

两个人若有似无的,又"互助"了一段时间。锦汉为了避嫌,总是拉着陈诚一道,打着"女士优先"的旗号,处处讨刘瑞芬好。陈诚看得出他的心意,极有义气地替他掩饰。刘瑞芬不动声色地享受爱情的甜蜜,脸上红扑扑的,眉眼里全是笑意。

刘瑞芬做的绣活精致,于构图配色上却始终逊于钟秀玲。锦汉接了设计绣品的任务,考虑半天,还是决定"抛弃"刘瑞芬,找钟秀玲帮忙。

锦汉常去机绣厂"取经",听了广绣的辉煌史,他跃跃欲试,一心想做出传说中"像油画一样"的绣品。钟秀玲绣艺超群,在这方面是最能帮忙的。她只要看到图样,像能想象出成品的样子,哪个地方有可能出差错,哪个地方可能配色不成功,总能说个八九不离十。刘瑞芬虽然手艺精致,却没有这种天赋。

两个人为了创新作品,常凑在一起热烈地讨论。刘瑞芬看在眼里,有些不高兴,忍不住对锦汉说:"你为什么找她,不找我?"锦汉嬉笑着说:"她是组长,有事总应该先找她,不可能把事情绕过她,这也不利于你的工作。"刘瑞芬向来性格温和,这一次却起了小女孩子心性,对着锦汉嗔怪,说:"你明明就是嫌我手艺不好,我不如她。"锦汉忙摆手说"不是,不是",好声好气地安抚,说:"我只是找她请教,定好方案就不找她了。"然而第二天,他还是一大早去找钟秀玲,两个人在设计室,低着头说话许久。刘瑞芬真的生了气,再看到他时,故意将脸扭到一边,不管他说什么,统统装作听不见。

这样赌气了几天,锦汉没办法,只好托陈诚递了一张小纸条,约她周末在越秀公园见面。

到了约定这天,锦汉打扮整齐,穿一件新的白衬衫,一早便站在了越秀公园门口。他心里是羞涩多于着急,隐隐意识到这是男女恋爱的开始,是要对这个姑娘负责任了。到了约定的时间,刘瑞芬低着头、红着脸,慢慢地从公园收费亭背后走出。她也是精心打扮过的,穿着崭新的的确良衬衫,两个发辫上都绑着红蝴蝶花。两个人进了公园,顺着上坡路慢慢走。锦汉酝酿了一会儿,终于鼓足勇气，说："你不要不理我，谈工作有什么好生气的。"

刘瑞芬涨红了脸，想了好一会儿，说："我不生气，谈工作有什么好生气的。"两个人这么对上了话，大体是和好了。锦汉恢复了活泼，一步三跳地走在山路上，看到路边伸展出来的一朵小雏菊，忙蹲下身，轻轻地摘下。他用两只手指捏着，将花送到她面前，说："这也值得生气的，说几句话而已，难道跟你在一起，就不能跟别的工友说话了？"

刘瑞芬听他这么说，忍不住笑，可仔细想想秀玲，她就觉得有些危险。两个人日日为同事，女孩子的心思多少能猜着些。她略微犹豫着，想怎么说才好，一时又想不出来，只把一个手缝的荷花钥匙扣放在他手上，说："送你一个钥匙扣。"锦汉乐呵呵地接过了，说："其实你的手工很好，不输给秀玲。"刘瑞芬脸一黑，故作生气，锦汉忙接过，说："好了好了，不说她了，说我们自己的事。"

锦汉对于绣品有着独特的理解，他经过无数次设计，无数次实验，终于做出了自己理想中的纪念品。

这幅作品名叫《鱼游图》，画面上是六条小鱼在嬉戏。小鱼儿拼命游动着肥短的身体，在流动的水草间嬉戏。为了营造出这种照片一样的效果，在构图上引用了西方透视法，体现小鱼们分布的大小、高低各有不同。小鱼的身体分别以红、黄、黑三色为主，颜色渐变，在鱼的不同部位颜色轻重有侧重，体现出光线的差异。

锦汉对于这幅作品的设计，是酝酿了许久的。为了突出小鱼的立体感，要求用丝线累叠的方法，线上加线；为了立体感更强烈，又要求针脚短、留水路。最后，绣面上的小鱼有了橘红色的鱼骨，淡白的鱼肚，微微扭曲的鱼腹上，淡淡的阴影显出嬉戏时的用力，像活的一样。

《鱼游图》产生以后，在绣品界引起了不小的轰动。一直以来，广绣界一直热烈地讨论着，能否打破绣品平面、构图单调的特点，做出浓墨重彩的油画效果。如今，经过几代人的努力，居然真的探索出了一条道路。作品在全市轻工业美术工艺品展上获了金奖，参展之后，它作为粤华厂的纪念作品之一，放在了厂的展藏室里。

锦汉继续探索，尝试创作难度更高的、有形有色、动态分明的绣画。他设计了包括孔雀、鹧鸪、画眉在内的《百鸟朝凤》，色彩艳丽、形象逼真，单是孔雀羽毛上的颜色就数不胜数。藏了梅、兰、松、柏四种植物的"福"字，同样是丝线叠加的绣法，细如发丝的松针精致得枚枚不同。

有了如此成功的作品，厂里终于大力支持他，由他领导设计部、刺绣部通力合作，大胆地创作了《红楼》《西厢》。那已经是登峰造极的绣法了，无论是用针还是用线，都精细到极致，以绣品的形式呈现工笔画效果，兼顾光与影的协调。每一个人物都有立体的五官、细致的眉眼，形态生动、风姿绰约。人物画中，手部线条是最难处理的，锦汉研发的绣品，能把人物的手也恰如其分地刻画出来。衣服的褶皱讲究虚实结合，为了真正展现出层次感，刺绣部的同事没日没夜地工作，每天绣十几个小时，只为了绣出巴掌大的衣衫一角。

在工会组织下，厂里单身男女的问题又提上了日程。工会组织了运动会、舞会，都是为给年轻人制造机会。一旦发现厂里的哪位男青年对谁有好感，便立刻问他们什么时候结婚。

刘瑞芬也有了想法，她是正经的大姑娘家，对恋爱事是要避忌的，假如大家发现了她跟锦汉谈恋爱，而她又不承认的话，在车间里是待不住的。想到可怕的后果，她忍不住主动提起，催促锦汉公开。锦汉打定了主意要结婚，却总是找不到合适的机会跟父亲说。

这天中午，大家一起去食堂吃饭。

锦汉端着碗先坐了，每到这个时候，他总是故意离父亲远远的。

恰好饭桌上只有三个人，刘瑞芬也不隐瞒了，笑眯眯地将自己碗里的一块肉夹到锦汉碗里。锦汉觉得心头甜蜜蜜的，忍不住笑开了花，赶紧将肉夹回到她碗里，说："你瘦，吃多点。"钟秀玲在旁边看明白了，低下头，默默地扒拉着碗里的饭。

两人是合法恋爱，却总是感觉像做亏心事一般。不管是逛公园还是看电影，总要像贼一样，到处观望有没有人。周围的风气便是如此，一方面提倡自由恋爱，可是男女交朋友，就好像做了什么违法的事。要么是在父母的督促下，先登记再恋爱，要么就得向单位报告。锦汉每天见到瑞芬，总想正大光明地走在一起，又有些犹豫，有点不好意思。刘瑞芬不怕别人知道，然而既没有公开，便不敢主动跟他走在一起，每当听到有大姐给锦汉介绍对象，便狠狠地瞪他。

这样偷偷地谈了半年多，眼看是越来越多的人知道，锦汉终于鼓起勇气，要向父亲坦诚。这天一早，眼看树仁开完了会，回到厂长办公室，他忙跟着走了进去。他正要开口，突然又觉得自己愚蠢无比，这是家事，应该是回家说的。

树仁已经看到他了，并且看出了他脸色不对劲，立刻紧张地问："怎么了？"

锦汉只好深吸一口气，将事情说了，顺便向"领导"请示，能不能开介绍信去领证了。

树仁又惊又喜，想到儿子终于能够成家立业，高兴得直咧嘴，全然掩饰不了情绪。他搓着手，高兴得不知说什么，想了半天才说："总要先到我们家吃个饭吧，哪能立刻领证？"锦汉挠挠头，说："你还不知道是哪个吧，刺绣一车间，左排顺数第二个。"

树仁从来没那么高兴过，笑着说："知道，知道，全厂这一百多个职工，谁叫什么名字长什么样，我全知道。"但说着就打开档案柜，要翻这个姑娘的档案。

锦慧高中毕业后，也进了粤华厂。

她从小到大，都是一副天真烂漫的样子，笑容淡淡的、纯纯的，喜欢藏在戏服架子里玩捉迷藏。长到十多岁时，她像所有这个年纪的姑娘一样，变得内向羞涩，跟不熟的人说话就脸红。小时候她很会读书，成绩很好，在陈家这个没有读书人的家庭里，简直是个异类。然而读到初中，就开始吃力了。树仁考虑再三，最后还是让她进粤华厂，走手艺人的道路。

锦慧入厂的压力，没有锦汉那么大，毕竟厂里向来需要会手艺活的女工。她又是寡言少语的性格，分在了缝纫部，便一天到晚安静地踩着衣车。

然而麻烦却是提早到来。

女孩子结婚的年龄要比男孩子早，从她一进厂，就已经到了可以谈恋爱的年龄。工会关心过她的"终身大事"，一些年轻的男工，聚在一起闲聊时，常互相打趣说："你是不是喜欢锦慧？"问的人是嘻嘻哈哈，答的人却十分严肃，拼了命地摇头，说"我跟她从来没说过话"，怕被别人说"贪图富贵""攀附权势"。锦慧一天到晚不作声地哗哗地踩着衣车踏板，却总是听到身后飘来的闲言碎语。她不知如何回应，也不敢回应，只能装作没听到，把头埋在衣料堆里，羞得脸色绯红。

她在缝纫部，不声不响的，车衣服很快，手也巧。她车出来的线最直，线路扎实，看着便是好功夫。车间主任常夸她，说"不愧是陈厂的女儿，天生的好手艺"。说得多了，更惹人嫉妒。她虽然是一样的埋头工作，一样的工资收入，却一个知心朋友也没有。

只有一个人，敢毫无避忌地跟她开玩笑，这个人便是刘志军。刘志军是个永远活泼开朗的主，脸皮厚，什么玩笑都敢开。他向来是待在供销科的，自从厂里号召适婚青年及时解决问题，他便常到车间乱窜，大言不惭地说要找对象。大家习惯了他的油腔滑调，也不计较，闲时有的没的跟他开玩笑。刘志军便到处搭讪，锦慧最容易害羞脸红，就更喜欢逗她。

不久，厂里边谣言四起，说刘志军跟锦慧在谈恋爱。

据说，这件事是刘志军自己亲口透露的。他常黏在锦慧身边，跟她有一句没一句地说话，干些跑腿的活。

树仁也听到了这些风言风语，十分不高兴。撇开与刘佑行的矛盾不说，他不喜欢过分活泼、没有手艺的年轻人。在他的印象中，供销科的最喜欢耍嘴皮子，不好好研究手艺，反而在偷工减料上做文章。

工友们私底下议论，都是不看好的态度，说刘志军性格不踏实，不是个好老公的料。"锦慧太老实了，跟这样的人在一起，肯定吃亏。"热心的阿叔阿姨忍不住提醒锦汉，让他"看好"妹妹。但锦汉一心只顾着设计，不爱管闲事，更不好意思干涉妹妹的感情问题，只能挠挠头，说："刘志军只是嘴巴贱一些，他们俩不合的。"兄妹俩虽然在一个厂上班，但工作时间不好交流，晚上在家里，锦慧忙着收拾家务，锦汉也不好意思跟她提。他只希望锦慧能一直单纯、羞涩，白天兢兢业业地工作，下了班跟姐妹们喝碗糖水，逛逛街。

刚入厂的年轻人，工资刚够自己的伙食。不过锦慧并不放在心上。她自己没有大的开支，留一点零用，剩下的交给母亲。刘志军不时围在她身边，唉声叹气，说："这么点工资，刚够吃饭，将来娶老婆怎么办。一个月三十四块五，一年四百一十四块，十年四千一百四十块……"锦慧忍不住笑，说："账不是这样算的，工资会提的嘛。"刘志军唉声叹气，说："怎么提，两年加三块，五年加四块，算了吧，我有生之年也加不到五十块。生活稳定，日子总是一样，仿佛一眼能看到头似的。"

他一边嘴碎地抱怨着，一边积极地寻找赚钱路子。摆过地摊，卖过木棉花干、野生草药、翻版磁带。工友们爱打趣他，却也不得不佩服他"窿路多[①]"。"靠死工资是不行的，发财的路子到处都有，要自己找。"他摆出一副苦口婆心的样子，认真地跟锦慧说。

有一天，他拉着锦慧到楼梯间，让她看堆在楼梯间里的废料。他拾起一块巴掌大的棉布，痛心疾首地说："这些布料真浪费，下个月就要找人收走，你说可不可惜？"

"厂里已经安排好了，可惜也没办法。"锦慧睁着大眼睛，天真地说。

---

① 窿：窟窿和孔洞。路：通道。整个词解释为：可走的路很多，引申为主意多，办法多，门道多。

刘志军告诉她，自己想出了一个好办法，能让这些布料发挥用处："可以凑合出几只枕套，这么好的布，肯定能做成枕套，比当作垃圾扔掉好多了。"锦慧惊讶地点点头，几乎不敢相信，这么"有技术"的想法，是从他脑子里想出来的。"你赶紧做，我相信肯定能做出来的。"

锦慧手艺好，动作快，车衣服向来是整个小组里产量最高的。刘志军把布料打包好给她，她只用了几个晚上，便车出了一批"拼接式"枕套。五颜六色的布面，颜色搭配巧妙，大略一看，还以为是精心设计的。

刘志军高兴得手舞足蹈，夸她"真是个天才"。他立刻利用周末，找了个热闹的十字路口，把这批便宜的枕套卖出去。周一见到锦慧，立刻给了她几张五毛、一毛的票子，让她"多做点"。锦慧拿着钱，惊讶地睁大了眼睛。她长那么大，从来没拿过这么多的钱！第二次刘志军将碎布给她，她更花心思了，将只有巴掌大小、已经无法裁剪的碎布拼成了汤婆子外罩。能做枕套的，不仅找出了相配的颜色，还利用三角形、四方形，拼成公鸡图案。做好了布面，在右下角绣上"为人民服务"的字样。

没过多久，麻烦便来了。很快车间里有闲言闲语传出，说"厂里风气不好，干部子弟敢把公家的东西带回家"。厂里工友之间的关系向来亲密，白天一整天在车间里，晚上互相走动，在巷子里乘凉聊天，一举一动都瞒不了人。树仁听了这样的消息，知道"无风不起浪"，立刻去问锦汉。锦汉正忙着研发产品，没日没夜地待在设计室里，什么都没听见。树仁摸摸脑袋，长长地舒了一口气，说："都是空口说白话，冇嘢揾嘢讲。"

这天一大早，吴书记把树仁叫进办公室，狠狠地批评了一顿。树仁完全摸不着头脑，听吴书记连说带骂了一顿，才知道锦慧闯了大祸。

"你让我说什么好，你这个领导是怎么当的！"吴书记忍不住歇斯底里地咆哮。

树仁无可反驳，只好默默地接受着批评。

处分很快便下来了，刘志军和陈锦慧偷拿厂里的财物，属于严重违纪行为，要在厂内通报批评，公开读检讨。刘志军倒是无所谓，咧嘴一笑，说自己"年纪细，唔识世界①"，全然不放在心上。锦慧脸皮薄，立刻便捂着嘴哭了起来。

厂里开大会那天，锦慧颤抖着走上讲台，断断续续地读完了检讨，一边读一边掉眼泪。回到车间更是号啕大哭，无论谁劝都止不住，整整哭了一天。随后的几个月，她都不敢在厂里多说多动，每天便埋头在缝纫机上。她见到领导便赶紧躲开，看到工友聚在一起闲谈便紧张，不敢与人对视，生怕看到别人脸上有一丝笑容，这种情况直到半年后才缓和。回家就把自己关在床帘子里，半天不出来，或做针线，或闷头看书。

锦汉在台下看着妹妹，感觉自己脸上也火辣辣的，心里各种难过说不出来。可是这件事不算被冤枉，毕竟锦慧也有错。他只能佯装镇定，面无表情地接受着工友们的指指点点。他不在乎自己被连累，只希望锦慧不要太难过。

树仁也觉得不好受，仿佛一记无形的巴掌打在自己脸上。他毕竟经历了无数的风风雨雨，什么都看透了，看到女儿已经惶惶不可终日，不忍再责备，只淡淡地说："知道错就好。"

第十二章

周末，锦汉被陈诚拉着去了圣心大教堂，听福音课。

圣心大教堂坐落在一德路，教堂门前车来车往的十分热闹。这座广州城最大的教堂，闹中取静，于喧嚣繁华的闹市中，突显一派庄严肃穆的样子。

厚实的花岗岩砖墙，哥特式的尖塔结构，使圣心大教堂看上去富丽堂皇，

---

① 细：指物体的小，也指年龄的小。世界：指广阔的世界，也指世界观。整句意思为：年纪小，不懂事。

充满神圣感。与许多著名大教堂不同的是,圣心大教堂处于广州最繁华的交易市场,常进去做礼拜的,很多是在附近干苦力活的穷苦人。锦汉从来没考虑过信仰问题——他受父亲的影响,最大的信仰便是爷爷陈斗升。陈斗升去世时,他还年幼,对爷爷的音容笑貌并无太多印象。长大以后,为着技艺上的长进,他常翻看爷爷遗留下来的旧图稿,在那些苍劲有力的毛笔字中,在那些一丝不苟的数目账中,他感受到了强大的力量。他也习惯了像父亲那样,初一十五烧香,对着神台上的祖先,默默地诉说自己的心事。

陈诚却执意拉他去,说:"你去感受一下,人多少得有点信仰。"他没想到陈诚这个性格沉静,午休时间喜欢读《红楼梦》的人,竟然也喜欢听西方的布道。

锦汉跟随着陈诚踏进了圣心大教堂的大门。这座教堂历史悠久,由于几经磨难,经历了几次大整修,显现出一种饱经沧桑的沉重感。走进宽敞明亮的教堂,像走进一个充满归属感的家园。教堂里坐满了人,却很安静。大家都微闭着眼,双手交叉,静静地等待着神父开讲。

教堂里的宏伟和安详,能让浮躁的心瞬间安静。庄严的圣诗响起,带着一种说不出的感动。每到周末,教堂里前前后后坐满了人。在附近拉平板车的工人,穿着汗衫,忙得后背濡湿了一块,也偷闲来听教义。

锦汉随着陈诚坐在最后一排,远远地听着敲钟声传来。圣诗响起来了,在宽敞的教堂上空萦绕。神父一手拿着《圣经》,一手不停地比画,缓慢地、有力地宣讲着教义。

圣诗的旋律清澈而悠远,锦汉走神了。他仿佛看到一群五颜六色的精灵,从自己的身体里跑出,在空气中游荡、徘徊,不断盘旋。它们最终落在设计纸上,手舞足蹈,幻化成各种图案。这些图案绚丽多彩、大胆奇特,仿佛是从另一个想象世界而来,它们是用生命化成的,它们的绚丽就是生命的绚丽。

做完了弥撒,神父站在教堂门口,亲切地送走每一个人,然后冲陈诚招招手,让他们进内室。"朋友从家乡给我捎来了一些点心,你们尝尝。"神父和蔼地说。内室墙壁上挂着一幅十字架绣像，看来是陈诚的作品。

去过几次后，锦汉也与神父熟识了。神父特别喜欢有中国特色的技艺，他收藏了很多广彩瓷盘，叠得高高的，锁在橱柜里，说要"带回国送亲戚"。锦汉为感谢神父的厚爱，精心设计了一幅龙像送给神父。神父十分开心，不停地说："让人惊奇的中国技艺。"

在神父的办公室里吃茶的时候，锦汉提出了一个自己思考已久的问题："神父，你说上帝真的会主持正义吗？"

神父亲切地问："你认为不会？"神父在广州住了二十多年，不仅会说中文，而且是带广东腔的中文。

锦汉便问道："你说上帝保佑好人，可我们不是好人吗？我们每日自食其力，勤劳地工作，为什么却过得这样苦？"

神父略微凝神，微笑着说："你觉得苦？你现在有衣穿，有饭吃，父母健在，还有很好的朋友，哪里苦了？"

锦汉本来期待神父对症下药，没想到得到了这样的答案，一时愣住了。陈诚觉得有趣，拍拍锦汉的肩，说："我更苦呢，一把年纪了还没有爱人。"

神父也笑，说："年轻人，你所拥有的一切，也许是许多人梦寐以求的。有的人终其一生，也找不到爱，找不到平和喜悦，那才是真正的苦。"

锦汉认真地想了想，觉得自己正在恋爱中，是有爱情的甜蜜，却还是觉得有些不对。他再认真想了想，说："可是我们日日埋头工作，还常常加班加点，十分辛苦。做我们这一行的，眼睛都不好，每个人都很怕劳作太过，瞎了眼睛。有的人是伤了脊柱，老了连腰都直不起来。我爷爷在的时候，我们家是大户，有能力救济他人，到了我爸爸这一代，却无论怎么辛苦，也看不到发财的希望。我爸爸当了粤华厂的厂长，长年劳心劳力，没有一刻休闲，然而每天只能对着假的金丝银线，所谓的荣华富贵，都是绣在戏服上的。"

神父淡淡地笑，说："不是只有飞黄腾达、荣华富贵才叫作幸福。"

锦汉对于神父的回答不甚满意，为了表示感谢，他给神父制作了一幅

《牡丹图》绣像。两米二的绣面上，盛开着六朵牡丹，大红、玫红、殷红、橘粉……各有各的风韵，在绿叶的掩映下欣然绽放。神父很高兴，捧着绣像爱不释手。

除了教堂，锦汉还喜欢去寺庙闲逛。广州有许多著名的宗教场所，有基督教的、有天主教的，至于佛教、道教等本土宗教，更是有六榕寺、光孝寺等著名庙宇。锦汉每次到六榕寺去，都感到十分亲切，看到熟悉的街坊邻居在佛祖面前虔诚地跪拜，内心会生出一种踏实感。

六榕寺常向粤华厂定做一些神功用品，锦汉作为代表，不时到寺里谈方案、送图纸，一来二去，彼此相熟了。负责做神功的明如和尚，一见锦汉，便笑着将他引入佛堂，说："今天又来骗茶吃？"

厂里对于寺庙的订单，从来不拒绝，然而戏服订单多、任务重的时候，总是不由自主地将他们的放在后边。和尚们听说了，也有脾气，说："难道大老倌惹不得，我们就是好欺负的？"锦汉被派去做沟通工作，跟他们坐在佛堂里喝茶，每次都乐呵呵地赔笑，说："不好意思，下次一定尽快。"和尚们知道他做不了主，不怪他，只好摇摇头，请他在佛堂里喝茶。

"我们定的台帷呢？有一个多月了，还不见踪影！"明如和尚一边泡茶，一边责怪。又抬头看着墙上的禅画，说："听说再复杂的佛像你们也能绣，为什么不给我们绣一个？"

锦汉双手合十，嘻嘻笑着，说："你去厂里下订，我马上给你做。"

室内檀香萦绕，桌子上摆了几本佛经，锦汉慢慢地喝着茶，顿感心旷神怡。明如招呼他吃糕点，是他们自己做的桂花糕，以糯米粉和黏米粉和在一起蒸成，糕点中掺杂了桂花，十分香甜。但他亲切地招呼着，又埋怨说："我们对你这样好，你对我们的东西却不上心。"锦汉吃着别人的糕点，更觉得不好意思了，说："厂里活多，我们也没有办法。"

慢慢的，锦汉发现和尚们的脸上添了愁苦之色，见到他来，一脸的防备，也不再悠悠闲闲地请喝茶了。另一个管神功的小和尚明宁，向来是嘴碎的，对锦汉的态度越来越差。这日,锦汉一进门,明宁就拿了个扫帚扑扫,扫帚尖几乎要到他脚下了。明宁没好气地说:"又是空手而来,干脆把钱退回来,我们不要了。"

锦汉猜测他生气了,忙嬉皮笑脸,说:"下星期就能拿过来了。"

"下星期我们都不在了,走了。"明宁垂头丧气地说,做了个往远处走的手势。

明如将锦汉请进佛堂喝茶,解释说:"我们住持说了,这里快要保不住了。"锦汉不理解,说:"什么叫保不住?"

"就是说要查封!"明如脸色凝重地说。

锦汉仍是不能理解,说:"你们向来香火旺,怎么可能会有事,前段时间传闻说要查封,已经被居委会制止了。"

明如摇头,说:"谁制止得了,全国上下都在破'四旧'。前几天来过一群街道办的人,戴着红袖章,手里拿着木棍,一个个凶神恶煞的,说要清查我们!"说着简直要哭出来。

锦汉也感到了难过,安慰说:"你们有佛祖保佑,不怕的。"明宁低头叹气,说:"全国上下形势如此,只怕连佛祖也罩不住了。"

又过了一个星期,寺里更是一片冷清,空荡荡的,人也少了,物也少了。有几个和尚跑路了,或回乡下隐避,或到更偏僻的寺庙去。也有些和尚无处可去,只能老老实实地待着,顺应时势变化,然而心情都是惶恐不安。局势越来越紧张,每日报纸、广播里都是一些沉重的报道。留下来的和尚在佛像前不停地跪拜,说:"六榕寺向来根基深厚,六祖会保佑我们的。"锦汉抱着新做好的台帷,大声招呼着让和尚们签收,把款项结了。明远却一脸的凝重,双手合十,郑重地对锦汉说:"对不起,住持不在家,这批台帷我们不要了。"

锦汉只好将物料原封不动地拿回。

他抱着崭新的神功物一路跑回粤华厂,心里又慌又乱。尽管父亲告诉过他许多时局变动、战争,可他从来不相信。日复一日做着自己的活计,虽然辛苦，总还是一个安稳的人生。连这样的生活都无法维持？他简直不能接受。这些金光灿灿的神功用品，已经制作了好久，图案精美、针脚细腻，是工友们一针一线做出来的。本应该披在佛像身上，万众瞩目，如今却不知如何处置。

他无精打采地回到粤华厂，正考虑着如何开口，不料却见车间里异常安静。吴书记站在人群当中，手上拿着一份红头文件，大声宣读。底下一片肃穆的表情，锦汉依稀听到最后一句："粤华厂从此不再生产戏服！"

吴书记宣读完毕，四周一片沉默。突如其来的变动让大家不知如何反应。过了好半天，才陆续有人议论，低声说："不生产，我们靠什么吃饭？"

"窗帘桌布、枕头被套，人民需要什么，我们就做什么！"吴书记满脸凝重，郑重地扬了扬手上的文件。

树仁作为厂长，必须得发布明确的指令。他缓缓走到车间中央，勉强挤出一丝微笑，说："改做床单、被套，从技术上来说不难操作，现在我们就开始整顿。"

车间里一片哗然，大家议论纷纷。对于即将到来的大变动，粤华厂并不是毫无知觉。粤剧团在半年前，突然中止了一切合同，因为根据中央的指示，所有古装大戏都不排了，全国上下只唱八个样板戏。粤剧团体不唱大戏后，厂里的订单越来越少。厂里上下早已人心惶惶，都说要是粤剧没了，戏服也不可能生存。但是毕竟没有明文通知，厂里还是按照惯性运作着，也有工人很高兴，说"做《白毛女》的戏服，比《帝女花》的简单多了"。没有人想到会有这样一天的到来，禁止生产，对于一个行业来说，无疑是灭顶之灾。

锦汉站在人群中，听着各种不安的言论，摩挲着怀里的台帷，摸着精致的纹路、凹凸的绣线，内心生出一股无可压抑的愤怒。

从一九六六年开始，粤华厂彻底停止了所有古装戏服的生产，转为生产被单、被套，以及窗帘等日用品。树仁保持着每日三巡的频率，他缓缓地走在车间里，脸色僵硬，眼神冰冷。

厂房里一片闷热，打报告要买的大风扇，报了半年也没批下来，工人们每

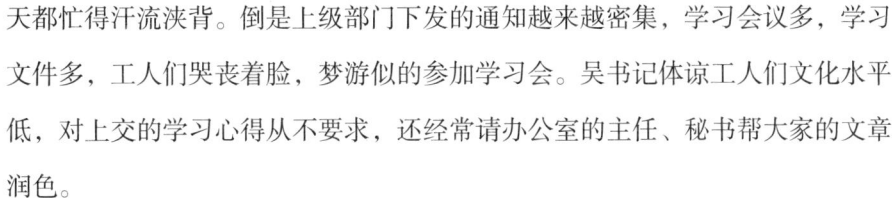

天都忙得汗流浃背。倒是上级部门下发的通知越来越密集，学习会议多，学习文件多，工人们哭丧着脸，梦游似的参加学习会。吴书记体谅工人们文化水平低，对上交的学习心得从不要求，还经常请办公室的主任、秘书帮大家的文章润色。

树仁缓缓地走在车间里，有时会突然回想起父亲的教诲："我们手艺人，手停口停……"他仔细地检查着被单上的花鸟鱼图案，提醒大家注意走线。只要是出厂的活计，他仍是十分谨慎。"别看被套的绣图简单，这都是街坊们家里天天用的，质量一定要过关。"他微笑着，耐心地提醒各组组长。

锦汉对此则是愤怒的。他花了那么多心思研究，研发了多种绣制品，几乎可以说在这个行业开辟了一条新的道路，却是白费了功夫，如今一切痕迹全无了。这到底是什么样的道理？他想不通，脸上不再展露出无拘无束的笑容。

他成天钻在设计室里，对着厚厚的图谱研究，不停地写、画，琢磨着给被单设计复杂的图样。然而，不知哪个不怀好意的，向吴书记打了小报告。吴书记立刻将他召到办公室，严厉地制止，说："上级单位说怎么做，我们就怎么做，依样画葫芦，不然你会犯错误的，知道吗！"

锦汉不服气，略带愤怒地说："成天绣三五样花鸟，有什么意思。干脆把设计部解散好了，还要我们做什么！"吴书记苦笑着，拍拍他的肩，说："你仔细想想，现在是什么形势！千万别冲动，任性是要吃亏的。"

"文化大革命"的热潮很快在广州城内蔓延。红小兵到处乱窜，机关、学校里武斗不断。粤华厂里的青年会和团委也蠢蠢欲动，吴书记收到风声，头盔部与供销科的人，由于常年针锋相对，很想借机起冲突，年轻人偷偷准备了大字报，做好工具，要"在粤华厂里大干一场"。他十分着急，每天在车间里巡逻，拿着大喇叭喊："我们厂只搞生产，不搞斗争。谁要无事生非、好出风头，立刻给我滚出去！"

树仁一脸严肃地、不停地在车间里巡查，希望能及时摁住苗头。每当看到车间里的年轻人心不在焉、聚众议论，便立刻走上前，和蔼地说："工件完成了吗？今天学到了什么？"

越秀山上的古城墙，藤萝缠绕、交错斑驳，像是记录了广州城历史的一页天书。它几经劫难，残存下来只有几平方米，却仍然无法保存。那些时日，时常听说要将墙拆掉。随着形势的发展，粤剧院已经开始烧戏服了，类似的消息源源不断地出现，大家每天都很紧张。

厂里收到了二轻局下发的文件，文件号召"各单位要自查自纠"，有"四旧"的统统销毁。吴书记开会回来，神色十分严峻，立刻下令先处理神功用品。

锦汉呆呆地站在人群中，远远地望着被撕碎的台帷。看着它们像娇柔的花儿一样，无力抵挡破坏，被撕成碎片，四处翻飞。他暗暗握紧了拳头，眼中含泪。吴书记用大喇叭宣读了上级文件，告诉大家："所有'四旧'，一律销毁，容不得半点侥幸！"

他麻木地苦笑："什么是'四旧'？"

陈诚无奈地叹一口气，拍拍他的肩，说："戏服肯定是'四旧'，没办法。"

吴书记让树仁组织十多个青年男工，将戏服样版打包装袋，在一周内统一销毁。锦汉听了着急，不顾避嫌，径直跑进树仁的办公室论理。树仁脸色严峻，狠狠地瞪了他一眼，说："这是上级部门的指示！"

"就因为一份文件，将我们多年的心血都烧了？"锦汉忍不住质问。

树仁默不作声，摆摆手，示意他尽快离开办公室。

工人们都没法安心做事，每日唉声叹气，不断调整着工期安排，说"简直不可思议"。树仁也毫无办法，只能吩咐大家"照做"。他皱着眉头，有点怀疑自己是不是在梦中。

夜色如漆，一辆小货车缓缓地开出了粤华厂。粤华厂在郊区有个仓库，是专门堆放后备物料的，材料库里堆满了装物料的麻包。树仁计划将物料分批藏进去。仓库杂乱，谁也不会去翻检，不是专门去查，绝对查不到。

第二部分 大厂风云

这件事明显是属于"违纪""犯错误"的,被抓到了不知会有什么后果。然而,眼看着形势一天天严峻,销毁是迟早的事,再不果断想办法,只怕连仅剩的样版也保不住了。

一起参与的几个徒弟,都是他亲自带出来的,树仁对他们有信心,相信他们都是讲情义的,勇于守护几代人的心血。晚上十点多钟,厂里一片漆黑,只有值班室亮着一盏微弱的灯。树仁带领着几个徒弟,麻利地将打包好的包裹搬上车。守卫的见是树仁带队,不敢阻拦。

开车的是锦光。锦光原来在车缝部,做了半年,却是怎么也提不起兴趣,于是主动要求开货车。他在车缝方面死活上不了手,开车倒是在行——不过经常开着便开到别的地方去,半天不回。那时节到处讲思想,讲规范,于违反纪律的事特别敏感。人人都知道树仁顶着巨大的压力,不忍心给他更大的难题。

所有人都是高度紧张的,特别是"主谋"树仁,手心里总捏着一把汗。这件事万一被发现了,是要被拎出来批斗的。要是有人不怀好意,写信给上级部门检举揭发,后果更不堪设想。树仁郑重地对徒弟们说:"万一出了事,你们就说是帮我做事,麻包袋里是什么,你们一概不知。"

树仁虽早打定主意,却谁也不说。但他表现得太淡定了,几乎所有人都看出了异常。吴书记也猜到了几分,但同样装糊涂,含糊地问:"在哪里烧的?这么多布料,可不能酿成火灾。"树仁抄着手,背对着他,说:"郊外烧的,烧干净了。"

吴书记不说话,深深地望了他一眼,似乎在说,"难为你了"。树仁淡淡地笑,说:"只要是对粤华厂有用的事,就不怕做。"

郭有民忍不住,私下里对锦汉说:"万一出了事,就说是我带着师弟们蛮干的。师父已经承受了太多,不能让他牵连进来。"

锦汉摇摇头,说:"我爸肯定不同意,他是一个愿意担责任的人。"

徐宁向来不问厂里的事,听到他们在饭桌上的密谋,忍不住生气,用手拍着树仁激烈地骂:"又不是我们家的,这么上心!出了事,你一个人怎么担!"转而对锦光说:"不许去,连你也牵扯进去,我们家就全没了。"

锦光无奈地摊开手,以示不是自己做主。锦汉勉强装出笑脸,安慰母亲说:"不会的。"

"怎么不会,不怕一万,只怕万一。"徐宁用筷子指着锦汉的头,"真是后生仔唔识世界,你就等着坐牢吧。"她虽然生气,却是毫无办法,孩子们是不会轻易改变主意的。她简直灰心了,无奈地说:"你的命难道不比破衣烂布珍贵?"

锦汉嘻嘻笑道:"没事的,哪有说到命那么严重。"

树仁无声地坐在窗台上,安静地抽着烟。徐宁说的话没错,他将孩子牵扯进来,是要冒很大风险的。但他更怕这门手艺绝了迹。想想当年苦心经营的汉记——仿佛是很久远的事了,只剩下一些斑驳的影子,然而岁月无声、衣物有情,终归是有些东西留存了下来。他望了望陈斗升的遗像,看到父亲眉眼里的笑意,心里问:"假若两个儿子出了事,我怎么面对您老人家?"又转念一想:"倘若这个行当没了,我又怎么面对陈家的列祖列宗?"

这样冒险地干了几次,竟幸运地将最贵重、最华丽的都转移了。树仁总算能放下心里存着的恐惧,给陈家祖先上香,感谢"祖宗保佑"。最后一车是头盔、发饰,他觉得这些物件零碎,容易出毛病,特意嘱咐徒弟们早做准备、仔细打包,将包装袋胶封得密密实实。

不料,包裹刚上了车,车子便熄了火。树仁心里一咯噔,正要问司机,突然出现几道刺眼的手电筒光,厂门内外照得明晃晃的。

树仁忙下了车,守门师傅正迎上前询问,只见十几个戴红袖章的纠察员气势汹汹地冲了进来。领头的边走边喊:"停车,停车!"他们不断晃动着手里的电筒,挥起巡逻棍,声势十分吓人。锦汉从车上跳下,颤抖着朝父亲跑去。郭有民在车上小声地骂:"边个做咗二五仔,我劈死佢①!"

---

① 二五仔:原为清代秘密会社的切口,意指告密者、叛徒、出卖组织的内奸和专门在人后说是非的人。现在也是同样的指代。劈死:指杀死。佢:他(她),第三人称代词。整句意思为:谁做了叛徒(出卖朋友),我要杀了他。

树仁慢慢地等着他们走近，强装镇定地盯着对方。

"有人向我们举报，说这里晚上在进行违法勾当。"领头的队长说道。这是个个子不高，满脸大胡子的男人。

"什么违法勾当？是送剩余物料到分仓库去。货是我们厂的，车是我们厂的，仓库也是我们厂的，都有据可查。"树仁镇定地回答，但不由得皱起了眉头。他这些年来早已练就了一身淡定，实在很少有不淡定的时候。手电筒的光尖锐地扫射着，仿佛世界上最恶意的武器。

"为什么要晚上去！"大胡子故意吓唬人，说话声音又尖又亮。

树仁虽被他吓了一跳，还是略顿一顿，镇定地回答："晚上凉快。"

大胡子歪了歪嘴，对这个回答不太满意。他望了车后厢一眼，又望望树仁，说："我们要看！"

车前车后，人人都紧张起来。锦汉本是坐在车里的，随手抄起一根铁棍，想自己虽然没打过架，但此时情景，要是有人敢动，必定要一棍子打下去。郭有民从车上跳下，说："要开车了，仓库的师傅还等着下班！"说着，代替已经吓傻了的司机小许，重重地按了一下喇叭。大胡子没有被吓到，反而上前一步，直接抵着车头，说："都下车，我们要检查！"

车灯大开，照得人明晃晃的。双方都静默僵持着，一触即发。就在这紧张时刻，突然一阵急促的单车铃声，几辆单车疾驶而至。刘佑行匆忙从车上下来，走到大胡子面前，大声喝道："干什么？"

大胡子眼望着来的人越来越多，多少有些胆怯了。刘佑行手里握着一根铁棍，说："我们单位的事，我们来办，请你们让开！"

树仁看到刘佑行，本来是脑子一蒙，心想这回完了，没料到事情如此峰回路转。他忙走上前，低着头说："要查什么，我们给你看。"刘佑行将烧锅炉的段师傅推到大家前面，说："这位段书记，是二轻系统的，他说收到了举报，让我带他来查。"

"段书记"装腔作势，挥挥手，说："看看里边有什么？"几个年轻人应声而上,都到车厢里去。锦汉看他们一本正经的样子,忍不住想笑,极力绷住表情,装作恭敬地问:"要查什么?"

"段书记"迟疑着,从口袋里掏出一张皱巴巴的纸,说:"接到上级命令,出车要检查!"背着手转到车厢,看了看,说:"什么也没有,就是一些碎布头。"刘佑行一脸诚恳地说:"您再看看,肯定有些什么,查清楚了我们也好放心。"大胡子不知道"段书记"是什么来头,不敢贸然顶撞。他自己是街道的,再怎么算,也管不到别人头上。他看到"段书记"频频摇头,知道肯定是没查出问题,只好尴尬地笑了笑。刘佑行挥挥手,将自己的"队员"聚集起来,严肃地训话,要求树仁的人也列队聆听。大胡子无奈,只好也朝队伍挥挥手,就着车灯的亮光,一行人怏怏而退。

锦汉忍不住擦了擦额上的汗。短短十多分钟的事,却是惊心动魄。看到纠察队慢慢走远,他这才发觉自己已经全身瘫软,吓得没有任何劲了。

树仁感激地望着刘佑行,冲他微微一笑。关键时刻,一切言语都仿佛是多余的。刘佑行也会心一笑,向他略点头,说:"你们赶紧走吧。"

一九六七年,粤华厂全面停止了戏服生产。从此,粤华厂里再也不见一根珠管,一片龙鳞。工人们全部重新培训,除了会做绣品,还要学钩花。钩花制品特别受普通市民欢迎,卖得比绣品好。做靴鞋的师傅则彻底失了活计,只能全部培训成打包员。

对于手艺师傅来说,这样的变动是难以接受的。然而对于普通人来说,最重要的是生活。所谓生活,就是每日按时上班、按时下班,月末有一份工资在手,能养活自己,能帮补家庭。有粮票买米,有油票买油。无论是辛苦或委屈,只要想到一家老小,便能一日日地隐忍下去。

戏服就如一个梦幻,渐渐地模糊在大时代的背景里。

夏天越来越热了,白天基本达到三十六七摄氏度,晚上仍是一片燥热,大地像被炙烤过似的,热气久久不散。直到十点后,夜的感觉才慢慢显现,有清凉的风徐徐吹来，月光浮在地面。

一家人坐在屋子里，小板凳围坐着，在紧张地商量。陈家的家当虽然不多，却是"违法"得吓人。从清末年间积攒起来的戏服图谱，汉记的旧牌匾，许多物什，总还在大木箱里收藏着。

所有花样图纸、珠管丝线，都打包好了，分藏在橱柜、灶角各个不起眼的角落。汉记的旧资料封入木箱，码得整整齐齐的，放在锦慧的小隔间，伪装成床身的一部分。树仁不放心，再三检查，说："我们家的底细，街坊街里的都知道。别看现在风平浪静，一旦找上门，肯定搜得出来。"

锦汉提议装入尿素袋，混在宅子后院的瓦砾堆里，假装建筑垃圾。

树仁摇摇头，说："这是我们家的珍宝。"他打算找个合适的地方，用更隐蔽的方式藏好。他不敢冲动，戏服是命，陈家上下也是命。身家性命不能拿来冒险。他安慰锦汉，说："总能想到办法的。当年日本鬼子封了城，你爷爷冒着生命危险，从广州城带出去一箱子物料……"

锦汉也日思夜想，总想找到办法继续自己的创作。白天在厂里，他一副无精打采的样子，下班回到家，他倒比谁都精神，一吃完晚饭，就对着残存的图谱，写写画画。每当这时，徐宁便是一顿暴跳，骂他"戆居①"。锦慧虽也怅然，却不至于想不开，忙说："不让做，就不做了，又不是非开这碗饭。"

树仁虽认同儿子的勇气，却也不鼓励这种冒险行为。他坐到儿子身边，拍拍他的肩，安慰说："最重要的是人在。"

陈家宅子的地板损耗得厉害，凹凸不平的地面，依稀映着月光洒下的痕迹。这房子毕竟是有些年份了，到处伤痕累累，陈旧腐朽。这里是陈家住了二十多年的地方，一砖一瓦都充满了回忆。"阿爸，你常说爷爷年轻的时候，从来不为什么问题皱过眉，说什么问题都有办法解决。"

树仁许久没有说话，最后，他点点头，说："你不要冲动，我来想办法。"

---

① 指为人戆直、憨厚、老实，但其实是一个骂人的词，只是程度非常轻，可以在嬉笑怒骂时使用。其亲昵形式为"戆居居""戆戆哋"。

这天，徐宁买菜回来，看到家门口站着几个红卫兵。他们面无表情，凶狠地说："你们家曾经是地主，应该接受革命小将的检查！"

徐宁"啊"了一声，倒退三步，愣了几秒，总算反应过来，机智地说："我忘了带钥匙，要找我们家老头子拿。"

几个革命小将大概打算拿贼捉赃，一直牢牢地守在陈家门口。树仁与锦汉匆匆地回来时，他们还是像门神一般贴门而站。树仁惨白了脸，这几天正商量着是不是要埋起来，还没正式下决心，没想到却被对方抢先了。

锦汉堵在门口，不让他们进来。心里暗暗地在打鼓，僵持了一会儿，连脚也颤抖了。好在坚持了半个小时，吴书记及时请来了街道办的同志。街道干部瞪了红小兵一眼，梗着脖子说："这一片归我们管，你们乱闯什么！"

几个小将商量了半天，将信将疑，其中有一个便说："我们不是抄家，只是来看一看，家里要是没有什么，为什么不敢让我们看！"

锦汉吓得心都要跳出来了。这几天刚好整理了，打包入箱，要是任他们进去了，统统都能翻出来。

树仁表面上装作镇定，说："你们相不相信是在其次，关键是凭什么随意检查。我们家一家人都是工人，也是劳动人民，更是报纸上常提的老大哥，就在'五一'，我还代表厂里拿了奖，捧了生产标兵的锦旗回来，你要不要看？"

一行人不管怎么说，还是硬闯入了屋。好在树仁早有防备，箱子都用微粒板伪装了。他主动带他们转了一圈，略指了指，说："这里隔了一个床板的位子，是我女儿睡的。"

锦汉紧张得简直忘了呼吸，他握紧了拳头，想他们如果去掀帘子，他就立刻去做些什么，引开关注。好在革命小将们也不敢轻举妄动，只好奇地望了两眼。锦慧的床是用一块床单隔开的，床单十分朴素，淡黄色的底子，上边一团喜鹊报春的图案。树仁指着墙上的一排锦旗，说："我连续七年都是先进生产标兵，什么时候成反动分子了？"几个小年轻互相望了望，不敢乱说话。树仁便趁机请他们坐下，给他们冲麦乳精，又端出自家炒的花生给他们吃。

吴书记在一旁搓着手，说："树仁一家是工人老大哥，你们乱来就不对了。今天就算见过面，见了朋友，以后不要这样了。"树仁故意脸一板，说："我们家的人，一直堂堂正正，以前就算是做手艺，也不是地主，五六年公私合营的时候，我们是得到了市政府的表扬，上台戴了大红花的！"

这一番话说得义正词严，小将们不敢多说什么，喝完茶就走了。

徐宁一直站在门口，不停地抖。直到人都离开了，这才踉踉跄跄地跑进家里，飞快关上门，把门闩插上。她过于紧张，平常一插就进的门销，反而是插不上。她越是急，越是怕，脚一软，整个人瘫倒在门背后。

树仁赶紧将她扶住，又把插闩打开，小声说："不要欲盖弥彰。"徐宁已经吓得嘴角发颤，什么话也说不出来了。

树仁一根接一根地抽着烟，希望想出办法来。他舍不得扔掉这些零碎，这是陈家的命、是陈家的根。然而眼下的环境，有些人已经丢了命，有些人正冒着"犯错误"的危险，家里三个孩子都在这一行，一旦出了事，后果简直是"冚家铲①"。他想了很久，也想不出妥善的办法，只能日日给父亲上香，望着陈斗升庄严肃穆的面容，默默地问："阿爸，我们该怎么办？"

家里人秘密商量了许久，最终决定全部装箱密封，找地方埋了。这些年被抄家的人多了，街坊邻居都有一套藏家当的方法。灶头、水管、榕树下，想尽办法把祖传的宝贝留住。也有人埋了东西，却丢失了，大概是被别人挖走了，所以要埋对地方，要埋得好。树仁想到了一个地方，是黎宝笙的黎家小苑，院子外边是泥地，种了不少花草，还有石榴树，形成了一个小树林。他私下里跟黎宝笙说过，黎宝笙爽快地表示支持。

"就埋在那里，我能替你看着！"黎宝笙脸色不太好，眼神更是一片灰暗，说，"世道不太平，我的家当也清理了。"

---

① 冚：全部。铲：铲除。全家基业和族人被铲除了，歹毒的骂人说话。

树仁对黎宝笙是绝对的信任。他相信以黎宝笙爱戏如命的性格，必定会把这个秘密保守得好好的。

这件事事关重大，必须得到全家人的支持。他打定了主意，便把一部分旧物打包了，将家人召集起来，说："明天我就去埋。"

然而这个主意遭到了全家人的反对。毕竟他是粤华厂的厂长，又是多年的老广，连街口卖夜宵的都认识他。锦汉便自告奋勇，说："我去！"树仁坚决不同意。锦汉还年轻，要是被抓住了，不知以后前途如何。倒不如自己去冒这个险。徐宁却是支持，说："现在一家人还是靠着你，锦汉出了事，好歹你可以帮忙活动。你要是出了事，儿子女儿都没好日子过了。"

一家人商议不下来，锦汉表现出前所未有的坚决，说："就这样决定了，阿爸，我是长子，这个家的责任我担起一半。"

挑了一个漆黑的无月的夜，一家人悄无声息地、摸黑将行李整理好。挨到后半夜，在厅屋无声地坐着，不敢开灯，借着路灯的光，把箱子扎在自行车后座，让锦汉快去快回。

锦汉扑哧扑哧地踩着自行车，夜深人静，能清晰地听到车轮转动的吱吱声。他觉得像无数的老鼠跟在身后。他不敢大踩自行车，却也不敢停下来，一路疾驰，心里忐忑不安。车轮带着惯性，越来越快。他听到车座咯吱咯吱地响，脑子里掠过许多可怕念头，流血的战士、电影里主角被敌人严刑拷打的情景。虽然是夏夜，却是浑身发凉，背部濡湿了一大片。

黑暗中不时有光影掠过，虽是非常时期，还是有一些人在路上走动。有夜归的人，夜班的公共汽车，还有一些热衷于活动的人，三五成群，在马路边聊得热闹，不时唱着红歌。锦汉拼命地踩着自行车，眼前一根根电线杆哗哗掠过，快得仿佛要飞起来。直到从大路驶入小路，他才感觉稍稍安心，然而一只老鼠吱吱乱跑，从车子面前穿过，吓得他差点掉下来。

黎家小苑一片寂静，想必人已经睡了。锦汉飞快地将车停住，手握铁锹，在一棵石榴树底下忙碌起来。此时空无一人，锦汉更觉得害怕了。他颤抖着解开皮带,将箱子放下,用力方式不对,扭到腰了。

他不敢多想,忍着痛,借着隐蔽处,握着锹,使劲地挖起来。这坑必须刨得够深,他一个人握着锹,用力挖着,又怕挖得太快,声响太大。

这样挖着坑,总觉得有人在偷看,心怦怦地跳。仿佛四处已埋伏了人,甚至还有枪,只等着他一站起身,立刻"砰"……他抹了抹汗,在心里自我安慰:都是革命电影看多了。黑暗里任何一点声响,都显得格外清晰,风吹的树叶,乱窜的老鼠,越是安静的时候越像是潜伏着危险。他捂了捂胸口,仿佛听到心脏怦然欲裂的声音,稍微平静了,立刻俯身,飞快地翻动泥土。可是握锹的手渐渐酸软了。

忽然听到一声咳嗽,他简直要晕倒了。

黎宝笙披着衣服,蹑手蹑脚地从屋子里走出来,看到锦汉,不感到意外,反而松了一口气,说:"吓我一跳,还以为是贼。"锦汉停了工,竖起铁铲,不好意思地说:"吵醒您了?您就当什么也没看见吧。"黎宝笙爽朗地笑,说:"小声点,我睡觉去了。"

锦汉这才觉得心定了些,擦擦汗。夜的风缓缓袭来,他这才顾得上看看天。只见天色黑青,几颗星光在云层中若隐若现。周围显得更静了,突然"嗖"的一声,又是一只老鼠从树底下窜过。

一九七二年,陈锦慧结婚。

新郎官董志伟也是粤华厂的职工,跟锦慧是同批进厂的。董志伟在鞋靴部工作,擅长做各种高帮靴。

董志伟是高大身材,脸色偏烟火,腰身非常敦厚,认识的人都说他不像戏服厂的,像是红砖厂的。锦慧受父亲和哥哥的影响,在厂里一直是闷不作声的,为她热心做媒的大姐也少。在这样的情况下,与她同龄的工友都嫁了,只有她还蹉跎着。工会里的大姐经常"关怀"她,可每次给她介绍,她都害怕。这样拖延着,她自己也不知道想要什么。直到有一天,锦慧在食堂吃饭的时候,董志伟在她旁边坐下,打开自己的饭盒,招呼她说:"这是我自己晒的萝卜干,要不要尝尝?"

两人在一起逛过几次公园,算是确定了恋爱关系,不久便将婚礼提上了日程。树仁起初对这门婚事不甚满意,觉得董志伟看上去不灵活,性格死板。但锦慧经过那年的全厂通报事件后,对心眼多的人很排斥,她欣赏董志伟的耿直,话少,老实得完全不懂耍心眼。

锦慧穿着一身崭新的工作服,领口别了一朵绸花,脸色绯红,羞涩地坐在新房里,接受大家的祝福。由于男女双方都是粤华厂的职工,厂里工会的同志也来帮忙了。婚礼请吴书记做证婚人,还安排了讲话。

新房虽然不甚宽敞,但收拾得干干净净的。天花板上拉了黄、蓝、绿的皱纹彩条,扎成一朵硕大的彩花,从屋子正中吊下来。窗户上贴着大大小小的红喜字,红艳艳的,衬得屋子格外亮堂。除了自家种的花,又向邻居借了几盆开得正艳的海棠,显得十分喜气。

黄柳经过了这些年的奔波,身体非常差,患有肺气肿,但还是喜欢抽烟。大概是因为年纪大了,半年前在一次搬货时折了腿,从此腿脚就使不上劲了。他虽有心帮忙,却不怎么帮得上手,只能跟老工友们闲聊。翠凤则帮忙着摆碗摆筷,她干劲十足,说:"我学着点经验,不久就要帮阿婉办了。"

黄婉与锦慧同年,比锦慧略晚一年入厂。她是活泼开朗的性格,喜欢说话,做事灵活,一说话就咯咯咯地笑。刚开始分在车缝部,后来喜欢上了串珠子,主动申请去做头饰。表姐妹常在一块儿叽里呱啦。锦慧结婚,她比谁都热心,满屋子忙前忙后,玻璃窗上的红喜字都是她剪的。

刘志军和钟秀玲夫妇也来帮忙。钟秀玲在锦汉结婚半年后,飞快地嫁给了刘志军。瑞芬劝说了她许久,说刘志军平时作风很不好。钟秀玲不听,执意还是嫁了,仿佛赌气似的。钟秀玲结婚后沉静了不少,似乎婚姻不太如意。瑞芬不敢猜测她的心事,只是希望大家都能长长久久的,维持着和美的家庭。

刘志军在这样的场合,自然是如鱼得水,跟谁都能嘻哈几句。他与陈家的关系向来别扭，锦慧结婚，他是跟着钟秀玲来凑热闹。他与工友们开着玩笑，镇定自若，似乎根本没有追求锦慧这回事。

锦慧这场婚礼，摆得风光热闹。开了十张桌，流水席，人来了就座。中午摆一场，有十来桌，专请工友。晚上还摆一场，专请亲戚朋友。树仁掏出了几乎全部的积蓄，一心想借此机会请请工友。

虽然物资艰难，但也保证了每个桌九个菜，有鸡有鱼，每人一碗花生莲子糖水。大厨是厂食堂的刘师傅。刘师傅平时做惯了大锅饭，手脚利落，一桌酒席随时摆满。而且手艺极佳，味道赶得上酒楼的水准。粤华厂的工友边吃边尝着，简直惊讶，说："刘师傅，平时做那么难吃是故意的吧！"刘师傅一边笑着，一边忙得脱不了手。

树仁胸前别着一朵大红花，高兴地呵呵笑，给每张桌子派一包"中华"烟。

酒过三巡，有一个简单的婚礼仪式。树仁将一对新人拉在酒席当中，大声说："各位，请静一静……"吴书记是主婚人，他捧着一本《毛主席语录》，读了一段："我们都是来自五湖四海，为了一个共同的革命目标，走到一起来了。……一切革命队伍的人都要互相关心、互相爱护、互相帮助……"大家放下碗筷，肃然起敬。

读完了语录，吴书记笑得特别爽朗，说："我的任务完成了，下面，请一对新人讲话。"

气氛这才重新变得欢快热闹。锦慧换了一件粉红色的衬衫，配精致的百褶裙，胸前还别上一朵绢丝胸花，衬得她皮肤白皙，眉眼细致，十分动人。

董志伟仍是很拘谨，憨憨地笑着，说："我爸爸去得早，妈妈又不管事……"众人都起哄了，说"谁让你说这个的"。锦慧也用手臂轻轻地捅他，脸上飞着红霞。

两个人低着头，呵呵地乐。锦汉与瑞芬一起给锦慧夫妇送上贺礼，祝他们"夫妻和睦、相敬如宾"。锦汉送的礼物是一对枕头、一床床单、一张被套，都是亲手做的，赶制了几个晚上。布料是最便宜的粗棉布，图案也是普通的鸳鸯戏水，表面上平淡无奇，实际上却有一种高档精贵的感觉，不同于百货公司的大路货。仔细观察，会发现是用了"留水路"的绣法，图案凹凸有致，十分立体。黄婉送给锦慧的是一套钩花用品，也是自己亲手做的。锦慧高兴地笑了，立刻将它们盖在茶几上，装饰整齐，说："正好合适，你是偷偷来量过吗？"

大部分工友吃过饭便领了糖果回家，一些要好的留下来闹洞房。刘志军拉着钟秀玲要走，瑞芬偏拉着她的手，不让她走。秀玲的笑容略微疲惫。她已经结了婚，但是看着不快乐。听工友们说，经常与刘志军有争吵。锦汉看她一脸恍惚的样子，有些担心，很想找个机会安慰她。他与刘志军向来不投契，否则真想警告他，对秀玲好点。

年轻人在一起总是欢乐多，一会儿比赛唱歌，一会儿比赛朗诵，哈哈逗笑。锦慧剥开一颗牛奶糖，塞进黄婉嘴里，小声说："这是阿爸在外贸供销会带回来的。"

黄婉一边吃着糖，一边忙不迭点头，说："好吃。"

工友们送来的贺礼全摆在一张宽几上，锦汉一眼就看到一张被单，也是基本图案，常见的一朵牡丹上飞舞着两只蝴蝶，可不知为什么，看上去就是比别的生动。锦汉好奇，忍不住去翻。瑞芬不明所以，忙拉住他。"你看这个图案……"锦汉解释说，立刻问锦慧，"知道是谁送的吗？"

"这是我妈亲手做的。"黄婉在一旁抢着回答。

接下来的背《毛主席语录》、对歌联歌、抢喜糖，锦汉都没有心思参与了，他只惦记着那床铺一角里隐隐露出的绣品。好不容易等工友们都走了，他不顾董志伟诧异的目光，立刻翻开被褥，仔细地观察起来。

"虽然是用了厂里的统一图纸，但是用线、排针明显技高一筹。"锦慧心细，早就猜到了哥哥的心思。

"我妈为了送你这张被单，天天晚上都在绣。"黄婉解释说，"她说这个图案一定要远看明艳,近看精致,才显得高档。"

锦慧忍不住亲昵地抱住她,说:"替我谢谢阿姑,绣得太漂亮了。"

锦汉仔细抚摸着绣样的纹路,啧啧赞叹:"不怕不识货,就怕货比货,果然姜还是老的辣。"

他本来对那些公式化的喜鹊图、牡丹图并不感冒,从此就留了个心眼,于每件产品都仔细观察各个细节的不同。这个举动给乏味的流水线工作带来了乐趣,每每在床单、被套中发现精品,便觉得发现了宝贝一样。日子久了,即使是一样的产品,可是其中细微的差别,不同师傅的手工高低,他也一目了然。

第十三章

一九七三年的秋天,黎宝笙跳珠江自尽。

尸体打捞上来时,已经浮肿得不成样子了,但他系在手腕上的玛瑙手铐,却是一眼便被人认出来了。

很多文化名人都在苦熬岁月,惶惶不可终日,黎宝笙也不例外。他住在粤剧院的大院里,经常看到今日还在的同事,明天便拉去游行了。他向来是正直、爽朗的人,看到了,也只有暗自长叹一声,默默走开。

没过多久,黎宝笙也被拉出去游街批斗。他本来身骨硬朗,看上去比实际年龄小十多岁,却明显在这场运动中迅速苍老了。后来安排到五七干校劳动,算是稍微缓和了,不用再受到没完没了的批斗,然而他却在这时寻了短见。有人说是因为他妻子病逝了,有人说是因为他打算偷渡香港被发现了,也有人说他因为神经衰弱长期吃药,精神出现了问题。不管怎么说,他就这么走了,没有留下一句遗言。

据说那天早上,他很早便起了床,去找几个老同事,说自己要走了,留下一些戏服，问他们要不要。每到一处，均是被别人赶走。要是几年前，这还是友谊之举，现在的时势下，居然谈收藏戏服，岂不是疯了。

黎宝笙没有生气，慢慢地往家里走。树仁见到他时，他穿的便是跳江的那一套，淡色的蝠底寿字长衫，说是以前留下的。树仁许久不见他了，凝神打量了半天，见他老了许多、憔悴了，心里不由得一沉。

树仁恭恭敬敬地跟他打招呼，说："你回来了！"黎宝笙挺起身板，直着腰，故作轻松地说："啊，刚从农场回来，回来看看孩子。"

树仁看他还有笑意，心下稍宽。这主顾俩以前见面，都是一箩筐的话，如今却是不能说了。黎定笙捏捏自己身上的衣服，说："这衣服，好糙。"树仁打量了一眼，也会心一笑，说："不知什么时候，才能做件好一点的衫。"

黎宝笙微扬着头，仿佛在回忆往昔的风光岁月。他抬头望了望天，嘴里嘟囔着，含混地唱了几句碎词。旁边有人经过，好奇地望了他一眼。他两眼一瞪，仿佛在说："看什么！"吓得路人飞快地走开。

树仁望着他，在那一瞬间，仿佛又看到他年轻时的神采。想当年，他总是微仰着头，步子迈得特别大，不管去哪儿，都让人一眼就知道"笙哥来了"。身上的衣着总是很讲究，在汉记订做的各种长衫、马褂，每次都要求别具一格的布纹，精致的绣样。

两人均沉默良久。还是黎宝笙先回过神来，整了整身上的衣衫，说："我先回去看孩子了，改天去看你，还想请你做件衣服。"

树仁一听，下意识地说："现在什么衣服也做不了了。"

黎宝笙"哦"了一声，脸色黯淡，随后又笑起来，说："没关系，以后再说。"没想到这简短的会面却成了永别。

粤剧院对黎宝笙的死没有任何回应，几个平时相熟的同事与演员们帮忙，将黎宝笙的遗体送去了殡仪馆。大女儿黎红在乡下插队当知青，听了通知，正在回来的路上。儿子黎卓、黎同跟在队伍后边，不知所措，哇哇地哭。树仁将孩子们搂在怀里，耐心地哄着"别哭，别哭"，可孩子们放声大哭，哭到喘不过气来。

树仁麻木地拉着孩子们，他不是没有经历过人的去世，然而遇到死于非命，还是十分难过。耳边满是戏台上的声音回响，汽笛声像是戏台上的长腔，人声像是连绵不断的唱词。拖着长调的路边叫卖声，仿佛戏台上反复迂回的唱叹。他大踏步往前走，不愿意回想黎宝笙最后的样子，他只愿意记得，当年舞台上的赵子龙，穿着最华丽的大靠，背插五色长旗，亦步亦趋，威风凛凛，大喝一声："末将赵子龙！"台下的观众无不为之倾倒。

树仁抬头看了看天，阴灰的天上弥漫着一层雾气，云团一朵朵地翻滚，仿佛另一个如梦如幻的舞台。

送走了黎宝笙，他将两个小孩接回了家。此时孩子们都清楚发生了什么事，呆呆的，不说话。徐宁心疼孩子，虽然舍不得，还是去副食店买了一袋糖回来。晚饭给孩子们蒸水蛋，放点酱油葱末，蛋质滑腻，香喷喷的。孩子们大口大口地吃着，只是依然沉默不语，眼角挂着泪珠。

到了晚上，两个孩子都不愿意睡觉，在床上吵着跳着，哭着喊父亲。好不容易等他们跳累了，又给他们温了冷饭做夜宵，才哄睡了。树仁一个人坐在大厅，眼见窗外的月亮特别亮，特别圆，大概是因为中秋快到了。清冷月光从窗外倾入，将大厅照得格外亮堂，陈旧的家具表面泛着白光。

树仁坐在窗下，就着桌上的一张白纸，慢慢地画出一个轮廓。先是人形轮廓，再加上装饰、箭牌、铠甲……慢慢地成了一件威武雄壮的大靠。

他曾经计划过，给黎宝笙设计一件最鲜亮的大靠。这衣服的图稿已经出来，只待黎宝笙下订。那时，黎宝笙已筹划着做一场纪念演出，要录音、录像，没想到突然形势转变，一切粤剧活动立刻取消，从此就再也没有机会了。

徐宁拿着他的衣服，走到他身边，本是来劝他睡的，看到图稿，吓得连声音都变了，说："胡思乱想什么，这是犯错误的！"

树仁迅速地收了笔，长叹一声，说："我知道。"

他将画了一半的男大靠揉成一团，紧紧地抓在手心里。过去的回忆一幕幕闪过。从当年自己还是个愣头青,见到黎宝笙的第一次,到最后黎宝笙成了个花白老头,却还是抬头挺胸,虎虎生气地说:"最近怎么样!"他仿佛看到黎宝笙就在眼前,一边喝着茶,一边笑眯眯地说:"手艺不错!"

  黎卓和黎同都还小,爱闹的,爱在院子里打圈圈、捉迷藏。在陈家的小房子里,更是闹得厉害。这天是跟锦汉的女儿若妍一起玩耍,开始还好好的,后来黎同想要吃糖,黎卓不给,兄弟俩由此吵起来。若妍在一旁想要劝架,却被黎卓骂了一顿。小姑娘气性小,顿时就大哭起来了。

  树仁听到孩子们的哭声,很不耐烦。他不忍心骂黎家的孩子,便说了自己孙女两句。然而这是从来没有的事,若妍气得哇哇大哭,吵着要找奶奶,偏偏徐宁又出去买菜去了。树仁面对着三个孩子,说不听,管不住,一点办法也没有。

  陈家一直住着的,还是当年土改后留下的半边房子,家里本就拥挤,现在又多了两个孩子。翠凤提出要帮着养一个,可小孩们不愿意,执意说要在一起。

  刘明君来的时候,家里是一片孩子的吵闹声。她飞快地进了陈家,关上大门,望了望几个小孩,又犹豫了。树仁把她请到内屋,客气地问有什么事。刘明君略休息了会儿,喘着气,从怀里掏出一件衣服。

  树仁一看便惨白了脸,失色地说:"这个时候……"刘明君也十分惶恐,却还是搂紧了怀里的宝贝,摇摇手,说:"放心,谁也不会发现的。"

  树仁简直觉得布料都烫手,他想立刻抛开,终究没这样做。不是不信任刘明君,实在是被各种传闻吓怕了。刘明君望着他,说:"我知道,不为难你,我带回去吧,自己补。"

  树仁长叹一声,说:"你不会的,不要搞坏了。"

  "我知道,求求你了,陈师傅……"刘明君缓缓地说。她本来保养甚好,唇红齿白的,如今却仿佛一夜之间老了,满头白发,满脸皱纹,身板也不像原来那般直挺了。只有说话依然保持着软糯，轻重缓急，有唱戏的腔调。

树仁想起了黎宝笙，不由得叹了口气。两个人都沉默着，好一会儿，树仁才下定了决心，说："你放我这里吧，我帮你补！"

刘明君这才感觉舒了口气，脸色也顿时喜悦了，仿佛完成了一件什么大事似的。树仁明知这喜悦十分渺茫，还是逗她开心说："改成旗装样吧，你现在难得唱大戏了。"

刘明君满意地点头，说："先预备着，总有机会唱个小调。"

树仁看她那一头白发，心中一动，像有什么堵着似的。他忙岔开话题，问粤剧院里诸伶人的近况。刘明君小声地说起粤剧院的惨事，提到黎宝笙，直摇头："熬一熬就过去了，怎么那么想不开。"她告诉树仁，于莺莺在友人的帮助下，到香港去了，这恐怕才是黎宝笙最大的心结。

如今人已逝，再说也没意义了。刘明君坐下，长叹一声，说："我们都是老骨头了，迟早都要去，我也有所准备了。"这句话令树仁无限感慨，他小心翼翼地将衣服叠好，说："你放心，我一定补好！"

刘明君是众多粤剧名伶中运气最好的。她在运动早期便向国家领导写了信，表明自己的清白。不久居然收到了来自国务院的回信，肯定了她对粤剧事业的贡献。这封回信成了她的护身符，让她安全地避过了一场场灾难。

说到黎宝笙的遗孤，刘明君略想了想，说："你交给我，我先养着。我住粤剧院里，于莺莺要找我容易。"

树仁也觉得孩子们跟着刘明君更好，他们本来就是住惯了粤剧院的。他替他们简单收拾了，跟着刘明君一起回了粤剧院。

晚上，父子俩对坐无言。

一轮月色如弓，照着十分清冷。树仁整理着散乱的图稿，以此掩饰内心不可驱散的悲痛。锦汉则为着不能做戏服而心灰意冷。

这个年轻气盛的小伙子，脑海里酝酿着许多想法，各种各样的图案、多姿多彩的颜色。他有时无聊在纸上作画，便想将这些画里的变成现实。现实却是残酷的，不管画纸上是多么漂亮，也无法进行任何实践。

"做床单也就算了，连样式都是统一下发的，不让我们做半点更改！"锦汉向父亲抱怨。他为床单设计了许多图案，最终全被否定了，说不能乱设计，要完全按照上级的指示。他为此感到失望、郁闷，实在忍受不了千篇一律的图案，更不要提那些呆板的线条、沉闷的配色。

父子俩呆呆地坐到深夜。眼看夜深人静，四处无人，树仁将刘明君的小姐装从床底拿出来，说："这是君姐拜托的，你给她补补？"

锦汉虽然天天默念着戏服，当真看到了，仍是十分吃惊，说："做都不让做了，还敢修补？"

树仁飞快将包裹塞到他怀里，说："我看最近形势没那么紧了，不会有人来查了。君姐年纪大了，老是心心念念着一套衣服，我们便替她冒这个风险吧。"

锦汉默默地将包裹扎好。他明白父亲的心情，但也深深了解如今的时势。这环境下冲动而为，总是容易招来灾祸的。他对着包裹愣了一会儿，想父亲既已做了决定，那必定是不会变的了——又重新打开，看了一眼，问："我自己做？"

树仁默默地点了点头。

锦汉蹑手蹑脚地回到自己房间，猫着身子，钻到床底，将那包裹塞到最深处。声音惊动了瑞芬，她在迷糊中弹起，警觉地问："什么人？"

那时节，大家都怕小偷，其实偷也偷不出什么，但就是怕。锦汉忙安慰太太，说："是我，我找点东西。"瑞芬从床上坐起，拧亮了灯，疑惑地看着他，想知道发生了什么。锦汉便笑，说："你好好睡，我藏点东西。"瑞芬长舒一口气，沉沉睡去。她这一年来，看了太多他们家藏东西，简直是见惯不怪了。

车间里成批量地生产着床单被套，渐渐失去了戏服的痕迹。裁床的锈迹，似是昭示着一个产业的消失。粤华厂变成了普通的床单被套生产厂,跟纺织厂生产一样的产品。几乎天天开会,开完大会开小会,每个部门还组织学习会,讲思想、讲觉悟,每个人要交八百字的学习心得。车间的橱窗空空如也,华丽的戏服、精致的绣品,再也看不到了,就仿佛它们从来没存在过。

粤华厂渐渐地起了谣言,说戏服没有销毁,藏在郊区仓库里了。

吴书记的脸色十分难看。他想方设法找出造谣者,并忍不住查问树仁:"是不是真藏在郊区仓库了,你得说实话!"

树仁去郊区仓库看过几次,东西在仓库里藏得好好的,连守门师傅都不知道。然而有了流言,就必须及时处理。他这回也犯愁了,还能有什么办法呢。

眼看着流言日盛,要是再找不到合适的地方,只怕又要被搜仓库了。锦汉想出了个办法,说:"戏里不是有唱,明修栈道,暗度陈仓!"他想出了一个主意,虽然冒险,却可以破除谣言,把戏服保住。树仁听了,吓了一跳,连连摇头。但又实在找不出更好的办法,形势越来越严峻,再不采取行动,便要犯下大错误了。

根据锦汉的主意,首先是向吴书记"自首",说"戏服没烧,一直藏在厂的分库"。吴书记听了,吓得不知怎么才好,扯着树仁的手臂,一连串地问:"你想害死全厂人吗?"树仁一脸诚恳地承认了错误,说:"是我认识水平不足,请领导处罚!"吴书记脸色铁青,紧紧地捂着胸口。

安抚了吴书记后,便开始下一步的行动了。这一次,除了陈家父子,便只有郭有民和陈诚知道。他们用破布头填充了几个麻袋,找了几件已经破损的戏服铺在袋口。锦汉仍是心疼,舍不得,摸着细密的针脚磨蹭半天。陈诚安慰他,说:"牺牲几件,保住几百件,也算是值得。"

布置好了以后,树仁便带了吴书记、刘佑行,请了二轻局的柳副局长,一起去了仓库。

柳局长一脸严肃,对着吴书记恶狠狠地说:"早就说要销毁,你们一直不听。还偷偷摸摸地转移,真是胆大包天!"吴书记打着哈哈,说:"是我认识水平不足,请领导处罚!"

仓库门外堆满了麻包袋,袋口裂开,依稀能看到金的粉的戏服件料。树仁沉着脸,坦白地说:"都在这里了。"

那些麻袋长年堆积在仓库里,是一副残破肮脏的样子,没有人愿意去翻。树仁又特别安排了七八个徒弟站在最前面。众目睽睽之下,更没有人愿意仔细检查。吴书记大略看了看,摇摇头,说:"烧了吧。"——树仁赌的就是这一把,立刻划着了火柴。吴书记向柳局长请示,柳局长亦不想多事,挥挥手,说:"赶紧烧。"

锦汉立刻用火柴烧着了纸,又用纸头往各处点了。火借风势,烧的又是易燃的布料,当下便迅速地燃烧起来。

树仁把大胡子也请来了。事先偷偷吩咐车子绕了道,等到大胡子一行人下了车,已经烧得差不多了。树仁给大胡子递上一根烟,笑着解释:"等你们不来,先烧着了。"

大胡子一行人略望了望,倒也不去深究。十几个麻包袋,一时烧得不亦乐乎。吴书记望着也是心痛,脸皱得紧紧的。大胡子斜眼望了望树仁,略微点头,似乎在说:"算你识相。"

一阵风吹来,火越烧越大,大概是因为布料的添佐,烧得十分顺畅。火借风势,烧得旺了,布料四散。大胡子突然皱起了眉,似乎看出了些什么,从鼻子里哼了一声。锦汉心里打鼓,忍不住往火堆边靠,用废衣架将散开的火苗聚拢。不料,突然一阵风起,火焰升腾,噼里啪啦的,像烟花一样在他四周盛开。周围的人都不禁惊呼。

锦汉像个猴子似的从火堆里跳腾出来。郭有民等忙冲上去,七手八脚地将火扑灭。

大家立即把锦汉送往医院。经检查,他的身上有多处灼伤,好在没有伤到筋骨。瑞芬心疼地放声大哭,锦汉反而要安慰她,笑着说:"大难不死,必有后福。你嫁了一个有运气的老公。"

这件事过后，上级领导严肃地批评了树仁。所幸这时节到处乱七八糟的，大家都怕招惹是非，稀里糊涂地混过去了。吴书记秘密召开了一次领导会议，提议为了全厂安全，谁也不能把这件事说出去。

粤华厂依然保持着稳定的产量，工作秩序十分安稳。对于工人们来说，都是一碗手艺饭，虽然不情愿，却仍是按时开工、按时收货，制作着千篇一律的图案。工友们特别讨厌开大会，每次吴书记在上边读文件，工人们便在底下走神开小差。小侯姐私下里说："一看到文字我就犯困，读一读就算了，还要背下来，我们又不是当领导的！"夏谦天天捧着红宝书，在车间里踱来踱去。一天，小侯姐忙完了活件，四肢僵硬，正给自己捏脖子。夏谦将她叫住，说："请你背《毛主席语录》第一页。"小侯姐没好气地瞪了他一眼，手一拨，说："走开，不要妨碍生产！"

工友们都被她的表现逗乐了，纷纷赞叹她有勇气。夏谦也只有赔着笑，说："生产最重要，生产最重要！"

刺绣部的活计从丰富多彩的花色，变成了单一的鸟、凤，都是绣在床单被套上。好在只要开了工，便有了稳定收入。这个部门依然是最忙碌的，虽然是简单绣样，毕竟所有产品都需要。为了安排回城知青，粤华厂又陆续增加了一些人。刺绣部为了满足庞大的生产量，前后共安排了二十多个回城知青。

到了一九七三年底，在市领导的指示下，广州市部分工艺品恢复了生产，这一消息给粤华厂带来了鼓舞。

树仁将已经取消的设计室恢复，继续从事绣品开发。锦汉听到这个消息，简直欣喜若狂。他早已厌倦了那些呆板的工艺。他每日待在设计室里，尝试各种配色。有了合法依据，锦汉又重新满怀热情地投入到绣品研究中。

家里依然是困顿的。每月的粮油米都不够吃，一家人节衣缩食，只祈求千万不要生病，冬天不要太冷。市面上缺衣少布，虽是家里人手巧，却无法凭空变出物资。大人的衣裤穿破损了，改成小孩子的。若妍一天天长大了，长得白白净净，活泼调皮，每日在街巷里疯跑。家里人都争着给她做衣服，在裤脚上绣花。虽然是粗布衣衫，穿在孩子身上却生动可爱。黄柳病过几次，身体大不如从前，树仁惦记着他们，常让锦汉去黄婉家帮忙。

转眼又是春节。

虽然生活拮据，到了过年时候，全家上下还是十分振奋。从年二十开始，家里就忙碌开了，各种程序一丝不苟，都是为了一个吉祥如意的好兆头。

供销社的粮食供应向来紧张，有粮票也买不到米。树仁为着意头，早早就筹备上了，一入冬便计算着存好过年的米。到了年末，严格按照年二十四谢灶台、二十六洗地、二十八蒸糕的传统，芹菜、葱、蒜一丝不苟地凑齐了，烟、酒是平时省下来的，莲藕糖、冬瓜糖、水果糖也是近冬的几个月凑起来的。

到了年三十的下午，家里烧了柚子水，一家人都用柚子水洗澡，以示洗去霉气。从前各家各户都习惯在家门口摆一张桌子，摆一桌敬神食物，如今提倡"破除封建迷信"，只能在屋里偷偷地摆。家里的窗玻璃擦洗明亮，被褥衣服也都干净整齐。神台擦拭得干干净净的，树仁领着孩子们，对着祖先行礼，说希望祖先保佑，陈家上下平安，年年团圆。

那神台上的器什，摆放多年，已然有些陈旧了，铜器的边缘处，有一种磨损后的异常光亮。树仁面对着父亲的遗像，凝神良久，心里默默地说："陈家多年以来，都靠戏服这门手艺吃饭。阿爸，我相信冥冥中自有安排，人不会走上绝路的。"

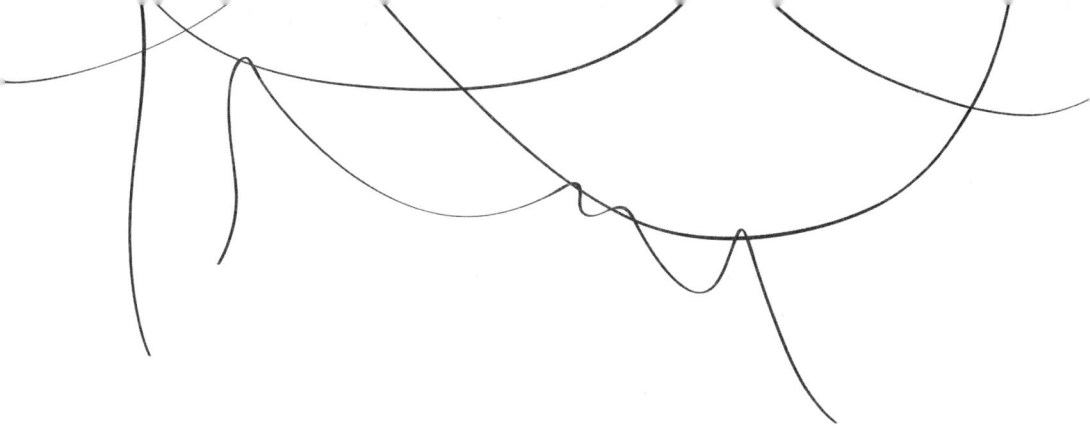

第三部分

时代转折

第十四章

广州的春天,是从立春那天开始的。

风向由北转南,南风一吹,便绿了整座城市。天气一天比一天暖和,空气湿润了,小草绿了芽,绿意渐浓。二月份的时候,有几天"倒春寒",之后便迅速回暖,花、草、树疯长。美人蕉最先开放,在私宅的花圃里,夸张喜气地宣布了春的到来。街头巷尾,红的、粉的……各种颜色的太阳花竞相绽放。花朵只有拳头大小,簇拥着、试探着,在草丛中娇羞地探出头来,可是给人带来了春的希望。

到了三月,整座城市已成了花海。极目所至,无处不是花。各家各户门前,海棠、月季开得正艳;小桥边、泥地里,不知名的小野花,装饰了所有的泥土。到了清明前后,空气潮湿、雨水不断,木棉花却已准备好了,叶子开始脱落,长出火红的花蕾。等到春雨落尽,只见灼灼的木棉花伸展在高处,像火炬般擎着鲜艳的花朵,斗志昂扬、神采奕奕。

大自然赠予的美丽,使身处其间的人,对未来充满了向往,让人无论在多么恶劣的环境中,总能坚持下来。生机无处不在,阳光总会冲破云层,照耀到人间的每个角落。

一九七九年,花城大地解冻,粤华厂全面恢复戏服生产。

锦汉缓缓地走在车间,听着来自四面八方的起伏杂音。机床恢复转动,发出雷鸣般的声响。他努力压抑着激动,日日盼,夜夜盼,终于盼来了大好消息。车间里根据旧例,恢复了设计部、车裁部、缝纫部。也有些工友并不喜欢制作戏服,宁愿做被单,不费神。他们嘟囔着,不情愿地加入工种调整的流程中。锦汉却是说不出的高兴。他亲自动手搬进搬出,将衣架和样版全都摆回原来的位置。

岁月在每个人的脸上刻下痕迹。在粤华厂里,很多人从青年变成了中年。树仁在他六十五岁那年光荣地退休了。单位仍想返聘,他拒绝了。环境不断地在变,他很有信心,相信继任者会填补好十年的空白,开辟一条新的道路。他在这一行做了四十多年,亲身经历了它的盛,它的衰,已经足够了。他利落地收拾了私人物品,签了交接单,心情舒畅地离开了粤华厂。

锦汉默默地跟在父亲后面,穿过嘈杂的车间,经过忙碌的人群。他替父亲收拾好饭盒和茶盅,说:"厂里说,下个月给你开欢送会。"

"不用了。"树仁愉快地笑道,"重新组织生产线,大家都很忙,不要打扰了。"

在此期间,徐宁过世了。去之前有些小病,但总算去得安落,在医院住了一个星期,便安安静静地去了。她的遗像是按时兴做法,烧制了一张白瓷盘,摆在斗橱里。树仁有很长一段时间不能适应,往事点点滴滴,不时像电影一样在脑海里闪现。他有时吃着饭,以为她还在,会习惯地对着房间喊一声:"吃饭啦!"然而岁月终究能抚平一切,特别是一个人年岁大了,便时刻做好了与亲人送别的准备。

树仁劳作多年,始终身体健朗,腰板挺得直直的。签完字后,他缓缓地走到车间,履行作为厂长的最后一次巡厂。他缓缓地走在裁床间,仔细地盯着每一道运作。表情平淡而认真,就仿佛他十多年来每一天进行的那样。

他退休不久,徒弟郭有民当上了厂长,而锦汉也经由公选,顺利地当上了副厂长。

粤华厂恢复了往日的热闹和喧嚣,工人们重新拾拣起遗忘多年的戏服手艺。那些藏在仓库最里边的宝贝,终于能重见天日了。锦汉组织了一拨青年男工,拆开麻包袋,经过一番修补,洗涤、熨烫,让它们重新焕发出神采。五彩斑斓的戏服,一件件悬挂在显眼处,仿佛昭示着一个新时代的开启。

锦汉时常一个人待在设计室里,不知疲倦地工作。经过多年累积,他在戏服修补方面总结出了一套经验,希望能找到一个有资质的徒弟,一五一十地传给他。岁月里总有些平淡日子,也有些坎坷起伏,留下的终归是技艺,是凝聚了无数人心血的艺术精品。

粤剧团、歌舞剧团也重新恢复了排戏。经过这几年,他们保存的戏服已所剩无几。树仁提醒锦汉,一定要有所准备,"一旦决定排新戏,那就是大量的订购了"。果然,粤华厂刚宣布恢复生产,便有省内各地的粤剧团、艺术院校、艺研所,络绎不绝地来订。

"都接,都接,先接下来再说!"郭有民干劲十足,挥舞着拳头。这与锦汉的心意不谋而合。一时之间,粤华厂从上到下,都士气大振,高效率工作着。

市粤剧院要排演一部全新的宫廷戏,一次性大规模地订了一批剧装。然而,在第一批订单验收时,一件女大靠退了回来。演员对这件衣服颇多意见,说是颜色不对、前箭歪了,左右袖子长短不同,听起来简直毛病百出。锦汉坚决不能接受,与剧团负责人交涉,还是按对方的意见改了,可当下次送过去,又发现了别的问题,又给退了回来。

锦汉为此十分着急,自己亲自动手,精心修改了一番。然而再送过去,还是被退了回来。对方私下里对锦汉说:"这是红姐的意见。"

锦汉这才恍然大悟。

黎宝笙去世后,黎红姐弟一直跟着刘明君生活,于莺莺曾想办法回来找孩子,迫于种种压力,最后只带走了黎卓,黎红还是留在了广州。她继承了父母的艺术基因,又一直在粤剧院里长大,跟着众多前辈学唱,从小丫鬟唱到了正旦,成为了粤剧院新的台柱。

没过几日,又一件反复改了几遍的女帔被退了回来,据说又是黎红的意见,说是"滚边有问题,滚得不好,不扎实"。衣服退回来后,整条流水线的工人都很愤懑。特别是做缝纫的小媚,摸着笔直的纹路,气红了脸,一副要拼命的姿势,说:"她当我们手艺人是什么!"连向来好脾气的郭有民都忍不住了,在车间里黑着脸,连着骂了几天脏话。锦汉回去告诉父亲,父亲也是摇头。黎家姐弟自从得知当年黎宝笙想去香港,是树仁劝说了下来,便起了恨意,一直恨着陈家。

"笙哥的确是可惜了。"树仁慨叹道,"当时我劝他留下,是个大错误。"他想起故人,无限惆怅。

"你又不是神仙,怎么会料到将来发生什么。"锦汉无奈地叹气。想到以后可能面对的各种刁难,只能提醒自己要有耐心。

恢复了戏服生产,整个厂都恢复了生机。厂里的食堂一直都在,但刘师傅退休了。厂里购置了蒸笼,职工们自己带饭,中午将饭盒放进蒸笼里统一蒸热。锦慧每天都会精心准备好三个饭盒,一般有叉烧、腊肠,加几条青菜,再加一碗汤,就是标准的广州人伙食。腊肠有买自副食店的,也有自制的。初冬的时候买猪肠衣、绞肉、灌肠,放油、盐、酱油等各色调料调好,放在阳台上晒十多天——自己做的腊肠新鲜美味,还能省钱。那段时间恰好日头足,腊肠晒得色泽光润,香喷喷的,工友们品尝了,都赞她手艺好,说"不比皇上皇的腊味差"。

粤华厂的车间又热闹起来。火炉烧起来了,珠管堆积如山,那些久违了的戏服样版重新挂在车间四周,华丽绚烂。

厂里的活计迅速积攒,车间里也日渐忙碌,缝纫机一天到晚转个不停。锦汉不管再忙,也保持着每日定时巡厂。与树仁相比,他的在厂工龄更长,技术更全面。在百废待兴的情况下,他希望抓住机会,从旧的生产经验中突破,探索出更新更好的产品。

锦汉常一个人坐在设计室里,一待就是十几个小时。他已经不满足于照图谱画样了,在过去很长的一段日子里,他总在脑子里设计各种图样。如今,他尝试着将想象中的图样变成现实,创造出自己满意的作品。

只有锦光十分不耐烦,甚至是有无名火要发作。

锦光最初是做车缝，可是他待不住，嫌枯燥，主动要求去开车。开车是符合他的性子的，自由、散漫，不需要死守岗位。然而恢复生产后，车间推行了计件制，各部门允许发任务奖金，收入上就有差别了。他眼看着工友们积极地工作，工资一个月比一个月高，感到十分郁闷。而锦汉此时又顺利地度过考核期，正式任命为粤华厂副厂长。兄弟俩的差距增大，他便觉得有些不是滋味。

这天，锦光再也忍不住了。他闯入副厂长室，拉着锦汉，要求调回车缝部，而且要做车间组长。

锦汉正忙得不可开交，粤华厂恢复招工了，他得带学生。这些从美专毕业的学生跟学徒不同。他们有理论功底，缺的是日积月累的经验。锦汉根据自己编排的教程，按部就班给他们讲解，因材施教。

锦汉听了锦光的要求，又好气又好笑，但他仍是耐心相劝，说："现在厂里制度分明，不是我一个人说了算，你也知道，厂里刚招了一批工人，各个车间都是满的。"

锦光完全听不进去。"你再怎么说也是副厂长！"他抬起下巴，轻蔑地说。多年来，他一直觉得哥哥借用父亲的威名，在厂里顺风顺水。作为弟弟，半辈子活在哥哥的阴影之下。"你不帮我，我去跟爸说，让他找郭有民谈。"锦光说话的时候仰着下巴，呲着嘴，故意不看人。

锦汉不想跟他纠缠，挥挥手，说："你去谈。"略想了想，又叹一口气，说："爸已经退休了，你不要再拿厂里的事烦他。"

树仁没有责怪锦汉，而是表达了对他的支持。在自己的三个孩子中，锦汉是最懂得戏服的，锦慧的车缝技术好，而锦光却不是干手艺活的料，他性子急，坐不住。当年在缝纫部的时候，他的活计最差，浪费了不少布料，还累得老师傅替他补工。既然不适应这一行，索性放弃，去做适合他性子的事。

"锦光啊，这么多年来，我常骂自己的徒弟……"树仁对于自己的孩子，反而不知道如何教育，他舍不得骂他们，特别是锦光，是最小的孩子，"对你，我是最宽容的。"

然而锦光并不领情,仍然梗着脖子说:"我想调回车缝部。"

"你向来不是不喜欢做功夫活吗?而且你也不适合。"树仁缓缓地说,目光坚决。

他已经很久不管厂里的事了,这件事不算厂事,算家事。锦光真要回车缝部,跟郭有民说一声就可以了。只是树仁很清楚,做好一件事,是要真正热爱的人去做,为了几块钱加班费而转行,迟早也是会放弃的。

得不到父亲的支持,锦光更是发了大脾气,从此一见锦汉就黑脸,眼睛故意不看他,也不跟他说话。粤华厂人多,这兄弟俩斗气不说话,却是没有人发现。锦汉以为他只是一时之气,也没在意。没想到僵持了几个月,始终没有和好。

到了中秋那天,大家都回了陈家老宅,可依然是零交流,半句好话都没有。树仁领着全家拜了神,对着神主牌上香,烧了纸钱,认真地布置了有烧肉、鸡、芹菜、饼和糖的神台,依序给祖先们敬茶、敬酒。

锦光仍是十分生气,当着父亲的面,他也不跟锦汉说话。兄弟俩始终是"面阻阻[①]",锦慧怕父亲担心,忙夹在其中当个和事佬的角色。私下里她两边相劝,可锦光坚持认为自己没错,锦汉则静静等待着弟弟想通。

合家团圆的晚宴上,已经不是"八宝鸭"唱主角了。生活最困窘的那几年,板栗、莲子都买不到,八宝鸭也就做得不好了。徐宁便说干脆不做了,"像是贫困人家装富贵,惹人笑话"。树仁没作声,后来无论什么大节,都没有了八宝鸭,慢慢地有了一味固定的白切鸡,是瑞芬的拿手好菜。

烧一锅水滚滚地烫一遍,鸡就熟了。立刻放入冷水中浸没,以保持肉质鲜嫩。程序虽然简单,却极讲究火候,做得好时,整只鸡皮光肉滑,肚里有油。再配制由姜、葱、蒜做成的蘸料,以蘸料带出肉味,清淡香甜。瑞芬掌勺多

[①] 面:见面,碰面,面对面时。阻:阻滞。整个词的意思为:碰面时非常尴尬,暗含见面双方之前发生过不愉快的事情,心存芥蒂而未完全消退,使得再次碰面时有不适应的感觉。

年，厨艺十分精良，简直是陈家的厨神了。

树仁想念"八宝鸭"了，便去翠凤家吃饭——黄婉继承了翠凤的"秘传"，将这道菜做得非常好。有时用由传统的桂皮、八角熬成的卤汁，有时也会用时兴的杨梅酱。黄婉的先生陈卫东在二轻局——粤华厂的上级单位工作，很喜欢与树仁谈论厂里的管理。

吃过晚饭，大人们围坐一起吃着月饼，说说闲话，孩子们躲在房间里打牌。家里的孩子们都长成小大人了。若妍年纪最大，很有自己的主意，是几个孩子的头儿。锦慧的孩子浩彦比她小三岁，刚上初中。黄婉的女儿秋怡与浩彦差不多大，她性格爽朗，喜欢留一头短发。锦光的孩子名叫若丽，是个秀气的姑娘，最喜欢跟着姐姐哥哥玩。几个小孩子欢快地玩着"锄大地"，嘴里"过""不过"地叫个不停。树仁听着孩子的欢乐声，忍不住呵呵地笑，说："日子平乐、安稳，就是好事。希望他们将来的生活，不要像我们当年那么苦。"

锦汉温和地赔着笑，锦光努努嘴，不置可否。

粤华厂恢复生产后第一次招人，就破了原本要招的数量。一年以后，顶不住压力，又安排了一次公招，一下子进了二十多个人，一时间人满为患。车间里人来人往，各种劳作声音交织在一起，混成不规则的杂音。郭有民常感叹分身乏术："现在不仅要抓设计，还要抓管理。"锦汉也感到了人事上的压力。眼看着粤华厂效益好，许多亲戚找上门来。一些久不来往的姨婆姑婆，如今都来套近乎，带着烟、酒，希望给自己的孩子安排工作。锦汉总是婉拒。他对权力上的欲望很小，也不贪烟、酒。他知道那些孩子只是想找一份稳定的工作。然而做戏服的精髓是天长日久、精致细腻，必须是真心喜欢，才能做得长久。

有一个自称是"四姨婆"的孙女的，找了锦汉许多次，每次都是大袋小袋的礼物，亦说出以前汉记的许多细节，不像是"白撞[①]"的，说到最后，亦是

[①] 白：既指陌生的，又指平白无故。撞：撞骗。整个词解释为：陌生人平白无故套近乎，博取信任，实质想招摇撞骗。

华衣锦梦

请锦汉帮忙安排一份工作。那妇人自己说得热闹，可锦汉却觉得亲戚好多。

树仁依稀记得，以前是有个四姨婆开药店，听说是有个女儿，不过多年不来往了。所谓"嘢可以乱食，亲戚唔可以乱认[①]"。树仁也笑了，说："没听说谁为了一份工，乱认族谱的。"

"那很难说，现在的人，心眼越来越多了。"锦光怪声怪气地说道，瞟了锦汉一眼。

拒绝了几次，锦汉在亲戚中落下了"不通人情"的罪名。亲戚们都在背地里取笑，说他白当了这么多年领导，除了会埋头苦干，还会做什么？锦汉听了并不在意，他在领导会议上不断强调"严进严出"的用人原则。他对于手艺的执着人尽皆知，在他手下绝没有混日子的，个个都是业务好手。他唯一抱歉的是锦光，以兄弟多年的了解，他相信，就算将锦光调回车缝部，迟早也是要调出来的。

粤华厂不敢盲目扩张，虽然订单络绎不绝，但超过负荷的只能作罢。职工数日益扩大，郭有民顶住压力，表示没有岗位了，粤华厂五年以内不再公招，进来的只能当临时工。

重阳的时候，锦光回家给父亲过节。他找了一份晚上的炒更[②]，给人代班出租车。开出租车赚钱不少，他也就没再坚持回车缝部。赚了钱，他买了一台十四吋的电视，放在树仁的房间里，给他一个人看。

树仁对于儿女们的孝顺，甚感欣慰。但他更看重的是，他们能秉承陈家勤劳、踏实的传统，给更小的一辈做榜样。他对着锦光，一字一顿地说："我们手艺人过日子，一是一，二是二，穷是命，富也是命。我不希望你们穷苦一世，但更不希望你们发横财、走歪路。"

锦光不敢反驳，不住地点头。

[①] 整句意思为：东西可以乱吃，亲戚不可以乱认，形容胡乱认亲戚、拉关系的后果比吃错东西、吃坏肚子更严重。

[②] 炒更：利用晚上时间或其他业余时间，做除本职工作外的一份职业。

第三部分 时代转折

在培训新学徒之余,锦汉十分用心地补救着曾被遗弃的戏服。他走过了这段时日,就像走过了自己最珍贵的青春岁月。面对着旧戏服,他表情淡定,安静地修补着。许多戏服因为久不见天日,放在仓库里烂了、霉了,这对于他来说是不可容忍的。他愿意在裁床前坐十几个小时,只为将一块前幅修补好。而这种修补工作,除了要求极大的耐心,还需要一种不求回报的精神。

他盯着眼前那件破损的官服,首先发现补子上的绣线脱了。"这个好解决,直接换一块。"他自言自语地说。再检查前幅、束腰,将几处脱线的地方小心连上。"腰带也要换了,但是这个色不好配。"他摇摇头,又点点头,想象这件官服补好后,必定能穿在一个年轻小生身上,风流俊逸、秀美多姿,忍不住露出了笑容。

设计室过去只有三四个人,如今则有八个人了。其中跟树仁同批进厂的,都陆续退休了,剩下跟锦汉同批的陈诚,还有晚一届的小张、小金。大家均以师父的身份带徒弟了。

带徒弟这件事,虽然费时费力,却是他喜欢的。他乐意看到年轻的、有文化的一代进入这个行业。眼看着时代慢慢地温热了、活泛了,他感觉有些东西是需要变化的。新职工入职后,他作为副厂长,有义务带他们认识戏服、热爱戏服。他带着他们到厂的展藏室,认识各式各样的款式。"花旦的衣服最美了,花团锦簇、珠光盈袖。青衣的也美,简洁鲜明。武生的更美了,头戴盔甲、背插战旗,威震四方。"

"一层又一层,好麻烦!"没想到这些年轻人叽叽喳喳,嘴里吐出来的词是"陈旧""复杂""没新意"。

锦汉耐心地解释:"宁穿破,不穿错,有规矩才是美。"

然而年轻人只是走马观花地看看,捂着嘴笑。

到了头盔部,他们更是一副难以理解的样子,摸着做头面的珠子,小声议论,说:"这一看就是塑料的啊。"

"要是看起来像真的,早被人摘走了。"锦汉说得形象生动,大家都笑了起来。

他不是老古板,戏服的好他知道,不好他也知道。他正在为《新柳毅传书》设计一系列剧装,就是追求跟传统版不一样的效果。

"现在各地剧种的服装都改革了,我们还是老样子。"私下里,他对设计部的同事们诚恳地说。厂里组织了去苏杭学习,参观当地的戏服厂。这次出行给大家带来极大的震撼,越剧剧装大胆使用各种纱、缎,用料上区别于传统的厚重沉闷,配色华丽、惊艳,与精美的苏绣结合,别有一番江南韵味。

锦汉为此一头扎入了广式戏服的改革研究中。

恪守传统又不趋于迂腐,接受变化然后适应变化,这才是改革的意义。

设计室新进的两个学生,一个叫晓岚,一个叫颖珠,都是女孩子。锦汉第一次带高学历的女徒弟,对她们的培养格外用心。老一辈的设计人员,都是从手艺人做起来的,文化水平低,简简单单的一个立体图,怎么也理解不了。而新徒弟们有理论基础,上手快,实践起来也更轻松。他希望新人们带来新鲜的变化,突破传统的配图风格,款式上求新求变。

年轻的学生与他交流得很顺畅。他们给他介绍从国外引进的色彩理论、成衣的立体剪裁原理。他对新知识非常感兴趣,虚心地听着徒弟们的分享,让晓岚帮忙去工会图书馆借书。晓岚是一个性格安静的女孩,喜欢穿一袭白裙,头发长长的,扎成一个松松的马尾。

没想到,麻烦很快就来了。新徒弟来了不到半年,突然谣言铺天盖地,说锦汉"乱搞男女关系"。

锦汉听了这话,真是吓了一跳。在粤华厂的车间里,这类谣言实在太多了,女人多的地方总是是非多。但他于这方面向来谨慎,自觉地躲得远远的。当年他与瑞芬谈恋爱时,都没有听过这么多恶劣的谣言。

他又觉得有点灰心。技术方面的议论,他向来不在意,只要作品最终能完成。感情方面的谣言,他向来十分看重,这涉及个人人品,一个人的名声。他唯有向陈诚倒苦水,说:"今天车间里,有人说闲话,正好传到我耳朵里。"

陈诚的反应是见怪不怪。在这个厂里干了十几年,天天跟妇女们打交道,这类风言风语自然是听得不少。

"她们一会儿说我跟颖珠有路①,一会儿说晓岚跟我有路,我有这么英俊潇洒、风流倜傥吗?"锦汉无可奈何,简直仰天长叹。

陈诚哈哈地笑,说:"大概是在其他方面难以挑毛病。"

"以前没有这种谣言的,现在是怎么了?"锦汉有点想不明白。

"现在的风气,比过去开放多了。"陈诚乐呵呵地说,"现在的人看得多了,听得多了,想法也多了。"

粤华厂里妇女多,工休时聚在一起闲聊,总是容易生事。特别是所谓的"男女之事",说的人只当是笑话,当事人却受到了无形的伤害。锦汉隐约听到不少自己的绯闻,却没法解释,只能自我安慰:时间会证明一切的。强力镇压谣言,反而落了欲盖弥彰的罪名。

为了避免麻烦,他决定从此不带女徒弟。不料这样做,却引来了更大的麻烦。没过多久,有位美专毕业的女学生想入粤华厂,又一心想跟随赫赫有名的"著名戏服专家"陈锦汉。锦汉听说专为自己而来,赶紧拒绝,生怕引起是非。然而没过多久,就有二轻局的领导亲自打电话来,批评他"不乐意带徒,是极其狭隘的行为"。

锦汉无可辩解,只好承认错误,赶紧把这个女徒弟收了。

有一天,锦汉约了客户在会议室谈生意,忽然听到外边一阵喧哗,依稀听到自己的名字。他忙结束会议,赶到休息室,只见颖珠和几个老大姐正在对吵。

"怎么回事?为什么吵架!"锦汉沉着脸,严厉地质问。

老大姐们吓了一跳,都不敢作声。围观的工友也都脸色讪讪的。锦汉心一

---

① 有路:有奸情,有一腿,一般指男女之间的地下情,多数是周围的八卦之人的恶意揣测。

沉，猜测事情大概与近来传得热闹的"男女之事"有关。他慢慢走入人群，走到一个老工友面前，问："什么事非得闹得全厂皆知？你们是老大姐，要管好小的，给他们做榜样。"

颖珠委屈地解释了事情的经过。已经是午休时分，她到茶水间倒水，却听见几个老大姐聚在一起嘀咕，内容正跟"乱搞男女关系"有关。她听到了自己的名字，顿时忍不住，跟老大姐们争辩，然后就吵起来了。

老大姐中有个叫云姐的，态度十分强硬，说："我们可不是在说你！"

颖珠毫不示弱，立刻顶回去，说："你说晓岚也不行！"

云姐被她的态度激怒了，顿时满脸通红，用手指着她的鼻尖，说："你这是什么态度，真喺冇大冇细，咁嚣张①！"颖珠气极上头，愤恨地反驳："我不是嚣张，是讲道理。"这么吵着，又越吵越大声。工友们认为颖珠占理，但云姐是多年的工友，两边都有人劝，支持云姐的还多些。

瑞芬也挤进了人群。她紧张得两腿发软，想说话，又不知能说什么。所谓无风不起浪，闲言碎语听多了，总感觉有些不对劲。但她看到锦汉的脸色很僵，出于夫妻间的默契，她知道他要爆发脾气了——她忙冲上前，拉住颖珠，说："你想干什么？"

颖珠本来硬撑着一口怒气，与老大姐们互瞪。看到瑞芬阻拦，本能地愣住了。这件事受伤的不只是她或晓岚，最重要的是瑞芬。她有点反应不过来，结结巴巴地说："芬……芬姐，有些事情，一定要搞清楚……"

云姐表情略尴尬，说："我们也是听别人说了，八卦几句。搞不搞清楚，不是我们的事。"

瑞芬的脸色一阵红、一阵白，心里憋屈难受，觉得不能任由工友讥讽，但也想借此机会问个明白。她忍不住又望了锦汉一眼。锦汉仍是脸色阴沉，极力压抑着内心的怒火。她突然冷静了，意识到在复杂的人和事面前，自己必须成

---

① 真喺冇大冇细，咁嚣张：真是没大没小，这么嚣张，指不分尊卑。

为他的有力支持,不能给他添乱。

她平静了心情,拉着颖珠的手,搂着她的肩,说:"几句闲话而已,大家开玩笑的,不要太计较。"转而望着云姐,说:"大家这么多年同事,我知道你的为人。你开我的玩笑没关系,别牵扯到小姑娘们,她们脸皮薄。"云姐脸色讪讪的,点头也不是,摇头也不是。

锦汉挥挥手,大声说:"以后在车间里少传八卦,多干点活!"

大家都不敢再说话,人群慢慢地散了。老大姐们迅速地回到自己的岗位上,低头干活。小年轻们向颖珠竖起拇指示意,赞扬她有勇气。

下了班,夫妻俩默默走出厂大门。每到下班时分,马路上车水马龙,大厂小厂的职工都在这时候迫不及待地回家,夕阳光将行人的影子拉得长长的,交错纵横。不断有自行车响着铃,在人行道飞驰而过。锦汉忙拉着瑞芬,怕她心神不定、注意力涣散,来不及躲避。

路过一家糖水铺,锦汉提议进去喝碗糖水。瑞芬脸色不好,双眼无神,但还是点头同意了。锦汉替她要了一碗冰糖银耳莲子,很快便端上来了,糖水是微黄色,银耳在碗里像花一样盛开着,柔润如玉。

瑞芬面无表情地尝了一口,说:"不够甜。"

"你想要多甜啊!"锦汉笑着,故意逗她开心。瑞芬摇摇头,没有接话。锦汉自己是吃芝麻糊,慢慢地搅拌着,说:"有碗糖水落肚,立刻觉得日子好过了。"瑞芬不由得想起当年拍拖的时候,那时工资低,也没什么娱乐,最喜欢的消费就是去糖水铺喝碗糖水。她本来想说点什么,最终还是忍住了。

好在谣言传来传去,终归是谣言。时间长了,大家传话的兴致也就淡了。过了不久,刘志军也传出了"桃色新闻",而且是有实有据,亲眼被人看见了的。锦汉这才暂时摆脱了"这种事"的困扰。

第十五章

日升又落,状元坊的格局跟三十年前没什么变化,只是住在这里边的人,已经是换了一代又一代。

阳光从屋顶上掠过,照亮了整条巷子,巷子里不断响起清脆的单车铃声。斑驳陆离的石板路上,青苔像车线般纵横交织,形成一幅复杂的山水画,笔画生动、疏朗有致。锦汉推着自行车,比瑞芬先出门。

这年春天,一场流行性感冒笼罩了广州城。报纸上头条刊登了这一消息,每天追踪报道感染人数。粤华厂也不能幸免,整个车间三分之一的工人病了,每天都有请假条交到办公室。最流行的预防办法是熏醋,可是车间里到处堆放着衣料,不能沾染上味道。厂里研究了许久,请了防疫站定期来消毒,给每个人发了一个口罩。于是每天早上,大家开工后的第一件事,就是戴上口罩。车间里安静了不少,一眼望去只见千篇一律的戴着口罩的面孔。

厂里的订单多得接不过来,工人们又接二连三地病倒,岗位的调配越来越困难,锦汉忙得脚不沾地,除了安稳人心,还得亲自上阵顶替空缺岗。家里的活全都落在瑞芬身上,她是厂里的技术骨干,也是家里的主要劳动力。若妍读着中专,吃住都在学校,周末才回家。而树仁却是年纪渐大,经常有些腰腿疼痛,心血管也不好,要时时照看着。

这天,瑞芬下了班,没能按时回家。因为一件衣服的收尾,稍耽搁了一阵。她怀疑自己染上流感了,头重脚轻,四肢发软。可是家里需要人张罗,回家之后,她忍着难受,坚持做了饭。

锦汉回来时天已经黑了,树仁正在洗碗,迟疑着说:"我等不到你们,自己先吃了。"

"爸,你先吃,不要饿着了。"锦汉虽然负荷着一个大厂的所有问题,却从来不向父亲倾诉。

"家嫂躺了一阵,怕是不舒服了。"树仁动作缓慢,找到插板,通了电,替儿子热饭菜。

锦汉瘫倒在沙发上,略闭了闭眼。他累了一天,实在疲惫不堪,心情也格外烦躁。眯了一会儿,猛地睁开眼睛,说:"爸,不用忙了,我还要回厂看看,有什么事打电话到厂里。"

"你先吃晚饭吧。"树仁担心地说。

锦汉摇摇头,起身拎包就走。

"唉,你先看看家嫂……"眼见他出了门,树仁忙大声提醒,可是锦汉已经走远了。

瑞芬在房间里躺着,昏昏沉沉的,眼泪不由自主地掉下来。

等到锦汉再回来时,已经是第二天晚上。瑞芬自己强撑着,去社区保健站打了针,领了药吃着。幸好不是流感,只是过于疲劳,血糖偏低。锦汉回来时,她已经吃了药,在床上昏睡了。

夫妻俩好几天都没说话。锦汉好几次主动说话,瑞芬都不理。锦汉自知理亏,脸上赔着笑,一有机会与妻子目光相遇,便与她说几句。厂里实在是太忙了,好几个单位的订单撞在一起。再加上流感蔓延,厂里人心惶惶。锦汉连着一个星期在厂里加班,周末本想歇歇,代替瑞芬买菜做饭,可厂里来了个电话,他又得出去了。

这天晚上,锦汉难得回来早一些,只见桌上是他喜欢的卤猪脚、咸水花生。他望了望妻子,心里有许多感激的话说不出来。这些年毕竟是当着领导,多少习惯了端架子。瑞芬还是不理他,板着脸不说话。树仁猜测夫妻俩吵架了,然而作为长辈,他觉得不便掺和。吃过饭,一家人都坐在沙发上看电视,却是悄无声息的。好在门铃响了,来的是陈诚,十分着急,请锦汉赶紧去医院看望掌姐。

夫妻俩赶到医院，此时已顾不上怄气了。到了医院，只见许多工友围聚在病床前，气氛凝重。掌姐已经是弥留之际，意识模糊，她的家人红着眼站在床边，看到锦汉，忙走到他面前，说"感谢领导关怀"。瑞芬捂着鼻子，极力隔绝空气中强烈的消毒水味道，突然一个站立不稳，摔倒在病床前。

工会负责办理掌姐的身后事。锦汉怕父亲受刺激，叮嘱大家不要告诉他。瑞芬住了几天院，感冒症状渐渐消失了，却发现眼前一片迷蒙，看东西不清晰。她以为是眼睛过于疲惫，常揉眼睛，可是依然不见好。

厂里的订单多得做不过来。不仅是市里的粤剧团，还有各地的地方剧团、文化馆、宣传队，工人们常加班。然而招人不是容易的事，要打报告，等批文。等了几个月总算有文件下发，却通知说没有编制了，要招就招临时工。领导层开了几次会，始终想不出办法。市面上出现了不少小作坊，工作环境简单，付薪方式灵活。粤华厂作为一个体制臃肿、作风保守的国营大厂，没有编制，对年轻人就没有吸引力了。

粤华厂请了外包，甚至找了小服装厂代工，还是无法完成堆积如山的订单。工人们经常加班加点，严重的时候甚至一个星期回不了家。而锦汉对于手艺的水准十分重视，不管再忙，他也不愿意放松对质量的监管。

有时忙完了一天，见父亲还没睡，又是跟他谈论手艺的好坏。树仁特别喜欢沏了茶，抽着烟，一起探讨戏服的做法。每每说到技术难题，他便如小孩子般，兴奋地踏踢着椅子，笑着说："改进工艺是好事，守成是不利于行业进步的。"父子俩比画着，认真探讨各个细节，或者索性到裁床边，亲自动手一番。

粤剧院不断地排新戏，锦汉总想将戏服的生意都揽过来。国家号召国企、私企有计划地进行改革，这种形势下，不仅是国营企业放开了，许多中小企业也如雨后春笋般涌现。广东是改革开放的窗口，外来人口日益增多，城市也是日新月异地发生着变化。他虽是埋头做活，却也敏锐地感受到了这种变化，心中莫名地生出危机感。技术上的难题解决了，他仍是不放心，总觉得有些地方不对劲。

瑞芬总是愁眉苦脸的,很久没有舒心地笑了。每日重复的生活,沉重枯燥,难以负荷。锦汉工作忙,每天与她说话简直不到十句,可是家里的一切都是她照料。随着树仁的老去,陈家的亲戚人情都是她在打点。锦汉的工作忙不过来,家里全靠她这个"贤内助"。过了三十岁以后,她的身体虚弱了许多,不像年轻时不管多忙多累,睡一觉便恢复了体力。再加上厂里总是喧嚣多事,男女工的比例失调。俗话说,女人是非多,她觉得自己时刻处在妇女堆里,在永远叽喳吵闹的是非里面。

这天,难得碰到锦汉按时回家,树仁又约了老工友,夫妻俩这才好好坐下,一起吃顿安乐饭。锦汉仍是心事重重,一边吃,一边说起厂里的各种问题。瑞芬耐着性子陪着,听他一件事一件事地说,忍不住苦笑,说:"我们这做戏服的,天天金线银线,扮的是帝王将相、官家小姐,其实不过是自欺欺人。现实中,烦事愁事一大堆。"

锦汉听了,反而忍不住笑,说:"戏台上的当然是假的,谁不知道台上唱的是大富大贵、悲欢离合,难道还有人把它当了真?我们做戏服的,只要戏服漂亮就是好。"

瑞芬惆怅地说:"戏服再漂亮,也是大老倌获得掌声,跟我们有什么关系?"

锦汉略顿了顿,说:"不管别人怎么想,我自己觉得有关系。是我的出品,就必须过得了我的眼、我的心。"

瑞芬不想再多说了,勉强地回以一个笑容,嘱咐他别太操心,少抽点烟。

粤华厂的活越来越忙不过来。厂里开了几次会,又向上级打了报告,最终决定通过外贸部门,从日本进口十六台机绣车。

机绣车的引进,是戏服产业史上的一个划时代事件。手工刺绣在中国有五百多年的历史,在机绣车发明之后的很长时间,由于造型、技巧有限,使用率远远低于手工刺绣。但随着机绣车的不断改进,到二十世纪六七十年代,由瑞士、日本制造的机绣车,已经能在极大程度上替代手工刺绣。

历史的潮流无法阻挡，机绣车速度快、效率高，降低了材料和人工成本，为戏服行业注入了新的活力。

粤华厂有近两百人了，是一个规模宏大、名声在外的国营厂。锦汉作为主抓生产的领导，感觉责任特别重大。在日益受到冲击的环境中，再没有什么比接受转变、学习转变更重要的了。他没法停下来，订单每天都接踵而来，人事问题复杂。

这年的重阳，仿佛是比别的年份都热闹些。白云山上前一晚便聚集了许多人，都是要第二天一早登高望远的。树仁本来不愿意，但晚辈们都说要陪他去。若妍拉着爷爷，举着风车，生拉硬拽地出了门。刚出门又遇到秋怡，原来秋怡也想去凑热闹，可翠凤不愿意去，软施硬磨了很久。树仁只好给翠凤打电话，说孩子们想去，我们就辛苦一下吧。翠凤这才一起出来，由秋怡、若丽挽着，慢悠悠地走。锦慧看见了，说："你们不等浩彦了？"立刻打电话回家，把正在学习的浩彦叫出来。浩彦是几个孩子中成绩最好的，每天不用督促，便自觉看书，考试年年拿第一。几个孩子碰了面，有着说不完的话。树仁与翠凤也有阵子不见了。树仁看到她，总免不了叮嘱："你要多出来走走，年纪这么大了，不要再绣了。"

白云山的人流比以往更多了。大家都举着风车，顺着同一个方向，蜿蜒上山。孩子们将树仁围在中间，怕他被人撞着了。树仁乐呵呵的，配合着孩子们的好意，高举手里的风车，让它迎风飞转，说："转得多好，我们都有福气！"他心里只有一个愿望，就是希望粤华厂平平安安，长久地做着戏服生意。陈家人也能平平安安，长久地做着戏服。

刘志军虽是供销科科长，却热衷于干涉订单的调度。锦汉向来与他不合，但是涉及产品的设计、管理，还是要尊重他的意见。随着市场慢慢地放开，供销科变得越来越重要，刘志军的话也越来越有分量。渐渐的，整个车间都像围绕着供销科转，供销科说先做哪个订单，便做哪个订单。

在工作的安排上,锦汉以前是尊重他的意见的,可是有时刘志军一句话,就打破了车间的流程,这让锦汉感到了为难。大部分时候,锦汉不得不坚持己见,以确保流程的有序不乱,于是,双方关系一直不好。这种不好也有十多年了,日子久了,锦汉也看淡了,他不认为能与刘志军成为朋友,只希望彼此不要产生太大的分歧。

这天,刘志军一反常态,主动走进锦汉的办公室,说:"你看这个针脚,怎么拿得出手?"

锦汉愣了一下,说:"怎么可能?"工单上显示是瑞芬的活件。然而瑞芬是刺绣部的技术骨干,刚评上了工艺美术师,不可能犯这么低级的错误。

"这几件都是由阿芬负责的。"刘志军一副幸灾乐祸的表情,说,"重新做吧,偶尔出点错,也是正常的。"

锦汉立刻去刺绣部。他不相信这是瑞芬的活件,肯定是哪个程序出了错误。刺绣部的技术监管是钟秀玲,出了问题她也有责任。

钟秀玲听了表示十分惭愧,说:"大概是工单搞错了。"

然而瑞芬一看便承认了是自己的。她拿着绣件,看了半天,不解地问:"有什么问题?"

锦汉疑惑地说:"你仔细看看?"

瑞芬伸着脖子,睁大眼睛使劲地看,却始终无法发现问题。她强装镇定,笑着说:"这个花太小了,我看不清。"

经医院检查,瑞芬的问题是高度近视加白内障。医生说瑞芬的眼睛十分脆弱,长年过度用眼,使得近视不断加深。她又不爱戴眼镜,老是贴着花绷绣,视力更加急剧下降。

瑞芬无法接受这个事实。她向来是个性格温和的人,甘于平淡,不求有功。然而好人没好报,老天爷竟然给予这样残酷的安排。她简直无法接受,在医院里便当场哭出声来。

好在厂里,有钟秀玲替她隐瞒着。她心疼地拉着瑞芬的手,用责怪的语气说:"出了问题,为什么不跟我们说,自己一个人硬撑着!"

瑞芬也只是淡淡地笑,说:"我知道你最近也有许多事要烦。"

刘志军的处事作风,全厂的人都知道。这些年供销科有效益,他明里暗里地捞了不少。改革开放后,他的路子更广了,跟好几个打工妹、成衣店女老板都传过绯闻。钟秀玲天天埋头干活,忙得连水都顾不上喝,什么风言风语也不入耳。

姐妹俩各有各的难处,彼此心照不宣,偶尔默契地给对方一个笑脸。刘志军一心想抓瑞芬的错,但钟秀玲总是拼命维护:"这批活是我负责的,材料是我配的,任务是我分的,有什么问题你找我。"

刘志军不想跟钟秀玲正面冲突,只好放弃。

锦汉却是十分懊恼,觉得是自己耽误了瑞芬的病情。夫妻俩都在忙,缺乏沟通。自己一向关心着车间里的事,关心着物料,关心着徒弟,所有细节都注意到了,却因此忽略了身边的人。

他请了假,带瑞芬四处去看病。在广州著名的大学眼科医院看过,坐火车去北京,去了协和医院。几家医院的结论都不容乐观,说先用着药观察发展,待时机成熟便要做手术。瑞芬心疼钱,每每去医院总是逃避,反而是要锦汉陪着去。或者自己低头唠叨,说:"为什么发现不了,早发现早治好了。"锦汉面对着无助的妻子,只能格外镇定,耐心地安慰道:"即使发现得早,也是要做手术的。"

长年做刺绣的,最怕有这么一天。从前的绣娘们,到了晚年失明的是很多的。如今虽然好了许多,但常年用眼,有眼疾的也是很多。瑞芬一直忙于替他的研发产品配色,会用眼过度,应该及时警惕的。

翠凤听说此事,忙四处搜寻老药方。以前绣娘们怕自己得眼疾,总是备有一两张治眼良方,她自己也藏了两张在箱底。中医药方似乎更令人信赖些,锦汉相信前辈们的方子,他去中医药门市部,按方抓了药,每天煲给瑞芬喝。

树仁四处打听,找以前的工友要偏方,每每看到报纸上的医院广告,也不厌其烦地剪下。他耐心地安慰儿子、儿媳,说:"不怕的,旧社会缺医少药,医术也不发达,绣娘们还是好好的。"一家人总为这件事担忧着。锦汉每天亲自为太太煲药,眼看着那药喝下去了,却不见改善,心里十分难过。

转眼又是一年。

这一年厂里效益还算不错,政策上也允许结余部分给职工们发福利。于是职工们都领到了一笔可观的年底奖金,过上一个丰盛的年。

闪着银光的烟花在青石板上跳跃,花瓣不断向外扩张、飞散,仿佛盛开的菊花。有一种特别适合小孩玩的烟花,只有拇指那么大,将引线点着了,星星点点地在脚边闪烁,特别梦幻。还有一种叫满天星的,一点燃便银光四溅,仿佛一棵银树开出千万朵花,闪耀在幽长的巷子里,十分好看。

锦慧在衣袋里盛了一把瓜子、糖,在家门口摆了个小凳子,与几个街坊坐一起聊天。树仁也站在巷子门口闲聊,站了一阵,说"风大",回屋喝茶去了。若妍和浩彦、若丽霸占了家里的电视,看着全国春节联欢晚会,嗑着瓜子,不时咬一口杏仁饼。树仁脸上露着欢乐的笑,看锦汉还在忙碌,招呼着他坐下,说:"不知不觉又一年,你越来越忙了。"

锦汉赔着笑,详细地跟父亲汇报,说:"现在形势不一样了,眼看着私人公司越来越多,港商、台商也进来了,我们厂可能不妙呢。"

树仁点头,说:"年年岁岁人不同,总是会出现新的问题,解决新的问题的。"

锦汉与家人闲聊了一会儿,始终还是坐不住,要回厂巡视。这几年光景好了,许多人家里都放大鞭炮,小孩子喜欢将烟花放得乱飞。他放心不下,打了电话去仓库,想提醒值班师傅警醒些,注意防火,可是电话没有人接,估计值班师傅"偷机^①"喝酒去了。他略坐了会儿,始终不放心,还是骑单车回厂

---

① 找机会偷懒。"机"字在这里的粤语发音同"鸡"。

看看。

　　孩子们玩烟花玩腻了,一起闹着说要去逛花市。花市是广州的一大特色,年三十晚逛花市是广州人的传统。早在年二十七,家里就已经买了花,在门边、茶几旁摆好了,可是孩子们兴致勃勃,非要去西湖路凑热闹。眼看着锦汉骑了自行车,又从厂里回来了,树仁心里高兴,便手一挥,说:"走,一起去!"

　　西湖花市正值人流的最高峰,放眼望去,是一片黑压压的海。一家人护着树仁缓缓移动,眼前灯火辉煌、人山人海,"水泄不通"这个词在此处形容一点也不夸张。拥挤的小摊上,风车滴溜溜地转,公仔娃娃全都挂在摊头笑容可掬。新鲜的花草仿佛也在招摇,在笑。卖花人站在摊子前,大声吆喝着。

　　那人流真是像水流一样,稍微走慢一点,就能感觉背后源源不断的压力。两边的花盆摆得层层叠叠、鲜丽红艳。最受欢迎的盆橘,密集得像星星,与一排排悬挂的灯光交相辉映。锦汉一边挽着若妍,一边顾着妻子,费力地在一个摊点前停下。瑞芬忍不住说:"走吧,家里早买好了。"

　　锦汉笑着说:"现在这个,意头最好。"

　　锦汉看中的是一束生机勃勃的桃花,比若妍还高,枝干粗壮,上边花蕾点点,娇艳欲滴。锦汉付了钱,让若妍把桃花拿着,说:"今年桃花开得真好。"瑞芬望着眼前一片模糊的红霞,睁大了眼睛,说:"有那么好吗?"

　　锦汉拉着她的手,轻轻覆在花上,大声说:"有,你感觉一下!"

　　大年初一,树仁约了一群老人出去爬山,撞大运。瑞芬往桃木桌上一式式地摆好水果、瓜子、糖,只等哪位邻居来串门时顺手抓一把。传统的四方小茶几上,糖果堆得高高的。瑞芬虽然眼力不好,仍摸索着打点一切。锦慧知道她辛苦,就多帮忙了些。

　　若妍、若丽给爷爷拜了年,拿了利是,便自己玩去了。若妍在口袋里装满了花生、瓜子,还捧了一大包果脯,看到平常一起玩的同伴,立刻掏出来分了一把。锦光和夏娟也一大早来给树仁拜年,给哥哥嫂嫂拜年。锦慧一家也及时赶到,顿时屋子里挤满了人。这热闹的过年氛围给人添了许多温暖,仿佛不管什么事,都会由着这喜气冲去,将所有的好运带来似的。

年初七的早上,郭有民带着树仁名下的徒弟来给师父拜年。虽然传统观念淡了,可手艺人总尽量保持着拜师尊师的规矩。

锦汉忙招呼着大家坐了。树仁虽然一再声明已经退休,不是任何领导了,但看到这么多徒弟,总是十分欣慰的。一屋子的人挤得坐不下了,树仁热情地招呼着:"有民,喝茶!""利群,吃糖!"眼见自己的徒弟学有所成,心花怒放。

过了年后,虽然是立了春,却依然是冷的。天阴沉沉的,带着一股渗到骨子里的湿气,让人不得不裹紧了风衣,瑟缩地冒雨前行。

每天一大早,锦汉便裹着厚厚的棉衣起床煲药。他心里完全没有主意,只能将希望寄托在民间秘方上。

瑞芬听到声响,从房间里赶出来,说:"不要煲了,这么冷的天,停一两天也不会怎么样。"

锦汉依然一丝不苟地浸药、开煲,拿着一本工艺美术行业的内刊,边看火边研究着。不一会儿,树仁也起来了,他虽动作不利索,还是哆嗦地穿好衣服,拎着一只保温瓶,到巷口给全家人买早餐。

辗转半年,一直在为瑞芬的眼睛治病。去过的几家医院,都说高度近视加青光眼,做手术也极有风险。在这种情势下,瑞芬只能暂时停止工作。厂里的编制十分紧张,少了一个工人,却还开着工资,迟早会有人提意见。锦汉觉得名不正言不顺,便劝她病退算了。

"病退?"瑞芬简直倒吸一口冷气。日复一日地做着绣活时,总盼望早点退休,然而真的要离开,却是十分舍不得。

钟秀玲十分照顾她,只派给她最简单的活,可是做刺绣总是要费眼力的,

华衣锦梦

她时刻提心吊胆,总怕其他人发现了这个秘密。勉强撑了半年,终究还是撑不住了,她主动要求调到包装部,做打包工作。最后,秘密终于守不住了,除了要忍受放弃刺绣的失落感,她还忍受着厂里的风言风语。

不过她总想拖到若妍毕业,这样便能让若妍"顶班"。若妍正读着中专,学的是服装设计专业。这个姑娘从小便在戏服堆里长大,耳濡目染之下,十分钟意这一行。锦汉对此十分高兴。粤华厂的岗位已经收紧了,一般新进厂的都没有职工编,只能算临时工。锦汉希望若妍能"顶班",虽然是私心,但普通人总是想为自己的子女打算的。

递交病退申请那天,瑞芬一个人呆呆地走出厂门。正是秋天时节,天空一片湛蓝,然而在她眼里,却永远是灰蒙蒙的一片。她揉了揉眼睛,不敢让眼泪掉下来。风很小,吹在脸上若有若无的,仿佛是自己细碎的头发。她长长地叹了口气,正打算回家,锦汉的声音从身后响起。他焦急地说:"喊你几声了,都没听见!走,我们回家。"

瑞芬疑惑地说:"你下午还要开会吧?我听见老陈跟你说了。"

"不开了,我送你回去。"锦汉拉着她的手,说,"你先回家做饭,我晚上回来吃。"

锦汉每天都是马不停蹄地忙碌着,日复一日,现在终于有机会为太太做点事了。每天早上,他一早起床,为瑞芬把药煲好。他关了火,小心翼翼地将中药倒入碗里,对瑞芬说:"我去上班了,你记得吃药。"

每逢初一、十五,树仁总会给父亲上香。不知不觉时光流逝,总觉得一切都如梦一般。这天早上,他照例抽出三炷香,用打火机点燃了,在神台面前虔诚地拜了三下。望着那张已经残旧的炭像,他心里默默祈祷,说:"阿爸,呢个孙新抱,年年烧香畀你①,你应该认得的,一定要保佑她跨过大劫。"像上的陈斗升仍然是神态平和,笑眯眯的,仿佛知道一切。树仁看到

---

① 烧香畀你:给你烧香。畀:给予。

那笑容,便觉得心安了。转而轻松了些,对还在煲药的锦汉说:"没事的,阿爷会保佑你们的!"

第十六章

锦汉有一天从南方剧院门前经过,呆呆地站了好久。南方剧院的外观已经十分破旧,门前稀落,连售票窗口也是紧闭着。此前一直传闻要装修,但迟迟不见动工。旧戏的海报已经有半年没换了。原本亮丽的古装美女,在风中慢慢发旧。

这是一种危险的信号,与粤华厂锐减的戏服订单联系在一起,锦汉隐隐感觉将会发生一些翻天覆地的变化。前几年南方剧院兴盛时,夜夜有戏演,上座率不比电影院低。每有著名大老倌的新戏上演,买票的长龙一直排到十字路口,黄牛党日夜在附近逡巡,有《羊城晚报》的记者挂着照相机在门口拍照。而今却是一副零落景象,大半年不排新戏,与往日的繁荣相比,寒酸得可怜。锦汉心里清楚,剧院与戏服行业的兴衰息息相关,唱戏的人少了,做戏服的自然也少了。

就算不看剧院的上座率,单从粤华厂的订单上也能感受到。八十年代初,厂里的订单月月爆满,车间的活安排不过来,许多小单甚至推掉。如今却是好几个月才接到一桩订单,而且订金、付款方面的条件十分苛刻。工人们抱怨活少了,奖金少了。可是没有办法,整个行业都在萎缩,这种环境生态的巨变,不是稍微调整人事、改进工艺就能解决的。

树仁虽然退休在家,对这样的状况毫不知情,也会偶尔嘀咕:"怎么现在的年轻人都不爱看戏了。"

他每天晚上保持着看《新闻联播》的习惯,看完中央台又看珠江台,常常看到自己不熟悉的内容，听到许多不明白的词汇。他迷惘地望着电视，看着那些男女主角们哭哭啼啼，说："现在的年轻人在想什么，我们实在是不懂了。"晚上他睡得早，他准备去睡了，若妍的电视娱乐才刚开始。遥控器在她手里，哗地转一个台，又是一个台，全是画面飞闪的枪战片。他有一次，实在忍不住，对孙女说："你是做戏服的，平时要多看粤剧。"若妍将电视频道逐个按了一遍，说："现在没有粤剧看了。"此时的粤剧简直前景堪忧，报纸、电视上再也不见报道，偶尔有报道，也是粤剧演员转行做生意的新闻。报纸上增加了综艺版，但报道的全都是影视明星。

彩虹戏院常年有粤剧唱，树仁带着若妍去过几次，观众寥落，若妍刚开始还认真地盯着看，研究戏服上的款式，剧情过半便打呵欠。后半部分演员不换新装了，她意兴阑珊，干脆闭上眼睛，说："唱得好慢，简直不知道在讲什么。"

报纸上以整版的篇章报道了本地几家剧团体制改革的消息，粤剧院将引入演艺公司，直接对戏院进行经营，粤剧学校也将脱离粤剧团单独存在。

锦汉看着报纸，脸上的忧色不断加深。他与父亲的担忧都是一样的：粤剧要是没落了，粤剧戏服怎么生存？他看完报纸，默不作声，一个人走到阳台上抽烟。树仁接着他的报纸继续看，一边看，一边思索，最后也只是干咳一声，说："改革好，改革就是发展，有新的机会。"

锦汉深深地吸了一口烟，望着远处已然转暗的天空。

粤华厂的形势不容乐观，没有了强大的订单支撑，工人们只能拿基本工资。这个昔日挂着金字招牌的国营大厂，像一个人步入了老年阶段，除了苟延残喘，想不出别的办法，连自己也不相信能重新焕发出活力。

供销科的同事们，脸上不再挂着得意的笑容。以前是人家求他们签单，如今他们真要每日去找订单了。不久，厂领导也亲自出动，由刘志军带队，到广西、海南各地去拉订单。锦汉则跑遍了广州附近的县市。这天，他从清远出差回来，脸上灰扑扑的，口唇发焦，累得一句话也不想说。回到广州，本想直接回家，略犹豫了一会儿，还是决定回厂里报告情况。

车间里一反常态，没听到轰隆隆的声响，只看到人挤得水泄不通。工人们堵在车间门口，态度恶劣，哑着嗓子喊："几百块钱工资，怎么生活！"

郭有民站在裁床上，不断做着"压制"的手势，劝大家冷静，拼命地喊："厂里有困难，大家要体谅！"

工人们仍然是群情激奋、摩拳擦掌。有几个特别激动的，几乎是冲到郭有民面前，逼他立刻去拿钱。围观的人七嘴八舌，有说厂领导不作为的，有说供销科大吃大喝把钱都用光了的，完全没有"体谅"的意思。锦汉挤不进去，只能静静观望着，既担心场面失控，又被工人们的诉苦打动着。

双方僵持了一阵，不仅毫无进展，而且工人们情绪大，既已经是闹翻了，便不达目的不罢休。树仁进来的时候，整个车间一片哄乱，有的工人甚至掀翻了桌子。郭有民被围在中间，被逼着"给说法"。

锦汉怕树仁被误伤，忙走到他身边拼命护住。树仁将他推开，慢慢地走到人群当中，缓慢地说："都是一个厂的，都是工友，你们这样做，是想逼死后生吗！"

工友们见到德高望重的老厂长，都不敢出声了。场面算是控制住，但仍有不少人小声嘀咕。郭有民被围了一上午，几乎虚脱了，他有气无力地挥挥手，说："已经把准备给下半年进货的钱，用来发工资了。"

但他这么一说，工人们又闹起来了，说这样的话说过好几回了，现在连着拖欠了三个多月的工资，家里都没法活了。

"好了！"树仁大喝一声，拍拍自己的胸脯，"我用自己这条老命做保证，阿民说的肯定会兑现。"

众人见他这样说，才不再紧逼。还有想拿郭有民出气的，但毕竟是忌惮老厂长的威严，慢慢地就散了。

树仁缓缓地走进会议室，一边平缓着情绪，一边着急地问："怎么回事？"郭有民请他坐了，亲自给他泡茶，面有愧色，说："惭愧，惭愧，我这个厂长当得不好。"

树仁接过茶，缓缓地喝着，沉思了一会儿，长长地叹了口气，问："厂里真的这么艰难了？"

郭有民一脸凝重地点头，说："几乎发不出工资了，这个月拖得没办法，只好用进材料的钱发了工资。"

树仁背着手，默默地望着窗外。眼下春天已过，窗外的木棉花已谢了，树干长出了新枝，枝头长出了新芽。厂里的困境，他从锦汉的行径猜得到的。从年初开始，锦汉几乎回不了家，总是拎着个破旧的旅行包，说是要出差、拉订单。郭有民是他的徒弟，可以说是他一手培养起来的，所有徒弟中最有魄力、有胆识的。然而此时，整个行业低微，大概连神仙也无力回天了。

"一个行业嘛，形势有高有低，总有好转的时候。"他只有微笑着说道。

锦汉在一旁默然垂首。他从小便听着父亲说汉记的故事，每每回味着过去的家族风光，总有种强烈的自豪感。现在是整个粤剧行业的危机，如果有一天，这个世界没有唱戏的人了，那就不需要戏服了。也许有一天，戏服这个行业会整个消失掉，就如同历史上许多默默消失了的行业一般。

为了给工人发上工资，就必须动用进货的钱。但是动用了进货的钱，在订单上便有些掣肘，生产上遇到问题便难以转圜。这是个恶性循环，时势所逼，谁也没有办法。郭有民连着约了好几个粤剧院的领导喝酒，拍胸脯、称兄弟，但始终没有把订单谈下来。拼了几次酒，他犯了胃出血，住了好几天医院。

市粤剧团的老团长甚至告诉他，粤剧院要改公司了，唱戏的小年轻已经改唱流行歌曲去了。"以前的欠款谁会去承认，这动荡的形势下，你们居然还敢到处拉单！"

从春天奔波到夏天，天气越来越热。在最热的天气里，大地是炎热的，空气是闷不透气的，人走在大街上，仿佛走在蒸笼里，热汗从全身上下的毛孔散发出来。电视上不断报道高温纪录，提醒市民防暑。粤华厂的车间里格外闷热，添了几把大风扇，放在车间的各个角落里，还放了冰，想尽办法解暑。

第三部分 时代转折

这天是每周定期的工作例会,五个领导只到会了三个,还有两个在外地出差。刘志军一脸不耐烦,抱怨说:"这样的天,简直能将人跑死。"说完重重地将文件夹甩在桌上。郭有民知道他正频繁联系着几家大厂,十分尽力,不忍责备他。锦汉简单地汇报了最近的任务情况,分析了广州工艺美术的困境,提醒说虽然厂里现在订单减少,可是还要去参加外贸会,保住粤华厂这块老招牌,不能丢脸。刘志军在一旁不耐烦地听着,兴致不高,嘟囔着说:"广彩、广瓷的市场还是不错的,我们戏服,没有希望了。"

郭有民虽然沮丧,还是大手一挥,说:"这是我们的招牌,怎么也要擦亮了见人!"

锦汉以前一直是抓技术的,现在也不得不转成业务了。他名声在外,为人正直,业内的人都愿意跟他做朋友。然而即使是这样,订单还是寥寥。这天,他跑了一趟湛江,又是无所收获。本地剧团里冷冷清清,俨然一座废弃工厂的样子,据说好几年没有演出任务,人都外出打工去了。他一路郁闷,闷声不响地回了广州,想着白白浪费的车旅费,心疼得呲呲作声。

回到办公室,裁剪部的组长云姐端了一筒绿豆沙进来,说天太热了,一定要解解暑。那冰糖绿豆沙是云姐亲自熬的。如今厂里已经不再请食堂师傅了,工人们为了省钱,总是自己带饭菜,也会带点下午的甜品。云姐将绿豆沙倒到锦汉的饭盅里,说:"看你最近东奔西跑的,脸色不太好。这个厂不是你一个人的,不要为了厂里的事,把健康都搭上了。"锦汉近来忧思深重,想到厂里的困境,简直吃不下、睡不着。每天回到车间,都不敢大声说笑,觉得有负于大家的信任。没想到这份辛苦,还是被工友看在眼里。他紧绷的神情松弛了下来,慢慢地喝着,由衷地说了一声:"谢谢!"

有了这点冰糖绿豆沙,身体舒服多了,然而面临的问题终究是难以解决。

找不到订单已经是够糟的了,一个更严重的问题是,旧账收不回来。戏服订单按惯例分两次或三次回款。一些长期合作的剧团,拖个一年半载是常有的事。可是当剧团改制了、解散了,便什么人都找不到了,什么款也找不

华衣锦梦

回来了。

一九八九年,广东民族乐器厂正式转作天文眼镜厂。从全盛时期的日产几万支箫笛,到每个月减产到原来的百分之一,最后实在难以为继。这标志着广东传统轻工业正走向衰败,一时间舆论哗然。在改革开放的形势下,国营单位改为国有,一些大厂的命运就此走到了尽头,而更多的国营企业卡在尴尬的改制中,面临的问题同样是停产和下岗。

"吃了早餐再走!"早上,锦汉一大早起来,正要上班,却被太太叫住。瑞芬干净利落地摆上碗筷,说:"说过许多次,报纸上说了,不吃早餐不健康。"锦汉只得在餐桌前坐下,匆忙地扒了几口粥。他胃不好,医生说要多喝粥,因此瑞芬总是一大早就起来煲粥了。

若妍也是简单地扒了半碗,说:"不敢多吃,怕肥。"

"胡说八道!"瑞芬轻柔地斥责,"不吃东西哪有力气干活!"

瑞芬病退后,若妍顶了她的班。这年轻的姑娘,虽然也爱时髦,却十分乐意在粤华厂工作。她喜欢那些琳琅满目的绣件,喜欢设计,喜欢制衣。

沿着街边走过,震耳欲聋的音乐声从两边的日杂店铺里传出。满大街的"浪奔、浪流[①]",当中夹杂着一两首流行民谣,散发出一种本地气息和外来文化混杂的味道。若妍每天上班的时候,都随着街边的音乐哼着歌。年轻人总是乐于接受新鲜事物,他们对于一切日新月异的变化是抱欢迎态度的。

锦汉却日渐感到吃力。他向来是抓技术的,不喜欢跟人打交道,对于应酬能免则免。如今却被迫成为销售主力。郭有民给了他一个名衔,叫"设计总监",每每外商到来,总是点名要找他。

锦汉穿着一身崭新的西装,站得笔直,笑意吟吟地陪着参观。随着广州与香港的经贸政策放开,由港商注资,或者港商代理贸易的企业在广州遍地开

[①] 香港电视剧《上海滩》的主题曲里面的歌词。

花。本地的粤剧院、艺术团一日不如一日,只有将希望寄托在外资身上。

这一切让锦汉感觉到更迫切的危机。他置办了一套金利来,平时舍不得穿,只有接待贵宾时才穿戴齐整。

"粤华厂这些年一直有出口。说到广式戏服,我们是最大的国营厂,是当仁不让的业界老大。"锦汉陪着沈先生,缓慢地在车间里参观,颇为耐心地介绍。

沈先生是由市工商联介绍来的。他主要经营成衣外贸生意,同时也是某个粤剧促进会的会长。沈先生表示很想订购几件真正的广式戏服。在香港,各种艺术团体和私伙局的数量不少,几乎每个周末都有粤剧表演。

车间里俨然井井有条,流程清晰,人手热闹。其实车间里的活并不多,但是在外商来参观时,总要摆出热火朝天的场面。

沈先生边听边点头,说:"你们的货是好,这才是正宗的广式戏服。我爸爸就是希望找到你们这间厂,原汁原味,只可惜他不能过来量身订做。"

"把尺寸送过来,我们也是一样能做到舒适合身。"锦汉对于介绍产品,从来不缺乏信心。他从裁床上拿起一块绣样,顺着针线的纹路游走,给沈先生看工艺。簇新的西装有些绷,他顾不上了,又翻过来展示背面的针脚:"货真价实,每一件都经得起检验。"

"样版当然是最好的,可是手工的东西……件件都不一样。"沈先生用挑剔的眼光,仔细盯着裁床上的件料,摸了摸。

"这块是手绣的,"锦汉将布料摊开,给沈先生细看,"机绣的没这么精细,层次丰富多了。"

沈先生又仔细看了看,不置可否。

车间里向来是人声、机器声,统统混杂在一起,说的人吃力,听的人也吃力。锦汉赔着笑,好不容易将要讲的话讲完,又陪着沈先生去会议室喝茶,邀请他中午一起吃饭。不料沈先生却摇头,说还要去看别的厂,茶也不喝了。

"别怪我坦白,每次来一趟,行程总是满的。"沈先生笑着说。

锦汉忙谦卑地赔笑，说："哪里，哪里。在商言商，我们粤华厂不怕跟别人比较。"

他口干舌燥地说了大半天，最后是这样的结果，自然是十分失望。不料背后突然飘来一句："我们多少客户不看货就下单了，港商有什么了不起，又不靠他吃饭。"他吓了一跳，怕沈先生听到，赶紧将他送走。

经济环境不景气，厂里效益差，工人们的怨言很多。可是士气不好便签不下订单，签不了订单又振奋不了士气，真是个难解的循环。

第二天一早，与郭有民到花园酒店，陪沈先生饮早茶。郭有民以前很少跑市场的，现在也成"老供销"了。他跟锦汉一样不喜欢跟人洽谈，每有应酬，便是烟酒不离身。

三个人在酒店的茶楼里喝茶，点了几笼正宗的广式点心，鱼皮饺、牛肉烧卖、鲍汁凤爪、萝卜糕等陆续上了桌。为了招待好客人，招待费是不能省的。沈先生望着一桌子的菜，客气地摆手，表示自己只是个商户，不需要顿顿由粤华厂请。

"你们厂的工艺是好，就是款式老旧了。"沈生先笑着说。

"是的是的，我们也希望通过客户的意见，不断进行改进。"锦汉笑着应和。

沈先生皱了皱眉，说："问题还是很多。"

郭有民亦倒上茶，说："只要沈先生愿意，可以慢慢磨合。"

回想客户求着粤华厂接单，不过是几年前的事，然而已经像是一场梦，无迹可寻。广东话说"马死落地行[①]"，困境中总要另寻生存之道。郭有民诚恳地望着沈先生，希望他多少签点儿。粤华厂以前不注重港澳这一块，生意盘子小。如今却是不同了，本地剧团不景气，完全看不到希望，反而是港商、澳商

---

① 骏马死了，只能自己下地步行。马是古代代步工具，帮助了人类的出行。要是没有了这样的帮助，人们还得自食其力，自己走路。该表达形容人即使失去了帮助，也要靠自己支撑下去，用于自我激励。

积极返穗，对传统的广式工艺兴趣颇浓。

沈先生喝着茶，夹了一块萝卜糕，不住地点头："父亲的生日快到了，我很想买一件龙袍，作为生日礼物，增加好意头①。"

郭有民立刻皱起了眉："厂里的老货不多了，送一件少一件。"

沈先生仿佛没听见，又进一步提出："而且我希望是陈树仁师傅的作品。"

锦汉听了更是心疼。厂里的货版都是最好的手艺，每一件都十分珍贵。由父亲亲手制作的，更是精品中的精品。父亲已经老了，再也做不出当年的作品了，硕果仅存的几件，都是当藏品放在粤华厂展藏室里的。

送走了沈先生，两个人商量了一阵，却始终拿不定主意。郭有民点着烟，掸了掸，说："这几年厂里不景气，工资发不出，我们的腰板也硬不起来了。"

锦汉无奈地摇头，说："我看沈先生的神情，像是先得到龙袍，才愿意跟我们谈下去。"

"他要是不指名，我再怎么想办法，也去找一套出来。可是师父的作品……我实在舍不得。"郭有民忧愁起来，又狠狠地吸了几口。

两个人讨论了半天，实在没办法。沈先生看上去十分固执，不轻易改变主意。可是厂里的老货不多了，特别是由树仁领头制作的。唯一能动用的一件，是粤华厂在最辉煌的时期，组织手艺最好的几位老师傅，共同完成的。锦汉默默地倒吸冷气，要是把这件衣服送走，父亲得心疼成什么样。

领导例会上，郭有民艰难地提出这个建议。这一回，连刘志军也苦笑，说："看来我们这一届真成败家子了。"几个主要领导都长久地沉默。好久，才有一个车间主任长叹一声，说："有头发边个想做癞痢②……"

---

① 好意头：好兆头，吉利，好运气的预兆。

② 癞痢：黄癣，又名"秃疮"，生在人头上的一种皮肤病。整句意思为：有头发谁想做秃子，表达如果有某种条件，哪里会落得如此田地的意思。

"沈先生是个大客户，我们一定要留住！"锦汉思想挣扎了很久，终于还是下了决心。厂里实在需要开拓香港市场这条路子。眼看着内地剧团日益萎缩，香港剧团的需求极具诱惑力。

锦汉不敢跟父亲说送龙袍的事，他知道父亲会心疼的。晚上回到家，他发现父亲仍待在车衣间里，忙劝他休息会儿。自从锦光一家搬走，空出来的房间便成了车衣间，摆了裁床、绣架、缝纫机。树仁经常待在里面，做些加工缝补的活。他身躯依然挺拔，只是要戴老花镜了，常常对着一块件料，慢慢地比对纹路。

"你回来了？"树仁看到他，十分高兴，飞快地将他拉到车间，说，"你帮我把衣车针穿上去。"

锦汉忙顺从地俯下身，给缝纫机穿上针，试踩了几下，把机子踩顺了。树仁在一旁赞许地笑，说："你还坚持做手艺？很熟练嘛！"锦汉得到了父亲的肯定，骄傲地笑了。

树仁俯下身，继续车衣服。锦汉望了望父亲，想说却不知从何开口。"你去睡吧，我还要给这个袖子收尾。"树仁摘下眼镜，又跑到裁床边。

锦汉缓慢地移动着脚步，说："我给机子上点油。"

父子俩多年来同心同德，为了一套衣服吵架，是从来没有过的事。

树仁得知珍贵的龙袍送给了外商，气得暴跳如雷。他年轻时是个温和脾气，老了却有些暴躁，发起火来像个小孩子。

"如今不像当年，旱涝保收，吃大锅饭了，大家都很头疼。"锦汉为难地解释道。

"那也不能拿龙袍去做人情！这件是当年成立合作社时，为了打响合作社的招牌，几家大铺的师傅共同做的版，如今好几位都不在了……"树仁说着，忍不住激动起来，抄着手，在大厅里走来走去。

"厂里实在发不出工资了，现在国家又提出要改制。我们再找不到订单，粤华厂就不存在了。"锦汉可怜巴巴地解释。

树仁仿佛没听见，一个人回了房间，赌气地"砰"一声关上门。

这次冲突后，父子俩有半个月没说上话。锦汉每天早出晚归，而树仁则日日到茶楼喝茶。等到他回来，锦汉已经上班了，他慢慢地在自己的车衣台前坐下，专心地做着自己的活计。

瑞芬受不了家里这样的氛围，说："你快想想办法，老人家就像小孩一样，要哄。"锦汉想不出任何办法。龙袍已经送出去了，总不可能再要回来。

他本来就忙，每天都忙到十一二点回家。然而以前下班回来，总还能看到父亲的身影，树仁毕竟是赌气了，天天闷在衣车间，好多天不打照面。瑞芬只好打电话给郭有民，请这位"爱徒"帮忙调解。

郭有民一听便说："这是厂里的事，不能累他们父子伤了感情。"赶紧请了树仁饮早茶，请他回厂里指导。在车间里，告诉他哪些工人已经流失了，哪些岗位因为薪水太低，请不到人了。

这天晚上，锦汉下班回家时，看到父亲正坐在沙发上，入神地看电视。锦汉试探着喊了声："爸！"树仁端坐着，轻轻地"嗯"了一声。

开水在酒精炉上沸腾着。父子俩又安静地喝着茶。锦汉小心地洗杯，给父亲斟茶，树仁也认可了，端着喝下，脸色有所缓和。

锦汉望着父亲，想不知是不是错觉，几个月没见，好像父亲老了许多。树仁不再赌气了，脸色温和，说："看戏的人越来越少了，这是命，你要想得开。"树仁近来找了许多老友聊天，想商谈发展思路，给儿子些帮助。但是老家伙们一见面，都是抱怨工资发不出，福利完全没有，越讲越激动，恨不得冲回厂里，将这些"越做越衰①"的后辈们打一顿。对于大形势的恶化，他们看到了，却找不到任何解决办法。树仁只好再次哀叹，说："命数如此，恐怕是无力回天了。"

---

① 衰：指衰落，变得更差更糟糕。整句解释为：越做越差劲，形容没有天分，或者能力不足，把本来好的事情做坏了。

华衣锦梦

在这种情况下,他更担心的是锦汉。自己已经是安然退休,而锦汉却还是在生死线上挣扎。如今若妍也在厂里边,想到这里,他叹一口气,说:"你阿爷在生的时候常说,没有过不去的坎,有什么问题,解决什么问题。"

茶色澄碧,他抿了一口,仿佛回忆起过去的岁月。不知不觉已过去许多年,有关汉记的一切都有些模糊了,只记得又长又硬的戒尺打下来,痛得跳脚。不过父亲说过的一些话,多年来一直藏在心里,还有父亲面对问题时,呵呵一笑,喝杯茶,便立刻动身去解决的样子。

锦汉也默默地喝着茶,想了半天,长吁一口气,说:"你当年不是常说有黄金万贯,不如一技傍身。粤华厂眼看要收了,我打算自己开个档口,做点小本生意,也许更好。"

树仁微闭双眼,陷入了沉思。他想起当年,一家人辛苦地经营着汉记,每天从早到晚,手头上总有工夫,永远也歇不了。大概做戏服这行,就是这样的命吧。他沉默许久,缓缓说道:"想当年,我跟你阿爷,带着几个学徒,挨更抵夜,手动口动,熬得两眼金星,终究也是混个温饱。手艺人是没法大富大贵的。何况时势如此,行业如此,个人拼不过时代。"

锦汉听了这话,倒有些惊讶。因为父亲很少说得这么悲惨。说起从前的老汉记,总说多么辉煌,家境好的时候,是族中有身份有地位的老板。结婚时,请了全套仪礼。张灯结彩,母亲披金戴银,手上的金镯子多得撵到肩膀了。那辉煌常让锦汉向往不已,也一直鼓励着他重振家声。

两个人喝着茶,慢慢聊着。眼看着那茶泡开了,水沸了,浮上去,又沉下来。父子俩喝了一肚子的茶,仍有一肚子的心事,从古说到今,从清朝末年的小作坊说起,说到现在粤华厂这个臃肿不堪的国营大厂。时势轰轰烈烈,个人渺小无力,除了相信手艺好、为人好,在人世里顺应沉浮,没有别的办法。树仁淡淡地喝着茶,感叹道:"从古到今,多少行业起来了,多少行业没落了,是生是死,赚多少钱,做什么人,都是时也运也。"锦汉则想到了另一句古话——"尽人事,听天命"。自己努力过了,便无怨无悔。

一觉醒来,锦汉觉得心里明澄了许多。眼前的烦恼只能见招拆招,往后的日子也只能咬着牙,拼了命向前走。他这段时间与客户应酬,净是赔着笑脸,心里早已积郁了无数闷气,极希望倾吐。父亲是个不爱讲大道理的,几十年来说得最多的,便是这一晚了。

周末,锦光带了家人回来吃饭。锦汉还在厂里忙碌,家里是瑞芬主厨,夏娟打下手。锦光穿一身笔挺的西装,标袋上露出一截硬壳烟的盖子。看到锦汉,先主动递过一支烟,说:"试试,进口烟!"锦汉略皱了眉头,还是把烟接过了。毕竟是亲生兄弟,锦光过得好,也等于陈家过得好,都是开心的。

单位有停薪留职的规定,锦光已经办理了,去开出租车了。树仁没有表示强烈的反对。粤华厂暂时看不到出路,在这困境之下,自己寻找突破口,也是正常的。然而看到儿子放弃得如此随意、快乐,多少还是有些不快。这两人的父子缘向来较浅,锦光从小到大都不听父亲的。父亲觉得他不懂事,他怪父亲偏心。陈家做了三代的戏服,只有锦光是对这门手艺不感兴趣的。三个孩子中,锦汉和锦慧都很像树仁,只有锦光性格外向、浮躁、不踏实。

锦光又从手提包里拿出一整条"红塔山",说:"爸,请你抽好烟!"树仁"嗯"了一声,不置可否。

"哥,现在时装生意多好啊,改做时装,就不用这么忙了,又能赚到钱。"

"再等等看,一时的低谷,熬熬就过去了。"锦汉淡淡地笑着。

这形势下,粤华厂内部十分不稳定,各种声音都有。以副厂长夏志光为代表的改革派,直接提出改做时装。锦汉顶着各方压力,坚决否定了这项建议。他知道这个时候改了,便很可能会彻底地收了。传统的戏服手艺,不是工业化的成衣生产线能替代的。而没有了传统特色,粤华厂也竞争不过成衣厂。

"成衣厂虽然生意好,却是替人家外国公司贴牌制作。我们粤华厂怎么可能走这样的路!"锦汉的想法是一点转弯余地也没有。

但总有一部分人认为效益至上,只要能实现盈利,就算贴牌也没什么不可以了。

"第一，我们还是国营单位，不可能给外国公司做贴牌；第二，就算转做成衣，也不一定会盈利。"锦汉在职工大会上斩钉截铁地说。

可是眼看着物价上涨，工资不增反减，工友们意见都很大，私底下开小会，都骂现在的领导不作为，厂子眼看就要垮了。锦汉做了十几年副厂长，一直声望都很高，如今却成了靶子，被骂得最凶。

若妍为此也深受其害。她听到的那些闲言碎语，只当没听见，从来不反驳。每当职工大会，她站在其中，鼓掌鼓得最响。不管父亲说什么，她都毫不犹豫地支持。她深知父亲的辛苦，没日没夜地熬着，成日地奔波，却从来只获得埋怨，甚少赞美。

只有在私下里，她忍不住向父亲表达疑惑，说："衣食住行，穿衣服总是要的，转做成衣生意，市场立刻涨了一百倍，不是吗？"

锦汉一时无法详细解释，只简单地说："粤华厂的性质是不能改变的。"

"可是如今粤华厂这样了，再接不到生意，只怕工友们又要找你闹了。"若妍担心地说，她实在不忍心看着父亲被厂里的人骂。

锦汉拍拍她的肩，说："我们陈家从太爷辈开始做戏服生意，戏服是我们陈家的命、陈家的根。"

锦汉完全顾不上自己，只是为女儿的前途命运担忧着。自己已经是快要退休的人了，真要有什么转变，办了退休，转成养老工龄就算了。若妍还这么年轻，若是戏服不在了，她做什么呢？好在这个问题，被他自己问问，也就过去了，年轻人总有活路，总算现在时装制衣厂多，年轻人又有自己的想法。最让锦汉感到欣慰的，是若妍的能力。她设计的图案总是颇有意境，即使是简单的花草图案，也能搭配得疏密有致，繁而不乱。颜色上也十分别致，淡雅中透着高洁，素净中又带着意外的亮点。

周末锦光回来时，显得更得意了。他仿佛是选对了路，一下子就发起来了，全身上下都穿得光鲜。桌子上放着一台收音机，是他新买的。收音机里嗞嗞地转着磁带，唱的是一整套的《刁蛮公主》。锦光对锦汉轻蔑地笑笑，说："收音机我买了，磁带你多买些吧，阿爸喜欢听梁醒波。"

锦汉听得出语气里的嘲讽，也只是点点头，不与他计较。锦光点了烟，跷起二郎腿，说："选对了路，很重要，否则就是一世穷忙。"

锦汉听了这话，一时简直反应不过来。他本就对父亲充满愧疚，如今又听锦光这么说，更觉得自己这个长子不中用。不料只听一声巨响，却是树仁狠狠地拍着桌子。他颤颤巍巍的，从沙发上站起，声若洪钟，说："我陈树仁做戏服做了一辈子，不说有多大贡献，好歹养大了你们三个，没有戏服就没有你！"他伸出一只枯藤般的老手，颤抖着指向锦光。

锦光不敢与父亲顶撞，只好不停地抽烟。

第十七章

这天早上，树仁一大早起来，去幸运楼饮早茶。他近来瘦削了些，不过腰杆依然直挺，手脚利落，说起话来中气十足。几个老工友坐了一早上，谈些家长里短、儿女变化。刘佑行托付他修补一件男大靠。从前无数次的针锋相对、明争暗斗，都成了过眼云烟，历经岁月之后，彼此是几十年的工友。喝完早茶，刘佑行颤巍巍地扶着他，说"麻烦仁哥了"。熟手工人大量流失，除了树仁这样的老艺人，再也找不到会修补戏服的了。树仁细心地将衣服叠好，说："放心，我还能做。"大家小心翼翼地下了楼，望着刘佑行略微佝偻的背影，叮嘱他："走路慢一点，我们这年纪了，不经摔。"

北京路一带，到处是车水马龙。步行街上引进了不少国外品牌，挂着巨大的广告牌，人来人往，散发着浓郁的商业气息。身穿西式套装，打扮入时，所谓"身光颈靓^①"的公司职员，总是迈着利落的步伐行进，仿佛走慢了就赶不上时代似的。街边不知何时多了一些"士多店^②"，一排排展示着五颜六色、印着英文字母的饮料。

到了泰康路一带，又是另一种喧嚣。马路上人来人往、车水马龙，闪着金属亮光的进口小汽车横冲直撞，街边的档口和运货车热闹地堵在人行道上。广州的深秋是油画般的，天空明净，湛蓝得像一片宁静的海。内环两侧红艳的簕杜鹃，灼灼开放。树木渐渐有了些落叶，风一过，便有些枯叶跌落在马路上。

树仁缓慢地走在人行道上，耳边不时响起汽车刺耳的"啵啵"声。他突然意识到自己老了，居然跨过了一个时代。记忆中，是一个以人力为主宰的世界，状元坊砖墙灰灰的，忙碌的板车哗啦啦驰过，车上的人不停地喊"借过，借过"。

回家后，他给锦汉打了个电话，说："给我带几卷绒线，有件龙袍要修补。"锦汉正在开会，会议室里聚集了两拨人，吵得不开可交。混乱中他勉强听清了，"嗯嗯"应着，将电话挂了。

坚守派和改革派各坐一边，针锋相对，几乎要打起来。保守派认为一定要坚持做戏服，不做戏服，就不是粤华厂了。改革派分两种声音，一种建议彻底转做时装，一种建议改做绣制纪念品。还有人喜欢找折中办法，认为可以先尝试着做，先小规模生产。不管立场如何，改变迫在眉睫。厂里的设备多年没更新了，工人们的条件得不到改善，不时有人去上访，形势十分严峻。

树仁依稀听到争吵，言语很激烈。在那嘈杂之中，听到不知谁说了一句：

---

① 身：泛指穿在身上的衣着打扮。光：光鲜亮丽。颈：即脖子。靓：漂亮的，美好的。"颈靓"可以理解为脖子上戴着美丽的项链。整个词的意思为：形象体面，打扮入时，光彩照人，多数是指出席某些重要场合前做了精心打扮，给人眼前一亮的感觉。

② 指小卖部、杂货铺或便利店。"士多"是英语store的音译。

"现在已经没有人看戏了,戏服的市场在哪里,没有了!"

电话的声音虽不清晰,却也是听到了。树仁控制不住,全身上下一阵颤抖,回忆又渐渐涌上心头,年纪大了,脑海中积攒的画面太多了。

太阳升至中天,慢慢地又热了起来。他抬头看了看,说正是好时候,要把戏服搬出来晒,便打了电话给锦慧,叫她回来帮忙。待到锦慧真的赶回来了,吩咐她将旧箱笼一个个打开。那些珍藏在箱子里的物件,仿佛从沉睡中惊醒,散发出重生的光芒。一件桃红女车装,配着深蓝色吊穗、梅花云肩,浓淡相宜,非常好看;一件男装鱼鳞雪缕,正中绣仙鹤衔云的图案,那仙鹤须发清晰,绣针错落有致、密而不乱。

"厂里究竟怎么样了?"树仁仿佛闲聊似的,问着锦慧。

"什么怎么样?没有工开,工人们拿不到工资,都快饿死了!"锦慧没好气地说,将箱子打开,扑扇着扬起的灰。

她仔细地看着这些戏服,都是有年头的物件,又放在箱子里沉睡了多年。"以前的工艺真好!"她看得出神,由衷地赞叹。"这衣服从哪儿出的,好像见过?"她好奇地问。这是一件明黄的凤帔,上面有一只镶金线的凤凰穿梭在云层里,凤尾摇曳,栩栩如生。树仁也觉得很熟悉,应该是某出大戏的正旦穿过的。究竟是哪一个,又不记得了,他努力地回想,还是想不起来,忍不住去翻收藏的剪报。

二十年前的剪报捆得扎扎实实的,收在一个大木箱里。他拖出来,轻轻抹掉箱面的灰,发现一个藤篮子放着针线,不知是谁留下的。一把黑铁色的剪刀,接口处有些锈迹,依稀记得有些年头了。"也许是翠凤留在这里的,她就是喜欢乱丢东西,过后又忘了。"他这么想着,又想起有几个月没见翠凤了,应该聚聚。黄柳近年来身体很差,住了几次院,腿脚完全使不上劲,整日整日地不下楼。树仁想到这里便默然了,时光如水,岁月如梭,无论人事或天命都不能挽回。锦慧只当他思绪混乱了,忙说:"想不起来就算了,太久远的事。"

"人老了就是这样，我们都算高寿了。"树仁自言自语。锦慧没听清他在说什么，摩挲着精致的走线，啧啧称赞。"以后我不在了，这些衫替我看管好啊。"树仁向着锦慧的方向，轻轻嘀咕了一句。锦慧听不真切，正想仔细问他，突然听到一声震耳的声音。她扭头回看，看见凳子歪倒，父亲已经躺在了地上。她赶紧去扶，却怎么也扶不起来，摇了半天，不见应声。

锦汉还在忙着，办公室的会计叫他赶紧听电话，才知道父亲已经在家里闭上了眼。

陈家老宅人头涌动。树仁亲自带的徒弟有一百多人，听到丧讯后，从四面八方赶来了。屋子里黑压压地站满了人，屋檐下也排着队，哀声不断。家里停灵三天，哭声也延续了三天，从早到晚，不断有来吊唁的人。

郭有民主持的追悼会，在粤华厂的车间进行。车间里全都扎上了黑绸花，五彩斑斓的戏服用白布盖着。锦汉站在门口，弯着腰，跟每一个工友握手。他半辈子的工作中，无数次与人握手，没有一次是这样伤感。

他简直不能接受，父亲就这样突然地去了，心里隐隐有些后悔。明知道他高龄了，为什么不多陪陪他。这几年，父子俩相处的时间太少了，常常是忙了一天回家，父亲很想交谈，却又怕耽误儿子的休息。锦汉明白，父亲希望自己的孩子有主见，不受他的意见左右。

他呆呆地凝视着父亲的遗像，仿佛看到父亲佝偻着腰，微眯着眼，在裁床边忙碌着。一双长满老茧的手，紧捏着细密的针线，灵活而熟练地在布面上劳作。

出殡那天是个半晴的天，太阳照着天空，十分明朗。微风阵阵，不冷也不热。锦汉兄妹三人扶灵，跟着灵车一路前往银河公墓。许多徒弟的车紧随其后，形成浩浩荡荡的车队。人们都说"陈师傅好心有好报"，连老天爷也特意开恩，留个好天气让他走。

黎红、黎同姐弟俩也来送行。黎红与黎同虽是同父异母，一直感情不错。黎红已经是粤剧院的副院长，而黎同也开始担纲演小生了。

"我娘说当年多亏你们照顾。"黎红说。岁月沧桑变幻,人的想法自然也会有许多改变,她人到中年,不再像当年那样负气。于莺莺通过各种关系,总算是让人回来带孩子,却为世事所逼,只带走了黎卓。如今省港两地来往稍自由了,才得以回来团聚。但她也是匆匆回来一趟。这次机缘不巧,只好嘱咐黎红过来烧两炷香。

黎红走到陈树仁的遗像前,郑重地一鞠躬。

"爸,你放心走吧,最后一件心事也已经了了。"锦汉望着父亲的遗像,心里默默地说。

一九九二年,陈树仁逝世,享年七十八岁。他从小学习广式戏服制作,三十五岁接手经营汉记,一九五六年进入粤华戏服厂工作,从事广式戏服制作六十四年。

粤华厂压缩了厂房,将一楼改装成铺面,出租给个体营业。有了每月定期的铺租,工人们的基本工资有了保障,只是厂房进一步压缩,环境更拥挤了。

车间经过几次精简,将一些旧设备处理了。由于产量锐减,工人们被迫处于半下岗状态。年龄大的工人索性办了病退,自己在外做简单车缝。年轻的三天两头请假——既然抱怨、抗议解决不了问题,总得想办法赚钱自救。

若妍每日埋头于设计桌前,从早到晚忙个不停。自从粤华厂拓展了时装生意,她便要承担大量的打版工作。她跟另一个设计师敏仪,属于年轻一辈,有精力有体力,打版出图很快。陈诚则只做花色设计部分,他无奈地摇头,说:"老了,没想到干了大半辈子,居然要被淘汰了。"

根据"设计总监"锦汉的指示,仿古样不等于在成衣上做绣艺,要剪裁、设计都能恰当地古今结合,利用传统花样的特色,但不能照搬照抄。设计师们听了他的话,却不放在心上,年轻的还是一味做时装款,年纪大的还是坚持做戏服款。只有若妍特别认真地思考,每天都在研发新的花色,并且不达目的不休止。

"你姑婆倒是挺在行的,听说以前在汉记,什么活都敢接。"锦汉说,"要不你去请教她。"

若妍立刻去找翠凤学艺。黄柳病逝后,翠凤一个人住在和宁里的老宅子里。

翠凤虽然年纪大了,于手艺上却还是印象深刻,动作十分利索。她见若妍来请教,高兴得不得了,精神爽快、眼神发光,一样样地说给若妍听。

"我当年在汉记时,剪裁绣缝样样都会……"那些雕着花的檀木箱子,扑落落的都是灰。翠凤指挥着若妍,捂着鼻子,将小箱子一只只拖出来。杂笼箱一打开,话题就长了。从民国年间太爷接掌汉记开始,说到如何成为状元坊最大的戏服铺头,再到抗战时走难到乡下,靠做虎头鞋为生。汉记的招牌始终是响亮的,做手艺人,创下一块招牌,是一辈子的骄傲。

翠凤喜欢若妍,觉得她天生就是做这行的,毫无保留地传授给她。她让若妍敬茶,说:"你是我的关门弟子了。"又拉着若妍的手,疼爱地说:"我当年就是像你这样,有冲劲,有想法,什么都肯学。"她说起当年,绘声绘色,那些宽阔的作坊,苦干的学徒,堆得乱七八糟的布料,像电影画面般一一闪现。她给若妍看三十年前的图谱,那些为了谋生而设计的小孩衣服,虎头鞋、兔头鞋。

在粤华厂,她原本在刺绣部,有一次因为人手调配,被调到了缝纫部。她耐心地讲授自己在后半生掌握的知识,用什么速度踩机最合适,如何摆动缝线最直,还有各种车线的特点,如何换线,都是有讲究的。她在缝纫部做了十多年,直至退休,所做的衣服,从来没有过脱线、线头多的情形。

然而对于她来说,毕竟是有些未圆的梦。有时闲在家,她也会自己摆弄,做个裙子、衬衫,完全是自娱自乐。这几年环境放宽了,很多人慕名来找,但她知道自己老了,做不动了,就算勉强去做,也不是最好的了。

"你看我做的这一套,以后就算粤华厂没有了,你也可以照着这些小衫,凑出一台戏。"

她给若妍展示她毕生的心血。那是一台戏所需的各式戏服,一共五十多件,一件件套在二十厘米高的仿芭比娃娃身上。所有款式都是按比例缩小,长背、飞袖、护腰样样不缺。它们做工精致,配色艳丽。若妍看着这些微缩版戏服,无法想象那些细如指甲盖的绣样是怎么完成的。

"你要多跟姑婆学,她年轻的时候,用料很大胆,不管竖领、大领、翻领,总是各种尝试,改到好为止。"锦汉便对女儿说,鼓励她多学多用。若妍却有些灰心。她一直只擅长做设计,首先剪裁便不过关,于刺绣更是一窍不通,连绣朵牡丹都不会。

锦汉看她愿意学,索性将祖传的宝贝都交到她手里。当年埋在黎家小苑后边的箱子,挖出来后便一直在角落里摆着。"汉记的旧牌匾不见了,其他东西都原封不动。"锦汉说起来,颇有几分自豪,毕竟是保住了陈家数代人的心血。

若妍陪父亲一起打开箱子。尘封了多年的物件,静静地泛着时间的光芒。翻开了,是写满了工整小楷的账本。账本已然泛黄,字迹却如此清晰。还有几本模糊的花样本,看得出当年描绘花样的人是如何细致。

"这多难啊,我连一朵最简单的五瓣梅都绣不好。"若妍摇摇头,向父亲抱怨。

"所以才要学啊,工多艺熟,熟能生巧。你既入了手艺人这一行,就得时刻记住这个道理。"锦汉认真地对女儿说。

锦汉在大街上看到有位阿姨穿了斜襟盘扣的外套,古典又特别,他忍不住上前,赞衣服漂亮,问是从哪里买的。阿姨很高兴,告诉他是在某成衣店买的。锦汉找到了那家成衣店,与店家攀谈,得知虎门的一些服装厂专门做改良式旗装,据说是替外国公司贴牌,用的是外国公司的设计稿。锦汉回到粤华厂,便一头扎进了对改良式旗装的研究中。

他细心地发现,街上不时能看到穿现代旗袍的姑娘,流行的港台歌星中,邓丽君、奚秀兰都喜欢穿旗装演出服。这些明星是引领时尚潮流的,不管她们

华衣锦梦

穿什么，都会有跟风者。他由此琢磨，能不能设计一些花样，将流行的几何线条与古纹样结合。陈诚对于这些研究很随意，说是夏志光他们主张做时装的，有什么活儿让他们操心好了。

锦汉只有自己亲自研究。自从郭有民停薪留职，粤华厂就只剩一位真正懂戏服的领导了，只能迎难而上。"在粤华厂这么多年，总不能坏了自己的招牌。"他设计了大量有传统元素的时装，希望以各种方式，延续传统工艺特色。

"这样走是行不通的！"夏志光烦躁地说，在他眼里，锦汉不是创新，而是变着法子维持粤华厂的老路。然而眼看着锦汉终日忙碌，为挽救粤华耗尽了心血，还是有几分感动。厂里的风气不再是一边倒，而是探索式地生产了改良式旗装、东方风时装。

陈树仁去世后，三兄妹的往来明显少了。锦慧怕兄妹间就此生疏，主动提议每月最后一个周末为家庭聚会日。锦光每次来，总是得意扬扬地窝在沙发里，跷着脚，说着最近发财的哥们儿，谁谁谁买了录像机，谁谁谁买了卡拉OK机。"都一阵风似的，浪费钱。"锦光摆弄着挂在胸前的日本照相机，一副自得的神情，"不过夏娟喜欢。哥，你也买一个，随时可以拍照！"

锦汉听到这些话十分不自在。粤华厂效益不好，能保障发出最低工资就不错了，锦汉身为一厂之长，工资也只是比普通工人稍高一点。

"成日琢磨这些烂鬼衫，有什么前途！"锦光深吸一口"555"牌香烟，表现得十分不屑。锦汉不作声，默默地走到阳台上吸着烟。

到这年年底的时候，情况更是不同了。锦光又买了一套商品房，以小换大，入了伙，邀请大家去喝入伙酒。房子光线明亮，从窗外望去，是一排明艳的羊蹄甲。"底下有个小广场，房子后边还有个亭子。"锦光得意地介绍。

吃完新屋入伙①这顿饭，夫妻俩慢慢走着回家。两人都有些情绪低落。锦

---

① 新屋入伙：乔迁新居。在搬迁入新房子时，会举行一些仪式，祈求入住平安。

汉感叹说:"我们也该买房了。"

瑞芬摇摇头,说:"这些年家里积蓄不多,为我看病,女儿读大学,都花了不少钱。"

"都是我不好,选了个不赚钱的行业。"锦汉在夜色中慨叹,"这辈子都没让你过过好日子,眼看着要好了,又有变化了;眼看着要好了,又有变数了。"

瑞芬听了,心里更是难过。她跟锦汉认识二十多年来,从来只听他对从事这个行业如何自豪,如何热爱,这是第一次听他说后悔,可见经济上的压力已深深伤到他心里。她温和地安慰道:"我觉得现在已经很好了,一家人齐齐整整,一日三餐,平平安安,有什么不好。"

小区里环境十分安静。他们往大门方向走,果然看到一个六角凉亭。凉亭的檐角高高飞起,底下是木头长椅联接着圆柱栏杆。已经是深夜了,凉风习习,亭子空荡荡的,能清晰地听见轻柔的风声,四周的花草随风摇曳。"果然是很好的环境啊。"锦汉拉着瑞芬的手,说,"我们上去坐坐。"

考不上大学给若妍很大的打击。但她读完中专后,通过自学和成人班,最终考上了电大。

这个姑娘有自己独特的脾气。她从小学画,习惯了一个人对着画布一整天,平时不爱说话,但说起话来坚定、冷静,很有自己的主张。

从外貌上看,她是女生男相,浓眉大眼,鼻子高挺,眉眼都像锦汉,以致经常有人说她"长得不像广东人"。她喜欢穿简洁而有质感的衣服,扎马尾辫,看上去沉静、大气,有一种粤剧青衣的味道。

读中专时,她就认定了服装设计是自己一生的事业。同班同学大都懒懒散散的,等着毕业,只有她兴致勃勃地听课,主动向老师请教,额外完成老师布置的作业。在粤华厂,工人们都为发不出工资而焦虑,为着生活压力焦躁不安,只有她专注于款式设计,从来不管外边如何喧嚣。

得知若妍考上电大,大家都十分高兴。锦慧特意给了若妍一封大利是。不料这件事，却让他们夫妻间有了一些口角。董志伟不是小气的人，只是浩彦也要读书，要预备大学学费，家里的经济状况也不好，夫妻俩便吵了一架。他们俩风风雨雨几十年，总是和气的时候多，然而这一次，董志伟却十分想不开，冲锦慧瞪眼，说："你哥的工资比我们高呢！"

锦慧只有低头不语。厂里许多工友都对锦汉有意见，成天非议，董志伟多少也受了些影响。

此时另一个问题更为迫切地需要解决——陈家老宅要拆迁了。

状元坊已然形成了新的批发城，街道陪着市规划局的人来过几次，动员陈家尽快领取房屋补偿，搬迁出去。锦汉舍不得，想尽办法拖延。左右邻居慢慢地都搬走了，街道几次三番来谈话，委婉地表示，违反政策的后果很严重。既是搬迁，就得考虑买商品房了，但政府补贴是远远不够的，加上夫妻俩十多年的积蓄，也只是勉强凑足了。瑞芬心里着急，说哪怕瞎了眼，我也要做事赚钱。锦汉坚决将她拦住，说不管再穷，也不能冒这样的险。

他四处寻找，最终选定了白云路的一个小区。生活本就不富裕，为了买房子，几乎将工作以来的储蓄都掏空了。

拿到钥匙那天，锦汉带着瑞芬、若妍一起"入屋"。事先准备了香火蜡烛、符纸、烧猪肉、水果。到了吉时，锦汉先放鞭炮，然后掏出钥匙开门。瑞芬进门后，把四个果盘分别放在东、南、西、北的角落，用易拉罐代替香炉，各处都点了蜡烛，在需要动工的地方压上符纸。大厅有个重要的神主牌方位，她摆开神台，摆好烧猪肉、水果，不停作揖，请各路神仙、土地公保佑陈家入住顺利。

"入屋"仪式完成后，便可以动工装修了。为了省钱，装修也力求简单，漆墙、贴砖，全都自己动手。锦汉每天在厂里工作到七八点，再到新房铺地砖。他以前从来没干过泥水活，全是在车间里向工友们请教了，晚上再亲手试验的。所幸这些活都不算难，就是需要体力。他白天在厂里已经忙碌了一天，晚上还要加班加点，实在难以支撑。有一天实在太累，便靠在墙边睡着了。

睡到大半夜，锦汉忽然被人摇醒，睁眼一看，竟然是瑞芬。他从酣睡中惊醒，有点迷糊，略怔了会儿，才恢复清醒，说："你眼睛不好，怎么能一个人跑出来！"瑞芬做了白内障手术后，视力稍恢复了些，晚上依然看不太清。

"你这么晚还不回去，我担心出事。"瑞芬看到丈夫如此辛苦，心疼得眼眶都红了。

"一干起活来就忘了时间。"锦汉懊悔地拍拍脑袋，赶紧站起身，收拾工具，准备回家。

"实在不行，还是请人干吧，花不了多少钱。"

锦汉耸耸肩，佯装轻松，说："我想看看，自己有没有本事搞副业嘛。"

瑞芬忍不住笑，说："知道你能干，十项全能！"夫妻俩说说笑笑，暂时忘记了所有的辛苦和困难。

发财的路子也不是没有。周围都是做生意的，倒卖相机、倒卖仿名牌皮具，一夜暴富的传说在街坊中盛行。也有更投机取巧的，比如各种抽奖、福利彩票，还有人买地下六合彩。瑞芬听要好的工友说起，心里松动了不少，买了几次福利彩票，花了近千块钱，却毫无收获。她不敢告诉锦汉，只好自己偷偷地节省。

锦光对赚钱更是热心，而且成天打家里的主意，说："别看现在戏服卖不动，旧戏服却是宝贝，是古董。爸给你留下了这么多，卖几件没关系。"

锦汉平时是个不轻易发脾气的，听了这句却怒火中烧。这些戏服凝聚了父亲半生的心血，是无价之宝。旁人眼里不珍贵就算了，作为陈家的一分子，竟然从来没理解过父亲。他狠狠地瞪了锦光一眼。

"还有阿爷留下来的那些旧物，以前的酸枝算盘……"锦光还不识趣，锦汉只好大喝一声："你收声[①]！"

第三代的孩子里边，数若妍最为稳重。浩彦的成绩不错，但他是个坐不住

[①] 收声：闭嘴，意为呵斥着让对方闭上嘴巴，收住声音。

的性子，除了学习，还喜欢摆弄机械、玩航模，暑假天天上游戏厅打街机。若丽是安静的性格，十分乖顺，就是有点过于乖了，显得没主见。上了高中后跟一群成绩不好的同学混在一起，经常听他们怂恿，今天说要买随身听，明天说要买游戏机。锦光天天在外边跑，无暇顾及，说小孩子有物欲心，将来进了社会才懂得挣钱。夏娟是听惯了锦光的，对若丽也不是十分管教。

黄婉的女儿秋怡亦十分喜欢与陈家的表姐妹们亲近，与若妍十分要好。她们是从同一所中专毕业的，秋怡于手工方面十分擅长，很会做衣服。这种姐妹间的情感也直接影响了若丽。她虽然喜欢逛街、玩乐，闲时也喜欢做手工，看状元坊里有卖零星的钉珠，忍不住自己买一套回来串。锦光发现了，却是十分气恼，说："我们家的人，又不是天生要做手艺的。"他成日在外边赚钱，没时间管教女儿，偶尔看到女儿的成绩单和摊在桌子上的珠管，便对夏娟吼，说："不要再让她做手工了，难道我们陈家第四代还是手艺人，一世穷！"

第十八章

粤华厂仍然坚持着一条完整的戏服生产线。工人不断地在减少，车间慢慢变得空荡，为了发工资，不得不把分仓库卖了。用了二十多年的裁床残了、损了，没钱更新，只好眼睁睁地看着它们消失。阳光透过大玻璃窗缓缓地照在裁床上，一切沉默静穆、无声无息，过去的风光随着时代的车轮烟消云散，只留下斑斑锈迹。

全国上下都处于经济改革浪潮中。在大时代的背景下，所有人都在寻找发财的门道。一德路恢复了海味批发，大新路发展了五金批发，高弟街一直是服装批发的前沿阵地……城市在铺天盖地换新貌，本地老广发现外来人口越来越多了，交通越来越挤了，治安越来越不好了。

而粤华厂,却是越来越冷清了。

在日渐恶劣的环境下,厂里尝试扩展时装生意。刘志军为此得意扬扬,在领导例会上高谈阔论,说:"我们厂就是少了一些有胆识的人,不然早发围①了。"说完故意瞟了锦汉一眼。锦汉当作没看见。他实在舍不得戏服,却也不得不接受眼前的事实。

时装生意并不如想象的好做。周边城区已经聚集了不少成衣厂,而粤华厂身处市中心,成本比别人高,人工也高,根本竞争不过。改革转制了半年,盈利丝毫不见增长。生产成衣与制作戏服两者之间有大差别。锦汉也尝试投入成衣设计中,总觉得不尽如人意。

改革派继续高歌猛进,提出"既然自产不顺利,干脆给外国公司做贴牌"。这回厂里反对的声音激烈了许多,老工人们私下里议论,说"我们是老字号,凭什么要替外国佬做贴牌"。这天开例会,几个主要负责人又吵得不可开交。

成衣生意没有想象中顺利,刘志军把原因归根到设计上:"你看现在流行的衣服,图案时髦、前卫,颜色鲜艳。你看看我们!"粤华厂的成衣,主要以仿唐装和民国装为主,风格上确实偏素净,锦汉对此只能沉默。

开会开得累了,他忍不住走出会议室,在门口顿了顿脚,抽了半支烟,将与人争论的郁闷统统呼出。他静静地伫立着,站在会议室门口,正对着玻璃橱窗里的一件女大靠。

这件大靠无声无息地挂在衣架子上,静静地散发着光辉。他每次走过,都忍不住仔细地端详。它由一百多块件料缝合而成,每一块件料上都穿金绣银,缀了流苏,压了金边。望着它,仿佛能想象一个威风凛凛的女将军站在台上,冲锋陷阵,十分威猛。他叹了口气,心疼这份尊贵,不忍心践踏了,回来便说:"贴牌生意我们绝对不做!哪怕破产,我们也不做!"

---

① 发围:突出重围,有所发展,有所作为,出人头地,后多指升迁、发财。

华衣锦梦

粤华厂不断地整顿,一次次消弭原本的戏服老厂形象。挂在车间四周的戏服展版再一次被取下,部分老化的设备干脆卖掉。卖废品那天,是个闷热的天气,锦汉汗流浃背,指挥着几个年轻工人搬运,脸色铁青,极力压抑着内心的失落。

瑞芬知道锦汉情绪不好,却无能为力,只得叮嘱若妍,说:"你在厂里要多替你爸分担,你自己也不要灰心,大不了出来找家私人企业打工。"

若妍却是十分乐观,说:"总会熬过去的,只要是美的东西,绝对会有人欣赏,会有市场。"她从来不关心厂里的盈亏情况,她更重视的是不断有好的产品,在可能的范围内创意,探索传统与流行的结合。她不仅擅长设计仿古时装,而且尝试着改良剧装,特别是看到《中国戏剧》这些杂志上不时出现的流行剧照,她觉得戏服也不是一成不变的,所谓穷则变,变则通。

她设计了一种仿汉装的连衣裙,上衣由交领、广袖组成,绣了细碎的茉莉花,裙子是纯色的百褶裙,显得清新典雅,有复古味道,也可以当日常裙子穿。她还设计了化纤面料的水墨剧装,整件衣裳是一幅完整的石竹图,衣服剪裁与画面的疏密巧妙结合,上紧下宽,竹叶随衣衫摆动而缓缓飘落。她喜欢这样的结合,十分雅致,十分好看。对于她来说,能够每日对着自己的设计,创造新的想法,便觉得很开心了。

陈诚不断地夸奖若妍的才气,但也忍不住劝说:"厂里没工开,你待在这里白白浪费了,到外边秘捞①吧。"

若妍是从来没想过"秘捞"的,她坚定地说:"我就喜欢这样待着,没压力,还能实践自己的想法。"

"要不去拍拖?女孩子家,不要成天只想着工作。"陈诚笑着说,"你有拖拍,你阿爸的烦心事就少了一件。"

若妍爽快地应着"知道啦",眼睛里仍然只有图样。

---

① 秘捞:正职以外的秘密兼职,不可让人知道的工作,比如设计师接私单等。

锦汉没有太多时间管女儿，他经过设计室时，偶尔瞥一眼，看到女儿在里边写写画画，便觉得很心安。他也忍不住跟她说："粤华厂是救不活的了，要走赶紧走！"在心底里，他对于女儿的坚守十分赞赏，只是不愿意表达。有时思虑起来，他又会发愁，想若妍毕竟年轻，将来粤华厂真的没了，她还要重新找工作。想到这一点，锦汉便鼓励自己：一定要把粤华厂守住。

"大家都走了，我也想走了。"有一天，同事敏仪突然说。粤华厂一天比一天死气沉沉，敏仪沉不住气了，很想到外边闯一闯。

"你走吧，走了好，时装公司的工资高。"若妍淡定地说，一点也不担心。

"那，你在陈厂面前帮我多说几句好话。"敏仪打了报告，第二天就不上班了。设计室最热闹时有五六个人，最后只剩下若妍和陈诚了。

状元坊的服装批发市场，受地域所限，每间铺面只有三五平方米。但即便如此，这里也像金银宝地，吸引着无数生意在此落脚。不仅卖成衣，还有各种时尚精品。进货价低廉，出货价也是低到一个不可思议的程度。状元坊变成了另一个状元坊，它像过去的样子，又不像过去的样子。曾几何时，这里是各种手工艺、珠宝、首饰、皮具的生产基地，如今它繁盛依旧，延续着浓重的商业氛围，慢慢地变成了成衣批发市场。

这地方仿佛承载着某种特殊的气息，总是要做一些手作、精致的东西。

锦光在状元坊租了一个铺面，做起了成衣生意。

他对于开出租车已经十分厌倦，加上出租车统一管理后，不能像以前那样自由，于是转让了出租车。最初是搭着一个工友的摊子卖。他亲眼看到他们从选铺到开店，风风火火，每日从早到晚忙不停，眼神里却放着光。毕竟成衣这一行做得久了，总是知道利润的。但没想到这里人流量大，散货很快，附近县、市的都过来进货。这样做了几个月，算算收入，竟让他大吃一惊。

"我们家的人，果然是要做衣服生意的。"锦光钱多了，渐渐迷信起来。他跟家里人始终不太一样。进货时，那些华丽、复杂的他最讨厌，往往进一些最简单的，几乎没有任何装饰的成衣。

"他们一辈子就只得个辛苦。"他守着铺子，跷着脚，叼着烟，一坐就好久，跟对面铺子的人聊天，说起哥哥，一脸的不屑，"那珠管，多细，眯着眼睛穿进去。绣线，比头发丝还细，没绣几针，又要换线。为了几张薄薄的奖状，害大嫂差点瞎了眼睛。"

状元坊里还是青砖白瓦、麻石路，旧房子经过改造，变成了小商品铺面。在这里开铺的下岗职工，大都是以前纺织厂、服装厂的。有个叫财婶的，一直是缝纫车间的骨干，眼看着戏服厂有一日没一日的，心灰意冷，穷而思变，终于咬咬牙停薪留职了。财婶的女儿在状元坊开档口，她的缝纫机便每天在巷子里响着。锦汉每次经过，都不是滋味。巷子里的缝纫机越来越多，叽叽喳喳的，仿佛某种生物的迁徙。

锦慧向来不觉得自己是做生意的料。看到锦光能做成，她也有些心动。董志伟不赞成，说："做生意，首先是辛苦，其次是有风险。我们那点积蓄，经不起折腾。"锦慧便不敢再想。过了不久，浩彦考上了大学。锦慧两口子都是粤华厂的职工，双双下岗，动用多年的积蓄，总算是把学费凑齐了。锦慧觉得不是办法，便学着其他工友的样，交了病退申请，在升平街一幢民宅的一楼租了个窗口做缝纫。

锦汉没想到她如此果决，吓了一跳，转而又知道了，是急着给浩彦存学费。锦汉来看望妹妹的"生意"，虽然是几十年楼龄的老楼，租金并不低廉，附近零零星星地摆了不少缝纫机，都是倚靠批发市场而活。

"我这不算什么生意，就是做苦工。"锦慧笑道。她向来胆小怕事，为了生计，总算是狠心了一回。

"这要能做得下去，我也来帮你的忙。"锦汉笑道。他闲时便去转悠，怕锦慧老实本分，受人欺负。锦慧倒还算适应，她本来就技术活好，做事认真，固定地摆了几个月，每天都有改衫袖裤脚的生意。

这天下午，她正在专心地踩着衣车，一个粤华厂的同事，名叫阿芳的，缓缓走到她面前。阿芳在同一条街上摆缝纫，本来生意不错，但自从锦慧摆开后，分流了许多生意。阿芳神色不太好，对着锦慧，皮笑肉不笑地说："看你忙一早上了，生意不错啊！"

锦慧放下手中的活计，和气地跟工友打招呼，说："刨去成本，不过是赚点饭钱。"阿芳附和着笑，说："那还有厂里的一份呢。"

锦慧一边踩着车，一边与她闲聊，说："加起来也不够，儿子上大学了，开销大。"

阿芳听了，双手交叉，一阵夸张地笑，说："怪不得，我听人家说你在这儿摆档，还不相信呢，心里想，你怎么会摆档！"

锦慧听她语调不对，略觉得不痛快，还是温和地笑着，说："总不能等到没饭吃了，才想办法。社会变了嘛，到处都是暴发户。"她仍然踩着缝纫机，车到头了，细心地用剪子剪去线头，说："将来的事说不准，也许情况好转，又可以回粤华厂开工了。"

阿芳双手抱胳膊，笑得更夸张，说："笑死我了，你可是陈厂的妹妹。你都出来摆档了，粤华厂还有什么希望。"

锦慧再是心实，听了这话，也回味过来了。阿芳的声音太大，把周围的人都吸引过来了。锦慧不想再跟她交谈，低下头，将缝纫机踩得哗哗地响。

阿芳却还没达到目的，眼见来往的人不少，她笑着说："不知过段时间，陈厂会不会也出来了，他好多年没做手艺了吧……"不怀好意地瞟了锦慧一眼，继续说："哎哟，好在你一直在车间做活，手艺还在。"

锦慧向来是个隐忍的性格，不敢作声，眼眶红红的，把缝纫机踩得哗啦啦响。也是凑巧，锦汉刚好过来，他到这边办事，顺便来看看妹妹，给她带一杯竹蔗茅根水——知道她忙起来什么都不顾的。阿芳的话他全听见了，心里也有些不好受。

阿芳看到他，顿时有些心虚，再加上目的已经达到，便讪讪地笑了一下，顺势离开。锦慧仍是闷闷的，她怕锦汉生气，不敢告诉他阿芳的话。

锦汉让她先把凉茶喝了，说："一整天对着日头做事，要注意避暑。"锦慧点头答应，一口气喝下，以掩饰忍不住泛红的眼眶。两个人沉默了半天，她突然说了一句："我们阿爷是不是说过，只要有手有脚，肯干活，就能找到饭吃？"

锦汉不作声，默默地点点头。状元坊内人来人往，每个人都在为生计奔忙。一个档主来到锦慧面前，大声吆喝："我的裤子，好了吗？"锦慧被对方的气势吓着了，翻了翻，手忙脚乱的。来人态度十分恶劣，立刻皱了眉，说："怎么搞的，不是说十分钟可取吗？"

"实在对不起，对不起，马上就好。"锦慧嚅嚅地说，将缝纫机踩得飞快。

锦汉在一旁默不作声，感觉艳阳高照，所有的日头都直射到自己身上，从头到脚热辣辣的。然而锦慧忙得停不了手，他只能忍着心疼，站在一旁默默等待。好不容易等她忙完，他温和地笑着，说："你办了下岗了？昨天志伟来找我了，他对你摆档不是很赞成。"

锦慧长长地叹了一口气，犹豫了一会儿，还是没有将阿芳的话告诉他。但是第二天，她便没有在状元坊开档了。

一九九三年，最会制衣的翠凤也走了。

那天早上，她跟小侯姐、冰姐一起去广州酒家饮茶。工作日的早上，茶楼里总是一些爱喝早茶、打趸的老广，一眼望去，全是慢条斯理的老人家。广州的早茶市兴旺发达，茶楼里不断引进新品种，例如蛋散、裹蒸粽，服务上也不断改进，比如排号叫位，还有电话订位。

四个人的聚会，叫了满满一桌点心，有虾饺、烧卖、榴莲酥等，人老了便喜欢吃些软糯的。翠凤和小侯姐因为凤爪吵了起来。翠凤向来喜欢吃咸食，想吃咸香味浓的酱香凤爪。小侯姐则喜欢甜酸味，想点白云凤爪。两人争执不下，最后一样要了一碟。翠凤一边吃，一边向小侯姐抱怨，说："我们真是从小吵到老。"

两人均是觉得力不从心，走路不如从前利索了，吵架也不如从前有力气了。人生走到了这个阶段，理应平心静气、享受生活。翠凤跟小侯姐斗了半天嘴，自己都觉得好笑，说："到了我们这把年纪，什么都要看得开，就算今天两腿一伸走了，也不算遗憾了。"

几位老姐妹忙打断她的话，说越是老了越不能说这些话，"唔老嚟"。

自从黄柳死后，翠凤便一个人住，黄婉虽然孝顺，毕竟是跟公婆住在一起，翠凤便不经常找她。在这许多亲人当中，若妍最喜欢来看她，经常向她请教。

翠凤一直眼不花、手不麻，还能穿针引线，她知道自己既已是老人，许多手艺便要及时传授给年轻人。本来想教黄婉的，可是黄婉完全不在意，说："过几年我也退休了。"秋怡又是学会计的。翠凤无奈，常常自己一个人嘀咕："有些手艺，看着简单，却是有技巧的，你们不学，以后就要失传了。"

好在若妍进了粤华厂，对戏服越来越爱，而且年轻心巧，一点就通。她愿意将所有的技艺都教给若妍，说："黄金万贯，不如一技傍身。几十年劳作，积存下的就是这些，你们不要，我只好带到地底下去了。"

在她的"百宝屋"里，看似杂乱的小房间，简直什么都有。各式各样的花样簿子，五颜六色的布头。种类繁多，归了类摆在一边，整整齐齐地用盒子摆了。她从年轻时候开始，便发明了用自制的纸片将盒子隔开，将几十只线陀拿出来。"有些颜色，现在已经买不到了。"她无比珍惜地看着，"以后我走了，这些东西都给你，他们不懂得珍惜。"

"千万不要这样说，姑婆，你要好好的，我得闲过来向你请教。"若妍在慈爱的姑婆面前，特别喜欢撒娇。

冬至那天，锦汉一早打电话，请她过来吃饭。黄柳死后，翠凤一个人住着，锦汉便常接她到家里吃饭。中秋的时候，翠凤不愿意去黄婉夫家吃饭，也是在锦汉家过的——电话却是没人接，锦汉吓了一跳，赶紧往姑姑家跑。

好在铁栅门开着，翠凤一个人在屋里倒腾，说"要找些东西给若妍"。锦汉这才舒了口气，忙帮着钻床底，从床底拖出两只沾满灰的木箱。那酸枝木箱子，中心嵌着一颗假红宝石，显然是有年代的产物。箱面上泛着陈旧的红光，仿佛藏着什么宝藏似的。锦汉笑着说："什么宝贝啊，藏得这么严实，不会又是图样吧。"翠凤也笑着，摩挲着箱子上的花纹，说："听说现在酸枝木价贵了，这破箱子不知会不会值点钱。"

帮翠凤拖出了大箱子，锦汉便先回家了，叮嘱她"晚上一定要早点过来"。翠凤仍望着自己的绣件出神，摆手说"知道，知道"。

这天吃饭时，所有人都回来了，只有翠凤的电话没人接。打了几次没人接，只好让若妍去请。赶到家里，只见翠凤静静地歪倒在沙发上，已经闭上了双眼。

她最后歪在旧的酸枝家具上，枕在精工雕刻的花沿上，嘴角露出一丝淡淡的笑，仿佛做了一个甜蜜的梦，一个花团锦簇的梦。半个世纪的奔波劳碌，没有压垮她的背，也没有迷蒙她的眼。最后，她平静地睡着了，在她手里，还握着一只花绷，仿佛到了另一个世界，还要继续做着精巧的绣活。

广州的冬天难得冷，这一年却是冷得厉害，状元坊灰色的檐上结了一层霜，连北方的羊绒裤都紧急进货来卖了。大街两旁停着破旧的三轮货车，个体商人站在车子边，挥舞着手上的羊绒裤，高声叫卖。风呼呼地吹，乌云低低地笼罩着天空。

这一年仿佛是个大关卡，厂里的老人走了好几个。其中有个做串珠的耿师傅，串珠子的技术是一绝，会打几十种绳结。还有一个最会做靴子的老廖，也走了。老廖是个残疾人，一辈子没结婚，常年待在锅炉边。他走了，制鞋师傅就不多了。

北风发出一种低低的呼号，在城市的高楼大厦之间盘旋。在宽阔的江面、在新簇的楼房间穿梭，旧的水泥路面泛出一种苍凉的白。广州城还是到处摇曳着绿色植物，只是叶子在寒风中簌簌发抖，花朵凋谢得厉害，地上到处飘落着碎叶和花瓣残骸。

第三部分 时代转折

新年过后，厂里彻底地安静了。订单太少，开不了工。工人们天天上班，只能闲坐穷聊，彻底地陷入一种死缓的悲观情绪中。市里将几个大型工艺厂作为转制试验点，粤华厂改革是迟早的事。在这种情势中，生产近乎停滞。然而，不开工就等于没有工资。锦汉天天跑粤剧团，只见人去楼空，以前管事的一个也找不到。好不容易通过行内人找到了方团长，方团长却摆摆手，无精打采地说："粤剧团已经改制了，短期内不排新戏，不会再订戏服了。"

清明之后，粤华厂被迫彻底停工，只能盼望着改制的通知尽快下发。车间里的材料都打包好了，只等文件下来，便立刻清点。车间里每日流传着各种风声，说刘志军正努力活动，发誓要当上公司董事长。也有人说夏志光已经找到了关键人物，上下沟通打点，董事长这个位子稳定了。众人七嘴八舌，猜测纷纷，但没有人看好锦汉。一味苦干的年代已经过去了，如今要当领导，讲究的是"方与圆"、厚黑学。

锦汉依旧每日在车间里巡视，认真指出他发现的问题。闲时便默默地画着样稿，琢磨着做更好的改良式剧装。窗外的木棉又盛开了，给蔚蓝的天空带来一抹亮色。天空辽阔，不时有飞机飞过，发出低低的轰鸣。他听到声响，望向窗外，看到飞机穿过云层留下的痕迹，仿佛手描的水漾花纹。

第十九章

一九九四年，是一个新生事物不断涌现的年份。广州日渐成为全国最大的进出口交易中心，是全国皆知的淘金地。无数怀揣梦想的年轻人从四面八方涌入，广州火车站天天人山人海。与此同时，星海音乐厅在建，广州购书中心即将开业，电视剧《情满珠江》在全国热播，广州正努力摘掉"文化沙漠"的帽子。

车间里慢慢地空旷了。年纪大的，都趁此机会退休了。留下来的，一部分有活开工,没活休息;还有一部分,抱着"骑牛揾马①"的心态,在没找到好工作之前,依然占着岗位。《新闻联播》里天天播放着下岗再就业专题。对于工人们来说,下岗是一个很恐怖的词,每每说起,都一脸彷徨。订单实在是少,产量简直可以忽略不计。偶尔合力做成一件大衫,大家都兴致勃勃、特别用心。

锦汉仍是一脸平静地在车间里奔波忙碌。他每两个小时巡一次,检查各部门的完工效率,跟各组组长寒暄几句。走在车间里,望着熟悉的面孔,仿佛今天跟昨天没有什么不同。有时忘了某个工人已走,还习惯地问一声:"她今天请假?"他希望每天都按部就班,每个岗位上都有人熟手操练着。

国企改革在全国上下迅速展开,粤华厂也不例外。厂里经过改制,走了近半数人,留下来的有四五十人,大都是五十岁以上的工人,是临近退休的人员。

厂里成立了董事会,每周一早上开领导例会。人还是原来的人,可性质全变了。在一次例会上,夏志光提出了转做时装生意的主张,董事会的七名成员,有六名投了赞成票。

"他们都赞成改时装。"锦汉回到设计室,生气地跟陈诚说。

陈诚正忙着给儿子填报志愿。高考在即,他的所有注意力都在儿子身上。他完全没留意到锦汉的郁闷,笑着说:"能开工就好,做什么都好!"说完继续给孩子查分数线。"中大的录取线好高!"他戴上老花镜,将头深深地埋在高校手册里。

锦汉却不能轻易地放下。他不管夏志光在不在乎,不是每个人都有对戏服的情结,有人一心只想赚钱。电视里每天都在讲改革开放,报道新兴企业,在粤华厂,戏服已经跟时装平分秋色,而时装的盈利空间更大。这样下去,戏服或许有一天会消失。就像所有在时代行进中遭遇冲突的行业,慢慢地衰败、枯萎,曾经的荣光消失得无影无踪。

---

① 揾:找。马比牛跑得快,如果身边只有牛没有马,那只好先骑着牛去找马。比喻先将就接受当下不是太理想的条件,再在此基础上寻找更好的后路。这个词多用于找工作方面。

几次会议的强烈争执之后，锦汉放弃了对夏志光等人的美好幻想。改革派的支持者越来越多，进一步减产已成定局。宣布转制时，只有不到百分之十的工人买断下岗。随着形势恶化，有更多的人选择离开。锦汉眼看着车间里的人越来越少，裁床越来越空，直到有一天，他一早来到厂里，发现车间空空荡荡的，安静得一个人也没有。他觉得恍恍惚惚，仿佛走错了时代。他缓缓走到车间中央，挥了挥手，像过去无数次那样，笑着说："醒神啲，开工喇！①"

自从有了人民路高架桥，人民南、状元坊发生了翻天覆地的变化。这座高架桥从建起之初便争议不断，人们认定它遮断了风水。广东人对风水的执着，是没有道理可讲的。连报纸都会迎合市民喜好，刊登风水分析、运程分析。"信则有，不信则无"是老广最爱说的一句话。过去这一带是风水宝地，南方大厦、人民路骑楼是广州商贸业的标志性建筑，可是受人民路高架影响，这一带慢慢变得黯淡。桥上车来车往、川流不息，桥下却是光线不佳、秩序混乱，铺面租不出价钱。

状元坊一带明显跟过去不同了，从精工手艺聚集地，变成了平价小商品市场。不再是精致的、有做派的，而是嘈杂的、混乱的，就像一个渴望发达的年轻人，随时准备着为银钱冲锋陷阵。锦汉吃惊地看着这些变化，挤挤挨挨的全是招牌，在阳光下闪着光，傍晚时分争相闪烁，红的绿的，用灯光组合成各种造型，瞬息万变。

"不如我也自己开厂？"锦汉不由自主地点头。这个念头，仿佛黑暗中点燃了一丝光，照亮了眼前的路。在他的成长岁月中，他无数次听说过汉记的传说，无论是父亲的版本，还是书上的版本。对于他来说，是心向往之的。以前全国上下只有国营企业，没有选择，如今却仿佛水到渠成似的，令他想到了这个问题。日子虽然拮据，但要有盼头，若妍还年轻，总要找一条出路。重要的是这门手艺，不至于被外行人随意处置、轻贱。

---

① 醒神：精神清醒过来，使注意力集中，提高警觉。整句意思为：提起精神，开始工作了。

华衣锦梦

自己办厂不是件容易的事,锦汉将铺租事宜一一打听清楚,计算了风险,又考虑了许久,这才跟瑞芬提出。不料她一听,立刻露出惶恐的表情,说:"怎么可能,你在国营单位这么多年了!"她听锦汉仔细地讲解,虽大略能明白,但想到要投入资金,拼命地摇头,说:"存了十几年,好不容易才存下几万块钱。"

锦汉何尝不知如此,但眼看着市场日渐萎缩,他很想以一己之力,力挽狂澜。状元坊一带,各种私人铺头如雨后春笋般出现。铺头前站着勤劳的老板,每见有人经过,便大声吆喝:"埋嚟睇埋嚟拣①,全广州最平!"他偶尔经过,望着熙熙攘攘的人群,看着那些在地摊上眉飞色舞、朝气蓬勃的人,突然觉得心里有个地方被触动了。他很想跟锦慧、黄婉、董志伟一起,加上最信赖的几个徒弟,好好地经营一番。最重要的是若妍,在大厂时代,她的才华根本没办法施展。他越想越激动,恨不得立刻就做,多少老实巴交的工人都咬着牙下海了,自己作为最好的手艺人,有什么好怕的。

瑞芬却始终有所顾虑,每当谈到开铺的事,立刻找其他话题岔开。但看他心情不好,又本能地安慰,说:"广绣、广彩厂好多人停薪留职,我们先看看人家,再有样学样。"

锦汉没作声,沉默地点点头。

厂里的人心越来越浮躁。刘志军在厂里一副铁面无私的样子,私底下却跟朋友合资做外贸成衣。厂里骂他的人不少,特别是看到他把公司的车当私人的用。然而,已经不是那个动不动就写检查的年代了,党支部、工会都管不了他。锦汉收到工人们的投诉,找刘志军说过几次,刘志军只是漫不经心地看着他,轻蔑地笑。

锦光的租铺在状元坊的中段,几次迁铺,挪到了一个人气很旺的位置。租铺只有五平方米,挨挨挤挤地挂满了衣服,都是时下最流行的款。锦汉到铺头的时候,他刚好做成了一单生意,收了钱,将衣服卷进红色塑料袋里,塞给

---

① 埋嚟:靠拢,聚拢过来。拣:挑选。整句意思为:过来看,过来选。此为商场常见的招呼话语,用于招徕顾客。

客人，让哥哥帮忙"顶挡①"，自己赶紧去上厕所。锦汉替他看铺，忍不住环顾四周，将颜色冲突的衣服一一分开，按材质分类挂放。两个年轻姑娘走进铺里，他立刻迎上去，热络地问："钟意边件②？"

他自己是一腔热情，买的人却不明所以。姑娘们被吓到了，后退两步，疑惑地盯着他。状元坊里的小摊小贩多了，强买强卖的事也多了。姑娘们大概是听说过类似事件，十分警惕。

锦汉一心想做成生意，热情地从墙上取下一条裙子，迅速展开，说："睇下③，我觉得呢条裙仔啱你④。"

一个姑娘挥舞着手臂，大声嚷嚷："我哋唔要⑤！"另一个跟着惊呼："唔要，行开⑥！"锦汉被她们的激烈态度吓着了，呆呆地望着，但手还是不由往前伸："睇下，平靓正！"

"行开，行开！"小姑娘一边退后，一边呵斥。

周围铺子的人都听到动静，站在铺面前看热闹。

锦汉本来一腔热情，想试试怎么做生意，结果却意外地，被两个小姑娘打击了，仿佛被一盆冷水泼下。"死金鱼佬⑦！"小姑娘嘀咕着，虽然很小声，

---

① 顶：顶替。挡：抵挡。顶挡：具有暂时性的表义，表示暂时顶替，也可以用"顶住挡"来表达。

② 钟意：钟爱，喜欢。整句意思为：喜欢哪一件。

③ 睇下：看一下。

④ 裙仔：把裙子这种衣物拟人化、可爱化。"呢条裙仔啱你"适用于年轻女性。啱：在这里是适合、符合、相衬的意思。整句意思为：这条裙子很适合你。

⑤ 整句意思为：我们不要了。

⑥ 整句意思为：不要，走开。

⑦ 香港地区以前有个中年男子打算诱拐女童，于是在天台上养了金鱼，并对一些小女孩说："小妹妹，叔叔带你去看金鱼好不好呀？"然后把女孩带到天台上伺机侵犯。"金鱼佬"代表有恋童癖的男子，以及怀有明显欺骗目的而与年轻女生攀谈的老男人。

却被他听见了。

锦光上厕所回来,发现铺头围了一圈看热闹的,锦汉脸色惨白,吓了一跳,忙问:"发生什么事?"

锦汉摇摇头,不愿意多说。他惆怅地望着各式各款的时装,本来已经筹划好了,连租铺位置都看过了,经历了这么一回,又有点动摇了。

锦光听他讲了事情经过,略带得意地笑,说:"做生意,有做生意的门道,不是会做衫,就一定能卖出去的。"

这天是一个老工友的生日,大家约了在大排档庆祝。厂里效益不好,工友之间反而团结了,患难之情十分深厚。他们约在一家平价的潮汕海鲜餐厅,大盘的虾、蟹上了桌,还买了一箱珠啤,誓要"不醉无归"。年轻时多少争吵,多少暗斗,如今都成过眼烟云了。大家说说笑笑,回忆着厂里的旧事,碰着杯,咕噜咕噜地一气喝下。

锦汉以前是不会喝酒的,为帮厂里揽业务,被迫去学应酬。在醉倒过无数次、吐过无数次后,酒量突飞猛进。

"饮酒要畅快!"酒杯子哐当碰到一起,在闷热的夏季,冰冻啤酒是最好的慰藉。锦汉在半醉半醒之际,想起他刚进入粤华厂的情景。就像做了个梦一样,一梦几十年就过去了,可是入厂那天的情景,还十分清晰。"你还记不记得……"他拍着陈诚的肩,恍恍惚惚地说。"记……得,记……得,"陈诚酒量一般,已经开始舌头打结了,"我……我记忆力比你好,什么都记得。"

一群人笑笑闹闹,直到半夜才散。有几个已经醉了,伏在桌子上,等着家人来接。锦汉勉强站起身,他觉得有些晕了,却坚持自己能走。他一个人歪歪扭扭地走在巷子里,走到半路又折回,自言自语,说:"今天还没巡厂。"

偌大的车间,在夜色中显得空空荡荡,像是落幕后的舞台,凌乱的缝纫台、零碎的布料,无声地沉默。车间里,机绣车整齐地排列着,仿佛在昭示过去的光辉岁月。月光淡淡地照射在冰冷的机器上,显得更加清冷。锦汉摇摇晃晃的,走到做头面的裁床前,看着那些安静的闪着微光的珠子。一件已经完工的盔头,在月色中微微发亮,银白的光反射着一只精神抖擞的虎头,眼神精光。

他无声地伫立在车间,望着安静的裁床,脑海里闪过许多画面,仿佛大戏的一幕幕逐一闪过。年轻时,浑身有使不完的劲,从早到晚,不停地忙活。中年以后,转做管理,每天迈着坚定的步伐,在车间里走来走去,忙着解决问题。就在一件件戏服完成的同时,人也一年年老去,青春和汗水都化在针线里了。二十多岁时为了保护几本图谱,可以连命都不要。现在那些图谱就摆在地上,两角钱一斤,随时等待着废品站的工人收走。他颤抖着,蹲下身,一摞摞地收拾着,仿佛是想把它们藏好,突然,一个趔趄,失去平衡,栽倒在地上。

若妍听到电话后,立刻赶去医院。白布已经盖上了。医生吩咐家属办死亡证明,说:"不要带回家了,在太平间停一晚,直接送火葬场吧。"

若妍木然地点着头,仿佛并不知道医生在说什么。厂卫在一旁惶恐地抹眼泪,满怀悔恨地说:"他进去的时候,是有些醉了,拦着他就好了,我以为他还要工作。"

谁也没有想到,锦汉以这样的方式,突然离开了这个世界。他的身体向来很好,别人都以为他会像他父亲一样高寿。夏志光赶到医院时,手里还拿着几份文件,是打算给他签字的。工友们纷纷赶来,站在医院的走道里,神色黯然,说"陈厂的身体向来很好,什么心梗,他就是累死的"。

广州的夏天,向来天气炎热,闷了一个多月都不下一滴雨。就在陈锦汉去世后,天气突变,乌云翻滚,天地像翻了锅盖,全部被笼罩在一片黑暗之中。接着是倾盆大雨,下了七天七夜,整座广州城防汛告急。新闻上每日紧张播报着珠江水位,以及附近市县的受淹情况。市民们彷徨地等待着即将到来的洪水。天,像是被打破了一个缺口,大雨永远也下不完。

瑞芬指挥着若妍,从衣柜顶上搬下三个大箱子,红白相间的人造革行李箱,许久不动,箱面落了一层均匀的灰。若妍抹着眼泪,哽咽着,打开箱子,看到排得整整齐齐的几十本小本子。草黄的软皮小本,封面上压着"粤华戏服厂"五个毛体大字,翻到内页,只见密密麻麻的楷体字,是详细的工作日志:"一月二十五日早,巡厂,发现刚做的高靴胶脱了;一月二十六日下午巡厂,扫花进度略慢……"

瑞芬一页页翻捡着,向若妍解释每一句话。从一九六〇年十月的第一天开始,写到一九九四年七月,累积起来的一百多万字,便是他的整个人生。除了记事日记,还有标准的工作日记,十六开的本子上,用蓝色圆珠笔分栏划写,分成图稿设计、进度完成、发现问题,还有各种花纹般的符号,瑞芬猜测是某些问题的记录方式。"每天都见他本子不离手,写完了一本,又写一本,他说不记下来,容易忘记……"说着便泣不成声。若妍安慰母亲,将她紧紧地抱在怀里,可是自己也忍不住泪流满面。

夜里,她一边抹泪,一边收拾父亲的遗物。一个人坐在裁床边时,也有些恍惚,总觉得父亲就在身边。有时拿起一块画粉,刚要下线,却仿佛听到父亲说:"睇定先,唔好急①。"

她下意识地回过头,想问父亲:"怎么做才是对的?"回头才发现,什么也没有。她一个人呆呆地坐到后半夜,听到屋子里窸窸窣窣的声音,像是父亲趿着拖鞋在屋里走,不一会儿,就听到母亲问:"阿妍,你还没睡?"

母女俩都在黑暗中无声地掉眼泪。

陈家新做了一个神台,比原来的更大、更宽。神台上放着锦汉的遗像,是放大了的黑白照片。照片上的他面容端庄,表情像平常一样和蔼亲切。遗像前摆着香炉台,两边各摆着一只黄铜麒麟,旁边是华光师父绣像。若妍郑重地给父亲烧了香,心里默默地说:"阿爸,以后就由我担着这个家,我不怕。"

陈家的小书房,一直是当车衣间在用,里边满满当当地摆放着布料、珠管,各种制衣工具。若妍下了班,一头钻入工作室里,一点点地拾捡。当初是爷爷交到父亲手中,现在是父亲交到自己手中了。她仔细地收拾、整理,抚摸

---

① 睇定:仔细观察后选定。整句意思为:先仔细看好,确定好,不用着急。

第三部分 时代转折

着每一件衣服的纹路,感叹着漫漫岁月长河中,这一份积淀下来的高贵与精细。"阿爸也太认真了,他是累死的。"若妍喃喃地说,又流下了眼泪。

没有人想到锦汉竟会意外地去世。在粤华厂,他是优秀的技术骨干、重要的管理者。他每日准点出现在车间,不管哪个部门出现问题,都可以向他报告。人们习惯有事就找他,即使是夏志光再三强调,这些事不是陈厂的管辖范围,人们也习惯去找他。

他设计的样版还挂在墙上,造型严谨大气、做工精细,仔细一看又能看出许多突破传统的细节。老人家指着衣服说:"这一看就是锦汉的手艺,你们别乱开玩笑。"

一件由他负责的龙袍,还在走流程。在熨烫车间,熟手的小姑娘正在压边、剪线。刺绣车间里,负责监工的主任黑着脸,低沉地说:"用荷花样吧,陈厂喜欢荷花。"一个退休人员来领过节费,还走到他的办公室门口,敲了敲门,问:"锦汉不在?出差了?"

若妍成天地坐在设计室里,不停地制图、打版、修改,借忙碌逃离悲伤的情绪。偶尔听到外边有人喊"陈厂",脑子里便一片空白,眼泪不由自主地落下。她心里难过得要命,可是不得不假装平静,生怕刺激了母亲,怕哭多了伤眼睛。瑞芬一直恍恍惚惚的,难以接受这个现实,常做三个人的饭菜。若妍努力地安抚母亲。父亲走了,家里一下子空荡了,母亲垮了,她不撑住,这个家也就垮了。

若妍接了个电话,是一个陌生人打来的,问:"请问是陈锦汉师傅吗?"

每每接到这样的电话,她便觉得泪水要掉下来,还是耐心地问:"他已经不在了,你有什么事?"

电话那头顿了一下,说:"我想问他到底决定了,租不租?"

若妍这才知道,原来父亲打算在状元坊附近开一家铺子,做戏服生意。她捧着电话,泪水再次汪汪而下。

华衣锦梦

瑞芬找到了一叠用塑料纸包着的材料，放到若妍面前，说："这是你阿爸临走前留下的吧？看看，还用不用得着。"

打开一看，是进行公司注册的程序，已经办了一半，有锦汉签名的贷款申请、房契复印件，还有店铺的规划图，右下方用长格子端正地框了起来，写着"汉记"两个大字。

瑞芬抹着眼泪，特别悔恨："早知他有这么强烈的决心，我便帮着他，也不至于他一个人累成这样了。"

若妍呆呆地翻捡着父亲的遗物，父亲向来不求大富大贵，开一家自己做主的戏服铺，大概是他心底藏得最深的一个想法。若妍想了想，心里有个主意，却也是犹豫。她深知当初父亲所犹豫的，所以为了这个家，这个并不算富裕的家，不可轻举妄动。

这个主意像是棵嫩芽，见风就长，很快便长大起来。若妍总想象着自己能做些什么。粤华厂已经是苟延残喘，断断续续地做着时装生意。若妍每日虽然在设计室里，却只是给成衣打版。"阿爸想做，肯定是做得起来的。他这么多年认识的人、剧团，全都信任他。"

若妍私下算了算账，父亲已经筹划了一部分费用，开业的资金他是准备好的了，后续花费也颇为可观。店面一旦盘下来，便是房租、人工、物料，各种开支源源不断。

那么大的主意，总是要慎重考虑的，万一失败了呢。若妍左想右想，还是希望试一试。她一直在想接着做父亲曾经计划过的事。父亲当时写下的单子还在，手写的单子，还有关于汉记的一切，姑婆交给她的一切。这些东西凑在一起，使她觉得自己是那个要完成使命的人。

想到这个沉重的"使命"，她又有些犹豫。自己不过是毕业了几年，做了几年的工厂活，虽然耳濡目染，但又能有多少本事？

粤华厂实在难以为继了，车间安安静静的，一个月做不上一张订单。若妍自己尝试接了些散单，是由工友之间的关系，介绍老主顾给她。她一个人完成打版、剪裁，有难度的活件，便找工友们凑单。接散单有太多不可控的地方，要精准地算好工时、工长，每笔订单的利润。算得累了，若妍便翻看父亲的工作笔记，三十年的工作日记，每一天都详详细细。"阿爸能做到的，我也能做到。"她想到这一点，又觉得勇气顿生。

瑞芬也时常翻阅锦汉的笔记，边看边掉眼泪，指着其中一页，对若妍说："天天这么多琐碎，不记下来怎么行，有些东西还是我帮他记的。"她指给若妍看："梅花样里边的五种配色，三朵梅花的间距……"想起往事，眼泪便掉个不停。若妍忙岔开话题，说："替我找找有没有讲针稿的。"

若妍闭上眼，试着想象父亲当年工作的情景。她觉得自己更了解这个行业，了解父亲了。时代急剧变迁，社会永远在变化，唯一不会变的，是一个人的信念。对自己的负责，对手艺的负责。她在粤华厂已工作多年，但跟父亲的沟通很少。特别是近几年，父亲总是在忙碌，在应酬。她从这些笔记里看到了父亲真实的想法，埋藏在心底的强烈信念。

若丽也对这些手艺活感兴趣。这个性格温顺的姑娘，她长得不像锦光，也不像夏娟，反而有几分锦慧年轻时的样子。她喜欢跟着若妍鼓捣，两姐妹一起做着针剪。从小耳濡目染，她早就喜欢上了这门手艺，只是以前父母不让她学，逼着她好好读书。如今长大了，她能追求自己的兴趣了，一有空便过来帮若妍的忙。

若丽对于她的想法十分理解。这两姐妹从小一起长大，感情十分要好，待在一处便有说不完的话。若妍便对若丽说："你从小就喜欢串珠、扎花，不如我们姐妹俩拍档，把店开起来。"若丽想了想，摇摇头，又点点头。她是真正喜欢这个行当的，锦光却一直呵斥，从小就不让她碰，不希望她做手艺人。

倒是秋怡说做就做、态度坚决。她的专业是会计，报过业余培训班，会电脑制图，能做简单的打版。家里到处是戏服，以及做戏服的工具。她发现生在这个家庭，很难绕过这个行业的影响。翠凤去世后，她常怀念，也后悔这么多年来，没有珍惜身边最重要的东西。她对若妍说："你大胆去做吧，我一定帮你！"

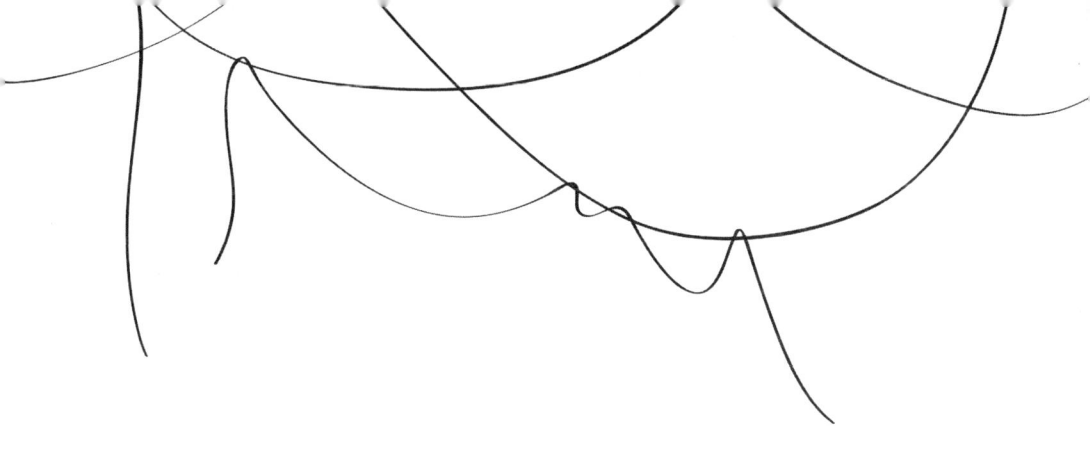

第四部分

岁月如歌

第二十章

一九九六年，陈若妍在人民南路挂出"汉记"的招牌，重新做起了戏服生意。

铺头开张那天，是个晴朗的天气。秋高气爽，万里无云，大家都说是个好兆头。铺面紧挨着状元坊，正对着人民路高架桥，四方的景深，店面只有二十平方米，招牌是花青色的，用万字花纹勾勒了四个边角，中间是宋体，端端正正地勾着"汉记"两个大字。

筹备店铺开业，有各种琐碎事宜，若妍只能自己一个人亲力亲为，从铺面装修、进货、请工人，逐件跟进。店里的摆件，部分是还未交货的外包单，更多的是若妍亲手制作的货版。她特意订制了一块仿古牌匾，虽然花费不菲，效果却非常好，很能体现百年老店的沧桑感。这块消失了半个世纪的老招牌，无声无息地，但又是笃定地，重新出现在状元坊。

乳猪是通体的酥红色，一只猪头高高翘起，微露笑意，仿佛很高兴成为汉记的开场主角。开铺之前，先摆好神台，乳猪摆在最前面，两边摆着煎堆、酥角、糖和水果。若妍郑重地请了华光师父，安上神主牌。店铺里边装了一个固定的供神台，陈家四代的相架都摆在上边。她精心擦拭，将每一个边角的尘垢擦净。相架前摆着供奉的茶杯、酒杯，她一大早便给先辈们行礼，点了香，鞠躬三下，奠酒奠茶，郑重地告诉他们："汉记重新开张了！"

门口的花篮一字排开，是若妍自己向花店订购的，落款是一些临时编的公司名，让人觉得隆重热闹。花篮里的花儿新鲜娇艳，有长颈的百合、娇艳的康乃馨、活泼的星星草，一派生机勃勃的景象。铺头里男大靠、女大靠、海青、宫女装等主要样式齐全，柜面摆了些精致可爱的绢人，与华丽的戏服样版相映衬。一面墙上挂着老照片，有从杂志上剪下的伶人旧照，是汉记的出品，也有过去的戏服样版，还有一张是当年陈斗升带着全家到影楼照的全家福，那时的陈树仁还是个少年，端正地看着前方，眉眼里透着青涩。

若妍请了一个粤剧学校的学生，穿着汉记的衣服，站在门口唱粤曲小调。小姑娘青春靓丽，穿一身淡色的存金丝上装，点点梅花浮在上面，一条绉裙，裙摆是改良过的，是现在时兴的百褶裙款。广东音乐放起来，她婉婉而唱，声音甜美绵长。站在她身后的，是四个礼仪小姐。礼仪小姐是若妍从公关公司请来的，身穿红色的改良式旗袍，是近年最流行的迎宾款式，一字排开，笑容甜美，显得服务周到。

来庆贺的人络绎不绝。除了自家亲戚，也有粤华厂的工友，附近唱戏的票友，还有的是听说了"汉记"慕名而来的，热热闹闹地挤了一屋子。若妍忙着应酬打点，在铺面里不停地走动。

直到庆祝结束，她才发觉双脚已经麻木了。

"你阿爸要是在生，看到这一切，不知有多高兴。"瑞芬和女儿一起收拾着琐碎，无限感慨地说。若妍瘫坐在新置的太师椅上，累极了，却又兴奋极了。望着墙上的相框、橱柜上的花饰，望着衣架上挂着的大靠、宫装挂版，满心欢喜，仿佛不相信是自己亲手造就的。

她走到神台前，望着一张张庄严肃穆的黑白照片。照片上的面貌端庄亲切，令她觉得有一种无形的力量，在生与死之间传递。她深深地凝视着，与他们眼神交流，告诉他们汉记重新开起来了。"假若爸爸还在世，他一定会拍拍我的肩，赞我做得好！"她这么想着，突然眼睛湿润了，眼泪几乎要掉下来。时间像是一条漫长的河流，宽广辽阔、奔腾不息，却又有所汇聚、有所积淀，让子孙后代们，能追溯到生命的源头，回首来时路。

每天早晨，若妍第一个来到店里，打开铁门。卷闸门"哗"的一声巨响，让她感觉到责任重大。每一天能算得出的租金，分分钟提醒着她收支平衡。她用力将大门打开，首先是开抽风机，让空气中挥发的味道消散，然后逐一打亮了灯,店铺便倏地明亮起来了。她忙碌着给花浇水,打扫卫生。开业之初,资金紧张,一切都得自己动手。

楼下是门面,楼上是厂房。若妍雇了四个人,都是粤华厂的老员工。私营企业刚做起来,一个人要兼两个人的活,最希望的是自己人能帮忙。但锦慧要照顾家里老小,婆婆年迈,浩彦正在读大学。夏娟说自己手艺不行,躲得远远的。黄婉虽然热心,可是身体太差,不能保证天天上班,只偶尔义务地帮忙。

第一张订单来自顺德的一个小剧团,是粤华厂的老工友介绍的。由于生意额小又复杂,粤华厂不愿意接,老工友便做了个顺水人情。若妍签了合同后,立刻着手,在厂里打版、剪裁,找外包绣娘。现在能接活的绣娘少得可怜,大多是六七十岁的老人。若妍四处打听,总算找到了几个熟手的,劝说了许久,也只愿意做外发。

然而,外发有明显的弊端。一个老工友没有按时交货,导致她的第一笔订单就延迟了。

时代不同了,生活节奏比过去快,每件事都是踩在点上,不像从前慢慢做、慢慢等。若妍打过无数次电话,先是请求,后来变成了斥责,可无论她怎么急,对方还是变不出活件来。眼看着车缝的没事做,都眼巴巴地等着绣件回来,她急得简直要哭了。

"怎么能这样,不是说好的吗!"若妍对着电话大发脾气。

电话那头沉默不语,支吾了几声,将电话挂了。

若妍生着气,却没法向对方发泄,只好将电话狠狠地砸下,眼看着听筒哐当掉到地上,裂成两半。还不解恨,又用脚踩了两下。

可是老师傅已经误工了,就算逼着他赔,他也不会赔的。母亲瑞芬站在她身后,紧张地劝说:"你不要发脾气,快想别的办法。"

"什么手艺人,一点信誉也没有!"若妍皱紧了眉头。她本是沉静少言的性格,如今却忍不住常常发火。手掌啪啪地拍在桌上,以示怒气,又踢了几脚桌脚,还不解恨。

若妍最初的想法是以外发为主，这样省工钱，没想到因此造成的损失，比工资更大。她无法可想，坐在桌子前，左手托腮一会儿，右手托腮一会儿，手腕上的幸运手绳也跟着晃荡。手绳是姑婆亲手做的，红色绳带上结着仿水晶珠花，是做凤冠剩下的碎料，在晃动中闪闪发光。

现在已经很少有精工绣娘了，若妍四处托人，找到的一个绣娘已经七十多岁，虽然眼神略差，懂得的技法却很多。然而老绣娘做了不到一个月，便说负荷不了，眼睛时常痛。若妍不敢勉强，只好着急地寻找别的绣娘。可是一时之间却难以找到，年轻的绣娘里，会用散错针、反咬针手法的实在不多。她只好自己动手，可毕竟不是专业绣娘，她虽懂技法，却不熟练，绣得气急攻心，手指都扎出了血。

刚开业便问题频出，不是好兆头。若妍有些灰心，顺手将一股绣线放在手心，不停地绞着。绣线细微，却又质地坚韧，不管怎么绞都不断。她更觉得烦躁，索性拿起一把剪刀，"咔嚓"一下，一了百了。瑞芬看她如此"糟蹋"东西，忍不住呵斥："你急就急，破坏东西干什么。"

若妍本就心情不好，忍不住大吼："好烦啊！我在想事情！"

她向来是沉静稳重的性格，难得发一次火。瑞芬也被吓着了，不敢作声，只自己嘀咕："我们做手艺的，对一针一线，尤其要珍惜。"

若妍再也撑不住了，趴在桌子上哇哇大哭。

瑞芬厚着脸皮，找了过去的工友，又请了黄婉帮忙。铺头既已开起来，便要冒着破产的风险。店铺资金紧张，此时怨天怨地怨谁都没有用，只能靠自己。几个旧工友颇讲义气，免费地来帮忙了。黄婉也来帮忙做些散工，东拼西凑，总算把活计做出来了。

"你当开店容易么，自己做老板，劳心劳力。"瑞芬仍是唠叨，怕她沉不住气，背地里吩咐说，"千万不能让工人看出你急，你一急，他们就更急了。"

若妍点头，说："我明白。"想到种种麻烦，她实在是笑不出来。刚收齐绣件,做缝合的师傅突然请假,说要回家开工起房子。两个人争执起来,师傅一赌气,递了辞职信,说:"唔捞^①了!"收拾包裹立刻就走。若妍倒抽一口冷气,气得说不出话来。

补足了师傅的工资,又是一笔不小的开销。若妍毫无办法,只得"锅破了补锅,灶破了补灶",先把急事办了。每日灰头土脸的,苦干不已,把自己堆放到永远做不完的活计里。

会做戏服的人越来越少,广州这座城市又越来越大,许多时候,若妍便奔波在找人和收件的路上。有几日是秋老虎,看着太阳不甚猛烈,她便打算多跑几趟,不料在"温和"的太阳底下晒了半天,立刻感到全身滚烫、头脑眩晕。

若妍生病了,躺在床上,心急似火,却怎么也爬不起来。感冒、发烧、头痛全部汹涌而来,仿佛跟她作对似的。在床上躺了半天,鼻涕稀里哗啦。瑞芬给她煲了药,命令她好好躺着。她放心不下,要到店里去,鼻子酸酸的,不知是因为鼻涕,还是眼泪。她吃了药,鼻涕止住了,药劲却上来了,浑身无力,恨不得就地躺下,不顾一切闭上眼。瑞芬忙命令她休息,说:"不能为了铺头,连命都不要了。"若妍抱着花绷,不肯放下,拼命地睁着熬红的眼睛,说:"妈,记得帮我把前幅做出来!"

瑞芬等若妍睡熟了,打了电话给锦慧和黄婉。好在黄婉愿意帮忙,还找了几个同样下岗的姐妹搭把手。将活计拆件分骨,每人承担一部分,减轻了人工上的开销。若丽也自愿帮手,她喜欢串珠,面对细如针尖的珠孔,一颗颗串起,十分有耐心。夏娟本来是躲避的,但抗不过其他人的压力,只得答应了。

若妍前后病了半个多月,身体稍微能支撑,她便到店里去了。看到铺头里有这么多人帮忙,心里稍感安慰。大概压力减轻了,病症也减轻了。在亲戚朋友、工友的帮助下,第一笔订单总算按时交货了。

这天晚上,工人们都下班回家了,若妍一个人坐在店里,将剩下的活计收

---

① 捞:这里指工作。整句解释为:我不干了,含有愤怒的语气。

拾好。她一个人安静地忙碌着,收拾好了,才找创可贴把手指的伤处包扎好。她觉得有些微疼痛,但更多的是欣喜,仿佛身体的每个细胞都在涌动,自豪地说:"我做成了!"

新汉记的第一件出品,是一件彩线绣勾金的梅花装。圆领对襟肩,袖子是带水袖的阔袖,有流畅修长的美感,时尚典雅,又不失高贵。若妍静静地端详着,抚摸着复杂的纹路,眼泪扑扑地掉下来。

舞台是一切幻想的集中点,是一方精心营造的宫廷深景,也是一方精心打造的闺阁情怀。只有最华丽的戏服,才能将舞台与现实隔离开来。戏服永远是精致的,每一块花色,每一条流苏,都有它的讲究,有最合适的搭配。戏服是一针一线堆积起来的,它最有魅力的地方,在于从一块普通的布料,经过多双勤劳的手辗转,最终成为精致的艺术品。

若妍仔细地查看缝合效果,轻轻地剪去线头。

每天早晨,若妍第一个来到铺头。她穿一件纯棉T恤、牛仔裤,将一头长发高高挽起。为了工作方便,她在店铺二楼隔出一个床位,以便加班过夜。铺头虽然开起来了,运转却不见得理想。订单少得可怜,她也不敢多接。手工制衣本就进度缓慢,还追求精工品质,就更需要悠长的工期了。

若妍表面上强装镇定,实际心里又急又火。只是对着活计检省时,又忍不住交代工人们"慢一点,不要急,沉着气,活件才会好"。这种做法能保障质量,却不能提高工时。连瑞芬也大叹气,说:"自己开铺头,什么难事都会遇上,何况这个行业本身已是难。"

神台上摆着陈斗升的遗像、陈树仁的遗像,现在又添了陈锦汉的遗像。这些先人是陈家的信仰。若妍每天早上都会给祖先上香。每当遇到难题,她便郑重地鞠三个躬,心里默默地问:"到底要怎么办?"

她试着想象当年爷爷是怎样忙活,爸爸是怎样思考的。作为一门手艺,首要的原则是精工。然而精工并不容易保持,成本太高、周期太长。如今成衣都是批量生产的，即使是商场里标着高价的名牌时装，也免不了有几个线头。至于领口的处理、压线的细节，仔细端详，简直不能看，却是特别受年轻人喜欢，越卖越贵。

祖辈们只能在天上默默地保佑她。需要解决的问题，只能由她自己想办法。这天，订的材料到了，已经停在店门口了，司机却坐地起价，要收"搬运费"。若妍心疼得忍不住倒吸冷气，说："从来没听说过要收搬运费。"

"现在什么都讲钱，我还赶着拉下一批呢。"司机满不在乎地说，靠在车门边抽烟。

若妍只好叫工人们一起帮忙，把货卸了。店里的几个工人都是上了年纪，平时只会做手艺活的。搬了几趟，都捶腰捶背，直呼受不了。若妍好强，每次都搬最重的，搬了几回，感觉手脚酸麻，仿佛都不是自己的了。瑞芬忙打电话给黄婉，想请董志伟和浩彦来帮忙，可是偏不凑巧，他们都不在家。瑞芬站在电话机旁，急得差点掉眼泪。

"阿妈，没事，再搬两趟就完了。"若妍赶紧安慰母亲，甩甩手，故意装出轻松的样子。

瑞芬低下头，拼命掩饰自己的情绪，说："那就抓紧，别让司机大佬久等了。"

这天是初一，瑞芬一大早给锦汉上香，望着丈夫的遗像，眼角渐渐有了泪水，略带埋怨地说："你也不保佑保佑阿妍，看她现在急成什么样了。"

照片上的锦汉一如既往地沉默，温和地笑着，仿佛什么都预料到了。

瑞芬又转过身，对若妍说："你阿爸在天有灵，一定会保佑你的。"若妍怕母亲难过，不敢多说话，麻木地点点头。

关键时刻，钟秀玲不期而至，帮上了大忙。她听说汉记深陷困境，瑞芬到处求人，忙赶来探望。

"本来市道就不好，生意艰难，你们怎么选择这时候开店？"钟秀玲关切地问。

瑞芬叹了口气,说:"这是锦汉的遗愿。"

钟秀玲环顾四周,也是叹了口气,说:"看来形势真不容乐观。"

若妍见到钟秀玲,总是十分高兴。钟秀玲既会设计也能裁剪,手艺全面,水平也高。而且她有多年的管理经验,能指点着怎样打理铺头。有了她,汉记翻盘便多了一分把握。

瑞芬却是犹豫不决,不忍心拖累了钟秀玲,忧心忡忡地与若妍商量,说:"你玲姨很不容易,分居好几年,终于跟刘志军离了婚,一个人带着孩子,供孩子读书,经济肯定紧张。我们这里发不出工资……"钟秀玲下岗后,在一家颇有规模的本地时装厂任职,薪水还算是可观。

若妍明白这个道理,却是十分不舍,说:"可是铺头多个人,完全不一样了。这时节,除了她,还有谁愿意来帮我?"

她想放弃又舍不得,每次钟秀玲到店里探望,便入神地看着她。钟秀玲忍不住笑,说:"干吗用这样的眼光看我,不要当我是梦中情人啊。"许多工艺上的问题,也只有钟秀玲这样的熟手技工才能解决。有时若妍请她不到,便索性到她家找。一次两次,渐渐地成了准点,晚上十点多,钟秀玲已准备上床休息了,若妍才来敲门。钟秀玲看着心疼,说:"每天都忙到这么晚?身体撑不住的。"

若妍只是摇头,说:"没办法,铺头人少,我一个人可以顶三个人用。"

她将需要请教的活计掏出,一一摊开在桌面上,然后像个虔诚的信徒般,崇拜地望着钟秀玲,等待她的讲解。钟秀玲向来做事认真,不管时间多晚,总坚持把问题解释清楚。两个人边学边做,不知不觉就忙到了深夜。若妍累得眼睛通红,不停地打呵欠。钟秀玲看着不忍,说:"剩下的明天再说吧。"

"明天有明天的活。"若妍坚持道,又从袋子里掏出一个保温饭盒,说,"好饿啊,我去买夜宵吧。"

钟秀玲望着她,心疼得眼泪都要掉了,说:"你阿爸在天有灵,肯定不舍得宝贝女儿这样吃苦。"

想起父亲，若妍也有些红了眼眶，说："阿爸在生时，从来没向我们抱怨过他的辛苦。我是现在才体会到，到底有多辛苦。"

钟秀玲沉默了一会儿，将手覆在她的手上，认真地说："我已经决定，做完了这个月，过来帮你。"

若妍先是惊讶，接着反应过来，高兴得话都说不出来了，支吾了半天，说："可是我们这里，效益……工资……"

"知道你过得艰难，我又不是为了钱。"钟秀玲镇定地说，望向若妍，目光柔和，"钱是赚不完的，我知道什么东西更重要。"

若妍兴奋得不知说什么好。有了钟秀玲的帮忙，她相信汉记不仅能渡过难关，简直从此一帆风顺，所向无敌。

锦光来参观时，发表了一通议论，说若妍"不懂装修设计，做生意更是一窍不通"。他小时候与父亲聊天，听父亲说过铺头的样子，也看过一些旧照片，说："八仙桌应该摆在正中间，衣架子是雕花桃木的，逐层推开……"

若妍对这些言论十分厌烦，但不敢当面顶撞。她重振汉记的想法十分强烈，立志做好这块家传招牌。然而装修费用不菲，仿古风格的装饰，需要与精致的广式硬木家具配衬，这样也是花费了一大笔资金。

好不容易等到锦光离开，她长长地呼一口气，说："再支撑不住，只怕这套家具也保不住了。"

"你不能死守着戏服，先赚钱。"钟秀玲冷静地分析道。若妍点点头。她本来一心想重振汉记、重振戏服，完成父亲的心愿。没想到前路如此艰难，不但碰了许多壁，而且稍有不慎，就会像掉进悬崖一样，面临破产，以后也无法恢复。

一位林太太来电联系，说要订做一套旗袍。

若妍和钟秀玲坐公共汽车来到郊区，发现前不着村，后不着店，距离林太太的别墅还有很长一段距离。举目远望，四处无人，更不用说公交或摩托车了。两个人只有依靠双脚，拼命地走，走了半天，仍然是一片荒野。钟秀玲忍不住念叨:"汉记需要一辆车,你想做好生意,要学会开车!"若妍皱了皱眉,又忍不住点头,早在汉记开张,她就觉得需要一辆车,可她连最便宜的面包车也买不起。

林太太是听粤华厂的工友介绍来的,以前在粤华厂订做过旗袍,听说家境富绰,每年都会订做几套最高档的。若妍知道费工费时,但很想把这笔生意做成。粤华厂的优势在于车间大,工程流畅;小铺头的优势便在于做散单,树口碑。

走过荒无人影的工业厂房,终于找到了目的地。林太太住在密林深处的别墅区。钟秀玲一边走,一边呼呼地喘着气,忍不住掏出纸巾擦汗,对若妍说:"我小时候听大人们常说:鬼叫你穷吖,顶硬上喇。没想到到了今天,还是说这句话。"若妍走了半天,也是呼呼喘气,顾不上说话了。

别墅里,保姆早已准备好了茶水,招呼她们喝茶。沙发的靠枕、纸筒的罩子、桌上的台布,都是仿民国的样式,古色古香地绣着龙凤,绣着精致的藻纹。林太太从楼梯缓缓走下,高跟鞋噔噔地响。

本以为林太太有四五十岁的年纪,没想到却是很年轻,身材纤细,腰肢盈盈一握,胸脯高高耸起。若妍粗略打量了一下,心里略慌,汉记开张以来,没有做订制旗袍的经验,这笔订单签下来,真不知道能不能如愿完成。

然而事到如今,已经不能反悔了。大家坐下,寒暄了会儿,开始量身。若妍拿着卷尺,走到林太太身后,从身量开始,慢慢地量下去,手指在卷尺上轻轻一画,再把数字写到本子里。

"给我做得贴一些,剪裁要好,要显高档。"林太太配合着,面目含笑,"我最喜欢穿旗袍了,一年要添四五套。"

"您以后就到汉记做。我们的旗袍,做工非常好,绣得又精致。"钟秀玲忙接过话头。

林太太不置可否,配合着量身,略微转身,突然翻了个白眼,说:"这是第一次在汉记订做,也不知道好不好。"

做旗袍是特别考验裁缝的。它不仅要求布料好，剪裁得当，还要精工绣制，线条妥帖。粤华厂这几年很少做旗袍了，裙褂虽然烦琐，于剪裁上的讲究，却没有旗袍这么苛刻。

"就是想找一家手艺好的，商场里卖的，都没档次。"林太太噘起了嘴，说，"看着那些劣质的做工，真恨不得自己做。"

"我们汉记的手艺，绝对是好的！"若妍忍不住反驳，看不惯外行人说外行话。林太太撇撇嘴，没有搭话。但是在量完臂长后，漫不经心地，手一甩，重重地打到了若妍身上。

若妍吃了痛，差点叫出声来。她皱着眉，望了一眼林太太。林太太却若无其事，催促她快点。她突然觉得灰心了，奔波了一上午，又累又饿，还得卑微地看客人脸色。接下来是挑料子、定款式——以林太太的性子，做好了也未必满意。为了这件旗袍花费大量人力物力，还得低三下四，用自尊来换取客人的满足。

"我们汉记的手艺，绝对是好的！"若妍硬邦邦地说，要是林太太不满意，索性不做了。

林太太瞥了她一眼，凤眼微挑，说："好不好衣服说了算，不是你说了算。"

钟秀玲忙把若妍拉到一边，拍着她的手背，劝她冷静。

林太太自始至终都没有好脸色。量完了身，她才提出订金、工期、款式方面的苛刻要求。若妍强忍着怒火，与林太太一一沟通。林太太是大客户，她的朋友也是潜在客户。若妍记得父亲当年拉业务的辛苦。她耐着性子，逐件逐项谈下来，总算是谈妥了。

订单最后是签到了，接下来还要面对很多问题。若妍皱着眉，对着样稿半天，画了又改，改了又画。钟秀玲给她加油鼓劲，不时跟她说："搞定这种难缠的客户，你就无敌了。"

生意做开了，每日都在用钱，却不是每日都能赚钱。想省钱又是无处可省，交租的日子总是飞快到来。每日吃着最便宜的盒饭，在老街一家简陋的家庭式小饭馆包餐，省到无处可省，只好自己做饭，由瑞芬兼任煮饭阿姨。

若妍早上起来，简单梳洗一下，顾不上照镜子，便要到店里去——假若要外出见客户，她会精心打扮，穿一身在友谊商店买的灰色套装，翻领的小西装，配着直筒的西装裙，显得简洁得体。为了对得起汉记这块招牌，她还会给自己画上淡妆，喷点香水，打扮成有钱有品位的女老板。

她一大早起来就忙个不停，不让自己有半分钟犹豫，稍微迟疑便又想躺倒在床上了。

一路疾走到门面，心里又特别任性的，总希望这条路永远不要走完。待到店里，便是不停地解决问题。订货的客户不肯预付订金，外发的单收不回来，前任租户还有一笔水电未交，不管若妍如何说，房东也要将金额归到她头上。

若妍一天到晚噼里啪啦地按着计算器。铺租是大头，布料、珠管订起来，每一样都要"开水龙头①"。这么计算下来，储蓄簿上的那点资金少得可怜，一觉醒来便没了。若妍算着账，听着计算器嗒嗒的声音，不愿意相信，又按了一遍。

"这生意也太薄利了，全手工的活计，一个月出三四件，不能规模化生产，根本赚不到钱。"若妍与玲姐商量，"盈利都用来贴铺租了，每个月都等于白干。"

玲姐倒是有耐心，说："慢慢做，总会好的。"

开销如流水般源源不断，月底一到，又是铺租、水电，给工人发工资。说到发工资，若妍自己也不好意思了，招聘时承诺的奖金，根本发不出来，有时连基本工资也无法保障。偶尔一两次为了进物料，拖欠工资，大家暂且理解，下个月依然不发工资，就要被工人骂了。她痛苦万分，觉得毫无办法，简直走

---

① 形容花钱如流水。广东人"以水为财"，水象征着财富。水龙头哗啦啦地流水，形容钱财的支出速度和额度又快又大。

投无路了。

这天是圣诞节，这舶来的西方节日，不知从何时起，比一些传统节日还要热闹了。到处喜气洋洋的，咖啡厅在这一日全订满了，酒吧也是人头涌动。四处是霓虹闪烁，许多花儿、彩灯，映照着城市的繁华喧嚣，欢乐的气息在空气中涌动。若妍走在沿江路上，怀抱着刚收来的绣件。身体已经疲累得僵硬，脚已经迈不开步子，高跟鞋穿久了，脚底钻心地疼，每走一步都是酷刑。此时到处水泄不通，的士也打不到，她呲着嘴，扶着腰，一步一步地，在人群中挪动。

圣诞过了便是元旦，一晃半年又过去了，家里积蓄已经用得差不多了，过年前后又是淡季。若妍每想到此，便感到头痛欲裂。

从大新路绕进来，走到古老的状元坊牌坊下，她忍不住停顿了。暮色降临，汹涌的人潮正逐渐消散，店铺的铁闸门纷纷落下，发出哗哗的巨大声响。若妍慢慢地走在石板路上，听着自己清脆的脚步声，莫名地有一种末世之感。档主们收拾了铺头，拉下卷闸门，正陆陆续续地离开状元坊。结束了一天的忙碌，他们的身体是迟缓的，笑容是疲惫的。此时，一个正准备拉闸的档主，看到若妍，略打量了一下，友好地挥挥手，说："来双平底鞋吧，你看你的脚！"

这档主是把她当成来逛街的"靓女"了。若妍被他友好的笑容感染了，挥挥手，说："不买了，家就在附近。"

她突然觉得脚步轻松了许多，浑身上下，被一种坚定的力量鞭策着。她突然想起，许多年前，当太爷陈斗升在这巷子里，开了第一间汉记的时候，也是这样从早到晚，傍晚时分，带着一家老少收工回家。她抬头望向前方，只见一轮夕阳正缓缓下沉，从她的角度望去，像是一个温润的咸蛋黄，挂在楼铺的檐角上。

回了汉记，心总算是安定下来。瑞芬连忙将菜温热，招呼她先喝汤，一边热菜一边忍不住念叨："今天过节，沿江路一带全是人，本想提醒你的，明天去就好了。"

天气寒冷，她给若妍做了蚝仔煎蛋。瑞芬不喜欢煎炸上火，然而若妍这段时间疲累，喜欢香脆，便总是顺着她的意。还有一味酱油鸡，一味生炒水东芥，都是若妍最爱吃的。

"你饿了先吃，只顾着等我，都饿坏了。"若妍说，她怕母亲总是这样晚吃饭，胃会出毛病的。

"我不饿，等着你回来，一起吃！"瑞芬若无其事地，将菜都热好了，把碗筷摆好。

若妍吃着热腾腾的饭菜，突然控制不住，眼泪滴滴答答地往下掉。她忙抹了眼泪，怕母亲看见。但瑞芬已经看见了，她明白女儿的心意，只好背过脸，忙着热饭菜，假装什么也没看见。

"你不要怕，还不至于山穷水尽，可以撑下去。"瑞芬怕女儿压力过大，连忙安慰。她翻箱倒柜，找出所有存折，还有一些旧首饰。旧首饰箱里有些碎物，一条K金链，一条莲花瓣样银手链。她望着那些物件，心里翻起了许多回忆，笑着说："这条手链，还是你爸升副厂长那年送给我的。"

若妍出神地看着，虽然惊喜，却没有丝毫的轻松。这一盒物件都不值钱，而且还是父亲留下的念想。"妈，现在K金不值钱了。"她将首饰盒盖好，说，"好好收着，无论什么时候也不卖！"

瑞芬把可能值钱的东西都翻捡出来："这雕花的竹星尺，是你爷爷留下的，过去只有大铺才这么讲究。"

"都是老古董了，从你太爷传到你爷爷手里，从你爷爷传到你爸爸手里，也许能卖点钱……"瑞芬说着，突然掉下了眼泪，她是想起锦汉了，"都说一代传一代，怎么到了你爸手里，连个交代都没有了。"说着便大声哭起来，用手掩住了面容。若妍轻轻拂去蒙在旧账簿上的灰，她抬头望着神台上的遗像，望着陈斗升慈祥的面容，心里默默地说："太爷，我不怕，我不哭！"

她跪在地上，将这些东西一一收拾了，整理好。她不希望母亲总是看着这些东西，触景生情。母亲的眼睛不好，一直是个隐患。她知道自己现在是汉记的老板,许多事,都系在自己一个人身上,须撑住了,才有后面的希望。撑不住,便什么都没有了。

她缓缓地走到神台前,给父亲点了三炷香,出神地望着,说:"阿爸在生时,面对多少问题,经过多少风浪,从来没见他认输过。"

不知不觉,冬去春来。

这一年的春节,感觉上比任何一年都短暂。年初一至初三走亲戚拜年,之后便是在车间赶工。若妍在拜年那几天,也是留着心眼,四处寻访生机。对外从不说生意难做,只说已经有了大量订单。她计算过外包价格,随着下岗人员增多,绣娘倒是多了起来。无奈就现在的资金周转而言,还不足以请大量的外包。

正市街、升平街一带,仍能找到不少缝纫加工。踩缝纫机的大都是原戏服厂、服装厂的下岗女工。若妍尝试与财婶沟通,看能不能做外发。财婶一点也不愿意,说:"你看这些时装。"她提起一件白衬衣,说:"车、改、缝,我一天可以接二三十件,可是戏服……"

若妍百般请求,好说歹说,财婶拗她不过,答应接一些外包活,是看在锦汉的情面上。若妍简直高兴疯了,她本是不爱说话的人,自从开了汉记,逼得每日滔滔不绝、口若悬河,几乎要精神分裂了。缝纫机咔嚓咔嚓地响,仿佛在庆祝她的胜利。"你慢慢做,我下星期一来收货。"若妍欣喜地说。她喜欢听缝纫机踩动的声音,听到脚踏有规律地摆动,齿轮与皮带默契地磨合,就知道事情一定能成。

她联络了不少粤华厂的老工友。有些人乐意帮忙,以最低的市价做外发,还热心地说"大家咁熟,唔使计得咁尽[①]";也有些人态度冰冷,摆摆手转身就走。行业内的人,对市场的动向非常灵敏,许多人都说她不知天高地厚,也

---

① 尽:在这里表示达到极致的程度。整句解释为:大家这么熟,不用计较得这么细致。

有预言她撑不过一年的。若妍通过老工友们，听到各种闲言碎语，表面上不在意，心底多少有些恐慌。汉记一直在倒闭的边缘苦苦挣扎，然而此时放弃，先期的投入全都拿不回来。而这一切都是父亲的心愿，是父母多年的储蓄，更重要的是，不要丢了父亲的脸面。她每想到此，便打起精神，无论多苦多累，都勉力撑下去。

资金方面，她通过中间人，找了私人借贷。私人抵押贷款的利息太高，一般人不敢借。若妍觉得只要铺头维持着就好，只要还开着，就有希望。

到了清明前后，又是一段煎熬期。广东人做事讲究"意头"，做神台、裙褂这样与"吉利"沾边的活，是不会选在清明前启动的。生意少得不像话，几个工人请假回老家"做清明"。若妍一个人守着店面，从早到晚地打版、下线、裁缝，不断重复，忙得腰酸背痛，两眼昏花。她已经尽力去揽单了，然而时势如此，也是无法，只好将店里内外又擦拭了一遍，各种样版色色摆好。

这天一早，若妍正在打扫卫生，突然一个人大踏步进入。若妍刚看清楚面目，便心里打鼓。来人直接对着若妍，在八仙桌前坐下，掏出烟和打火机，自己点着了，噗地抽了几口，这才说："陈老板，该还钱了。"

若妍欠诚哥的账目不小，首先是车队的运输费。诚哥是车队的包工头，手上有几辆面包车，给状元坊的铺主们做运输。除了车队生意，诚哥也兼做"无抵押贷款"。无须办手续，转款也快，只是利息高得惊人。若妍自从周转不灵，便找了诚哥借款，说好了三个月还的。

若妍忙给诚哥倒茶，面带笑容。自己也没收到钱，现做好的货，已经催了好几趟，却不见顾主来拿。她知道诚哥不好打发，心里已经像战前打鼓，咚咚敲个不停，表面上还是装作笑意十足。

这种民间借贷，广州有个形象的说法，叫"大耳窿[①]"。电视上常演，催

---

① 高利贷。早期香港地区有些专门放高利贷的印度人，喜欢在耳朵上穿孔戴环，其耳垂吃重下垂，使耳洞看起来很大，于是有人将这耳洞和债务的无底洞联想到一起，创出"大耳窿"的叫法。

债时上门泼红漆的那种。诚哥慢慢地喝着茶，平静中带着杀气。喝了半天，他突然放下茶盏，皮笑肉不笑地说："欠债还钱，天公地道，你一个女人仔，我也不想拉大队人马过来。"

若妍忙赔着笑，说："是啊，是啊，我一个女人仔，走得去哪里。"她吞了吞口水，还是鼓足勇气，将情况向诚哥解释了一遍。

诚哥听了她的解释，依然一副冷漠的表情，说："你一个女人仔，我也不好意思追那么紧。但是你这样拖法，我等不起……"若妍忙点头哈腰，给他倒了茶，笑着说："再宽容几天。"

此时正是上班时间，几个工人已经来了，看到脸色狰狞的诚哥，都十分疑惑。若妍赶紧摆手，示意他们上楼。"不关你们事，上楼去吧。"若妍佯装镇定，给诚哥倒了茶，招呼他喝。

不料诚哥黑着脸，不说话，利落地打开随身挎包，扯出一把明晃晃的不锈钢刀，一尺来长，刀头尖利，在阳光下泛着精光。若妍看了一眼，吓得心突突地乱跳。

诚哥的脸色顿时变得凶恶，握着刀，装腔作势地在自己胸前晃了几下，"啪"地扔在桌子上。若妍顿时吓得心血全无，脑子里一片空白。愣怔了一会儿，还是倒了茶，双手捧过，对诚哥说："您喝茶。"她虽强装镇定，但话语里已是颤抖，脸色刷白，几乎赶得上全妆的花旦了。

"下午五点前，把钱准备好，不然，你知道后果！"诚哥见她害怕，更加有恃无恐，将刀伸到她面前，距离胸口不足十公分，缓慢划动几下，又用极慢的力道，把刀收回。锋利的刀刃从她的手背划过，清晰地散发出金属的凉意。

若妍吓得瘫倒在椅子上，呆呆地看着诚哥走远。她想说话，却是使不上劲，全身发冷。过了好久，才意识到身体能动了，手背上一阵剧烈的疼。低头一看，只见手背已出现一道刀痕，血珠子正慢慢地渗出。

瑞芬提着菜篮子进门，一眼就看到她的手，吓得失声尖叫："血，血！"惊叫声传到楼上，工人们这才纷纷赶下来。

若妍摆摆手，示意没大碍。大略讲述了诚哥掏刀威胁的经过，大家听着都觉得后怕，七嘴八舌地说："光天白日，竟然敢掏刀子，还有王法吗！"

若妍这才感觉自己活在人世间。手背的痛感依然一阵阵，委屈、恐惧、焦虑等情绪突然全都涌上心头。她再也撑不住了，趴在桌上呜呜地哭出声来。

第二十一章

南方剧院渐渐地有新戏上演了，汉记也日益熬成了老铺。状元坊仍然是戏服铺的聚集地。在这个寸土寸金的地方，众多热销成衣店之间，顽强地伫立着几家戏服铺。大部分铺头是外地人经营，做戏服批发，兼卖廉价小饰品。汉记的几个老人都十分担心，怕汉记在价格战上输了。若妍表面上不以为意，说"唔怕"，心里却十分不安。她重开汉记以来，以"精工"为首要追求，用的是最好的布料、丝线，成本高，人工费用不菲，很难抵挡外来的快销品。

若妍还是每天楼上楼下地奔波。楼上是车间，楼下是店面。她一大早就将铺门打开，把戏服样版一件件挂上去，仔细地整理抚平。偶尔时间充裕，还会给货版换个造型，做个天女散花的姿势。

这天，若丽和她男朋友来到汉记。

她的男朋友叫"方先生"，自称是个来广州找投资项目的香港人。若妍对方先生的印象不太好，年纪大，架子足，自称带了雄厚的资本来穗投资，总穿着仿名牌西装，以为别人看不出来。刚跟若丽在一起时，说自己离了婚，后来被若丽发现与"前妻"有联系，又改口说"正在离"。若妍不喜欢这个人，多次提醒若丽。她在社会上打拼久了，对于"阅人"多少有些经验，一直觉得方先生靠不住，无奈若丽已是一头栽进去了。

若妍怕若丽吃亏，劝说过好多次，希望她早点离开这个人。若丽只是温和地笑，被方先生哄着，总下不了狠心。他们在长堤的西餐厅喝完咖啡，步行过来。若妍表面上不动声色，热情地招呼，将方先生当贵客对待。

"店面太小了，招牌也不醒目。"方先生环顾四周，不屑地说。

"状元坊附近，向来是寸土寸金。这里一百年前就是戏服产地了，有它的广告效应。"若妍解释说。

"这种仿古招牌，太旧了。现在都用LED灯了，一天到晚闪闪发光。"方先生仍指东道西，神情颇为不屑。

若妍再好脾气，也懒得附和了，只敷衍地笑笑。

若丽每到汉记，总是目不转睛，对着一屋子的挂版看个不停。她不仅喜欢戏服，还喜欢五光十色的珠管。握着一把珠管在手，总忍不住要串一串。她向方先生一一介绍，告诉他女大靠、凤帔装、大汉装分别做什么用。

然而方先生一点兴趣也没有，勉强听若丽说完，轻佻地说："这些演马骝戏①的衫，现在还有市场？"

若妍没有回应，眼光顺着方先生望去，衣架上挂着一件明黄色的凤帔，云肩绣的是牡丹团花，下摆是一只金色偏凤。明亮的配色，传统的绣法，把这件凤帔装饰得端庄典雅，颇有皇家贵气。

"这是最传统的样式，做工很严谨，绣活也是数一数二的。"

方先生斜窝在太师椅里，漫不经心地望了望，又略微摇头，说："还是老土！"

若妍心里顿时火气升腾，若丽看出来了，站在她身边，拉着她的手，一副怯生生的样子。若妍为了妹妹，压抑住怒火，深吸一口气，笑着说："各人所好，见仁见智吧。"

"这种衣服，只有古装戏里才能看到。你的店开在这里，谁来买？"方

---

① 马骝戏：马骝即猴子。猴戏除了指真正由猿猴表演的项目外，还用来比喻人们一些装模作样流于表面的行为，还可以表达因文化差异，在一方人眼里看得津津有味的行为，在另一方人眼里犹如猴子演戏般滑稽，讽刺意味。

先生仍是一副不以为然的口气，摇摇头，又轻叹两声，仿佛汉记明天就要关张了。

若妍虽觉得这个人说话讨厌、没有涵养，却发现他的话不是毫无道理。过去粤华厂也曾接过影视剧的单，比做传统的大戏服简单，只是前期投入得多，尾款结得慢。她立刻跟钟秀玲商量，说："现在影视剧一部部地拍，好多古装剧都需要戏服，这或许是一条出路。"钟秀玲也十分认可。

经过一番打听、分析，影视剧的服饰需求量确实大。钟秀玲仍是犹豫，说："做影视剧装要求多，任务重，凭汉记那几个老工人，不知能不能做下来。"若妍立刻斩钉截铁地说："先签单，有单就能做。"

若妍请浩彦帮忙，跟一些影视公司取得了联系。其中有个剧组表示很有兴趣，要亲自来看。若妍立刻组织店里收拾打扫，重新陈设了店面，做好了迎接的准备。

一行人到状元坊看过门面、样版。导演姓金，是一位五十岁上下的女性，楼上楼下参观了半天，对汉记的出品十分喜爱。她唯一担心的就是工时，以汉记的人力，很难在半年内赶出一套唐朝戏的戏服。

若妍对于这张大单十分向往，但心里也在打鼓。想想前期投入、所需时长，实在要冒很大的风险。但她也并不打算放弃，咬咬牙，笑着说："只要合同定了，立刻就开工，误了期，我会按违约的标准赔偿，一分不少。"

金导演还在犹豫，说："我们从来没跟广州的厂家合作过。"

"我们陈家四代从事戏服行业，汉记这块招牌，是我太爷创下的。"

若妍请金导一行上二楼。二楼将厂房压缩了，空出一个角落装修成小舞台。她请了一队私伙局，一生一旦上了全装，表演粤剧选段。高胡悠悠响起，笛声悠扬，花旦身穿粉底牡丹、云肩飘穗的四变装，踏着碎步出场。

"春光满眼万花妍，三春景致何曾见。玉燕双飞绕翠轩，蝶儿飞舞乐绵绵……"花旦身段柔软，眉目含情。与北方戏剧相比，南国红豆显得更轻巧柔媚。男演员身穿浅蓝色海青登场了，他表情生动，一步三叹，传神地演绎了小

生的风流倜傥。虽然是简陋的舞台,但男女演员你来我往,唱和默契,把大家都带到了花好月圆的情境里。

若妍将样版搬到金导演面前,给她看花纹和水路。

"这是典型的广式手推绣手法,用了散针、套针,比市面上的行货精致、立体得多。"

金导演慢慢地翻着,说:"质量明显是不错的,但成本也高。"

"一分钱一分货,摄影机比现实放大了百倍,多一分钱的投入都看得出来。"若妍真诚地说。金导演被她说服了,爽快地签了约。

为了购入物料,若妍又借了一笔民间信贷。她签约时,手抑制不住地抖,脑海里浮现出诚哥掏刀的画面。"再赌一把!"若妍给自己加油打气,反正也没有退路了。物料到位后,立刻开工,若妍自己一个人顶三个,钟秀玲也是一个人干三个人的活。她知道自己没有能力违约,唯一能做的,就是将这批戏服按时赶出来。

作坊本来面积就不大,在厂房的一角,用微粒板隔了一平方米的地方,瑞芬就在这里给工人们做饭。米事先用油浸了,直接放到铁锅里,加上满满的水,水沸了带着米拼命翻滚,直到粒粒白米开了口,这样的粥最好吃。周末店里加班,瑞芬一大早就来给大家煲粥。粥快好了,她将精心配好的猪杂、花生、腐竹下到煲里,高声叫嚷:"来吃早餐了,今天是及第粥!"

可是叫了半天,也没有人响应。若妍正在布置活计,工人们谁都不敢走。瑞芬忙活了一早上,却无人响应,感觉十分失落。锅里热气直扑上来,她抹了抹眼睛,说:"签什么大单,连饭都吃不上了!"

钟秀玲听见了她的话,忙走过来,笑着说:"你别把泪水掉到粥里,一会儿我们吃着都苦。"

瑞芬忍不住笑,说:"我才不哭呢,要哭也是你们哭!"

人手是个很大的问题,仅以收件的形式,显然无法满足进度。统一的制饰、手艺,最好出自于同一条生产线。若妍再三犹豫,跟钟秀玲商量,再怎么省，也得多请两个工人。

"太公保佑，陈家后人有福，万事顺利！"若妍干脆地说，走到神台前，深吸一口气，"阿爷，你一定要睇住，汉记唔可以执笠①。"

钟秀玲同意了若妍的计划，立刻拟好了招聘启事，花钱找报纸刊登。

作为改革开放的先头兵，广州的经济发展全国瞩目。大量外地人涌入广州，形成轰轰烈烈的打工潮。然而外来工虽多，熟手工人少，特别是戏服这一行。若妍怀着求贤若渴的心情，连续面试了十多人，仍觉得不满意。毫无经验的生手，要重新培养，成本太高，而熟手工人，工资方面必须有要求。若妍面试了半个月，仍然找不到一个合适的，她简直心灰意冷，对母亲说："实在请不到人，只好将房产抵押出去了。"

瑞芬吓了一跳，声音都发抖了，说："不要再做下去了，我真怕有一天要睡街上。"

好在这天，一位有经验的设计师来应聘。男人看上去有三十多岁，戴着眼镜，低着头，看上去寡言少语。若妍略看了简历，问了几个问题，觉得十分满意，又多看了几眼，十分面熟，再仔细一看学历，竟然是自己的中专同学。

老同学相见，却有几分尴尬。以前读书时班上同学多，男女生若不是十分熟悉，连话都少说。若妍努力回想，实在不记得跟他有过交集。方耀明腼腆地笑，说："你是本地生，根本不跟我们玩在一起。"

若妍不好意思地笑了。

方耀明看上去内向、害羞，即使笑，也是淡淡的，习惯地低着头，说话声音又轻又柔："我一直在成衣厂做服装设计，反正东家唔打打西家②。"

若妍听了笑了，说："我没得选，不被这家铺头困死，就算命大了。"

方耀明听了她的话，略愣了一下，仿佛是考虑该不该应聘。若妍也意识到

---

① 执笠：表示商铺收摊、破产、倒闭、关门大吉。

② 东家唔打打西家：打，在这里表示打工。东家和西家都是泛指这家公司和那家公司。此句意为表示做人要灵活变通，这里工作不理想就换一个公司。

了,忙缓和道:"当然,维持还是可以的。"

他想了想,考虑着接受现实的落差,终于还是点头,说:"总有好转的一天。"

方耀明毕业后一直在时装厂工作,对于戏服是容易上手的。若妍在提出薪水时,却是十分尴尬。耀明的资历已经不浅,不可能给他开毕业生的价。她十分希望他能留下,在学校时交流不多,却感觉是个踏实肯干的。她吞吞吐吐地说:"我的店铺赚不了大钱,给不了很高工资。"他仍是略想了想,点点头,说:"你一个女人仔都有信心,我怕什么。"

方耀明进了厂以后,果然熟手能干,每天从早到晚,埋头苦做,没有半句怨言。他一直是做成衣的,于戏服的制式十分不熟,但进汉记不到一个月,已经学会了整套戏服流程。别人午休了,他还会对着货版,琢磨款式花色。他做事踏实,低调内敛,从来没有要发大财的打算,偶尔被老工友们打趣,说他"年纪轻轻,应该出去捞世界"。他只是淡淡一笑,说:"听老前辈们说,有黄金万贯,不如有一技傍身。"若妍对此十分赞同,说:"我阿爸在生时,也常这么说。"

瑞芬看到请来了这么一个肯苦干的人,十分惊喜。每每饭间闲聊,总是别有用心地唠叨,说若妍自开店以来,是多么辛苦,多么难以撑下去。方耀明听了,果然更加勤快,怕若妍这个"事头"累倒了。

若妍见母亲过于压迫,忍不住说:"妈,你不要老催他干活,跟旧社会地主一样。人家只是老实,不是傻的。"

瑞芬笑着,说:"我们这里的工人,哪个不是靠打感情牌骗来的。你自己是泥菩萨过河,自身难保呢,还有余力关照别人?"

若妍也忍不住笑,说:"原来我打工不行,打感情牌还可以。"

在瑞芬眼里,女儿一直是沉静的、平和的。可是在汉记熬了几年,整个人已经老了一轮,性格也疯癫了不少。虽然越来越像个"事头",说话办事雷厉风行,但总觉得缺少什么。她不止一次跟若妍唠叨:"做女人,要有女人样。"若妍并不理会。她从早到晚在车间里不停巡视。兢兢业业、精工细作，遇到问题，不像过去那样任性摔东西，而是就事论事，碰到什么解决什么。

她慢慢地成了个千手观音，剪、裁、缝、绣无一不精通，要做哪里做哪里。这样一日下来，常常头晕眼花。瑞芬心疼她，想着办法煲好汤，给她补。若妍天天喝着靓汤，脸色却不见好，大概是操心的事太多了。瑞芬心疼，又忍不住唠叨，说："不要想太多，想多了伤心血。"

若妍用手托腮，抬头慨叹："开门七件事，柴米油盐酱醋茶，哪件事不得操心啊。"

下了班，工人们收工回家了，她独自待在车间里，继续做活计。她是抱着一个人顶三个人用，多存点工钱的想法。自己是老板，不用开工资，要是拼命些，还能再省下一份工钱。这么想着，简直有无穷无尽的力气，不知疲倦地干活。晚上，一个人坐在绣架边，周围寂静无人，因有活计在赶，也不感觉害怕，看到活件一点点地出来，便觉得踏实。

这天，她抽空去拜访了一位著名的广绣艺人。传统美术工艺行业，普遍存在相似的困境。她虚心向前辈请教，希望能把绣样做好，让戏服看上去更精致，更有艺术感。老师傅十分高兴，当场就跟她说了几种绣法，说"再不教，以后怕要失传了"。她领悟得好，上手快，回到铺头，立刻付诸实践，勾出光影区、分色，用交叉针步绣出有绒毛感的花瓣。看着一朵花渐渐在绣面上显现，舒着瓣，吐着蕊，仿佛满屋子都是芬芳。

剧组与粤剧院不同，所付的订金要少，前期只有一个剧务来过问。这样量大的一批，是汉记从来没有过的，若妍凭着一口气行事，硬着头皮往前闯，不敢想象结果如何。

看着资金微薄，已经不剩下多少钱。虽然部分物料可以年底结数，也有些是要求半年一结的。若妍想着这个日子便发愁，人人都盼着国庆长假，她却希望时间走得慢一点。

薏仁去湿、红豆补血，瑞芬将物料一一洗净清理，仔细地放入汤煲。春天主要煲祛湿汤，再热一点，就可以煲冬瓜老鸭汤了。若妍从外边回来，老远就闻到了一股浓郁的香味。

"手艺这么好，不如我们不做衫了，改做餐饮，肯定赚钱。"若妍说完，咕噜咕噜地把汤一饮而尽。她体谅母亲的用心，多少关怀都凝聚在这碗汤里了。现在的女孩都怕胖，若妍却是不怕的。她每日在厂里辛苦劳作，不用减肥已经瘦得跟门板一样。

众人都夸奖瑞芬的汤好，说"有这样的好汤，白打工也乐意"。瑞芬便打着哈哈，说"有人欣赏就好，吃完了好干活"。若妍知道母亲心里也不轻松，眼看着工资好几个月没发了，所谓"有拖冇欠[①]"，希望工人们能体谅一时的艰难。然而不可能一个月一个月地拖，说到钱财问题，亲兄弟也是不给面子的。

"实在不行，就把公司收了，身体最重要。"瑞芬心疼女儿，再不去想积蓄的事了。

若妍刚喝完汤，差点呛住，连连咳嗽，向母亲摆手，说："公司好着呢，唔好讲衰左。"

清明那天，若妍带着母亲一起去银河公墓，找到父亲的牌位，烧了元宝蜡烛香。望着烟火缭绕上升，仿佛看到了父亲的模样。她时常怀念父亲，每当心中有疑惑，便望着家里神台上的遗像，想假若父亲还在，将怎么思考、怎么解决。父亲是这个行业的百科全书。假若他在，一切都能迎刃而解吧。若妍对着父亲的牌位合十再拜，说："阿爸，我虽然不够魄力，但总有决心，将汉记撑下去。"

粤华厂的产量减少了，便有些老主顾，四处打听真正的广式戏服，最终打

[①] 冇：没有。整句意思为：可能会拖沓一下，迟一点再还，但不会不还。这个表达一般指晚一点还人情或者钱财，但最终会还，其实是有点赖皮又要面子的话，用于朋友间借钱的场合。

听到若妍这里。若妍却不过情面,也为了将来的生意着想,咬咬牙,卖了几件旧版。

这天是黎红来取衣服。两家既有多年的渊源,黎红对于陈家的家底是知道的。若妍也不好意思推却她,便从箱底找出一件爷爷留下来的昭君装。

这是一件十分漂亮的花旦正装,打底的旧金织色,凤凰穿花暗纹,领口上缀了一圈白色马海毛,显得端庄贵气。黎红看着,爱不释手,说:"这样好的工艺,有钱也买不到了。"若妍赔着笑,说:"喜欢就好。"

自从黎红当上了粤剧团团长,若妍便经常联系她。粤剧团的经费紧张,黎红有心排新剧,却遇到许多阻碍,连场租费都付不起。她每每来到,总盯着衣架上的货版,爱不释手,却始终不敢下订。

送走了黎红,母女俩都情绪低落。瑞芬回忆起许多往事,自言自语:"送一件,少一件,不知哪天就送光了。"又忍不住去翻检老箱旧物,睹物思人,眼泪扑扑地往下掉。她细心折叠好略微凌乱的戏服,手指掠过一朵淡色的荷花,笑着说:"你阿爸在生时,最喜欢荷花!"

若妍点点头,珍惜地摩挲着衣衫的纹路。

她咬了咬牙,将剩下的样版都装进一个木箱里,钉死了,决定以后再也不卖了。手艺人的人生,都凝聚在这些作品里。从太爷、爷爷到父亲,无论贫穷或富贵,无论顺境或逆境,所有的心事,所有的故事,一代代的秘密,就是靠着戏服传承下来的。这是无价之宝,她舍不得。

五一劳动节的时候,锦慧一家为董浩彦举办婚礼。

浩彦的太太是一个中英混血女孩,中文名叫诗雅。两人是大学同学。诗雅第一次上门的时候,把大家吓了一跳,毕竟有一半的外国血统,长得像外国人,说话也是中英夹生。他们俩谈了许多年,到决定结婚时,锦慧已经很习惯这个"半唐番①"媳妇了。

婚礼采用了中西结合的仪式。这天一大早,董浩彦便带着兄弟团去接新娘。家里收拾干净,布置好了神台,摆了敬茶的茶具、香炉、糖果,等着迎接新媳妇。

中午吉时,"新抱"接回来了。由于是商品房住宅,很多仪式都简化了,不过门口还是摆了个火盆。这种火盆是专为中式婚礼设计的,形状极小,烟火也小。尽管如此,诗雅还是吓得惊叫了一声,然后提心吊胆地跨过,由陪嫁姐妹团护着,小心翼翼地进了屋。

婚礼照传统习俗请了大妗姐,主持进门后的整个仪式。如今正宗的大妗姐已难找着,这个是粤华厂的旧工人,下岗以后兼着做的。浩彦和诗雅在大妗姐的指点下,下跪敬茶。敬过新抱茶,领了改口利是,由大妗姐宣布"礼成",再一齐浩浩荡荡地去酒楼摆宴。

浩彦是陈家第四代当中第一个结婚的,大家都帮着打点。瑞芬身为舅妈,要接受敬茶。黄婉帮锦慧打下手,瑞芬帮着招呼客人。董志伟如今更不爱说话了,只呵呵地笑着。别人打趣他娶了个洋新抱,也是憨憨一笑,说:"年轻人有自己的想法。"

若妍强打精神,装作开心地笑。她一边喝茶一边应付着长辈,说着玩笑话,不时哈哈大笑,心里却是虚的。看到表弟成家立业,她突然意识到,日子流逝得飞快,从绣件缝合成件料,从件料缝合成戏服,时间都用在了绣活上。身边的朋友都结婚生子了,自己还是孑然一身。

到了酒楼就座,她也是心神不定,喝着茶,心里还惦记着账目。

诗雅穿着一件中西结合的礼服,是若妍设计的。一身纯正的中国红,充满古典韵味的牡丹图案,在她身上没有显得不伦不类,反而有一种说不出的优雅感。诗雅对这件礼服十分满意,拉着若妍的手,不停地表示感谢。

---

① 唐:即唐人,外国人对中国人的别称。番:特指欧美的西方人。半唐番即混血儿(尤指中国人与西方人的混血儿)。

华衣锦梦

有一位诗雅的亲戚,姓蒋,是香港一个粤剧促进会的会长。诗雅向她热情介绍,说蒋先生正在广州寻找投资项目。蒋先生是青白脸色,眉清目秀的,神情总是淡定的,看不出什么波澜。若妍收到蒋乔的名片,精神一振,想要是有了港商注资,虽然不能解决目前的所有问题,至少也能解燃眉之急了。

蒋先生跟亲戚朋友们不熟,话不多,神情总是淡淡的。在等待开席的空当,蒋先生的目光突然落到若妍身上,看到她腕上的手绳,惊喜地赞叹,说:"好特别的设计。"

若妍索性将手绳取下,给他欣赏,说:"这是头面的碎料,我们汉记的出品。"

蒋先生赞叹地欣赏着,频频点头。

"蒋先生有没有兴趣去公司参观?"若妍乘机说道。蒋先生略微愣了一下,笑着说:"好啊。"

蒋乔到汉记参观时,若妍给他讲述了汉记的历史。从清末说起,说到民国时期的大铺,一九五六年的公私合营,九十年代初的重建。从太爷一辈的老故事说起,"有一匹布咁长①"。她知道,港商、台商们喜欢投资有潜力的"老字号"。

蒋乔听了,果然十分有兴趣,说:"假若能找到合适的突破口,倒不失为一门老字号生意。"

他环顾四周,频频点头。闹市中的小铺,门面毫不起眼,店里却是别有洞天、金光璀璨。一件正宗的粤剧龙袍,底料是真丝,绣的团龙纹,每一片龙鳞都层层叠叠、平整光亮。蒋乔看着频频点头。

若妍解释说在过去大厂时期,粤华厂的人也曾去过香港,替香港的粤剧演员量身制衣,现在粤华厂已经大量减产了。"蒋先生,跟我们小厂合作吧?肯定有惊喜。"

---

① 整句意思为:说来话长,形容事情或者讲话的篇幅很长。

蒋乔仔细地环顾了四周，说："还要进一步评估。"

若妍虽面目平静，心里却是又急又躁，眼下粤剧行业岌岌可危，广式戏服的需求量实在小，急需更大的市场，更需要资金支持。她又怕逼得太紧，把客人吓跑了，只好佯装轻松地笑了笑。

过了几天，蒋乔又来了。这回不仅是他自己，还带了秘书和会计师。蒋乔略点点头，说："小项目也好，未必现在见效，但付出总有回报。"

若妍对于计划书上的条款都没有意见，只是对于蒋乔的"话事权①"，她稍迟疑，说："我们汉记负责赚钱、设计、制作，当然都是由我来话事。"

蒋乔略皱了皱眉，说："工艺我是不懂，但我对开发市场在行。"

若妍本来满心欢喜，结果又有点犹豫了。她想起粤华厂改制后，几个股东天天开会吵架，所有的事都悬而不决。更重要的是，汉记是陈家祖先一手创下的，决不能落在外人手里。

若妍回到汉记，再次给祖先们上香。

"阿爸，铺头有麻烦，我可唔可以请外人帮手？"

相片里的锦汉依然是微笑着，面目平静，仿佛在说"你自己看着办吧"。

"唉，我自己想吧，你是不会告诉我的。"她开着玩笑，让自己心里好过些。

若妍手头上还有一只五彩五凤冠急着完成，这顶头冠是专为一件女蟒配的。凤冠没做好，女蟒也收不到钱。她坐在八仙桌旁，耐心地绕着金线。以前在粤华厂，头盔部的阿伯阿姨们有自己的一套，完全不需要其他部门参与。她绕了几根线，感觉不对，又放下了。"一个人是无法包打天下的。"她在铺头里自言自语。打定了主意，第二天便直接去酒店找了蒋乔。

签完了约回来，若妍突然觉得一身轻松。有了充足的资金，可以立刻给工人发工资，物料上也可以准备得更充足了。她一路蹦跳着走回家，又立刻蹦

---

① 能够把控事情，做出决策的权力，与话语权类似。

到床上，手舞足蹈地，说："我要好好庆祝一下。"立刻倒头就睡，睡个大懒觉，从早晨睡到太阳落山，仿佛刚从学校毕业似的。瑞芬催促她起床，她瘫着手脚，蜷在被子里，连头都不露，说："我挨出头啦，唔使愁啦。"

若妍大睡了三天，算是庆祝"找到了金主"，然后立刻喜气洋洋地开工，加上新请的三个小工，一条生产线全面升级。金导演来过两次，于前期的设计十分肯定，也提了些意见。接着是副导演和服装指导来了，提了不少意见。若妍于客户的意见十分能容纳，下决心排除万难，一定要把这批剧装做好。

她仿照父亲的样子，用小本子做工作笔记，划成格子，每日仔细记录流程、进度。蒋乔还给她请了一位香港的设计师。在他的建议下，戏服在保留宽大、舒适的基础上，在肩、腰的位置做了省位，与现代演员的身型更贴合，增加利落感。

由于用的都是缎和雪纺面料，若妍特别注重简化款式。特别是传统的团花配色，过于复杂，而且会影响裙子的轻盈度。她大胆地设计了各种散花，特别是梅花、芙蓉花图案。几件日常宫装甚至全无花色，以撞色绳边勾勒。她还设计了一种蝶舞装，在抹胸款的基础上，用主裙和外披塑造出蝴蝶造型，裙摆用了渐变色雪纺。这款戏服是专为舞蹈演员设计的，看着繁复，实则轻盈，既尊重了唐宫装的制式，又适用于舞蹈造型。金导演对这款设计特别赞不绝口。

若妍每日给父亲烧香，虔诚地拜三下，心里默默地说："阿爸，只要有你支持，我便怎么也会撑下去。"

第二十二章

广州的夏天出奇的长，把秋天当作它延展的一部分。等到火热的阳光退去，台阶下的水管不再被晒得滚烫时，冬天的气息已经慢慢逼近。

若妍熬得眼睛通红，还是保持每天高强度的工作。到了收尾阶段，几乎是拼尽全身力气，全凭信念撑着，几乎要瘫倒在车间。

奋战了几个月，总算是按时交了货，有了周转。钟秀玲也十分乐观，说："三年辛苦三年难，熬过了创业期，汉记肯定能慢慢站稳脚跟。"

蒋乔对汉记十分看重，虽然常说它是"一门不赚钱的生意"，但还是常到厂里看看，翻翻账目。听若妍说想扩大规模，他十分赞同。

"我今天整理你爸的旧物，又发现了这件宝贝。"瑞芬高兴地说。这是一件正红的缎面裙褂，全手工制作，针脚细密紧致，裙面上一只钉金绣的凤凰栩栩如生。

若妍至今还记得第一次见到奶奶的裙褂的情景。那是夏季最热的时候，奶奶从旧衣箱里取出许多年的旧物，定期拿出来晒。那件裙褂又红又金，摊开在太阳底下，反射着耀眼炫目的光芒。若妍看得目瞪口呆，傻傻地问："这是金子做的吗？"奶奶笑着说："是真的就好喽。"裙褂上全是金珠金线，在指甲大的方寸之间，颜色一层层深递，摊在竹竿上闪闪发亮，看得人眼都花了。

市面上能做裙褂的铺头已经不多了。年轻人跟风地追求西式婚礼。传统的广式裙褂工艺精致、图案复杂、富丽堂皇，但年轻人就是不喜欢。

好在过了几年，在过于西化的道路上，人们又重新怀念起中式传统，报纸上也强烈地抨击"崇洋媚外"。于是，婚礼演变成了一种中西结合的方式，新人们穿着白色的婚纱举行仪式，穿红色的裙褂宴宾敬酒。不少人到汉记来订裙褂，钟秀玲对此十分在意，说："市面上能做裙褂的不多了。做裙褂，最能打响一个店铺的宝号。"

若妍知道锦慧姑姑是擅长做裙褂的。她在粤华厂做了十几年缝纫。后来下岗分流，厂里人手不够，她有很长一段时间兼做裙褂。

"阿姑，你看，这是铺头刚做好的裙褂，怎么样？"锦慧一到店里，若妍立刻向她请教。

"这个下摆略大，针脚又密，"锦慧略看一眼，立刻找到了问题，"行走时会显得笨重。"

"阿姑,你做裙褂是行家,不如来汉记当技术指导。"若妍顺势提出。

锦慧忙摇头,说自己老了,眼睛花了。她不时到铺头闲坐,跟工友们"倾闲偈"。每次到店里,她都会帮忙做些小活件。说到做裙褂,她忍不住向晚辈们传授:"广式裙褂的特点是突龙,在绣件里塞丝,制造出龙凤的立体感。"

"阿姑,你不亲自动手,真是浪费了这门技艺。"若妍再三撒娇。

"家里很多事啊,要买菜、做饭。我不在家,谁给你姑父煲汤。"锦慧慌张地辩解。

若妍求了几次,都是这个答复。她不甘心,向母亲寻求办法:"得怎么说,才能让阿姑出手。"

瑞芬却吓得摆手,说:"做裙褂多费工夫,你别让阿姑这么辛苦。"

若妍只好自己干。她自己亲手设计的裙褂,就摆在店铺的角落。每当做别的活件厌倦了,就绣几针。锦慧来到,看着连连摇头,说:"老话常说,冇咁大个头就唔好戴咁大顶帽①。"

若妍龇牙咧嘴,说:"冇办法,揾食艰难,呢顶帽子我只能戴着。"

那裙褂放在桌子上,好几个月也没完工,锦慧"忍无可忍",常下手绣几针。这样持续了几个月,慢慢地有了轮廓。她不但绣几针,还忍不住说几句:"裁的时候一定要留够位,绣了以后会缩很多。绣好了才发现不够位,真是哭的眼泪都没有。"

若妍跟姑姑撒娇,说:"你总有办法的。"

好不容易做出来了,这裙褂摆放了几个月,来询问的人不少,但始终没有人买。锦慧表面上说不在意,心里却是有期盼的。每次有客人来看,总是积极推销。裙褂的造价向来较高,人们有心想买,可是看看价钱,又退却了。

---

① 冇咁大个头就唔好戴咁大顶帽:咁,这么,如此。整句意思为:没有这么大的头,就不要戴这么大一顶帽子,指没有相应的本事,就不要接艰巨的任务。此句与"没有金刚钻,就不要揽瓷器活"类似。

锦慧有点灰心，说："大厂是这样，小厂也是这样，抗不过流水线出来的。"

若妍好脾气地笑："慢慢卖，好货总有识货人。"

锦慧摇头，说："放久了总没有刚制出来好看，时间长了，我们还得花工夫维护。"

这天，又是一个客人来看。这客人身穿五色大花衬衫、七分妈妈裤，打眼一看是个普通的老年妇人。她进店后，东看看，西摸摸，望了许久，最后眼光落在了这件裙褂上，又是仔细盯了许久。

若妍开铺久了，在判断客人方面有了敏锐的直觉，大略看一眼，便能判断出是否是真正的客户，还是来看热闹的。她忙上前介绍："这是我们铺头的全手工裙褂，采用传统的金银线绣法。"客人听了，不住点头，若妍忙指给她看"突龙"效果。

"好是好，就是太贵了。"客人皱起了眉。

能这么说的，是已经来问过价了的。若妍努力回忆着，依稀记得这位阿姨曾与女儿来看过、试穿过。第一回是看心水，第二回是试衣，第三回便是真正考虑买不买了。若妍知道这是最后的机会，拼命推销，又向客人介绍锦慧："这位就是做裙褂的师傅。"

锦慧搓着手，诚恳地笑着，特别想把亲手制作的裙褂卖出去。

"这是全手工的盘金绣，现在能做这种裙褂的师傅，都是六七十岁的年纪了。年轻一代的，根本不会做了。"若妍又强调了一遍。

客人犹豫了半天，终于还是买了。

这件裙褂给若妍带来了莫大的信心，她相信手工制品还是有市场的，有流水线不能替代的优势。

若妍让锦慧完全负责裙褂，并且配合她，订了一批洋金线、金珠银珠、金片银片，完全是为了满足锦慧的供货需求。"浪费了可不能怪我。"锦慧吓得摆手，但还是按自己的想法，连着做了好几款裙褂，有大立领的、小立领的，采用钉金垫浮绣、平金平银绣，做出来的裙褂富丽堂皇、光彩灿烂，十分有庄重感。

若妍高兴得抱着她直乐，说："汉记发达就靠你了。"

为了市场考虑，铺头暂时只做小五福、中五福。但若妍仍十分有梦想，希望有一天，铺子里能摆上褂后、褂王。"反正我们也不卖，就做一件褂王！"所谓褂王，就是金银线绣密度达百分之百的裙褂，整个褂面布满龙凤图案、金银珠管。她兴致来了，几乎要振臂高呼。锦慧吓得忙摆手，说："我做不来，还要去美国探孙子呢。"

过完年，汉记举行了隆重的开工仪式，若妍主持着，切了烧猪头，拜了祖先，将亲手绣的一张华光师父像，放在关公像旁边。

过完年，蒋乔从香港过来，到汉记查看账簿。

若妍赔着笑，心里却忐忑不安，去年的订单大部分还在收尾，尾款还未收回，接下来是新的年度预算。

蒋乔翻看着账簿，略皱起了眉，问："为什么不做仿汉装长裙了？"若妍实话实说："卖得不好。料子是轻盈的，绣上花就不轻盈了，女孩们不爱。"蒋乔不以为意地笑着说："一点点挫折就放弃了？卖不好，可能是营销的问题。"他的眉头皱得更深："很多款项没算进去，已经是一盘不赚钱的数，要是找我的会计师来盘，只怕这笔账更难看。"

若妍没想到他说得如此不留情面，深叹一口气，强笑着说："现在成衣价格低廉，特别是外国品牌，迅速占领市场。我们的衣服制作周期长、成本高，明显缺乏竞争力。"

蒋乔没有说话，皱着眉盯着，沉默良久。

初春的天气，湿润中带着一丝寒意，阳光斜斜地从铺头门口侵入，风里带着冷。若妍感受到了越来越沉重的压力，无奈汉记真的难以为继。订单慢慢地多了，然而去除成本，刨去各项开销，盈利还是微薄。她长叹一口气，望着蒋乔的扑克脸，不敢跟他说，还欠了工人几个月的工资。

送走了蒋乔，若妍沿着人民南路慢慢地走，走到上九路、下九路……她抬头环顾着四周，这几年来，仿佛一天一个样，比赛似的，世界在变，人也在变。穿衣打扮，一年一个样。广告牌上的衣服，过段时间便换了花样。她抬头看着橱窗里的广告。广告是关于西装的，男模特又高又瘦，沉默冷峻，目光坚定地望着前方。上边写着几个大字"与时代同行"。这匆匆行进的时代，不可能等着一成不变的人。她仔细看了一会儿，心情慢慢地平静了。

电话响了。若妍本不想接，然而毕竟是老板。她深吸一口气，缓缓地接起了电话。

蒋乔的声音却是十分诚恳，说："不好意思，我为刚才对你的质疑而道歉。"

若妍的气来得快去得也快。她知道蒋乔说得没错，身为一家店铺，首要追求是盈利。无法盈利的公司，自然是要倒闭的，假若不是他的支持，汉记已经关门了。

"我请你吃饭赔罪？"蒋乔说，"合作这么久，居然没有请你吃过饭。"

"应该是我请你。"若妍笑着说。她本想拒绝，犹豫了一下，终于还是答应了。

两个人约在了北京路的一家西餐厅，点了牛扒和蔬菜沙拉。西餐厅环境幽雅，钢琴曲缓缓地流淌。若妍不想多说话，怕惹老板生气，低着头，不停地在咖啡杯里搅拌。蒋乔看着她，忍不住笑着说："放轻松，做生意嘛，总是有赚有亏的。"

若妍不好意思地笑了笑，说："赚了自然心情靓①，亏了实在高兴不起来。"

正说着，服务生上菜了，一份加了铁板的牛扒，烤得嗞嗞响，鲜香嫩色，

———————
① 心情靓：心情好。

散发着浓郁的黑椒味。

若妍拿起刀叉，利落地将牛扒割开，说："谢谢你请我吃西餐。忙了半天，真的好饿。"

"你看你，熬成这样……"蒋乔说着，伸手替她将耳边的碎发抿好。她吓了一跳，仔细看看他，依然是一副淡定的表情。

蒋乔每个月都到广州一趟，在店里巡视，查看经营状况。每次来，都让若妍十分紧张。工作量虽然大，但账面数字不漂亮。这个行业盈利不容易，又看不到发展前景，蒋乔的投入，目前还无法得到什么回报。

蒋乔仔细查看账目，询问了几张订单的进度，说："大环境不好，急也没有用，你自己也要注意身体。"

若妍怕说多错多，只是淡淡地赔着笑。

到了午饭时间，两个人仍是约在西餐厅吃饭。

"这次我埋单，不许跟我争！"若妍笑着说。

两个人面对面安静地坐着，气氛突然变得有些奇怪。蒋乔看上去仍然淡定，却频繁地换了几个坐姿。若妍没话找话，说："这首歌真好听，不知道叫什么名字。"

蒋乔笑笑，说："叫 Yesterday Once More，是一首怀念时光的歌。"

若妍不好意思地摊手，说："英语我只会几句，是用来跟老外谈价钱的。"

蒋乔也笑着，说："有机会我教你。"他长叹一声，说："不知道为什么，看你这么辛苦，就是很想时刻在你身边，帮帮你。"

若妍摇摇头，笑了笑，说："或许是觉得我太笨吧。"

他微微笑着，低着头，突然又抬起头，对着若妍，缓缓地说："我很久没追过女孩子了，实在不知道怎么说。"若妍听这一句，被吓住了，好在接下去的，又有点含糊。"这段时间以来，我觉得我们在一起的时候，很融洽，很多事都可以说到一起……"

若妍本以为要提出清理债务之类，心跳不由得加快。不料，蒋乔也一副不

自在的样子，顿了顿，说："对不起，我表达得不好。到了我这个年纪，不太爱玩小孩子的浪漫了。"

若妍吓得几乎忘了心跳。她装作不经意的，把眼光挪开。蒋乔的神情更僵硬了，眼光望向别处，说："这也许是个很傻的想法，能不能当我没说过。"

若妍不停地搅拌着咖啡，以掩饰气氛的尴尬。她想了想，说："下次你来，有些订单已经收到钱，就没那么难看了。"

蒋乔再来巡厂时，在车间巡视了一轮，没有发表任何意见，礼貌地告辞。若妍心里也舒了口气，想下半年总要开拓别的思路，也算对得起投资人。

与蒋乔认识的这段日子，若妍对他充满了感激之情。然而生意上的事，怎么能跟感情搅在一起。她满脑子里只是戏服，还有自己的店铺。能保住汉记这块招牌，才是最重要的事，恋爱婚姻，都只能以后再考虑了。

若妍对于岌岌可危的未来，实在不敢多想。眼看着汉记一日撑过一日，怎么有心情谈恋爱。她在大学时有过一段恋情，毕业便分开了。秋怡、浩彦给她介绍过好几个，都是尝试谈了一段时间便分开了。这几年，她一直忙于事业，从来没考虑过爱情婚姻。她希望找一个像父亲那样，有担当、有责任，一辈子坚持做好一件事的男人，但又觉得，或许是一个天真的梦想。

她对蒋乔没有任何情愫，从认识以来，就一直当他是老板。老板与下属的关系，绝对不能转化成情侣关系。若妍知道，自己虽然成天辛苦忙碌，却还是渴望一段平静、温馨，真正属于自己的爱情的。

但是换个角度想，结婚就等于融资，与蒋乔在一起，至少不用担心被债主提刀追债了。

若妍有些犹豫，不能立刻下决定。汉记开张以来，消耗了她所有的青春和汗水。但这条路既然已经走了，便要决绝地走下去，不能有丝毫犹豫，不能走捷径，动歪脑子，做坏了祖宗的招牌。

这天是锦慧请吃饭。锦慧和瑞芬在厨房忙着，做的是年轻人爱吃的啤酒鸭、咕噜肉、可乐鸡翅，汤是花胶炖鸡，是特意给若妍做的。大花胶放了三四只,配上党参、白芷,炖出来的汤绵软稠密、喷香扑鼻。快三十的姑娘,还未出嫁,每天奔波忙碌,一脸的憔悴,全家人看着都心疼。

若妍虽吃着,心思却不在这上面,随便吃两口,又翻翻手机,生怕漏掉了重要的客户信息。瑞芬看在眼里,不满意地说:"专心喝汤,有什么事,喝完再想。"

若丽谈了大半年的"恋爱",突然无疾而终。她的那位方先生,莫明其妙就"失踪"了。有一日在路上撞到,他的头扭向一边,像是完全不认识。

若丽哭得心都碎了,没想到竟有这样的一天。恍恍惚惚了几个月,夏娟怕她出事,请表姐弟们多陪陪她,开导她。

若妍不想扫大家的兴,只好振奋精神,陪着大伙说笑。这些婆婆妈妈,最乐衷于"关怀小辈",平日里见着,总是反复唠叨:"你年纪不小了,应该认真拍拖,早点定下来。"若妍只好默默听着,不断点头。

晚上,表姐妹们一起玩"斗地主"。大家一起玩着牌,不时看几眼电视。表姐弟们讨论谁输了就请宵夜。浩彦快言快语,说:"要是表姐输了呢,我怕她连宵夜钱都出不起了。"

虽然是玩笑话,但若妍听了,简直要哭了。

浩彦看她神色不对,忙摆手,说:"我开玩笑的!"

若丽轻轻地在他背上拍了两下,说:"乱说话,该打!"浩彦装腔作势地喊疼,大家又哄笑了起来。

这一天,有位客户找到店里。这位客人姓廖,自我介绍是当老师的。廖老师看上去斯文白净,彬彬有礼。他进到店铺,看着琳琅满目的戏服,高兴得手舞足蹈,解释说因为学校里成立了话剧社,替学生们张罗着做戏服。他找了很久,看了好几家店,终于找到了这里。

"我们正在赶制一批古装戏服……"若妍为难地说。

"帮帮忙好吗?"廖老师的态度十分恳切,眼神里充满希望,"我们已经

找过很多厂家,不是价钱太高,就是嫌麻烦。"

若妍听他说得真诚,不忍心拒绝,请他坐下来,慢慢说要求。

"我带了图来。"廖老师说道。他摊开图纸,不是服装设计图,而是学生们画的人物造型。虽然面貌生动、衣饰华丽,却完全没有可操作性。

若妍倒吸一口冷气,只好摇摇头,再次拒绝。

但廖老师十分坚持。他急切地解释:"学校向来不支持办话剧社,怕影响学习。好不容易这次教育部提出推进素质教育,支持学生开展第二课堂,我们才敢组织。如果因为戏服的原因无法启动,过几年风向变了,就错失机会了。"

若妍不忍心拒绝一个老师的请求,但想到更紧迫的、即将验收的影视剧装,还是有些担心。特别是这些带有想象力的戏服,需要重新设计、打版,十分费工夫。

她长叹一声,再次拒绝了廖老师。

然而没过几天,廖老师又来了。大概是走遍了厂家,始终无法找到接收的。他十分固执,坐在八仙桌旁,一坐就是半天。每每有客人来到,他便皱眉盯着,一副"是我先到"的样子,吓得客人不敢问价就走了。

若妍再三向他解释:"他们要的是行货、现货,比你的好处理得多。"可廖老师就是不听。每当若妍与他说话,他便一副恳求的神色,说:"求求你了,看得出,你是个大好人。"

若妍长长地叹了口气,只得接下这桩棘手生意。她知道现在的小孩都不喜欢"老古董",建议简化款式、改换衣料。特别是考虑到孩子好动的特点,建议改成有弹性的化纤面料。

秋怡在一旁听着直摇头,说:"有弹性的面料最难绣了,你真是给自己找麻烦。"

若妍完全不怕,说:"既然要做,就要让小客人们满意,否则不如不做。"

她将传统的水波纹简化成环形波浪线,层层繁复的玫瑰花,以简笔画代替。用色上也改变了传统戏服的明黄、水红，改用年轻人喜欢的橘黄、淡粉。配色需要考虑色彩的分离和互补，她先是在电脑上看效果，再制成手稿。做配色常遇到的问题是，想象中的画面是完美的，在电脑上看也没有问题，落实到绣图后，却总觉得有些不对。这时别无选择，只能推倒重来。

"传统手艺有传统特色，但改良版会更得到年轻人认可。"若妍向廖老师解释说。

"我明白，我明白。"廖老师感激得不知如何表达，说，"将来话剧排好了，我请你们去看。"

但蒋乔来巡视时，看到这些奇怪的戏服，明显很不高兴。他沉下脸，说："那个大单值得请设计师，可是这个呢？"

若妍小心翼翼地回答："这个由我自己设计，不用花钱。"

"那么效率、工时呢！"蒋乔一改平常文质彬彬的面孔，声音不大，态度却十分尖锐。

"技术方面的事，不用你操心！"若妍忍无可忍，脱口而出。

两个人沉默了好久。蒋乔不作声，若妍也不知该说什么。工人们都不敢触雷，便都无声无息地沉默着。

下次蒋乔再来，已经是三个月后。他看到了挂在衣架上的话剧戏服，宽袖长袍，样式简单大方，绣纹也是简单而恰到好处。"这个就是专为《灰姑娘》制作的？"他仿佛忘记了此前的争吵，仔细观察了好一会儿，还赞许了几句。

若妍耐心地解释："这是我愿意付出的，算是公益吧。或许我们不算在订单里头，但其他生意，我保证，该有的不会少。"

到了午饭时间，若妍建议去一家粤式茶楼。广州有很多口碑好的西餐厅，但她觉得自己还是喜欢传统粤菜。

粤式茶楼总是人气爆棚、热热闹闹的。每一桌都在高谈阔论，桌距也较密集，说话稍小声一点，便听不到。蒋乔本就不多话，说了几句，觉得吃力，便不再说了。两个人点了虾饺、牛肉丸、生菜肉片粥。若妍将牛肉丸推到他面前,说:"要不要点个甜的?"

蒋乔默默地,声音几不可闻,说:"我最近遇到些麻烦,香港那边的公司亏得厉害。"

若妍听了,吓得心都要少跳几下,忙问道:"要紧吗?你要回去吗?"

"没关系,做生意嘛,当然有赚有亏。"蒋乔还是淡淡地笑,"现在生意铺得太开,我自己也觉得很难驾驭,实在支撑不住,可以收掉一两家。"他低着头略思考,像是笑,又像是苦笑,说:"到了我这个年龄,经历过风风雨雨,不太怕,大不了租个床位,睡一觉又可以重新来过。"

若妍不知道他是有感而发,还是安慰自己。事业与人生一样,总有高低起伏、顺境逆境。顺境时固然风光得意、无畏无惧,逆境时也只能咬紧牙关,默默挺过去。她惆怅地叹了口气,想人生在世,或许是注定了苦痛多于快乐,好在做一个手艺人,有一技傍身,心里总是安定些。

蒋乔还想说什么,抬头看见若妍一副如释重负的表情,便知趣地闭了嘴。

蒋乔下次来,已是半年后。若妍带他巡了厂,慢慢地走出汉记,沿着人民南路慢慢走,不知不觉竟走到了沿江西路。蒋乔仍然得体地、礼貌地邀请她吃饭。若妍摇摇头,说:"你要是还抢着埋单,我就不去了。"

蒋乔笑得有些尴尬,说:"谁请都一样,不过是一顿饭钱。"

若妍没有回答。她深吸一口气,鼓起勇气,告诉蒋乔,她想将汉记的股份赎回。

"很感激你的帮助,但生意归生意,人情归人情,我先付一半,剩下的每月计利息还你。"

蒋乔愣了一下,说:"其实我也不是那么缺钱。"

若妍淡定地笑着,说:"我这个人,不习惯欠别人什么,做事像被绑住了,放不开手脚。"

蒋乔略点点头,没有再说什么。

沿江西路江风徐徐,树影摇曳,河堤边有三两个打太极的老人,也有跑步的年轻人。远处就是珠江,江面上船只来来往往,不时发出悠长的鸣笛。蒋乔凝望许久,若有所思,说:"大家方向不同,总是要各奔东西的。"

若妍点点头,说:"还是会再见的。"她送给蒋乔一个龙袍摆件,是汉记最新开发的纪念品。普通摆件的玻璃框里,嵌着一件微型龙袍。虽是微型的,但五彩锦龙、水波纹、万字花样样不缺,绣法干净利落。若妍真诚地说:"这个摆件意头好,所谓龙腾四海、龙运吉祥,希望能给你带来好运气。"

送走了蒋乔,若妍心事重重地回到汉记。近期以来,汉记略有盈利,但也还没到财源滚滚的地步。从此要还钱给蒋乔,真是难上加难。好在饭是一顿顿地吃,难关是一个个地过。她将刚出厂的龙袍摆件仔细摆好,心里盘算着,这种摆件好意头,销路肯定不错,只要有盈余,就可以继续进物料、发工资,逐项解决问题。

钟秀玲正在打电话,是向房东投诉,说屋顶渗水了,湿了一批布料。若妍在一旁听到,简直头痛得要炸裂,急得直跺脚,说:"怎么办?怎么办?"

钟秀玲长叹一声,说:"只有重新进货了。当然,先要把屋顶补起来。"

若妍虽然一肚子郁闷,却又忍不住笑,说:"我们先把房东骗来,暴揍一顿。"

第二十三章

一个白发苍苍的阿姨,颤巍巍地来到汉记,想订做演出服。

老人家看上去有六十多岁,看货十分仔细,东摸摸,西摸摸,眼光接触到手工绣服,就再也挪不开了。一件件看过去,都喜欢,最后确定了想要一套釉青色、改良版的青花瓷。

云姨缓缓地掏出一本彩册,是文艺团四处演出的照片,极自豪地说:"你看，你看，我们一年到头，演出很多的。"

若妍望着那些简陋的舞台照，迟疑着说："阿姨，全手绣的演出服，会有点贵。"

云姨微微一愣，转而低下头，嘟囔着："我们是老人家，退休金很少。但是你看我们的演出，节目很精彩，去哪里都受欢迎。"

若妍对此十分为难。很多街道的演出队都希望有自己的演出服，一般是选化纤面料，金粉印花，顶多加些钉珠，价钱明显便宜许多。全手工加刺绣的服饰固然精致，但是手工的成本高，价格肯定是降不下来的。然而近几年，街道社区组建了不少艺术团、粤剧私伙局，大多是老年团，对演出服是有需求的。她只好陪着老人家慢慢聊，可是老人家唠叨不停，不断压价，甚至连订金都不肯付。

"以前凭信用做事，还真有老主顾不付订金的。现在是行不通了，人与人之间缺乏信任。"钟秀玲边说边摇头。若妍对于这点想了想，也是赞同。这样僵持着，云姨终于让步了，同意付订金。汉记虽然接了这张单，却没有很高兴，因为老人的钱难赚。本来已经是退休人员，都是自己掏钱做衣服，讲究程度可想而知，单是看版就来了几趟，看了几十个版都不满意，不是嫌太土就是太花，最后还嚷着要用她们自己的设计。若妍只好陪着她们，一次次修改，猜测她们的喜好，慢慢地向理想中的版式靠近。

若妍对于做演出服也有自己的想法。流水线生产是大势所趋，演出服就是最好的试验方向。用电脑做设计、制图，流水线生产，一次能生产三四十件。不过，既是打着汉记的出品，总要与水荫路的不同些。

她通过财婶，找到了一位擅长钉水晶扣的卓姨。

卓姨的家在很远的郊区，几乎到了另一个城市了。卓姨带着自己的两个女儿在家里工作。她年纪虽大，动作却飞快，说："都是熟手功夫，不难。"若妍站了一会儿，看着她订五粒珠的花色，不到一分钟便能完成，十分佩服。

若妍打算将钉扣外包给卓姨。钉扣子是个熟手功夫，外包出去对铺头更有效率。卓姨的工作室里摆放了各式演出服,都是她承接的加工。若妍仔细看了一会儿,还偷师了几款设计。她心里有个打算,跟卓姨合作,能看到其他店铺的款式,再在此基础上改良,能做出更好的产品。

不料下次再去,卓姨家大门紧闭,怎么敲也没人应。若妍急得直拍门,引得邻居走出来,恶狠狠地说:"不要喊了,她们已经搬走了!"

若妍倒吸一口冷气,大批水晶扣、玻璃花都给了卓姨,还付了部分订金,全都要不回来了。

"不可能,她们是手艺人。"若妍气得浑身发抖,声音都变了。邻居疑惑地望了她一眼,仿佛不明白,手艺人为什么不能走。

若妍通过许多同行,四处打听卓姨的消息,都说不知道去了哪里。若妍简直不敢相信,手艺人是靠长久的信用吃饭,没了信用,走到哪里都不受欢迎。"哪怕以后不做这一行!"她喃喃地说。"也许刚好做到这个阶段,灰心了,想放弃了,刚好遇上了我们。"钟秀玲安慰道,"眼下最重要的是重新配物料,这回只能我们自己赶工了。"

若妍简直欲哭无泪。

她只好找回财婶,发发脾气。但财婶十分无辜地说:"我是从网上看来的。"若妍到网上查看,发现卓姨工作室的网站做得十分漂亮,各种报道、图片齐全。粤华厂的工友们都是上了年纪的人,对互联网了解甚少。他们还是老时代思维,凡是报刊上报道的,公开场合正式成文的,都觉得是权威的。

若妍进了一批渐变色雪纺,考虑怎样巧妙地用在演出服上。演出服不适宜太精细的手推绣,设计感很重要。最热销的是西关味道的民国装,她设计的几款都很注重细节,采用撞色绳边、扭带盘扣,既保留了原款特色,又有时代感。她还设计了一款修身礼服,以织锦缎做底裙,发挥中式修身含蓄的特点,但又加上了大量纱和贴花。水钻缝制在纱料的扭褶中,她试过了无数次,确定每个水钻如何分布、交错杂夹,才是最合适的。

卓姨的事件还给了她一个启示,原来网站有极好的宣传作用。她花了一笔钱，请了一个网络公司，替自己办起了网站。虽是简简单单的网站，但增加了沟通渠道。网站开通后，联系业务的电话多了，即使是咨询，也能带来希望。她不厌其烦地向对方讲解，邀请对方到店里来看版。接洽的业务多了，忙不过来，若妍又咬咬牙请了一个"靓女"，专门负责接待。"一个公司里，就应该有专门的公关、行政。"钟秀玲满意地看着新来的小菊说，"我们也算是发展壮大了。"

若妍点头称是，将小菊带到神台前，教她认识华光师父的绣像。

为了招揽生意，若妍简直无所不用其极。她穿一件自己设计的晚礼服去看歌剧。领子是传统中式立领，裙摆是典型的西式挂尾，裙裾上银色的手工钉珠闪闪发亮。她对歌剧本来毫无兴趣，但特意买了个贵宾票，坐在最前排，见到的人无不赞赏。

也有人看不惯，毫不客气地指点，说"这个人穿得好奇怪"，甚至有些人不停地打量，不怀好意地笑，以为遇上了神经病。她抬头挺胸、毫不在意，希望以各种方式吸引潜在客户。

她常常一个人对着样版写写画画，希望能设计一些受年轻人追捧的、时尚独特的款式。

许多香港的粤剧协会在传统方面十分坚持，对广式戏服情有独钟。她认为这是个极好的商机。但做港澳生意麻烦更多。毕竟传统上讲究量体裁衣，而无论是香港客人到穗，还是汉记的人赴港，都要产生一大笔费用。每每接到港单，都要经过一番奔波，办通行证、签注、打听路径。一行人风尘仆仆地赶过去，又当日赶回。好在持续了几年，在港澳攒下了名声，不久居然接到了一个大单，给某个著名电视明星做主演演出服。

这个电视明星常年在港剧中出现，很有观众缘。同时他也是粤剧名家，从年轻时起便活跃在舞台上。若妍为他量身订做了一套典型的广式男大靠，在传统威五彩的基础上，通过清秀的湖蓝色、飘逸的战旗塑造这位演员的丰神俊秀。这场演出在香港反响热烈,汉记也因此进一步奠定了自己在粤剧戏服的地位。

瑞芬对此反而更加担心,总怕女儿长期承受压力,精神失常了。这年头母亲最着急的,便是儿女的婚事。若妍对于自己的终身大事,从来不重视。她满脑子里只有汉记。每当瑞芬提醒,她便笑着说:"我要走了,汉记就没人理了,你的钱就见财化水了。"

家庭聚会时,几个大人总忍不住嘀咕:"再唔嫁就嫁唔出喇[①]。"瑞芬愁眉苦脸,总让大家帮忙介绍。但若妍一天到晚忙碌着,哪有时间去相亲。锦慧分析说:"她现在哪有心思拍拖,除非这个人也是做戏服的。"

瑞芬顿觉灵光一现,忍不住叫"好"。她早注意到了方耀明。这个男人的年纪正好相配,为人诚实稳重,而且天天在店里。"这么大年纪还没结婚的,全世界就剩他们两个了。"瑞芬私下里跟锦慧说,"你赶紧帮忙。"

锦慧对此持反对意见,说老板不能跟下属谈恋爱:"到时铺头里谁说了算,两公婆口同鼻拗[②]?"瑞芬不死心,认为若妍的终身大事更重要,哪怕铺头交到方耀明手里,也是好的。这天,趁着若妍外出跑客户,她坐到耀明旁边,说了半天闲话,故意念叨:"耀明啊,你年纪不小了,怎么从来不拍拖?"

方耀明吓了一跳,说:"忙着做工,实在顾不上。"

瑞芬盯着这个老实腼腆的年轻人,越看越喜欢,忍不住说:"你一个大好青年,怎么能只做工,不拍拖。你看看周围,有没有中意的?"

方耀明被她突然的说法惊呆了,扶了扶眼镜,说:"怎么可能?"

[①] 整句意思为:再不嫁就嫁不出去了。

[②] 口同鼻拗:拗,争吵,口角,发生争执。直接理解是嘴巴跟鼻子发生争执,然而嘴巴和鼻子是脸上相邻的两个器官,同属一张脸,争执吵架没有必要,且口鼻相隔一定距离,想打架也打不到一块儿。这个词用于形容无谓的争吵,没有结果的争执。

"或者有,你唔知呢①。"瑞芬索性往更诡异处引导。

方耀明呆呆地望着她,说:"不会有这样的事。"

方耀明一个人在城中村租着房子,瑞芬便向若妍提议,让他"住到店里,店里也好有人守着"。若妍不好意思开口,瑞芬就去说了,方耀明居然同意了。

若妍对于研发设计,总是十分有兴趣。晚上下了班,大家都走了,两个人还待在车间里,或剪裁,或缝纫。

"这种细丝料,最不好做绣品了。"方耀明推了推眼镜,小声说,"这么软,怎么绣,还是用印染的吧。"

若妍不服输,尝试了几次,最终宣告失败。她用电脑设计出了新的花样,总问方耀明可不可行。方耀明于成衣方面十分有经验,他说行的,出来以后准是好的。

"可以啊,"方耀明点头说,"这个图案我用过。"夜晚安静,只有两个人。有时对坐着,若妍觉得有些尴尬了。她便离远一点,躲开那个身影——心里有点乱了,怦怦地跳。一不留神,居然让针扎了,痛得她忍不住"哎哟"一声。

方耀明不由得吓了一跳,望着她说:"这个灯有些暗了,我明天换根灯管。"若妍不好意思,只"嗯嗯"点头。方耀明也不知道她是什么意思,又怕误会了,说:"是不是要换?"

若妍正忙着针稿,不耐烦了,提高了声音,说:"是啊!"

两个人也经常起争执。在一份演出服的设计中,方耀明提议改用化纤布料:"现在满大街的衣服,都是合成纤维,成本便宜很多。老是用丝、缎,成本太高了。"

用料问题若妍不是没考虑过,然而总是秉承"一分钱一分货"。争执起

---

① 整句意思为:也许有,只是你不知道而已呢。

来，她也会不高兴，提高了声音说："我们家太爷时代，便留下祖训，以精工为上。汉记的出品，对得起自己的招牌。"方耀明不敢跟她争执，低下头，埋头苦干，许久不说话。

又过了几天，若妍查看做好的样版，发现方耀明简化了图案。"这个花样更简洁，线条流畅。"方耀明笑着解释。若妍却不能理解，突然怒了，当着众人的面，大声呵斥："到底你是老板，还是我是老板！"

方耀明低了头，嗫嗫地说："当然你是老板，你说了算。"

第二天若妍回来，已忘了昨天的事。但方耀明却是闷闷的，话少了很多。若妍没发现异样，仍是指使着他做这做那。瑞芬倒是觉出来了，说："耀明，你一个上午冇讲嘢①了，喺唔喺喉咙痛？"

广州这地方风干物燥，极易上火。瑞芬担心是自己做的菜"热气②"。方耀明"嗯嗯"几声，回答说："冇事就唔讲嘢了③。"若妍这才觉得不对，担心地看了他两眼，替他的水杯倒上水，走上前，笑着说："苦干一上午了，快喝点水，休息一下！"方耀明接过水杯，默默地喝了。

大戏的开场，先是铜钹铿锵，撩起人心里的那根弦。接着是大锣大鼓，阵阵作响，仿佛狂风暴雨即将到来，把瞌睡的人都吵醒。一阵热闹之后，是悠悠的高胡，千回百转，像是雨过天晴，摆好了架势，故事开讲了。

舞台上的灯倏地亮起来，明晃晃的，代表着春和日丽的好天气。扬琴叮叮敲着，箫笛悠扬悦耳。乐声重重叠叠，盘旋迂回。花旦出场了，穿一身皎月色的凤帔，带着长长的水袖，像波浪一样长长地拖到地上，扬起、放下，掀起阵阵波浪，席卷了整个戏台。

出场的背景是桃花林。粤剧很喜欢用桃花做背景，仿佛要营造春光明艳的

---

① 冇讲嘢：没有说话。嘢：东西，在这里指说话。
② 即上火。人上火的时候，呼气时会喷出温热的气息。
③ 整句意思为：没什么事就不说话了。

世界。桃红朵朵，明媚娇艳，身在桃花林，整个天、整个地，都是繁华的。

若妍在欣赏一出改良版的《白蛇传》。与传统版相比，改良版从剧本到音乐，从布景到灯光，都重新进行了编排。配乐中加入了西方交响乐，显得行云流畅、大气磅礴。

一袭白衣，轻盈飘逸，行走间闪动着华丽的金。灯光渐变，由黄变青，那剧装也像湖水一样浸染了青色，展现一潭柔情。观众们都被花旦的风姿吸引了。这剧装与环境化作了一体，人像从湖水里走出来，仿佛一个转身，又会回到湖里去。

在台下欣赏自己的作品，是另外一种感觉，若妍自始至终怀着激动的心情。在舞台上，戏服像是有了生命，不再是一件衣服，而是与演员合为一体。每一个皱褶，都与情节相关，与人物的情绪相关。在这部剧中，若妍为了突出蛇精的妖艳，将戏服的轻盈感做到了极致。那多姿多彩的长裙，像云一样围绕在演员的脚边，一直走，仿佛这么走着，就能走到人间仙境里。传统的棉料改成绉和雪纺的结合，材质上的革新，带来耳目一新的感觉。

若妍捧着手里的花，走到了后台。

众人都忙着拍照庆祝，黎红一个人坐在化妆台前，静静地卸着装。

"红姐，送你的花。"若妍将硕大的百合花束放到梳妆台边上，恭恭敬敬地说。

黎红看到若妍，勉强挤出一个笑容。这次剧目里的衣服，全都出自汉记。她对若妍十分感激，但态度有些尴尬，因为一部分尾款还欠着，要等演出结束了，结了票房的钱才能还上。

"多谢你！"黎红将发髻上的仿点翠步摇慢慢摘下，掩饰了脸上的疲惫，笑着说。若妍便笑着说："今天的演出很精彩。红姐，你今天靓到绝。"她这些年在生意场上挫折不断，总算学会了说恭维话。

黎红冷静地看着镜子中的自己，淡淡一笑，说："日子还是不好过。这套剧剧团里只拨了一半的钱，剩下的一半是我用自己的房产做抵押。如今叫好不叫座，现在是第一场，接下来再演几场，能持平就不错了，不然我那套单位房得卖出去。"这出戏虽然成功，没有砸粤剧院的招牌，却十分冒险。赔本已经是预料中的事，问题是赔多少。当初她大胆提出排新戏，便是特别强调，赔了的她个人填上。这几日看台下，大概只有一半的上座率。这还是头一场，照这么下去演几场赔几场，前景并不乐观。

若妍本是来提钱的事，但黎红如此说，她便明白了。

黎红心虚地看了若妍一眼，不敢提尾款的事。这几年，为着戏服上的喜爱，她常去汉记，亲眼看着汉记从小到大，工艺越做越好，也是亲眼看到这个年轻姑娘，熬得脸色枯黄、血色全无。她喜爱汉记的工艺，不计成本，一定要汉记的出品。上一代的恩怨已随时间烟消云散，剩下的是对戏服的共同热爱。

"这种小梅花簪配得正好，"若妍细心地说，"就是容易掉，我明天再送一套过来。"

黎红点点头，珍惜地将簪子一个个放回化妆箱里。

"你也不要太悲观，"她突然转过头，对若妍和蔼地说，"熬一熬，总会过去的。有我在的一天，就有剧团在的一天。"

若妍点点头。两个人相对而视，默契地笑了。

夜凉如水，若妍一个人安静地走着。虽然已经是半夜，广州城仍然十分热闹。踏着夜辉回家，街两边的店铺人声嘈杂，特别是宵夜档，正是火爆的时候，煤炉子烧成一片火光，锅炉上嗞嗞地冒着热气。老板赤膊炒菜，正极有气势地"抛镬[①]"，老板娘忙得前后脚小跑，收拾桌椅、点菜、下单。看到若妍经过，极热情地说："来碟炒米粉？这么晚，肯定饿了。"

若妍摇摇头，客气地绕过，心里却是泛起一股温情。想到粤剧的未来，汉记的未来，仿佛是守得云开见月明，希望就在前方。即使赊着也可以啊，只要

[①] 镬：古代煮牲肉的大型烹饪铜器之一，今南方称锅为镬。粤菜厨师为了把菜炒得更好更均匀，常用大锅炒菜，而且有时会把锅里面的食物抛离锅子，让食物掉下来再继续翻炒——这种动作叫"抛镬"。

第四部分　岁月如歌

有新戏开。她这么想着,嘴角不由得浮现一丝微笑。不料,电话响了,是钟秀玲打来的,说"听说人民南发生了火灾"。

若妍顿时吓得什么美好憧憬都没有了。这一带房屋密集,烧起来是连片成灾。汉记就在其中,肯定无法幸免。

若妍更害怕的是方耀明出事!她心里顿时无比懊恼,想不应该让他住在店里的。楼上碎布料多、胶味浆味混杂在一起,根本不适合住人。一边走,脑子里一边浮现各种可怕的场面。假若汉记烧没了怎么办?心里又升起一个更可怕的念头,假若耀明在里边,怎么办?

她顿时全身发软,腿脚打战,手也抖了,给他打了几次电话,可是没接通。她一个人走在拥挤的人群中,脑海里浮现出各种可怕的画面:汉记被火海吞没,衣服一件件在火海里飘飞,刹那间灰飞烟灭,一切都结束了。

若妍开始是疾走,慢慢地走不动了。她勉强撑到海珠南路,听到消防车的鸣笛,双腿不受控制地打战。前边一片黑压压的人群,警察摆放了路障。若妍拼命挤入人群,闻到一股呛鼻的烟火味,看到远处火光冲天。她顿时茫然了,不知所措,眼泪不由自主地掉下来。

警戒线外密密麻麻地围着人,好不容易才听清楚,烧起来的不是状元坊,而是马路对面的一家私人旅馆。她拼命捂着胸口,提着的心暂时放下,一松弛才觉得手脚发软。她四处张望着,总算看到了方耀明的身影,但仍不确信,又紧紧地盯着看了,一路追随过去,才确定是他。

"耀明,耀明!"她不顾一切地喊,生怕他听不见。

方耀明正灰头土脸的,挤在人群中看热闹,脸色十分忧虑。所幸是听到了,他从人群中奋力挤出,向若妍走来。

两个人在十字路口相遇了。若妍破涕为笑,揉了揉眼睛,说:"吓死我了!"方耀明却是突然间变得幽默了,笑着说:"哭什么呀,谁扮鬼吓你?"

她想到方耀明还在加班,特意带回来两个奶皇包,怕冷了馅,冻硬了不好吃,便放在背包的最底层,掏出来时还是温的。方耀明忙了一个晚上,饿坏了,咬了小半口,雪白的面皮里露出金黄色的馅油,喷香扑鼻,像恋人般的甜腻,一直甜到人的心里。

"趁热吃,你饿了吧。"若妍疼惜地望着他,替他拂去头发上的碎布,眼泪几乎要掉下来。

"真有点饿了。"方耀明不好意思地笑,"本打算十点前把护腰做出来,还差几针收尾,就听到外边一阵喧哗,很多人喊'火烛啦'。我走到窗边,看到大家都在跑。"他平时很少一连串说话,显然受的惊吓不小:"我吓了一跳,赶紧往外走,走到一半又回去,带上设计稿。然后听到外边响起了火警声,吓得腿都软了,跑不快。"

若妍替他擦去额头上的汗。在火场边站得久了,脸上蒙了一层细细的灰。"你不要站那么久,危险!"若妍忍不住说。

"不怕的,消防车都来了。"方耀明不好意思地笑。

两个人并肩走在深夜的大街上,仿佛前所未有的轻松。若妍陪着他慢慢走了一段,突然说:"不行,看不到我不安心。"两个人又往回走,直到警戒线外。此时消防车还在灭火,人群仍未疏散,世界成了火光、水汽与人声的混杂。方耀明红着脸,拉起她的手,说:"人太多,不要走散了。"若妍羞涩地笑,握紧了他的手。两个人手牵手站在路口,一直到天亮。

第二天一早,瑞芬来做饭时,立刻发现了"端倪"。若妍拿起一块面包,转而就给方耀明了。方耀明脸色红红的,有点不好意思,可是立即接过了,埋头便吃。瑞芬好奇,立刻盯着他,也不说破,只说:"耀明,你晚上到家里来喝汤吧。"方耀明愣了一下,正要说什么,若妍已经干脆地点头,说:"去!"

第四部分 岁月如歌

第二十四章

若妍与耀明登记之后，去江浙旅游了一次，算是度了蜜月，顺便打听影视城附近的剧装生意。瑞芬天天唠叨，要"办一个正式的婚礼，比浩彦的还要热闹"。然而铺头太缺人手，根本走不开。若妍接到一些邀请，请她到大学院校里讲戏服技艺。若妍原本是推辞的，毕竟店铺里的活已经忙不过来。钟秀玲劝她接下，说"人多力量大"。只有更多的人理解这一行，喜欢这一行，戏服才有可能发展下去。

校园演讲十分成功，一些服装设计系的学生受了感染，想传承传统服饰，要拜若妍为师。店里常有人围在身边，一天到晚也说不上话。若妍索性与职校谈好，成为服装设计专业的实习点。有了实习生，工作量分流了许多。但若妍多了讲授的任务，常常一整天地讲课，说得口干舌燥。

若妍租下了左右两旁的铺位，将汉记扩展成店面十多米的大铺。虽然要负担更多的铺租，却得到了不错的广告效应，从人民南路附近经过，一眼就能看见。

店里依然是日夜忙碌着。不时有影视剧组慕名而来，打算订做整套戏的剧装。若妍洽谈了几次，与一个姓徐的导演签了合约。这是一套明代宫廷装，样式多、件数多。除了传统的明朝服装制式，剧组还根据剧情需要，设计了大量创新款。

徐导演对汉记的做工十分放心，大略看了看货版，就定下来了，说："关键是款式。至于做工，只要是汉记的出品，我就放心。"徐导演看上去有些年纪了，满头白发，说话时烟不离手，不停地咳嗽。他看出了若妍的担心，自嘲地笑笑，说："我虽然身体不好，但不是绝症，不会突然撒手人寰的。"

若妍体谅地笑着说:"既然是不好的习惯,还是改掉的好。"

徐导演说:"没办法,做艺术的,每天得抽很多烟,喝很多酒,让自己保持在有灵感的状态。"

若妍向他展示一张精致的绣件,随口说:"在我们手艺人眼里,最好的艺术,就是长年累月的坚持。"

徐导演略想了想,点点头,爽快地将合同签了。

秋怡正式加入汉记,担任会计。浩彦一有空就到店里帮忙,跑前跑后,负责外联。若丽主要负责做头盔头饰,她与"方先生"分手后,沉静了许多,也懂事了许多。若妍觉得她性格安静、做事踏实,适合做手艺,有意将许多技巧都教给她。

根据与剧组协商的结果,所有款式都由剧组的服装师决定,图纸由剧组提供。然而若妍收到其中的几件图纸,却觉得十分不满意。

"虽说传统的对称型太死板,但这种一边倒的斜面,并不和谐。"若妍不厌其烦地跟徐导演沟通。

徐导演对若妍的意见是认可的,但也表示要尊重设计师。

"我们不是不现代,但现代不等于奇装异服。这个灰沉灰沉的颜色,在舞台上都不用,何况在镜头里。"若妍说得停不下来,跟徐导演讨论配色原理。

"我们请的是拿过国际奖的设计师。"徐导演在电话里说,"这个人有点傲,不愿意更改。"

徐导演因此几次坐飞机到广州,到汉记与若妍协商:"或者,就按他的做吧,毕竟是花大钱请来的,修改也需要钱。"

"这个花色、配图,只是在效果图上好看,实际肯定不好。"若妍十分坚持,"我们没拿过什么大奖,但有经验。做了十几年戏服,我知道什么是好的,什么是不好的。"

这样争执不下,有几件做了很久都没完成,但实际效果正如若妍所预料的。反复修改了几次,剧组最终认同了若妍的意见。

"来来回回返工,一点也不划算。"瑞芬都有些不耐烦了,"你随他们,按着订单做,是好是丑他们都得收货。"

若妍却是摇头,说:"但凡汉记出品,必须是我觉得漂亮的。"

这句话让瑞芬想起了锦汉,顿时有些伤感。好在情绪一下子就过去了,又让她觉得很温馨。她告诉若妍:"你爸也说过同样的话。你们两父女的脾气,简直一模一样!"

这年年末,若妍又签了一张影视剧大单。她简直乐疯了,好几次捧着合同,哈哈傻笑。她计划着进一批好的物料,更换几只坏掉的熨斗、胶枪,还要再请两个工人。汉记的几个老工人虽然忠诚,毕竟年纪大了,手艺上慢。而她这一次要招年轻人,要招年轻力壮、手脚灵巧的。

这个时候,她发现自己怀孕了。

在医院里,医生看着检验单,面无表情,生硬地问:"这个月以来有没有吃药?有没有受伤跌倒?这一胎你想不想要?"

若妍呆住了,有点反应不过来。她知道怀孕前三个月重要,但没想到如此严重。汉记没有自己这个"事头",怎么撑下去?

她考虑再三,打算要这个孩子。毕竟夫妻俩年龄已经不小了,汉记重要,但下一代同样重要。方耀明的父亲已经不在了,母亲还算健朗,时刻盼望着抱孙子。

若妍本想着稍微休养一些,即使肚子大也不碍事。按着广东人的规矩,头三个月,不跟任何人说,连亲戚朋友都不告诉。若妍坚持在车间里巡视,换了一双平底鞋,走得累了,腹部隐隐作痛。她不敢懈怠,轻轻摸着肚子,心里说:"宝宝加油!"不料宝宝没有她想象的"坚强"。在车间里走了半天,她觉得全身酸软,一点力气也使不上。她向来觉得自己"体格精壮",不管什么毛病,咬咬牙就过去了,没想到肚子越来越痛,痛得难以忍受,只好立刻去看急诊。

住院休养了一个星期,总算是将胎保住了。医生要求她卧床休息,短则一星期,长则一个月,等胎儿稳定了再说。若妍只好待在床上,隔空遥控:"妈,今天有两件西湖装要收尾。有件蟒袍,如果件料齐了,让玲姨安排缝制。"她怕耀明担心,嘱咐大家瞒着他。铺头的进度本就紧张,她又帮不上忙,绝不能让耀明分心。

　　瑞芬对她的嘱咐不胜其烦,说:"店里这么多人,耀明手艺好,秋怡懂设计,若丽也帮得上忙,你就安心养胎好了。"若妍嘴上应着,心里却放不下。一个东莞的粤剧协会来落订,指名要见到若妍,其他人都信不过。她犹豫再三,还是亲自去谈、签约,带客人看版。

　　连着奔波了几日,她立刻又感觉不适,小腹一阵阵地疼,仿佛宝宝在抗议似的。她急得眼泪都要掉下来了,有力也使不上,只得乖乖待在床上休息。可是一闭上眼,她脑海里便不由得浮现汉记破产、戏服统一打包清理的可怕场面。

　　晚上耀明回来,一眼就看出了她脸色不好,立刻紧张起来,问是怎么回事。若妍怕他担心,什么话也不说,把脸深深地埋在被子里。耀明哄了半天,长叹一声,说:"你就是放心不下!"

　　若妍在家躺了两三天,觉得身体略好,又回铺头去了。耀明一看到她,便沉了脸,说不出一句话。若妍顾不上解释,简单巡一轮,摸摸车线,看看针脚,将需要签字的文件一一处理,中午还接待了两个老客户,嘱咐秋怡查库存、更新进度。耀明在一旁冷眼旁观,脸色越来越沉。

　　瑞芬寸步不离地跟着她,紧张地盯着,每看她拿起剪刀,便大喝一声"放下"。若妍只好吐吐舌头,赶紧放下。耀明突然生气了,重重地将一本图册甩在桌面上。

　　大家都惊呆了。老工友忙打圆场,说:"吓死了,阿明,你小声一点,会吓到宝宝的。"

　　夫妻俩因此冷战了几天。耀明知道自己错了,想着办法跟若妍说话,但若妍不理他。瑞芬只好做和事佬，劝说着："夫妻俩哪有不吵架的，一人让一步，互相体谅。阿明不是蛮不讲理的人。"

"妈，你放心，他没脾气的。"若妍摇摇头，并不放在心上。

晚上耀明回来，将一张设计稿放在她面前。"我们打算参加这个博览会，搞搞新意思。"耀明说着，把设计图给她看，"你看，是不是很有时尚感？"

参加各种招商会、博览会是近年来常做的事。若妍首先是了解博览会的规格，确定了是政府主办，企业行会协办，便点头同意，仔细对着设计图，用心研究。

"我觉得这朵花放得不对。"若妍指着看，"放低五公分，不要顶在腰上，特别显腰粗。"

耀明点头，解释说："这个是草图，只看个大概。"

为了参加这个国际服饰博览会，耀明设计了一款中西结合的晚礼服。以缎料做底裙，外罩一层薄纱。薄纱上很难做绣样，耀明提议以纱质碎花点缀。"这样还能增加立体感。"他推了推眼镜，又有些信心不足，毕竟从来没做过，不知道实际效果如何。若妍却是十分支持，认为哪怕先用碎料做出来，看看效果，好歹也是一种试验。

"上身可以用大花，用蝴蝶兰？放在肩和腰带上。"她略想了想。耀明怕她费神，忙劝说："先睡吧，时间还充裕，慢慢再想。"

若妍点点头。然而她是习惯了在设计里打转。她自我安慰，不能跑不能跳，动动脑子总没事吧。半夜里，她突然惊醒，兴奋地摇着耀明："应该用木棉！木棉花瓣，又大气，又有广州特色。"

这件展品在博览会上获得了不错的反响。特别是木棉变体，正如若妍所希望的，它看起来像一支舞动的火把，线条流畅、动力十足。木棉虽然是广州市花，很能代表本土文化，但在实际设计中很难运用好。它的花瓣对称，瓣形饱满，极容易显呆板。耀明反复修改，才设计出这个变体，既保留了木棉花的特征，又有动态感。

媒体的报道提升了汉记的名气。不久，就有一家本地电视台找上门来，要求订做一组自制剧的剧装。"这是个单元剧，要拍一百多集。"耀明兴奋地说。

若妍看了剧目，长叹一声，说："你比我更大胆，民国装也敢接了。"

耀明推了推眼镜，说："有什么难度，顶多是豆角边难锁一些。"

若妍被他逗得哈哈大笑，说："有把握就好，所有绳边都包在你身上了。"

"你是高龄产妇，一定要静养。"耀明温和地，将手轻轻地覆在她肚子上。

若妍趁机讨价还价，说："店铺我还是要去的，最多我只动口，不动手。"

耀明怕她生气，又动了胎气，只好答应了。

广州的旧街巷，永远像迷宫似的，东拐西岔，曲曲折折。住在这里头的人，大概是受了这地势的影响，仿佛想点什么，做点什么，都有种不问出路、摸索而行的感觉。这带着旧时风情的老广州民居，受现代文化的冲击，越拆越少，像是苟延残喘的老人，在现实中缓慢退场。然而小巷深处，阳光斜照，树影婆娑，满洲窗折射出五彩斑斓，又仿佛还有许多前世今生的秘密，等待着人们探寻。

这些日渐消失的，正是人们所希望挽留的。只有走进老街老巷，才能真正触摸到这座城市的历史，沉淀在岁月时光中的生活细节。

电视上、报纸上关于老广州的报道层出不穷，兴起了一股怀旧的潮流。若妍应邀去电台讲述戏服史。小时候听过的太爷的故事，爷爷的故事，说也说不完。

她努力将这些故事说得有趣些，希望听众们有兴趣。做了几次节目，她不那么紧张了，说话娓娓道来："目前只能勉强维持，将来也未必见好，但我会一直做下去，做好每一件戏服，直到有一天我再也拿不动针线为止。"

又是一个清晨。高楼群遮住了半个天空，阳光从楼群的缝隙中透射出来，照亮了状元坊。开铺的打开大门，送货的踩着三轮车进出，到处是铁闸门打开

第四部分 岁月如歌

时哗哗的声响。若妍坐在店铺的屋檐下,舒服地伸了个懒腰,望着人民桥高架上的车来车往。她腆着肚子,已经快临盆了,行走十分不便。即使这样,她仍然坚持每天到店里。

店里主要由耀明和秋怡管理,作坊的工人已有十多人了。若妍摸了摸肚子,期待着孩子尽快出生。耀明知道她放心不下,允许她到店里,可是不能干活。

若妍轻拍着肚子,跟宝宝说:"你快点出来啊,妈妈还有好多事要忙!"

这么一说,立刻被瑞芬斥责,说"不是好意头"。"孩子要足月才出来,千万不能急。"若妍怀孕十个月,她要担惊受怕十个月。"哪有孕妇这样奔波!"若妍嘻嘻一笑,仍然每日到店里,不敢到处乱走,只在铺面上坐着。

这天一大早,她到店里坐下,给祖先上香,眼看着檀香烟缭绕上升,心里有许多话想说。

"汉记最近很好,秋怡管账管得细,若丽也上手了。这个月的订单比去年同期要多。"她对着父亲的遗像鞠了三个躬,轻声地说着话,"宝宝也好,阿妈已经做足了准备,等着做外婆了……"

这时,一个人走进店来,穿一身得体的西装,皮肤白皙,面容清秀。若妍打眼一看,猜测是个唱戏的,立刻迎上前去。

"我叫黎卓,你可能不认识我。不知锦汉哥有没有提起过?"来人温和地笑道。

若妍立刻便有了印象。黎宝笙的第二个孩子黎卓,如今在香港,也是著名的粤剧界名人,年轻时唱戏,如今年纪大了,已经不唱了,在电台做乐评,专门介绍粤剧旧闻。若妍微微一愣。她听父亲说过那些前因后果,听说过这个名字。

"这是你们做的?"黎卓自顾走到店里,眼光落在精美的戏服上,便再也挪不开了。

若妍请客人坐了,倒茶。她打开果盆,请他品尝,问他要不要订衫。客人坐下了,环顾四周,目光落在陈锦汉的遗像上,说:"没想到锦汉哥已经去了。"

知道是父亲认识的人，若妍感觉十分亲切。父亲已经去世好几年了，她依然很想念他，特别希望从故人口里，听到关于他的事情。

"那一年，锦汉哥把祖传宝贝埋在我家后院。"黎卓解释说，"当时我还小，贪玩，偷偷用小铲挖起来，却没有埋回原处，锦汉哥找不到，一定急死了。"

他手里提着一块四四方方的东西，是用报纸包着的。他小心地放下，将绳子切断，露出里边的牌匾。一块沉甸甸的古檀色牌匾，铁划银钩地刻着"汉记"两个大字。

若妍觉得身体"砰"地颤抖，仿佛被无数往事击中。

她想起了父亲，眼泪几乎要掉下来。在那雷声轰鸣般的车间里，她无数次看见父亲微笑走过。然而父女俩很少交谈，她是通过遗留的手稿了解他的。他总是在忙碌，设计、修补，还到处拉业务。她记得有一次他喝醉了，躺在沙发上，喃喃地说着："汉记，汉记……"

所有关于汉记的描述都来自于爷爷。她想起爷爷蹒跚的步伐、不厌其烦的叮咛，在生命的最后几年，仍坚定地坐在裁床前。爷爷偶尔会说起他年轻时的事，时光顿时回到烽火连天的岁月。在一个穷乡僻壤的村子里，有个小摊档始终摆着最漂亮的广式戏服。

她知道创下汉记招牌的是太爷陈斗升，神台上摆着他严肃的画像。在近百年前，就在这个地方，有无数手艺人正辛勤地劳作着。布料在裁床上展开，丝线从花绷面穿过，一块块精致的绣件放在衣架边，等待缝合。

一切都是如此真切，画面既近又远。她抹去眼里的泪水，慢慢踱到铺头门口。看到太阳已经升至半空，金光洒向大地。状元坊的牌坊在阳光下闪闪发亮，一间间铺子渐次打开。